盗まれる大学
中国スパイと機密漏洩

ダニエル・ゴールデン

花田知恵 訳

SPY SCHOOLS

Daniel Golden

原書房

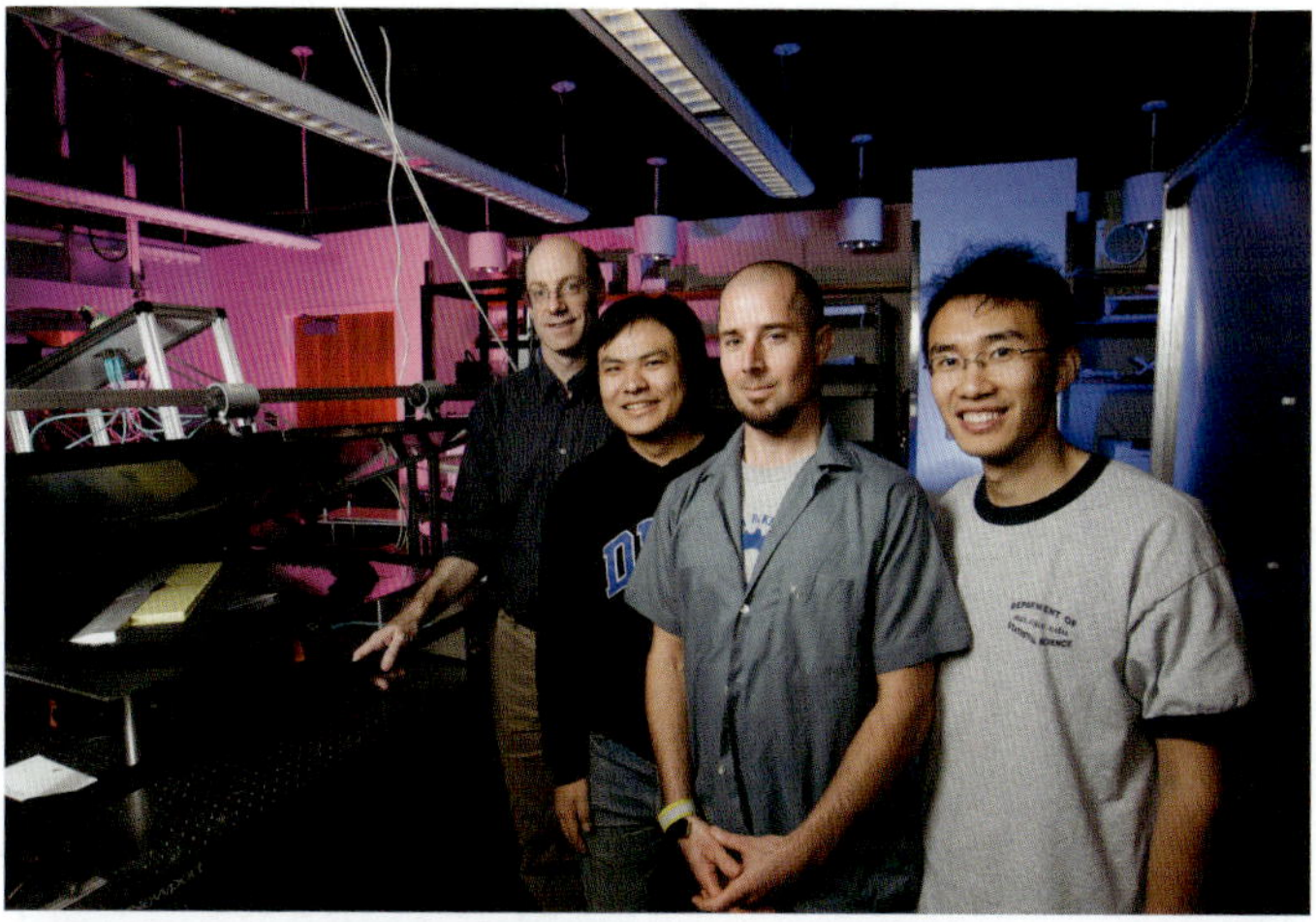

「透明マント」（ground-plane invisibilty cloak）に取り組んだデューク大学の科学者たち。デイヴィッド・スミス教授の研究室にて撮影。（左から）スミス、劉若鵬、ジャック・モック、季春霖。（デューク大学提供）

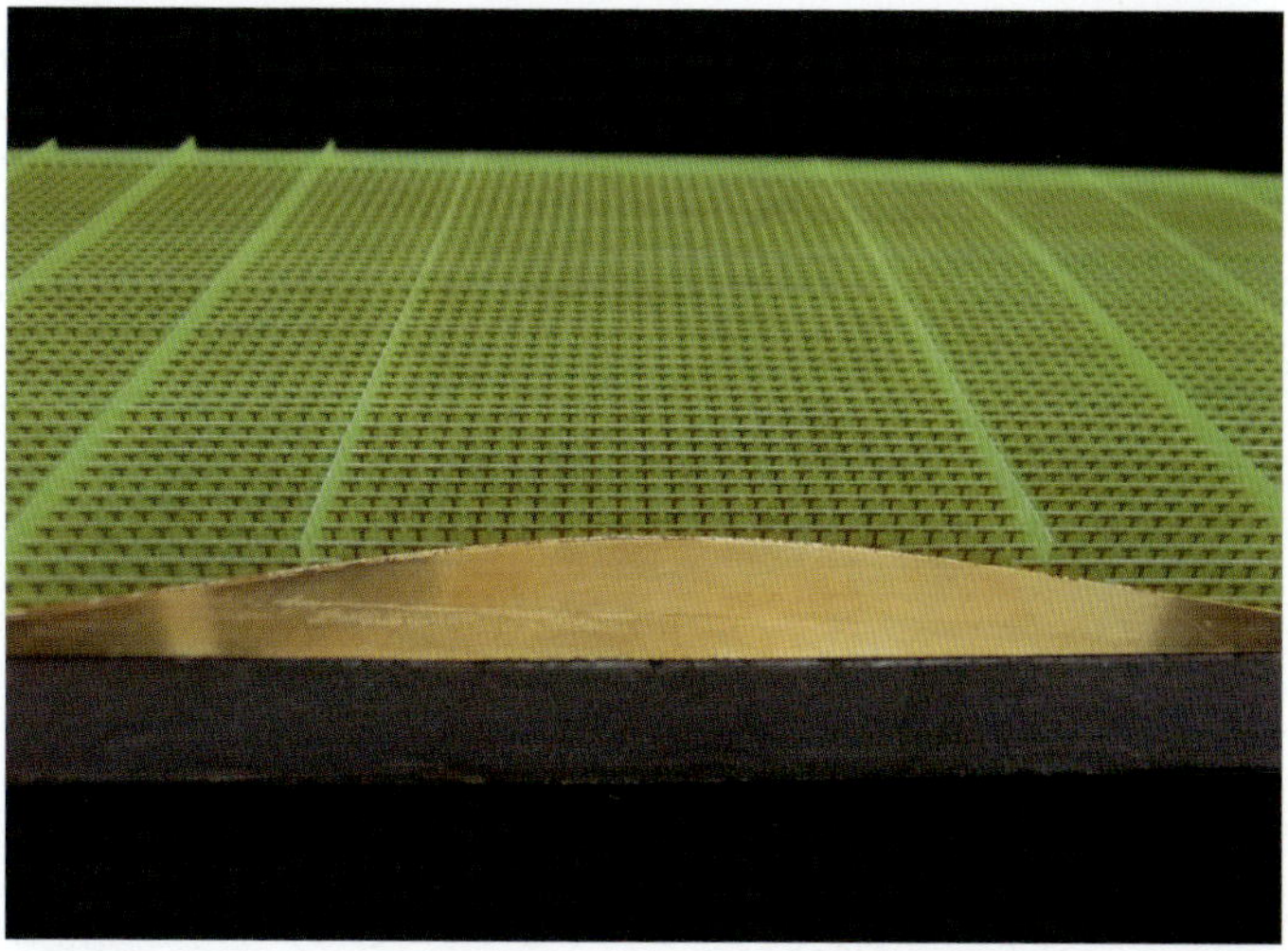

劉若鵬はじめデューク大学の研究員たちが作成した「透明マント」。（デューク大学提供）

プリンストン大学の卒業アルバムに使われた４年生のマルタ・リタ・ベラスケスの写真。（プリンストン大学図書館・大学関連資料室提供）

トリルドスプラン・ギムナジウムのマルタ・リタ・ベラスケス。

ストックホルムにあるマルタ・リタ・ベラスケスの家。ポーチのバケツの奥に宗教的な彫像が置かれている。（ニクラス・ラーソン撮影）

キューバのスパイ、アナ・ベレン・モンテスと彼女の上司、国防情報局ラテンアメリカ部長、マーティ・シーナ。（国防情報局提供）

北京にある国際関係学院の正門。（マイケル・スタンダート撮影）

中国とアメリカ両政府に伝手があるマリエッタ大学教授、易小熊はマリエッタ大学と国際関係学院が提携を結ぶのに尽力した。（グレイ・テレビジョン・グループ提供）

グランド・ヴァレー州立大学の短期留学で中国を訪れたグレン・ダフィー・シュライヴァー（左から２番目）。（倪培民提供）

中国留学中に参加した文化祭で、イ族の伝統衣装を着たグレン・ダフィー・シュライヴァー。（倪培民提供）

［上］1956 年、北京の教育会議での彭大進の母、彭リシン。4 列目の左から 6 番目（顔の一部が前列の男性の頭部で隠れている）。最前列には当時の周恩来国家主席や元人民解放軍総司令、朱徳など国家の重鎮がいる。（彭大進提供）

［中］3 歳の彭大進と彼の母、彭リシン。（彭大進提供）

［下］タンパに移住してまもなくの 1994 年に撮影された、彭大進と彼の両親と息子たち。（彭大進提供）

彭大進の両親。再婚後の1980年に撮影。(彭大進提供)

1985年、国際関係学院の前に立つ彭大進。当時彼はここの大学院生だった。(彭大進提供)

CIA からグレアム・スパニアへ贈られた「ウォーレン・メダル」の両面。（グレアム・スパニア提供）

ペンシルヴェニア州立大学の元学長グレアム・スパニア（中央）、国家情報長官ジェームズ・クラッパー（左から２番目）、応用科学研究所の面々。（グレアム・スパニア提供）

ハーヴァード大学ケネディ・スクールへ偽の肩書きで入学した元ＣＩＡ局員、ロバート・シモンズ。コネティカット州ストーニントンのカフェにて。彼はそこで都市行政委員長を務めている。（パトリック・レイクラフト撮影、ハートフォード・クーラント・メディア・グループ提供）

［上］ハーヴァード大学ケネディ・スクール、ミッドキャリア課程の写真入り名簿にあるCIA局員、故ケネス・モスコウ。経歴の欄には国務省職員という偽の肩書きが記載されている。（ケネディ・スクール提供）

［右］南フロリダ大学学長、ジュディ・ゲンシャフト（南フロリダ大学提供）

盗まれる大学

中国スパイと機密漏洩

目次

第二部　学界に潜入するＣＩＡとＦＢＩ

はじめに

FBI、大学へ行く

二〇〇九年四月のある朝、南フロリダ大学・国際関係学教授、彭大進《ポンダージン》は、髭《ひげ》を剃り、いつもの外出着に着替えた。それから、寝室にあるデスクトップ型コンピュータの前に座り、いちばん楽に死ねる方法をインターネットで検索し始めた。

彭は不意に学界の梯子《はしご》から転げ落ち、動揺していた。彼は大学内に設立された中国資本の、中国語と中国文化を広める教育機関、孔子学院の院長だったが、大学から予告もまともな説明もなく、その任を解かれたのだ。苦しまずに死ねて、なおかつ普通に誰でも購入できる毒薬はないかと探していると、別の部屋から彼を呼ぶ父の声がした。誰かが玄関のドアをノックしている。

道路脇のくすんだ錆《さび》色の集合住宅――その外階段をのぼって二階にある彭の自宅を訪ねてくる者はめったにない。ドアを開けると、長身のアスリート体型の女がいた。肩にとどく茶色の髪。年齢は四〇だが、それよりも若く見える。この日は明るく晴れていたが、フロリダの春にしては肌寒く、女はオフホワイトのブラウスにコートを重ねていた。

女は笑顔で名刺を差し出し、連邦捜査局《FBI》の特別捜査官、ダイアン・メルクリオと名乗った。[1] 彼女はサウスカロライナ出身だが――高校時代はトラック競技の花形選手だった――南部訛《なま》りはほとんど感じられない。彭は一瞬、ＦＢＩが逮捕しに来たのかと恐れたが、彼女の愛想のよい態度からすると、そうではなさそうだ。

握手しながら彼女は言った。「ニック・アバイドがよろしくと言っていました」

彭はその名にすぐに思い当たり、驚いた。プリンストン大学ウッドロー・ウィルソン・スクール（公共政策／国際関係大学院）時代に出会った人物だ。ＦＢＩの特別捜査官アバイドは、プリンストン大学の中国人留学生のなかに貴重な情報源になり得る人物はいないか漁《あさ》っていた。そして、有力な候補として彭に目をつけた。彭は中国の諜報機関が運営する大学の出身で、同期生には政府高官もいる。アバイドは彭が中国に一時帰国する機をうかがっては、その前後に昼食に連れ出した。彭には、アメリカの科学技術が盗まれるのを警戒していると説明し、他の中国人留学生の不審な行動を見聞きしたことはないかと尋ねた。彭は、ないと答えた。

メルクリオがアバイドの名を出した時点で、彭は彼女が間違いなくＦＢＩの人間だと信じた。と同時に、これは気をつけたほうがいいと身構えた。アバイドと最後に話したのは、一九九四年、南フロリダ大学に就職が決まったときだ。アバイドからは、引き続きＦＢＩのタンパ支局と連絡を取り合ってくれと頼まれたが、彭は丁重に断り、アメリカの諜報機関との付き合いはこれで終わりにしたいと思った。その後の一五年間、彭とＦＢＩは互いに距離を置いていた。そのＦＢＩがまた彼を追い回し始めたのだ。

メルクリオに少し話す時間はありますかと訊かれ、彭は外で歩きながら話そうと応じた。同居している病弱な男やもめの父親を煩わせたくない。ふたりで駐車場の端を歩きながら、メルクリオは大学での彼の苦境については知っていると言った。

関心を持ってくれる聞き手が現れ、それが魅力的な女性でもあるのに気をよくした彭は、流暢《りゅうちょう》だが訛りの強い英語でつらい心境を吐露した。中国の教育部〔教育省〕の下部組織が資金を出す孔子学院は、ここ五年で世界中の大学に次々と開設されていた。彭は南フロリダ大学・孔子学院の創設者で院長でもあり、彼の尽力により、同学院は多くの講座をもち、地域に貢献し、新たな文化センターとなっていた。彼は、全世界の孔子学院を束ねる本部の総幹事を南フロリダ大学に招くためにあれこれ奔走もした。それが実現すれば、総幹事に有能な人物と認められ、彼の孔子学院が世界の模範であると称えられるのも夢ではない。

ところが、総幹事の訪問の数週間前に、彼は大学から追い出された。大学の上司から、「孔子学院の不適切な運営に関する告発について調査が済むまで」学院に戻ることも、その職員と接触することも禁ずる、という短い通達を手渡された。[2] 彼が大学で受け持っている国際政治経済学と経営学の授業は続けられるが、あまり慰めにはならなかった。学部長は、告発の内容も、誰が告発したのかも一切明かさない。このような不当な扱いは、青年期まで過ごした中国でならあり得るが、アメリカでそんな目に遭うとは思ってもみなかった。

メルクリオは、彭が自身の失脚とこの訪問を関連づけるのを警戒してか、FBIは大学にはなんの影響力もないし、彼の苦境にも無関係だと、わざわざ自分から話した。彼はそれを額面どおりに受け取った。のちに彭は、メルクリオがどうやって彼の騒動を知ったのか不思議に思い、FBIが彼を思い通りに操るために、そう謀ったのではないかと疑い始める。

メルクリオの次の言葉を聞いて彼は不安になった。彼女は孔子学院についてもっと知りたい、なぜならそこは中国のスパイを匿《かくま》っているから、と言った。孔子学院は中国政府が資金を出しているし、人員のほとんどは中国の大学から派遣されてくるので、情報収集や協力者を取り込む拠点として理想的だと彼女は説明した。それ以上は言わなかったが、暗に彭を中国のスパイだと決めつけているのは、ダブロイド紙の大見出しのように明らかだった。

「違います」彭はメルクリオに言った。彼女は自分の推測を事実と思い込んでいるが、証拠はあるのか？「中国が孔子学院をスパイ活動に利用することはあり得ません」と、彼は言った。「学院は非常に重要で、そんなことに使うのはもったいないからです。アメリカ政府によって学院が閉鎖される危険を冒すはずがありません」

メルクリオは反論しなかった。防諜《カウンター・インテリジェンス》班の中国担当を最近引き継いだばかりの彼女にとって、彭ほどの名声と人脈をもつ協力者を確保できれば出世は間違いない。のちに、頃合いをみて、彼女は彭にスパイになってくれと持ちかけた。孔子学院とそのスポンサーである中国政府に関する秘密情報ばかりでなく、タンパの中国人社会や南フロリダ大学の中国人の同僚についても情報を流してくれと頼んだ。中央情報局《CIA》の同類も同じことを考えているはずだ。スパイになる見返りに、彭の職を守るし、万が一の場合も彼が刑務所に行かずに済むようにすると彼女は約束した。ＦＢＩはこれまでギャングや麻薬の売人、高利貸しを脅して協力を強要してきた。プリンストン出の教授などたわいもないだろう。

だが、まず彼にスパイになる気があるかどうかを見極める必要がある。彭はアメリカ合衆国の市民であると、彼女は改めて言った。彭は彼女が何を言いたいのか、とっさに理解した。アバイドからの連絡を絶やすなという依頼を断ったとき、彭はまだ中国籍だった。いまはもう祖国ではなく、帰化した国に忠誠を誓っている。彼女は彭に、国に奉仕する気はあるのかと単刀直入に訊いた。内心不安はあったが、ほかにどうしようもない。彭は、あると答えた。

ふたりはもう一時間近く歩いていた。

メルクリオは別れを告げる前に彼と昼食の約束をとりつけ、連絡用のメール・アカウントを取ると言った。今回の訪問については、大学の誰にも言ってはならないと念を押した。

その後、近所の女性が彼のアパートに顔を出した。彼女とその夫も中国人で、彭とは特に親しい友人だった。彭は大学での地位を利用し、この夫婦のアメリカ留学のためのビザ取得を手助けした。夫婦は彭が孔子学院を追い出されたのを一緒になって怒り、彼がふさぎ込んでいるのを心配していた。彼女は彭がメルクリオといるのを見て、好奇心をかき立てられた。これまで彭の女友だちはたいてい中国人だった。

「あの人、誰？」と彼女は訊いた。

「ＦＢＩだ」彼はつい口走ってしまった。自殺のことはすっかり忘れて、頭をめまぐるしく回転させた。なぜＦＢＩがまた現れたのか、それが自分の将来にどう影響するのか考えた。


青年時代に出会った世界は、永遠に私たちの心に刻まれる。私が育った時代と土地では、ＦＢＩ長官、Ｊ・エドガー・フーヴァーはＦＢＩの「重要指名手配リスト上位一〇人」よりも悪いやつとされていた。一九六〇年代と七〇年代前半、マサチューセッツ州アマーストでは――私の両親をはじめ友人の父親のほとんどがマサチューセッツ大学アマースト校かハンプシャー校で教鞭を執っていた――公民権運動やヴェトナム反戦活動をこそこそ嗅ぎまわるＦＢＩは嫌われていた。

多くの知識人に人気のあったマルクス主義政権に破壊工作を行ったＣＩＡについては、大学ではさらに評判が悪かった。大学に新人勧誘に来たＣＩＡ局員を迎えるのは、抗議の集会や座り込みだった。一九八六年になってもまだ、ＣＩＡの勧誘に反対するデモ参加者がマサチューセッツ大学の建物を占拠した。エイミー・カーター（ジミー・カーター元大統領の娘）や元青年国際党《イッピー》のアビー・ホフマンを含め、一五人が不法侵入と公安紊乱《ぶんらん》の罪で逮捕された。コネティカット川を挟んだマサチューセッツ州ノーサンプトンにおける陪審裁判で、被告たちは法を破ったことは認めたが、ＣＩＡが南米やその他の土地で行っている犯罪行為に目を向けさせるために、抗議は必要だったと主張した。彼らのＴシャツには「ＣＩＡを裁け」というスローガンが描かれていた。機密報告書『ペンタゴン・ペーパーズ』を暴露したダニエル・エルズバーグや、ラムゼイ・クラーク前司法長官など、左派の象徴的存在は、ＣＩＡが暗殺工作や偽情報作戦に協力していると証言した。被告人らは無罪となった。[3]

私の青年期に起こった大学と諜報機関との対立が、歴史的に見て異常事態であったこと、少なくとも一巡りするなかで最悪の時代であり、その前後はより協力的な時代だったことに私が気づいたのは、だいぶあとになってからだった。だが、二〇〇一年九月一一日の同時多発テロを境に「雪解け」が顕著になった。二〇〇二年、私はＣＩＡとロチェスター工科大学との再接近に関する記事を《ウォール・ストリート・ジャーナル》に書いた。[4] その一〇年前、同校の研究やカリキュラムへのＣＩＡの干渉が発覚し、学長が辞任に追い込まれた。学長自身がＣＩＡに協力していた事実を隠していたのだ。ＣＩＡがまた大学に戻ってきて優秀な学生を誘ったり、卒業論文のテーマを提案したりしている。

その後、私は《ブルームバーグ・ニュース》で、アメリカの大学が海外のスパイに利用される危険が増しているという記事を書いた。[5]そして、二〇一四年五月、南フロリダ大学の教授で中国出身の彭大進が私に連絡をしてきて、FBIに無理な選択を迫られていると訴えた。その選択とは、職を失って告発どおりの不正行為で有罪になるか、あるいはスパイになって中国の情報を流すか、どちらかを選べというものだ。彼の話は信じがたいと思ったが、調べてみると、そのほとんどが事実だとわかった。

中国をはじめ諸外国からの学生や教職員の流入、アメリカ人学生の海外留学、中国資本の孔子学院やアメリカの大学の海外分校の増加――こうしたグローバル化により、大学は国内の諜報機関にも海外の諜報機関にも、狙われやすくなっている。双方のスパイ活動は高等教育の現場にかつてないほど深く侵入しており、たいていそれは簡単にはわからないように巧妙に行われている。私の若い頃は権力に抵抗していた大学は、そのオープンでグローバルな価値観が国家主義的で秘密主義的なスパイの文化と相容れないにもかかわらず、いまでは黙諾に転じている。

本書の構想の基礎が固まったのは、元政府職員と郊外の静かなレストランで昼食をとっていたときだった。私は（彼の元職場も含め）諜報機関が大学に侵入しているのではないかという自分の懸念を恐る恐る口にした。彼はしばらく考えてから、うなずいた。

「どちらの側も大学をいいように利用している」と、彼は言った。

大学とCIAの関係では、黎明期のCIAとの緊密さ、その後の一九六〇年代と七〇年代の軋轢《あつれき》についてはこれまで多く書かれている。だが、アメリカの大学でアメリカの諜報機関が密かに活動を再開したことについては誰も書いていない。元CIA工作員の回想録を何冊か読むと、大学や学術会議でスパイ候補をだまして釣り上げたとか、大学教授からCIAの仕事がしたいと持ちかけられたなどと書かれたものもあり、私は興味をかき立てられた。いっぽう、海外の諜報機関については、アメリカの企業や政府を狙ったサイバー・スパイ活動ばかりが注目され、アメリカの大学で情報やコネや秘密の研究成果を手に入れるのに、同胞の学生や教職員が利用されていることはあまり知られていない。

諜報機関はなぜ、どのようにしてアメリカの大学を狙うのか、そして、それは国の安全と学問の自由にとって何を意味するのか、私は調査を開始した。彭教授に対する告発を調べるために、南フロリダ大学にFBI捜査官ダイアン・メルクリオとの交信記録の情報開示を求めたが、その結果は有意義だった。周知の通り、FBIはヒラリー・クリントンのメールを捜査したが、FBIのほうこそメールの扱いに軽率だと気づいた私は、同じ手法を全国に広げ、一二の公立大学にCIAやFBIとのメールのやり取りについて尋ねた。CIAは別段気にもとめないようだったが、FBIはそうではなかった。私の問い合わせに対してフーヴァー流の敵意を露わにし、大学へのメールは受信側ではなくFBIに属するという異常な法的見解を楯にとった。

二〇一五年四月、ニュージャージー工科大学がFBIとの交信は「膨大」であると知らせてくれたあと、[6]FBIの八人の捜査官が二日がかりで内容を検閲した。[7]FBIの指示により、同大学は様々な規定を理由に、三九四九ページ分を提出しなかった。残りの五〇〇ページは公開したが、そこには黒く塗りつぶされた箇所が大量にあった（FBIはのちに一五〇〇ページを追加認定したので、合計は六〇〇〇ページとなった）。〈報道の自由のための記者委員会〉の弁護士の協力を得て、私はニュージャージー州裁判所に訴えた。裁判は結局、連邦裁判所で決着がつき、ニュージャージー工科大学はアメリカ合衆国司法省と相談し、文書のほとんどを提出した。いくつかのメールの黒塗りの横の「CIAにより」という書き込みから、CIAも検閲に加わっていたことがわかる。

FBIで大学との連絡役をしていたグレゴリー・M・ミロノヴィッチは、二〇一五年五月、カリフォルニア大学《UC》デーヴィス校の学長室長に私の仕事を中傷するメールを送っているが、同校は私の公文書開示請求に応じてそのメールを提供してくれた。「ダン・ゴールデンは大学と諜報機関との関係について本を書こうとしている。彼が何か書くに値するものを見つけるかどうか、あまり心配はしていない」[8]。彼はFBIの同僚四人にコピーを送信し、私への対応でUCデーヴィス校をどう支援するか、話し合っておいてくれと書いている。

私の取り組みは別の方面からも妨害された。私が外国のスパイを調べていることが気に入らないリベラルもいれば、私がアメリカ人スパイを調べていることが不愉快な保守派もいた。とはいえ、大学や国の安全保障に関わる多くの人々はあくまでも公平で協力的で、彼らには深く感謝している。

本書は二部に分け、それぞれ大学における外国のスパイ活動とアメリカのスパイ活動を取り上げている。第一部で紹介するエピソードには以下のものがある。中国人留学生がデューク大学の研究室から国防総省が資金を出している不可視性の研究成果を盗み出した事件。この中国人はその後、中国政府の支援を受けて深圳《シンセン》で競合企業を設立し、億万長者となった。カストロ政権に傾倒するプエルトリコ人がキューバのスパイとなったうえに、大学院の級友をリクルートした事件。この級友はアメリカ政府内に潜り込んだ最悪のスパイとなった。リクルートした本人は現在、アメリカの司直の手の届かないスウェーデンで高校教師を務めている。オハイオ州のある大学は、奨学金制度を利用せず学費を全額支払う中国人留学生を募るために、中国の諜報機関が運営する北京の大学と提携を結んだ。中国側は教職員を派遣して未来のスパイにアメリカ文化を体験させている。

第二部で紹介するのは、イランの核兵器開発に携わる科学者に亡命をうながすためにＣＩＡが学術会議をお膳立てしている話、ＣＩＡ工作員が身元を隠してハーヴァード大学のミッドキャリア課程に入学したり、エグゼクティヴ・エデュケーションの講座を受講したりして、級友となった外国の政府高官に近づいている件、そして、追い詰められた南フロリダ大学の彭大進教授がＦＢＩのダイアン・メルクリオ捜査官と駆け引きを行った経緯などだ。

近年、アメリカの大学は、スパイとスパイが陰で競い合うためのお気に入りの場所となっている。一般には、学問を修める場所、優秀なアスリートが行くところ、あるいは大人と子供の境目にいる若者の遊び場というイメージでとらえられているが、諜報戦の最前線という物騒な現実的側面をもっている。学界では「インテリジェンス」は知力を意味していたが、いまでは「敵に関する情報や知識」の意味で使われるほうが多くなっている。[9]

研究室や教室、講堂で、中国、ロシア、キューバといった国々の諜報機関がスパイ候補を取り合い、アメリカの政策を見透かし、機密扱いの研究を手に入れようとしている。対するＦＢＩとＣＩＡは、海外から来た学生や教職員のなかから協力者を育てている。政府、企業、科学技術と緊密に結びつき、加えて知識基盤経済では技術的知識も競争を強いられるため、教授や大学院生、さらに学部生までもが、あらゆる方面から協力者として切望されるという状況が生まれている。

「諜報機関のすべてではないにしても、そのほとんどが大学を主な新人補充地と見ている」。国防総省の諜報機関であるアメリカ国防情報局の元防諜担当官、クリス・シモンズは語る。「人はまだ若くて未熟な一〇代の終わりか二〇代はじめに最も影響されやすい。心理操作法を学んだ人間の手にかかれば、もともと傾倒していた方向へたやすく導かれるか、あるいはそれこそ自分がずっと望んでいたことだと思い込まされてしまう」。それに、諜報機関にとっては、政府内ですでに重要ポストに就いている人間を勧誘するよりも、今後政府組織に入る可能性がある学生や教職員をリクルートするほうが、安上がりで目立ちにくい。

大学の公開講座のおかげで、外国人もアメリカ人も情報収集が楽に行えるようになった。ほとんどの教室や学生センターは言うまでもなく、研究室（増加傾向にある政府の極秘研究を行う場合を除き）さえ、フロリダのゲーテッド・コミュニティ〔人の出入りを監視する警備の厳重な居住区〕よりも簡単に入れる。大学とは無関係のスパイが講義やセミナーやカフェテリアに怪しまれずに紛れ込み、コンピュータ科学者や国防総省のアドバイザーの隣に座って親しくなれる。

影の存在であり、ときには欺瞞《ぎまん》も働くスパイ組織は、透明性と学問の自主性という大学の伝統的理念につけ込んで利用し、それを汚している。にもかかわらず、大学は海外分校を開き、付属の機関に中国の金と人が流れ込むのを黙認し、学費を全額負担する留学生の数を増やすなどして財源と世界的知名度を追求するあまり、スパイ行為を無視するばかりか、見逃してもいる。たとえば、コロンビア・ビジネススクールは、ニュージャージー郊外に住んでいた二児の母、シンシア・マーフィーが、じつは本名リディア・グーリエワというロシアのスパイと判明したとき、彼女の修士号を取り消さなかった。彼女がモスクワから課せられていた任務は「日頃から級友たちと親しみ、教職員のうち就職支援を担当し、機密情報にアクセスできそうな（あるいはすでにその立場にある）人々とも親交を深めておく」というものだった。[10]

学問の場《アカデミア》でのスパイ活動が急に盛んになったのは、ふたつの潮流が重なったためだ。ひとつは、アメリカの諜報機関と大学が親密さを増していること。これは二〇〇一年九月一一日の同時多発テロ後の、愛国的熱狂とテロへの恐怖も一部、影響している。ヴェトナム戦争時代、学生運動や教職員の敵意により遠ざけられていたCIA、FBI、その他の国の安全を担う機関は、いっせいに戻ってきてスパイと学者とのあいだに微妙な協力関係を築いている。

「九・一一のあと、多くの大学は国家安全保障諸機関との連携を密かに再開した」と、コロンビア大学で安全保障政策について教えるオースティン・ロングは述べている。

ふたつめの、おそらくより重要と思われる潮流が、高等教育におけるグローバル化だ。グローバル化のおかげで、敵対する国同士の友好と理解が進み、教育や研究の質が向上した。反面、それでアメリカの大学や海外分校での外国のスパイ活動が盛んになり、同様に外国人の留学生や教職員をリクルートするアメリカ側の働きかけも活発になった。大学関係者のアメリカへの流入、アメリカから海外への流出はともに急増しており、その双方向ともスパイに活動の機会を与えている。アメリカ人学生や教員はますます海外へ出ていく傾向にある。[11]海外に留学しているアメリカ人の数は二〇一四／一五年に三〇万四四六七人に達し、二〇〇一年の二倍になっている。アメリカの大学に日が沈むことはない。イタリアからクルディスタンまで、八〇の国と地域に一六〇を超えるアメリカ方式の大学がある。[12] その多くがアメリカの大学の分校、あるいはアメリカの認可を受けて外国が運営する学校だ。その半数以上が二〇〇〇年以降に開校した。

政治的に不安定な中東や中国などに多いこれらの分校は、外国の諜報機関に狙われやすく、アメリカにとっては格好の情報収集拠点となる。外国――なかでも中国――の諜報機関は、海外にいる若いアメリカ人を勧誘し、彼らをアメリカ政府の要職に就けようとする。彼らが適切な言語に堪能ならば、アメリカの諜報機関も同じように彼らを利用しようとする。

ＣＩＡとＦＢＩは「旅行好きで二学期か三学期のあいだ留学する計画をもち、特定の言語に堪能な若いアメリカ人を見つけて情報収集を依頼することばかり考えていた」と、連邦政府の元職員が私に語った。ＦＢＩは南フロリダ大学に中国分校の開校をしきりに勧めてもいた。彭がそこで教えるようになれば、密かにスパイとして働かせることが可能になるからだ。

同時に、これまでは外国人の学生や教職員がアメリカに大量に流れ込んできたが、移民反対のドナルド・トランプが大統領に選ばれたことで、その勢いは弱まるかもしれない。イランや他のイスラム諸国からの流入は特に減るかもしれない。二〇一四／一五年、アメリカの大学で学ぶ外国人留学生の数はほぼ一〇〇万人（九七万四九二六人）で、一九七四／七五年（一五万四五八〇人）の六倍、一九九四／九五年（四五万二六三五人）の二倍以上になる。アメリカの総合大学やカレッジに勤める外国生まれの科学者や工学者の数は、二〇〇三年の三六万人から四四パーセント増えて、五一万七〇〇〇人となっている。[13] 留学生や研究者、教授の大半は、正当な理由でアメリカ合衆国にやってくるのだが、外国のスパイにとって、大学は「有望な人材に目をつけ、こちらの考えを提案して誘導し、研究に直接触れ、あるいはそれを盗み出し、新人を鍛えるには理想の場」と、FBIは二〇一一年に報告している。[14]

FBIとCIAは海外からアメリカに来た留学生や教授、客員研究員に狙いをつけ、将来脅威となるか、あるいは「資産《アセット》」となるか見極めようとしている。アセットとは、スパイ用語でCIAに雇われた協力者を意味する。二〇一二年にアメリカの大学で留学生を世話する職員に行ったアンケートでは、[15]三一パーセント、つまりほぼ三分の一が過去一年のあいだにFBIが学生に会いに来たと答えた（アンケートはCIAについては尋ねなかった）。職員が知らないだけで、FBIはもっと多くの学生に働きかけている可能性もある。

FBIで大学側との連絡役を務めるミロノヴィッチは二〇一四年五月、学長の団体に宛てて次のように書いている。「防諜活動において、FBIは三つの主な領域[16]に関心を持っています。一、学生——外国人、アメリカ人を問わず。二、教員——外国人、アメリカ人を問わず。三、研究開発」

キャンパスに多くの外国人が溢れるなか、アメリカの諜報機関は彼らの国籍、家庭環境、専門分野、機密にかかわる研究に携わっているか、国費留学生か否かにもとづいて優先順位を決めている。もしある大学関係者が敵対国出身で、なおかつ潜入が困難な国の場合、アメリカの諜報機関は断られても簡単には引き下がらない。イラン出身でひんぱんに国に帰っていた科学者のケースを例にとろう。「その人はまずFBIから、イランの現状について彼の見解が聞きたいので会いたいと言われた」と、彼の友人は語る。[17]「彼はFBI捜査官と会った。それから数回メールをやり取りしたあと、CIAが彼を雇いたがっていると、あるFBI捜査官から聞かされた。彼はそれを断った」

「しばらくして、同じFBI捜査官が再検討してくれないかと言ってきたが、彼は再びCIAの依頼を断った。数ヶ月後、彼は安全保障に関する会議に招待された。CIAの関係者がおおぜい参加するのがわかりきっている会議だ」。会議は「イランについて、そして、若いイラン人、なかでも若い科学者が、いかにしてイラン強硬派の歩兵となり、イランの核開発を含め、あらゆる面でどのように強硬派を支援しているかについてだった」。彼は「参加を辞退した。数ヶ月後、彼はイギリスの会社の代表から会いたいと言われ、〝サンフランシスコのイギリス領事館〟で面談したいと頼まれた。それが架空の会社だとわかり、これも彼をリクルートしようとする試みだったと思われる。面談は実現しなかった」

CIAは海外での手柄や失態で有名だが、その情報資源部は国内で外国人をリクルートする活動を密かに行っている。その部門を二〇〇三年から二〇〇五年まで率いたヘンリー・クランプトンによれば、有望な候補として「百数十人」を選び出すには「大学の協力者」のネットワークの力を借りたという。

「大学には我々に協力的な人物がいた」とクランプトンは私に語った。「彼らとは時々会った。彼らはだいたいアメリカ市民か、あるいは合法的に滞在している人で、それが正しいことと思って我々に協力していた」

CIA局員は、アメリカの市民権や永住権をもつ人をリクルートする際、自分が諜報機関の人間であることを相手に知らせなければならないが、外国人の場合はその必要はない。ある元CIA局員は〝イシュマエル・ジョーンズ〟の筆名で回想録を出し、「アメリカの大学で学んでいる外国人リスト」をもとに、彼らと会う約束をとりつけるために「民間人を装った非常に多くの偽名」と使ったと記している。[18]「彼らと会い、アメリカにとって関心のある秘密情報に彼らがアクセスできるか見極める。できるとわかれば、さらに何度か会い、折を見てリクルートする……典型的なケースとしては、ならずもの国家から来た国費留学の大学院生で、ならずもの国家にとって有益なこと——たとえば核科学——を研究している人物を探し出す」

秘密の任務に携わるCIA工作員は教授になりすますこともある。特定の大学の職員だと詐称することは許されないが、CIAの方針はこの辺りをあいまいにぼかす余地を残している。「テキサス大学オースティン校、中東研究の准教授です」と称するのは許されないが、「中東の政治に関する本の出版のために調査をしている教授です」と言うのは許される。このような区別は現場ではあいまいになりがちだ。「インテリの大学教授になりすますのはダメだなんて聞いたこともないし、私はそうしてきた」と、ジョーンズは述べた。[19]

ドナルド・トランプ大統領の選挙戦での発言や国家安全保障関連の人選から推測すると、彼の政策は大学での国内外の諜報機関の活動を後押しすると思われる。人権や個人情報に関する規制が緩和され、CIAと国家安全保障局《NSA》は、外国人の学生や教授への監視、スカウトを一段と強めるかもしれない。イランとの核合意を破棄すれば、イランはすぐに爆弾製造に取りかかるだろうし、CIAは主要な科学者に亡命を持ちかけるために、学術会議の手配を再開するだろう。トランプが公約に掲げた中国との貿易戦争が起これば、中国はますますアメリカの大学で開発された科学技術を盗もうとするだろうし、ロシアとの宥和《ゆうわ》政策により、ウラジーミル・プーチンはアイヴィーリーグを通してさらに多くのスパイを潜入させる可能性がある。中国、ロシア、イランは、二〇一六年一二月にトランプがツイートした「アメリカは核能力を強化し、拡大しなければならない」という軍事力増強の方針を受けて、学界に情報源を求めるに違いない。

本書執筆中の現時点では、イランやその他の主なイスラム教国からのアメリカ入国を制限するというトランプ大統領の提案は決定的ではない。それが法的に正式に認められることになるのか、どのカテゴリーの人が含まれるのかはまだわからない。学生や教授は対象外とされるなら、彼らの祖国の諜報機関は大学でのスパイ活動にますます依存することになるだろう。学生や教授も対象となるなら、大学関係者を装ってアメリカの大学に潜入するスパイは減るはずだ。どちらのケースにしても、トランプの反イスラム的な発言のせいで、アメリカ在住の中東諸国の学生をリクルートし、スパイとして祖国に送り込むＣＩＡやＦＢＩの活動は前より難しくなるかもしれない。


多くの教授は非常に勤勉だが、彼らの職務は必ずしも長時間拘束されるものではない。週に一〇時間から一五時間教え、週に二回、研究室で学生の質問や相談に応じ、夏休みがある。自由になる時間が多く、そのあいだに執筆や研究、講義の準備、答案の採点、大学の委員会の仕事、カウンセリングを行い、海外での学術会議に出席し、そして、アメリカの諜報機関に協力することもできる。

教授たちの協力は様々なかたちで行われ、様々なレベルがある。注目している地域から帰ってきた人は、ＣＩＡに状況報告《ブリーフィング》を求められるか、あるいは自ら非常に価値のある情報を提供する場合もある。「ある政府高官との会話で非常に興味深い話が聞けたときは、自分の意志で報告する」と、ハーヴァード大学の政治学者で元国家情報会議議長のジョセフ・ナイは語る。「たとえば『外務大臣を見かけました。彼らの表向きの立場はこうです。酒を飲みながら話したとき、彼は反対のことを言っていました』と報告する」

ＣＩＡの方針では緊急事態でない限り、ジャーナリスト、聖職者、平和部隊の隊員を利用することを禁じているが、学生や教員は楽に狙える獲物だ。〝イシュマエル・ジョーンズ〟によると、海外出張にひんぱんに出かけるふたりの教授が、最近ではＣＩＡの「とりわけ活動的で無能な」[20]エージェントだったという。ふたりは「核開発中の国」[21]から若い科学者をアメリカに招き、マサチューセッツ工科大学の最先端の研究室へ非公式に案内し、その人物のリクルートを目論んでいた別のＣＩＡ工作員の計画をうっかり妨害してしまった。

これとは別の時期、この教授二人組は、ＣＩＡの予算を使って、ある科学者を敵対国から「誘い出すための科学者会議」[22]を開催し、その科学者がアメリカの大学に来られるよう奨学金を用意した。ところが、当の科学者はＣＩＡに協力するどころか、「大学の人脈や奨学金を使って、自分の国の核開発に役立つ科学的情報を集めた」

また別の、東海岸の有名大学の教授[23]は、ディナーパーティにはいつも八〇〇ドルのビクトリノックス製スイス・アーミー腕時計をしてくる。これはロシアのスパイからもらった賄賂《わいろ》で、究極の話のネタになる。

学生の頃、彼はＣＩＡ入局も考えたが、採用されなかった。彼は学問の道を進んで外交政策の専門家として名を馳せたが、それでもなお、自分は本当にスパイに向いていなかったのだろうかと折に触れて思い返していた。

そして、二〇一〇年、思わぬチャンスが訪れた。彼は大学で開かれた軍縮に関する討論会の議長を務めた。討論会のあと、ロシア人外交官が彼とパネリストのひとりに近づいてきて、名刺を渡し、昼食に招待した。

教授もその同僚も機密情報取り扱い資格を得ていたため、この誘いをＦＢＩに報告した。ＦＢＩ防諜担当の捜査官がまもなく電話してきて、その外交官はおそらく外国の諜報員だと言った。「では、ランチに行くのはやめておきます」と教授は言った。

「それでもかまいません。が、こちらとしては、できれば彼に会っていただきたい」と、ＦＢＩ捜査官は言った。ＦＢＩは、教授を二重スパイにして「ロシアの情報収集の優先順位、スパイの技法など」について知りたいと思っていたのだ、と教授は私に語った。「相手が何を知りたがっているかを突き止めるだけでも非常に価値のあることだ」

それから二年のあいだに、ロシア人とＦＢＩはそれぞれ一〇回、教授に昼食をおごった。教授はロシア人スパイとメキシコ料理店、フレンチ・ビストロ、ステーキ・ハウスで食事をした。ロシア側が敵の監視を警戒したため、同じ店は二度と使わなかった。ロシア人はいつも現金で払った。工作資金から直接出した百ドル札だった。こうした食事のあと、教授はＦＢＩ捜査官に電話した。すると捜査官が数日後、彼を昼食に呼び出し、話を聞くという仕組みだ。

件《くだん》のスパイは年齢三〇代後半、筋肉質で浅黒く、ロシア大統領で元ＫＧＢ将校、ウラジーミル・プーチンを思わせる広い額に落ちくぼんだ目が特徴的だった。教授が論文や著作を出版したいなら、ロシアの出版社を紹介すると持ちかけ、父はソ連時代、報道機関に勤めていたのでモスクワの出版業界にコネがあるのだと語った。このような経歴はＫＧＢのスパイがよく使う手だと教授は聞いていた。スパイはまた、教授に贈りものを渡すようになり、それが段々と高価なものになっていった。最初は上等なウオッカ〈ポソルスカヤ〉——外交官を隠れ蓑《みの》にしたスパイには適切な贈りものだ。なぜなら、ポソルスカヤとはロシア語で「大使」を意味するから——それから、スイスの腕時計を贈ったのだ。

「この時計、要ります？」教授はＦＢＩ捜査官に尋ねた。「盗聴器が仕掛けられていないか、調べてみます？」

その必要はない、と捜査官らは言った。盗聴器が仕掛けられているとは到底思えない。教授がもらっておけばいい、と。

最初、スパイは教職員用ラウンジや時事問題セミナーでよく話題になる事柄について、教授の見解を聞きたがった。たとえば、アメリカの対アフガニスタン政策などだ。昼食を食べながらのスパイの質問はしだいに特定の人に向くようになった。教授はアメリカの将官の誰某《だれそれ》とどれほど親しいか、その人と何を話すか？　教授は具体的に答えるのを避け、しっぽを出さないように気をつけながらも、内心はわくわくしていた。

「利口で間抜けな振りをしなければならない」。のちに教授は私に語った。「本来の自分よりも少しだけ忘れっぽく見えるように。これは恋の駆け引きと同じだ。喜んで自分の国を裏切りそうだと思われてはだめなんだ」

ついに、ロシア人が取引を持ちかけた——情報と引き替えに金を出すという。支払いの額は情報の質による。発覚するのを避けるため、教授はネットに接続しないノートパソコンを買い、それを使って文書を作成し、ファイルをＵＳＢメモリに保存してロシア人に渡す。スパイはそれを最寄りのロシア公館に持ちこんで安全なコンピュータに移し替え、モスクワに送信する。

ＦＢＩは教授に、決して重要機密を明かすことなく、そのまま関係を続けるよう指示した。教授は自分のノートパソコンでアフガニスタン紛争に関するもっともらしい論文を書き、ＵＢＳメモリをロシア人に渡した。

次に会ったとき、スパイは百ドル札で二〇〇〇ドルを支払った。そして、いかに分析がよくできていても、すでに公表されている情報ばかりでは物足りないと率直に言った。

「ありがたいとは思っていますが、これはそんなに重要だとは思えません。もっとよい情報をくれるなら、もっと払います」

アメリカの学界と政界の回転ドアについてよく知っていたスパイは、教授に国務省か国防総省に転職してはどうかと勧めた――その内部情報には、おそらく充分な報酬が与えられると、双方とも暗黙のうちに了解していた。

教授は現金をＦＢＩに提出した。それからほどなくして、ロシア人は任期を終えてモスクワへ帰った。教授には、後継者が連絡するだろうと言い残していったが、連絡はこなかった。ロシアの諜報機関は、教授の出す平凡な分析から判断して、彼には価値がないと諦めたのかもしれない。あるいは、ＦＢＩが陰で糸を引いていると気づいたのか。いずれにしても、教授のスパイ大作戦は終わった。彼は「驚天動地の」場面には遭遇しなかったが、それでも自分が国の安全に一役買い、憧れていたスパイに一時《いっとき》でもなれたのは間違いないと思っている。

第一部　アメリカの大学に潜入する外国の諜報機関

第1章 「透明マント」[1]

二〇一六年一月三〇日夜、世界の有名建築を集めた中国のテーマパーク、〈深圳世界之窓〉内にあるシーザーパレスのステージでは、黒いマントに身を包み、目深にかぶった頭巾の下から笑みをのぞかせ、ライトセーバーを振り回しながら、ジェダイ・マスター、オビ＝ワン・ケノービが闊歩《かっぽ》していた。[2] ジェダイの騎士、帝国軍のストームトゥルーパー、その他の『スター・ウォーズ』のキャラクターも同様に得意げだ。舞台はスポットライトの点滅とスモークマシンによる噴射で交互に明るく照らされては煙に包まれ、七〇〇人の観客が黄色や緑、紫色のライトセーバーを振って応える。

「未来の戦い――新しい夜明け」と題された『スター・ウォーズ』のパロディは、生演奏や官能的なダンス、人形と人間の二人羽織のような寸劇、中国軍に捧げるパフォーマンスといった豪華なショーのハイライトだ。これは〈光啓《クアンチー》高等理工研究院〉と〈光啓科学〉の設立六周年を祝う行事。同社は急成長するメタマテリアル分野での大発見と商業化を目指している。オビ＝ワン・ケノービに扮するのはこの企業体の創設者で社長の劉若鵬《リウルオポン》、他のジェダイ騎士はその重役たちで、他の出演者や観客はその従業員だ。観客のなかから抽選で数名に、劉が掲げる〝恐れを知らぬ革新的精神〟そのままに北極、南極、近宇宙への旅が与えられた。

コスチュームのまま劉は大きな花束を左腕に抱え、右手のライトセーバーをマイクに持ち替え、自らの功績を称える歌を歌った。[3]「外はどれだけスリルに溢れていても、私は完全に落ち着いていた」と彼は中国語でささやくように歌う。「道のりがどれほど苦しいか、言葉にはできないけれど、ありがたいことに私たちはいつも冷静だった」。それから彼は、ビートルズの『ヘイ・ジュード』のコーラスへ流れるようにつなげた。

丸々とした頬の、三二歳にして愛くるしい少年のように見える劉には祝うことがたくさんあった。彼が株の過半数を所有する〈光啓科学〉は香港市場に上場しているが、そのおかげで億万長者になり、彼の企業帝国はアメリカ、ノルウェー、カナダ、ニュージーランドにまで版図を広げた。中国のメディアは、電気自動車で有名な〈テスラ・モーターズ〉の伝説の共同経営者になぞらえて彼を「中国のイーロン・マスク」[4]と呼び、その先見性を称えている。二〇一五年末までに、設立間もない〈光啓高等理工研究院〉は三二八九件もの特許を申請し、そのうち一七八三件が認められた。[5]中国政府は彼に多くの賞を与え、テクノロジー政策を任せ、習近平主席はじめ、多くの著名な閣僚や政府高官が深圳にある劉の企業を見学に訪れている。

だが、劉の富も名声も、記念行事の衣装と同じく、まやかしだ。あるいは、著名なデイヴィッド・M・スミス教授のもと、彼がデューク大学の電子工学の大学院生として設計を手伝った「透明マント」と同じく、見せかけだ。そこには、これまで公開されなかった気がかりな真実が隠されている。彼の成功の大部分は高等教育における産業スパイ行為によってもたらされた。劉は警戒心のない教授につけ込み、共同研究のあいまいな指針やデューク大学の開放的でグローバルな文化を逆手に取り、国防総省《ペンタゴン》が資金を出している研究内容を中国に流したのだ。彼の手引きで、中国人研究者がスミス研究室を訪れ、そこにあった装置の複製を作った。デューク大学の彼の同僚がもっていたデータやアイデアを気づかれないように中国に渡しもした。デューク大学での研究にもとづいたウェブサイトを密かに中国で立ち上げ、スミス教授をだまして中国で臨時講師をさせた。将来、戦闘機や戦車、ドローンを不可視化して戦争や秘密工作の結果を左右するかもしれない最新の軍事技術研究において、アメリカがどこまで進んでいるかを暴露した。中国政府は劉への謝意を表すためか、帰国して彼が新規に立ち上げたベンチャー企業に数百万ドルを出資した。

デューク大学研究室の同僚の何人かは、彼に信頼を裏切られたと感じている。「大学内で忙しく作業しているとき、それが誰の発案か知っているのはせいぜい一〇人」。研究室のメンバーのひとり、ジョナ・ゴラブは私に語った。「アイデアはここから中国へ流出した。いまにして思えば、みんな、全体を把握していなかったと感じている」

劉のケースで明らかになったのは、大学の研究が外国からの攻撃に対して非常に脆弱《ぜいじゃく》であること、そして、大学がそれを守るためにほとんど何も対策を講じていないことだ。留学生を募り、海外分校を開設するのに懸命な大学は、研究に関する情報窃取を追及して中国やその他の国々の機嫌を損ねたくないと思っている。だが、別の視点で見ると、それは研究資金を出している政府機関を裏切ることになり、さらに言えば、アメリカの納税者を裏切る行為だ。私たちがせっかく国防のために税金を払っても、大学が国際的知名度を上げるのに夢中で、それに伴う弊害を認めず、対策を怠っているため、国の安全が脅かされる結果となっている。

劉はなんの罪にも問われなかったが、ＦＢＩは彼の行動を詳しく調べ、それを各大学の学長や捜査当局者に説明した。情報公開請求により入手した二〇一二年一〇月にＦＢＩ本部で行われた〈国家安全保障高等教育諮問会議〉の議事録[6]によると、スミス教授は「知らないあいだに中国人が彼の研究室をターゲットにして、中国に瓜二つ《ミラー》の研究室を開設した経緯を語った。この出来事により、デューク大学はライセンス、特許権、特許権使用料の面で多大な損害を被り、スミス教授は画期的研究を最初に発表する機会を逸した」。二〇一五年九月、招待者だけに公開されたＦＢＩのスミス教授とのインタビュー映像は、『優れたアイデアの窃盗』というシンプルな題名がついていた。[7]

劉は「間違いなく、最初からそのつもりだった」し、彼の行動は「将来、途方もない経済的影響を与える可能性がある」と、スミスは二〇一五年七月に私宛に書いている。「ときにはこのようなことが実際に起こるのだと、そして、悪意をもった人間がアメリカの大学環境下で必然的に生じる煩雑さの隙を突いてくるのだと周知されれば、今後はもっと慎重になり、今回のような事態を避けることができると思う」

大学での研究は外国の諜報機関に、価値が高く、盗みやすく、リスクの少ないターゲットを提供する。ペンタゴンや情報コミュニティにとって画期的な最新技術を開発しているにもかかわらず、大学の研究室は共同と公開を大切にする文化を反映し、同じ研究をしている企業と比べると防御が甘い。たとえば、公開の精神と矛盾するため、大学の研究者は秘密保持契約に署名を求められない。

「ボーイング社のような企業と比べると、はるかに自由だ」と、カリフォルニア大学ロサンゼルス校《UCLA》の電子工学教授ジョン・ヴィラズナーは語る。「知的財産に接したいと思っている人にとって、大学は絶好の場所だ」

　科学分野の学生や教職員のあいだでは、知的財産の防衛手段やそれが狙われていることに対する無知がはびこっている。ロー・スクールをのぞき、この課題については「なんの指示」もないと、ヴィラズナーは私に語った。彼が調査したＵＣＬＡ工学部の大学院生のうち、非常に大きな割合で、特許の意味を明確に示すことができず（二一パーセント）、同様に、著作権（三二パーセント）、商標（五一パーセント）、企業秘密（六八パーセント）についても正確に理解していなかった。[8]アメリカの教授たちはスパイの可能性について深く考えたこともなく、ときには海外の知り合いや面識のない人から頼まれて、研究に関する助言、原稿の評価、未公開データを提供している。ペンシルヴェニア州立大学のある土木工学教授は、当時の学長、グレアム・スパニアに電話し、メガトン級の爆発に耐えるコンクリート製地下施設の建築法を教えて欲しいと外国人からメールが来たと伝えた。

「送信ボタンをクリックする直前、これは相談したほうがいいと思ったんです。相手のことは何も知らないし」と、教授は言った。スパニアはＦＢＩに通報し、ＦＢＩは依頼のメールが七つの仲介層を経由しているところまでは突き止めたが、その先はわからなかった。巧妙に隠された発信元は結局、解明できなかった。

　大学の無頓着な姿勢とは裏腹に、外国のスパイの脅威は増している。ペンタゴンの一機関で、アメリカの最新技術を守る国防保安部によると、機密情報入手を試みる諸外国のあらゆる活動のうち、大学関係者への働きかけ、つまり「学生や教授、科学者、研究者を情報収集に利用する」ケースは、二〇一〇年には全体の八パーセントだったのが、二〇一四年には二四パーセントに増えている。[9]

工学やコンピュータ科学の才能があるアメリカの大学生は卒業後、大学院に進むよりもハイテク企業に就職するか、自分で起業する傾向にある。その結果、それらの分野のアメリカの大学院では外国人留学生が多数を占め、最先端研究を支える主な労働力となっている。二〇一二／一三年、アメリカの大学が博士号を与えた総数のうち、外国人の割合は、工学の分野で五六・九パーセント、コンピュータ・情報科学の分野で五二・五パーセントだった。スミス教授の専門である電子工学に限って言えば、全米の大学院生の七割以上を外国人が占める。[10]

「外国の諜報機関、外国の企業、外国の政府は度々これらの学生に働きかけ、彼らが携わっている研究の成果やその他の専有財産や知的財産など、それらの研究資金を出しているアメリカ政府やアメリカ企業に属するものを彼らから引き出そうと試みている」と、元FBI防諜部長、デイヴィッド・W・ザディが二〇一四年七月に局内報に書いている。[11]「外国の軍隊は、アメリカ国防総省が支援する研究の成果をアメリカの大学から盗み出し、最新鋭の兵器システムを開発することができる」

アメリカの納税者は大学での研究と開発に巨額の資金を提供している。アメリカ政府は二〇一四年に、二七四億ドルをそのために拠出しているが、その額は二〇〇〇年の一六九億ドル、一九九〇年の九一億ドルと比べて増えている。この数字にはペンタゴンや諜報機関から拠出された額も含まれ（ＣＩＡは支出を公開していないので含まれない）、二〇一四年には二四億ドル、二〇〇〇年には一七億ドル、一九九〇年には一二億ドルだった。[12]

こうした研究のなかに、外国人留学生の立ち入りを禁止しているものもある。それが機密扱いであれば、機密情報取り扱い資格を得た者だけが携わり、たいてい、警備の厳重な学外の施設で行われる。機密扱いに次ぐレベル、輸出規制であれば、大学側は外国人を参加させる場合、政府の認可を得なければならない。その際、中国やイランなどの留学生はたいてい拒否される。

だが、連邦政府が資金を出す大学の研究はその大半が基礎研究であり、すべての学生に開放されている。しかも制約もなく公開できるのに、どうしてわざわざ盗むのだろうか。答えは、時間の節約と失敗を避けるためだ。学術専門誌に公表された結果からだけではわからない多くの情報が得られる。「答を知っているというのは素晴らしいが、その過程もおそらく同様に重要だ」と、歴史家でワシントンＤＣにある国際スパイ博物館の学芸員、ヴィンス・ホートンは語る。「進まなかった道、失敗、行き止まりが見える」。アメリカの大学の研究室にスパイを潜り込ませれば、海外の研究者は真の開拓者よりも先にアイデアを発表して特許を取ることができ、そうすることで称賛、資金、優秀な学生や教職員がいっきに集まってくる。

諸外国の政府は、なんとかして基礎研究段階の大発見《ブレークスルー》をかすめ取りたいと狙っている。その応用が重要と認められて機密扱いになる前に――そして、外国人学生がそれにアクセスできなくなる前に。かつてＦＢＩタンパ支局で防諜班を率いたＪ・Ａ・コーナーは、そのような将来有望な科学を「前・機密扱い《プリ・クラシファイド》」と呼んでいた。「そういうものは、いったん軍事システムに組み入れられてしまえば、機密扱いになるし、アクセスしにくくなる」と、彼は言う。

アメリカの大学が非常に開放的であるために、アメリカ人の発案を国外へ盗み出そうとする外国人に対して決定的な対策が打てない。「経済スパイ法」は、窃取対象となる企業秘密を所有する側にも、あらかじめ適切な防御を整えておくよう定めている。たとえば、コカ・コーラがその調合法を厳重に秘密にしていた有名な逸話のように。知財保護のための機密保持契約や協力協定を結ばない大学はその基準を満たすことはできない。

デューク大学でも特に目立っていたデイヴィッド・スミス教授は、別棟にふたつの研究室をかまえていた。それぞれは、よく手入れされた芝生をはさんで向かい合うふたつの建物にあった。ひとつは、石の外装に「スマート・ブリッジ」のような最新の快適性をそなえた、工学・医学・応用科学の学際研究のためのフィッツパトリック・センター。もうひとつは、電子・コンピュータ工学部が入っているそれより古い赤煉瓦造りのハドソン・ホール。その両方に自分の研究グループを置いて監督していた。

二〇一六年四月、改装中で壁も棚も空っぽのハドソン・ホールで私と面談したとき、スミス教授には彼のように学部長の地位にあり、次はノーベル賞だと称えられる科学者にありがちな尊大なところはまったくなかった。普段着の彼は口調も穏やかな、飾らない人という印象だった。

スミスは、自分の教え子で大富豪になった中国人、劉若鵬の件では、科学の共同研究の拠り所である信頼が簡単に悪用されることを身をもって学んだと、私に語った。「知的財産について誰も何も学んでいなかった。どこに境界線を引くか——これはいま、私たちが全力で取り組んでいることだ」

スミスは一九六四年、米軍に勤める父の赴任先の沖縄で生まれた。彼が赤ん坊の頃、両親が離婚し、父とはそれ以来会っていない。母は半端仕事で生活費を稼ぎ、引っ越しを繰り返しながらカリフォルニアじゅうを転々とした。リヴァーサイド、サンディエゴ、カールスバッド、サンフランシスコ、パームスプリングス、そして、エスコンディードで彼はハイスクールの最後の三年間を過ごした。

彼はカリフォルニア大学サンディエゴ校《UCSD》で、一九八八年に学士号を、一九九四年に博士号を取得した。大学院時代の彼の趣味はカードゲームのブラックジャックだった。彼はカードの数え方を覚えた。場に出たカードを記憶し、未使用のカードの山に残された価値の高いカードを予測することでプレーヤーのチャンスを高める戦略だ。「気がつけば、ラスヴェガスでブラックジャックをする集団のまとめ役になっていた」[13]。サンディエゴ近くの先住民居留地のカジノで、印をつけたカードの束を使うディーラーにだまされた彼は、損を取り戻すために訴訟を起こした。裁判は五年に及び、その間スミスは「インディアン・ゲーミング法について非常に詳しくなった」が、結局、カリフォルニア州控訴裁判所は彼に不利な判決を下した[14]。

スミスが学問の世界で頭角を現したのは遅いほうだった。UCSDでは、彼は「ごく平凡な院生で、あの段階では全然期待されていなかった」と、同校で一時期、彼とともに学び、のちにデューク大学のスミス研究室の研究員となったデイヴィッド・シュリグは語る。「まさに驚くべき出世だ」

UCSDで博士課程修了後の学生《ポスドク》となったスミスは、指導教授が起業したバイオテクノロジー会社に関わり、ほとんど研究論文を発表しなかった。大学を去って実業界に入ることに決めたが、その前に論文をいくつか出しておいたほうが、あとで有利になると考えた。そして、たまたま彼の論文がメタマテリアル——自然界の物質にはない性質を持つ人工物質——という分野を開拓することとなり、「幸いにも事態が好いほうへひっくり返った」[15]

一九九八年頃、彼はイギリス人物理学者でインペリアル・カレッジ・ロンドン教授、サー・ジョン・ペンドリーと共同研究を開始した。ペンドリーは、メタマテリアルは空間を進む光を屈折させるという仮説を立てていた。

二〇〇五年、サンアントニオで行われた科学学会で、ペンドリーは「面白い」と自分で思っている応用を提案した。「私は『ところで、私たちはものを見えなくすることができるんです』と言った」と、のちに彼は述懐している。「私はスケッチ一枚と数式を書いたスライド一枚を提示して席に着き、笑われるだろうと思っていた。ところが、みんな真面目くさった顔をしていた」[16]

二〇〇四年にデューク大学の教職についたスミスは、その学会には出ていなかったが、彼の研究室のメンバーふたりが、ペンドリーの発表を聞いていた。「まもなく電話がひっきりなしにかかってくるようになり、デイヴィッドが『私たちで絶対にこれを作らなければ』と言った」と、ペンドリーは振り返っている。

「私も私の研究グループも、それを楽しい挑戦だと思ったし、実験も設計もできると即座に思った」と、スミスは私に語った。[17]「ただ、この話題があれほど大きな注目を集めるとは予想していなかった」

不可視化は常に人類を魅了してきた。メドゥーサを殺したあと、ペルセウスは姿を見えなくする兜《かぶと》をかぶり、ゴルゴーンのもとから逃げた。ハリー・ポッターやフロド・バギンズのはるか以前から、アーサー王や親指トムは透明マントを身につけていたし、プラトンの『国家』に描かれた羊飼い、ギュゲスは姿を消す指輪を使って王を殺害し、王妃を誘惑した。

ジャーナリストは仕事のために透明人間になれたらいいのにと願う。壁にとまった蠅《ハエ》のように、気づかれずに観察できたら。もちろん、メモ帳とペンとカメラとテープ・レコーダーを持った蠅でなければならないが。同様に、不可視性は戦争やスパイ活動にも当然メリットがあり、長年軍事戦略家を惹きつけてきた。イギリス陸軍は第二次世界大戦中、不可視化の助言を得るため奇術師と映画制作者を雇っていた。[18] 二〇〇二年、《ウォール・ストリート・ジャーナル》に、ロチェスター工科大学でのCIAの復活に関する記事を書くため、私はCIAの主任科学者、ジョン・フィリップスが出席する集まりに出かけた。そこでフィリップスは、最終学年生にプロジェクトをいくつか提案した。彼のリストの上位にあったのが、スパイを陰に隠しておくために光線を屈折させることだった。

「私の姿を見えなくしてくれ」と、身長一九〇センチ、体重一一〇キロ以上のフィリップスが学生たちを鼓舞していた。

二〇〇六年六月、ペンドリー、シュリグ、スミスが共同で執筆した、「透明マント」の作り方を解説した論文が《サイエンス》に掲載された。[19] 同年一〇月、《サイエンス》オンライン版の論文で、三人はスミス研究室の他のメンバーとともに、初めてマントの実験に成功したと発表した。[20] 数千もの銅の回路で構成され、これは「物体を回避するように光を屈折させるが、通り過ぎるとそのまま真っ直ぐ進んできたように見せる」と、スミスはのちに記している。[21]「川の中にある岩を水が避けて流れる様子を思い浮かべて欲しい」

これには注意すべき点がひとつあった。透明マントはマイクロ波から物体を隠すだけで、人間の目はごまかせない。可視光線の波長はマイクロ波より一万倍短いので、メタマテリアルもそれに合わせて小さくする必要がある。そのようなスケールの差が実現を難しくしていた。この、より小さなメタマテリアルの素材となる金属はほとんどの場合、屈折するのではなく光を吸収してしまう。それでも、この発見は、電波が屈折し、建物や障害物を避けるので携帯電話の感受性を改善するのをはじめ、アンテナによる軍事用通信の電波障害を減らすなど、多様な応用が期待された。

《サイエンス》に載ったこのふたつの発表をきっかけに、マスコミが大々的にとりあげた。電子工学専門の内気な教授と彼の研究は世界中で——一部では熱烈に——称賛され、彼は気がつけば時の人となっていた。

「私たちの研究が誰かに注目される日がくるとは、想像もしていなかった」と、スミスは私に語った。「それまでは研究グループに加わる学生を見つけるのもたいへんで、予算を確保するのは、それこそ先の見えない終わりなき戦いだった。だから、知的財産を私たちから手に入れようとする人間がいるかもしれないとは、まったく考えたこともなかった」[22]

二〇〇六年八月、スミスが突然有名人になった状況にまだ馴染めないでいたとき、研究室は中国からの大学院生を迎えた。教授は劉に大いに期待していた。電子工学部への入学希望者の八〇パーセント以上を占める中国人は「評価するのが非常に難しい」が、劉は「優秀で見込みのある学生」として目立っていた、とスミスは述懐する。[23]

教授と彼の新しい弟子は性格が対照的だった。スミスが内向的で、思慮深く、几帳面なのに対し、劉は社交的で、熱くなりやすく、自信家で、大げさに振る舞う傾向にあった。研究室でいちばん若いメンバーとして、「愛すべき、ドジで熱心な青年という印象を受けた」とスミスは言う。劉は「ある意味、漫画みたいにとてもエネルギッシュなやつだった」と、別の教授は語る。「非常に気さくで、誰とでも仲良くなり、そこらじゅうを飛び回っていた。たまに気まずくなることもあったが、彼には可愛げがあった。彼は自己紹介するとき、部屋に飛び込んでいく。気楽に付き合える。異なるアイデア、新しいアイデアには驚くほど柔軟だった。無茶なアイデアが好きで、それがどこまで進められるかを試すのが好きだった」

スミスが遅咲きだったのに対し、劉はどちらかというと早熟だった。中国北西部の陝西省《せんせい》で生まれ、九歳のとき深圳に移った。香港から川と湾を隔てたところにある産業と金融の中心地として急成長を遂げた深圳には、通信関連の巨大企業、〈ZTE〉の本社があり、劉の両親は同社で働いていた。浙江大学二年生のとき、メタマテリアルという新物質のことを知った。一年後、この分野の有力な中国人科学者、崔鐵軍《ツェイティエジュン》が浙江大学の客員教授となり、劉の師となった。それから劉は毎週末、崔の研究室がある南京市の東南大学へ電車で通った。[24] 二年間「彼は私の研究グループで自分の研究を行っていた」と、崔は私に語った。[25] 劉は浙江大学の学生を何人か集めて、メタマテリアルのモデリングを試みていた。

「彼はとても精力的で、野心的で、人を束ねる方法を心得ていた」と、浙江大学時代の彼の友人で、のちにスミス研究室に加わる黄大《ファンダー》は語る。「集中すると、彼は決断が速かった」。デューク大学の休みの日には、持ち寄り夕食会のために肉を焼き、モンゴル皇帝チンギス・ハーンを扱った中国のテレビ・ドラマを観て過ごすのが好きだった。

劉は「千のアイデア」をもってデューク大学にきたが、それを堂々とみんなに話した、と別のスミス研究室のメンバー、ジョナ・ゴラブは語る。一週間もしないうちに、劉は中国での自分の研究について議論する一時間のセミナーを主催した。「彼はメタマテリアルにあの大統一理論を持ち込んだ。科学は普通、そういうやり方はしないが、彼は賢いと思った。いつも活動しているし、科学に一〇〇パーセント集中し、自分のしていることに対して一〇〇パーセントの情熱を注いでいた」

「若鵬《ルオポン》は、とても変わった院生でした」と、研究室の別のメンバーは語る。「何事にも全力でただちに取りかかる。初日から、スミス教授やポスドクたちと議論していました。そういうのはたいてい一年目か二年目の終わりにしか見られないことです」

劉がスミス研究室に加わったとき、研究員は彼を入れてたったの五人だった。それが増えて、二〇一〇年には大学院生六人にポスドクが三、四人になっていた。彼らは主に基礎研究をしていたが、ときには輸出規制のかかったプロジェクトに関わることもあった。彼らは毎週ミーティングを開いてアイデアを交換した。研究室は連邦政府の補助金で運営されていたが、なかでもアメリカの軍の研究部門からの資金が大きかった。

上に立つ者としてスミスは学生を支えたが、でしゃばりはしなかった。研究員に自主性を求め、問題はそれぞれ自分で解決すべきだと思っていた。「当時、私はデイヴィッドのやり方にかなり苛立っていた。あまりにも無干渉すぎるので」と、ゴラブは言う。「いずれかの方向へしっかりと導かれているという気がしなかった。もがき苦しんでいるときでも、彼が気づいてくれるなんてことは期待できそうにないし」

劉はその空隙に入り込んだ。ただの院生というより、まるで教授のように振る舞い、スミス研究室のプロジェクトすべて、そしてデューク大学工学研究グループの多くのプロジェクトを把握し、アイデアを惜しみなく披露し、励ましの言葉をかけ、共同研究を率先して始めた。「まさに彼は科学者というよりもオーガナイザー、マネージャーだった」とスミスは語る。「彼の最大の強みは科学ではないが、彼は人を動かして何かをやらせる能力に極めて優れていたと思う」[26]

だが、劉は自分の創造的なアイデアを分析したり試したりといった地道な仕事にはめったに取り組まなかった。「彼はおしゃべりだった」と、前述の《サイエンス》論文の共著者、シュリグは言う。「四六時中、人に話しかけていた。話もうまかった。彼がコンピュータの前で集中して長い時間過ごしているのは見たことがない。常日頃から、ぼくはああいうタイプの人間をちょっと胡散臭《うさん》いと思っていた。他人のアイデアをちまちま集めては自分のものにするから」

スミスのグループに入ってまもなく、劉はかつて自分が所属していたチーム、南京の東南大学で崔が運営しているチームとの共同研究を提案した。崔はおおぜいの優秀な研究者を率いており、彼のプロジェクトはデューク大学のそれと一致すると話した。

スミスはそれは名案だと思った。ペンドリーとの国を超えた提携は実を結んだし、崔は高名な科学者だ。サンディエゴでのインタビューで、スミスは私に次のように語った。彼の指導教授は「被害妄想にとらわれた、極端に外国人嫌いの人だった。[27] それはグループ全体に悪影響を与えた。だから、私がもっと自由に物事を決められる立場になったとき、私はできるだけ開放的で、積極的に共同研究を進めるチームにしたいと思ったのだ」

学生や教職員の相互交流から生まれる共同研究の多くの例にたがわず、スミスと崔のグループ同士のそれも明文化されなかった。[28] 知財の共有に関して制限を設けられたかもしれない正式な合意書は作成されなかったのだ。「共同研究の大半は非公式なもので、人が集まって意見を交換し合う程度のものだ」と、スミスは語る。「これも、今後明確にする必要があるこの制度の不透明な部分だ」

劉はデューク大学と中国チームのあいだの窓口になった。「彼には、私たちのグループと中国のグループというふたつの世界を自由に行き来できるというメリットがあった」と、ゴラブは述べた。

そして、劉は別の提案を切り出した。スミスは崔のチームをデューク大学に招いて関係を強化すべきだというのだ。そんな予算はないとスミスが反対すると、劉は心配ありませんと請け負った。中国側が負担するのです、と。そういうわけで、中国人研究員らがスミス研究室にやってきて、そこにあった装置の写真を撮った。なかでも、一センチ離してそれぞれの移動載物台《メカニカルステージ》に載せられた二枚の大きなアルミニウムの円盤を熱心に撮影した。そして、円盤の長さや金属の厚さ、その他のサイズを測った。

よそのチームの実験室を撮影するのは、学界では疑問視されている。競争上の優位性を保つため、アメリカの大学の研究グループにはそれを禁じているところもある。スミスは戸惑ったものの、共同研究者には装置について知る権利があると自分を納得させた。ＦＢＩによれば、後日、中国でこれとそっくりの実験室が作られた。

その装置を設計して作ったのは、スミス研究室の一員で、《サイエンス》の二〇〇六年一〇月の論文の共著者でもあったブライアン・ジャスティスだ。彼は、その後、崔のグループが出した出版物から、彼らが「念入りにその複製を作った」ことを知った。「細かいところに至るまで、なにもかも……私たちの論文を読んだだけでは、これほどそっくりにはできないだろう」

ジャスティスは「その装置の開発、問題解決、バグの除去に一学期と半分を費やして、ようやく使えるところまでこぎ着けた」と言う。崔のグループは「私たちがすでに重労働をやってあげているから、ものの数週間でそれの複製を作ることができた」。しかしながら、スミスによれば、彼らは「マント」の複製には失敗し、彼らにはその装置でデータを集める能力がなかった。

崔は私へのメールで、彼のチームが装置の写真を撮って複製を作ったことは認めたが、それで得をしたとは思っていないと主張し、さらに、それが学問上の倫理に反する行為と受け取られるとは驚きだと述べた。スミスのグループはすでに装置の解説と写真を公開しており、しかもそれはアイデアも設計もシンプルで、簡単に作れるものだと崔は記している。「ところで、私は似たような装置を中国やイギリス、シンガポール、香港で、少なくとも五台は見ています」[29]

崔は、自分のグループとスミスのグループとの共同研究は「適切に科学的」だった、とも記していた。[30]

さらに、デューク大学で崔が行った講演の内容から、彼の——そして劉の——誠意が疑われた。当時、劉はスミスのグループで、あるポスドクとともに作業を行っていた。そのポスドクは、変換光学の新しい応用を発案し、光を屈折させるためにメタマテリアルを使用していた。匿名を希望したそのポスドクが私に語ったところによると、劉は「ぼくが実験で得たマテリアル特性と一致する実装可能な設計と構造を考案する役割を担っていた」ため、彼は自分の模擬実験のファイルやデータを劉に渡していた。[31]

ところが、崔が講演で模擬実験結果を発表し、まるで中国チームがそれを発見したとでもいうように語るのを聞いてポスドクは仰天する。「ぼくから見れば、劉が崔にぼくの実験結果を伝えたとしか思えません。きっとファイルごと送ったのでしょう。本当に頭にきて、講演を聴いた次の日だったと思いますが、そのことをデイヴィッド・スミスに報告しました」

今度もまた、スミスは危惧を抱かなかった。「協力し合っていると信じていたので、少しは相手に合わせるべきだと思った」と彼は述べた。[32] 彼はそのポスドクに「気が進まないなら、自分のプロジェクトの内容を人に知らせる必要はない」と伝えた。ポスドクは劉と一緒に研究するのをやめ、彼とは話もしなくなった。ポスドクが「研究室でも自分の実験結果について用心深くなったのは、じつに賢い選択だった」と、スミスは当時を振り返った。

件のポスドクはインターネットを閲覧しているとき、崔のチームが発表した科学論文に劉が共著者として名を連ねているのに気づいた。彼はそれをスミスに知らせた。スミスはその論文について何も知らなかった。「慣れないことばかりだったので、私は好意的にとらえ、彼らはただ、それはやってはならないことだと知らないだけなのだろうと思った」と、スミスは言う。[33] スミスは劉と話し、劉からはちょっとした誤解があったと説明を受け、今後、二度とこのようなことはしないと言われた。だが、問題はこれで終わりではなかった。

中国チームがデューク大学を訪れたあと、劉は、今度はスミス研究室の同僚を中国へ招待したいと言い出した。崔に自分のデータを盗用されたポスドクはまだ怒りがおさまらず、辞退した。だが、スミスや他の研究員数人は中国に行くことにした。断るのが難しい提案だった。なにしろ、ただで行けるのだ。中国政府が費用を負担する。

二〇〇八年はじめ、ジョナ・ゴラブは劉と一緒に中国を訪れ、五つの大学で自分の研究について話した。「なぜ私を向こうへ連れて行ったのか理解できず、困惑した」と、ゴラブは私に語った。「ものすごい数のグループと会った。なんとなくおかしいと思った。当時でさえ、私は『なんのためにこんなことをするのか?』と言い続けていた。ああいうことに使う金があることだけはわかった」とゴラブはつけ加えた。

二〇〇八年一一月、スミス、劉、シュリグ、そして他のデューク大学研究員たちは、南京の〈金陵江浜酒店《ジンリン・リバーサイド・ホテル》〉で崔が主催した国際メタマテリアル学会に参加した。崔とともに、スミスとペンドリーが共同司会者として名前を記載されていた。「それに同意した覚えはない。振り返ってみると、主催者側は我々が熱心な協力者だということを中国で宣伝したかったのだと思う」と、スミスは言う[34]。

「私たちは団体で中国へ行った」と、現在、ユタ大学の教授を務めているシュリグは述懐する。「誰もがとても興奮していた。みんな中国は初めてだった。主催側はよくやってくれた。じつに楽しい旅だった。中国側からもそれ以外の国からも多くの研究発表があった。費用は全部、中国が負担した」

スミスはもう少しでその会議をすっぽかすところだった、と私に語った。彼は一日を観光にあけておこうと思っていたのだが、劉が観光を取りやめるよう強く求めた。崔と中国がデューク・グループの費用を負担するのだから、スミスはすべての時間を崔グループへの専門的助言や対話に費やすべきだと言って譲らなかったのだ。ふたりはシカゴ・オヘア国際空港で彼らの乗る中国行きの便が出発間際になっても言い争っていた。「劉は、招待された講演者全員に新たな制約、その他諸々を言い始めた」と、スミスは語る。[35]「私は彼に、私の理解では、これは学会であり、私たちは招待講演者であり、崔教授のためにそこに行くのではないと言った。若鵬《ルオポン》は取り乱し、会の成功のためには、崔のプログラムに自分たちが何か専門的知識を是非とも提供しなければならないのだと言った」

　スミスは、なんならここからノースカロライナに戻ってもいいんだ、とまで言った。劉は「私たちの訪問をその費用に見合うようにしろと中国側から圧力をかけられていたに違いない」と、スミスは語った。

　おそらく中国当局はスミスの全面的協力が得られるものと期待していたのだろう。なぜなら、スミスは劉に説得されて〈一一一計画〉と呼ばれるプロジェクト[36]に加わっていたからだ〔〈一一一計画〉とは、世界の上位一〇〇の大学から一〇〇〇人以上の科学者を招き、国内の優秀な研究者との合同研究チームを結成し、中国全土にこうしたチームを一〇〇カ所設立する計画だ。一〇〇、一〇〇〇、一〇〇の一をとって名付けられた〕。崔は〈一一一計画〉に携わっており、国際メタマテリアル学会はその後援で開催された。

　劉はスミスに〈一一一計画〉に加われば、崔との協力関係が強化され、研究資金も得られると説明していた。だが、計画の真の意図について、あるいはスミスがどんな義務を負うかについては黙っていた。中国教育部と国家外国専門家局は、海外の優秀な人材を〝外国の科学の専門家〟としてスカウトし、中国の大学の「専門知識の更新」を推進するため、二〇〇六年に〈一一一計画〉を立ち上げた。旅費、手当、住居費、医療を提供する見返りとして、それぞれの〝専門家〟

は中国の大学に設置された〝イノベーション・センター〟で最低一ヶ月は勤務することになっていた。

劉はスミス以外にも西側のメタマテリアル専門家を〈一一一計画〉に誘っていた。そのひとり、中国出身のカリフォルニア大学教授は不審に思った。彼は契約書を英語に翻訳し、中国での勤務が含まれているとスミスに警告した。スミスはこれを劉に問いただしたが、劉はそんなことはない、何も心配ない、と言った。

「あの件では、最初から最後まで、私は信じがたいほどナイーヴだった」と、スミスは言った。


アメリカ政府はこれまで数多くの注目を集めた事例で、中国系アメリカ人科学者を経済スパイと誤認してきた。なかでも有名なのが、二〇一五年のテンプル大学・物理学部長、郗小星《シーシャオシン》教授のケースだ。[37]彼はポケットヒーターと呼ばれる超伝導装置の設計を密かに中国に流したとして逮捕されたが、その設計図はまったく別の装置のものだったことが判明した。経済スパイ事件を専門とするカリフォルニア州弁護士、トーマス・ノーランの調査[38]によると、企業秘密を盗んだ罪の服役期間が、中国系の苗字の人では平均三二ヶ月であるのに対し、それ以外の人は平均一五ヶ月だった。

冤罪や不公平な判決はあってはならないことだ。だが、その根源には憂慮すべき事情があった。外国人がアメリカの科学技術を盗む事件は急増しており、そのうち中国人が最も多い。元中国大使ジョン・M・ハンツマン・ジュニアが共同議長を務めた〈米国知的財産窃盗に関する委員会〉の二〇一三年の報告によると、アメリカは年に三〇〇〇億ドル以上の損失を被っているが、その五〇パーセントから八〇パーセントは中国による侵害である。海外への知財の持ち出しを目論む経済スパイ事件の三分の二近くが、中国絡みだ。[39] 一九九七年から二〇一六年にかけて中国が関わったケースのうち、二四件は有罪判決か有罪を認めて結審し、三件はより軽い罪に軽減され、八件は告訴を取り下げられるか、棄却され、一三件は係争中だ。

〈一一一計画〉は、中国の数多《あまた》ある〝頭脳獲得〟計画のひとつで、意図的かどうかわからないが、アメリカの大学からの知財窃盗をうながしている。外国の科学者、とりわけ中国出身者を取り込むためのこれらの計画は、高額報酬や研究設備、その他の厚遇で惹きつけ、その境界線上にいる候補者は自分の点数を稼ぐために、他人のデータやアイデアを持ち帰る誘惑に駆られる。

中国の勧誘計画は「経済スパイや知財窃取を通してアメリカの産業界や大学に深刻な脅威をもたらしている」と、FBIは二〇一五年九月の報告書に記している。[40] FBIタンパ支局で防諜班を率いたコーナーは、アメリカ在住の中国人研究者がかけられているプレッシャーをこう表現する――「手ぶらで帰ってくるな」

二〇一三年三月、ウィスコンシン医科大学の研究補助者、趙華軍《ジャオファジュン》は、上司のマーシャル・アンダーソン教授が特許を得ている抗がん作用のある合成物質入りのガラス容器三個を盗んだとして逮捕、起訴された。趙は、この合成物質を発明したのは自分であり、さらに研究を進めるために中国に持ち帰りたかったのだと主張した。彼は、研究や外国人勧誘を支援する中国当局に研究資金の申請を済ませていた。申請のひとつは、以前アンダーソンが補助金を得るために作成した提案書を「そっくりそのまま翻訳したもの」だったと、二〇一五年のFBI報告書にある。同報告は、FBIの〈国内安全保障連合評議会〉に加盟する法執行機関とセキュリティ関連企業の会員にだけ公開された。趙はのちに研究データの違法ダウンロードという、より軽い罪を認め、すでに務めた四年半の刑期に加えて二年の保護観察処分を言い渡された。

一九四九年の建国以来、中華人民共和国は、科学技術の進歩を加速するにあたって、海外で経験を積んだ科学者の重要性を認識していた。同年に創設された〈中国科学院〉のウェブサイトには、「まもなく二〇〇人以上の科学者が帰国し、海外で得た高度な専門知識をもって中国科学院に貢献する」とある。[41]確たる証拠もなく疑わしい共産主義者としてアメリカから追放されたカリフォルニア工科大学のロケット工学者、銭学森《チエンシュエセン》は一九五五年に中国に帰国し、中国の宇宙・ミサイル開発を指揮した。

文化大革命後、大量の学生をアメリカに送り出した鄧小平は、その九〇パーセントが中国に戻ってきて科学技術力を高めるものと期待していた。[42]ところが、反対に頭脳流出に拍車がかかり、一九八九年の天安門事件後、ピークに達した。弾圧に抗議した学生は中国で訴追されるのを恐れ、アメリカ政府は彼らに滞在許可を与えた。[43]

中国の国、省、市の政府は対抗策として、優秀な海外居住者を呼び戻す積極的な活動を開始した。数ある戦略のうち最もよく知られているのが〈百人計画〉と〈千人計画〉[44]だ。〈百人計画〉は四〇歳以下の、新進気鋭の学者を招請する。〈千人計画〉は二〇〇八年に共産党の強力な中央組織部によって創設され、五五歳以下の中国系の傑出した教授を求める。給与、研究室、研究資金のほか、住居、医療、配偶者の就業支援、子供たちの有名校入学など、様々な特典があった。

さらに中国政府は外国人専門家を射止めた中国の大学に報奨金を与えた。

「実際、中国政府は頭脳流出を逆転させることを目的とした政策導入においては、世界一積極的な政府だった」と香港科技大学教授、デイヴィッド・ツヴァイクと、北京にある〈中国・グローバル化センター〉〔中国与全球化智庫〕理事長兼主任、王輝耀《ワンフイヤオ》は二〇一二年に記している。[45]

このような戦略により、無数の外国人科学者が引き寄せられた。中国の科学技術部〔省〕が二〇〇八年から二〇一一年にかけて承認した二九六件の国家研究プロジェクト[46]では、その主任科学者の四七パーセントは海外で博士号を取得しており、三二パーセントは〈千人計画〉で中国にやってきた人々だった。一九九六年にアメリカの大学で科学と工学の博士号を取得した中国人学生のうち、九八パーセントは二〇〇一年の時点でまだアメリカに残っていた。[47] 一〇年後、その同じ集団のうち一五パーセントはアメリカを離れていたが、おそらく中国の誘いに応じたものと思われる。

丁洪《ディンホン》は〈千人計画〉最大の収穫だ。ボストン大学物理学終身教授だった丁は、中国科学院でふたつのプロジェクトを率いるために、一四万七〇〇〇ドルの引っ越し手当を含む、自ら「非常に魅力的」と評する一括オファーを承諾した。[48]

ボストン大学側は「非常に驚いた」と、丁は《チャイナ・デイリー》に語っている。「私の職業人生のためにはアメリカにいるほうがいいと、みんな思っていました。でも、私は中国で行われている基礎研究に貢献したいと思ったのです」。中国側は丁に「給与や設備面で信じられないオファー」を出した、とボストン大学のある物理学教授は私に話した。「彼は前途有望な逸材だった」

とはいえ、丁ぐらいのレベルの科学者がアメリカの大学から引き抜かれて中国へ渡るケースはまれだった。多くは独裁的社会で働くために、家族を連れてわざわざ移住し、アメリカの大学の創造的無秩序のなかの終身名誉職を放棄しようとは思わなかった。その結果、〈千人計画〉やそれに類するプロジェクトは基準を緩和し、スミスが〈一一一計画〉と交わした契約のように、海外での職を維持しながら、年に二、三ヶ月間は中国で教えることと規約を改めた。マッカーサー基金による奨学金制度で〝天才賞〟を贈られたこともある、カリフォルニア大学サンタバーバラ校の数学教授、張益唐《ジャンイータン》は、二〇一三年、中国科学院に常勤というオファーを断った。[49] その代わり、かつて中国の反体制派だった張は、夏期の二ヶ月間だけ、北京の中国科学院で大学院生に教えている。中国人は、夏に戻ってくる彼のような人々を「渡り鳥」と呼ぶ。[50] ジョージア州立大学およびブルックヘブン国立研究所の核物理学者、シャオチュン・フーはパートタイムでも嫌だと思った。彼はより高額な報酬と大きな研究室を約束されながらも、家族と仕事の両方の事情で、中国の大学で年に三ヶ月過ごすという〈千人計画〉のオファーを断った。

「中国にいる私の友人たちは、ワンフロアをまるごと研究室として与えられています。私の最大の懸念は、研究環境です。私の自由意志ではなく、政府の方針によって決まるのではないのか。私は科学者です。自分がやりたいことをやります」

エリート科学者には敬遠された海外人材招聘《しょうへい》計画だが、アメリカの学界の周縁部にいる人々にとっては魅力だった。終身在職権のない教授や非常勤講師、将来の見通しが立たないポスドクなどだ。彼らは中国が求めるもの——西側に後れを取っている分野での急速な進歩——を理解し、自分の評価を高めるためにアメリカの研究を盗み取ろうとするかもしれない。「この仕組みは、特に〈百人計画〉の場合、地位を確保したいなら中国にない科学技術を持っていかなければならないと、人々に圧力をかけた」と、前述の香港科技大学教授、ツヴァイクは私に語った。

「人々は足りないものは何かと積極的に探した。それで有利な立場に立てるとわかっていたからだ」

二〇〇八年後半、劉とデューク大学の統計科学専攻の大学院生、季春霖《ジーチュンリン》は新しい「透明マント」を開発した。季が設計用のコンピュータ・コードを書き、劉がそのアルゴリズムを、マントの作成に必要なワイヤのレイアウトに移し替えた。平面にある凸部を幅広い波長スペクトルで隠すことができ、物体を人の目には見えないようにするという夢を実現に近づけた。

スミスは喜んだ。それでも、《サイエンス》に論文を提出したあと、彼は主著者である劉に、その大発見についてもっと明晰な解説を求めた。「彼自身の経験のため、自分の言葉で詳しく説明できるようになってもらいたいと心から願った」と、スミスは語る。[51] 劉はなかなかそれに応じず、スミスはなぜだろうと思った。「このときから、私は彼を疑い始めた。[52] なぜなら、若鵬《ルオポン》〔劉の名〕はこれまで、例の『マント』を作れるほどの技術を発揮したことがなかったから。私は五〇回は頼んだと思うが、それでも彼は、そのうちに、と言うばかりだった。当分はしかたないと思っていた……論文を仕上げている最中だし、上手く機能しているようだったし……でも、彼は相変わらず私の要請に応えなかった」

業を煮やしたスミスはとうとうチームの別のメンバー、ネイサン・クンツにその技術を調べるよう頼んだ。二週間後「ツールができたので、それをグループのみんなに見せました」と、クンツは当時を振り返る。「どうだ、見ろよ、若鵬、なんてことは全然考えていませんでした。まったくおめでたいんですけど、それが誰かの気に障るとは想像もしていませんでした」

ひとり、これを不愉快に思う人物がいた。クンツが話しているあいだ、劉は「椅子に深く腰掛け、恐ろしく怒った顔で黙りこくっていた」と、スミスは語る。劉は、同僚に自分の技術を再現され、それを自分だけのものにしておけなくなったのを悔しがると同時に、グループ内の序列が変わったことも不快だった。二〇〇八年一月に研究室に入った物理学専攻の大学院生クンツは、劉からスター研究員の座を奪っていた。

クンツが研究室に入ったとき、劉は「最もカリスマ的な」メンバーで、書いた論文の数も最多だった、とクンツは私に語った。「彼は自分の班をつくり、まるで教授のようにミーティングを取り仕切っていました」。最初、ふたりは「とても仲が良かった」とクンツは言う。だが、そのうちにぎくしゃくし始めた。クンツも劉と同じく野心家で、頑固で、押しが強かったが、ただクンツのほうが勤勉な研究員だった。

劉はふてくされ、彼の研究への貢献は減った。「デイヴィッドがネイサンを気に入り、彼と話す時間のほうが長くなったため、当然、若鵬は気を悪くしていた」と、ゴラブは言う。

実際、スミスは科学に対する劉の仰々しい姿勢に幻滅していた。劉はメタマテリアル仮説と称するものを発見し、論文を発表するつもりでいたが、分析に不備があったため、スミスがそれを許可しなかった。「時間が経つにつれ、彼の仮説は破綻し」[53]、劉はそれを修正できなかった、とスミスは言う。結局、スミスが手を加えた論文が発表された。

「若鵬はよく興味深いことを見つけた」とスミスは言う。「仮説は正確ではなかった。彼はそれを提出し、とても堂々としていたので、みんな彼は天才だと思った。三〇分で、それが完全にナンセンスだと気づくのは難しいのだ」

クンツが劉と季の透明マント技術を解明したあと、ポスドク数人がスミスと秘密の昼食会をもった。彼らは、クンツが他人のアイデアを盗んでいると訴え、彼をグループから外して欲しいとスミスに訴えた。

そのひとり、アロイーズ・デジロンが私に語ったところによると、彼らの訴えは、クンツが透明マント技術を再現したこととは関係ない。クンツの性格の悪さが仲間を苦しめていたと言う。「ネイサン〔クンツ〕とは本当に研究がやりにくかったんです。彼は強烈な個性の持ち主でした。相当な自信家でした。誰かが何かばかなことを言うと、即座にそれは愚かなことだとはっきり言うのです」

しかしながら、ゴラブに言わせれば、彼らポスドクは劉に「ある程度の同情」を寄せていたらしい。「当初、若鵬が進めてきたプロジェクトのいくつかが、不当にネイサンに移っていた」

スミスは、ポスドクたちの反乱を煽《あお》ったのは劉だと思っている。「ネイサンに自分の仮説を解明されたことに相当腹を立てていたからだ」。スミスがポスドクひとりひとりに、クンツがどんなアイデアを盗んだのかと尋ねると「誰も彼もが直接的には知らないが、ほかの誰かから聞いた話だと言った」と、スミスは述懐する。スミスはポスドクたちに、クンツにそのプロジェクトを任せたのは自分だから、責任は自分にある、と言った。

「頭のいい連中がまんまと操られ、私はかなり苛立っていた」と、スミスは語った。[54]

《サイエンス》の二〇〇九年一月一六日号に劉と季を筆頭著者、スミスと崔を共同執筆者とした論文「Broadband Ground-Plane Cloak」が掲載されたのは、スミス研究室にとって快挙となるはずだった。これは広く注目され、テレビのトーク番組『今夜もジェイ・レノと一緒に』でもジョークの種にされた。「科学者たちは光線を曲げて姿を見えなくするマントを開発中だ――ちょうどハリウッドで四〇歳以上の女優がぱっと消えるみたいに」。あら、不思議。

この論文についてスミスは事前にデューク大学の広報媒体で発表していた。[55]「当初の装置と最新モデルとでは夜と昼ほどの違いがある。最新モデルははるかに幅広い、ほとんどどんな波長スペクトルでも遮蔽することができ、格段に容易く赤外線や可視光線に広げることも可能だ」

劉にとって、この論文は名声と富の発生装置だった。中国政府は、これも科学技術分野の成果を奨励するためだが、高級誌への署名入り記事という結果を出した科学者には賞金を与えていた。スミスによると、劉はそれで一万ドル以上は稼いだという。

だが、祝賀ムードは長くは続かなかった。その原因は、たったひとつの脚注にあった。そこには研究の資金提供者が記されていた。空軍科学研究所や防衛関連企業〈レイセオン〉等、スミスのスポンサーだけでなく、中国の国家科学基金、国家基礎研究計画、〈一一一計画〉など崔のスポンサーも載っていたのだ。一月末、空軍にいるスミスのプロジェクト・マネージャーから「たいへん手厳しいメール」があり、ペンタゴンはなぜ彼が中国から金をもらっているのか知りたがっていると責められた。ペンタゴンは、戦闘機やその他の兵器を敵のレーダーから隠せると期待して、スミスの研究に投資したと思われる。仮想敵国である中国に同じ能力をそなえられてはたまらない。

あわてたスミスは崔グループとの共同研究からも、〈一一一計画〉からも撤退した。「スポンサーが深い懸念を抱いているのが伝えられてから、すべてが崩壊した」。[56]スミスは劉に、もう崔グループと関わるなと指示し、論文ではデューク大学での自分の研究と共同研究者の研究、中国での研究を明確に分けるように言い渡した。

二〇〇九年、劉は博士論文「マイクロ波メタマテリアルの設計と作製」にこつこつ取り組みながら、デューク大学後の道について考えていた。彼はふたつの道のどちらを取るか迷っていた。学界に残るか、実業界に進むか。

彼には起業家の才覚があった。ある晩、研究室で同僚に、アフリカで安い携帯電話を製造するなど、そこでのビジネス・チャンスについて語ったこともある。だが、彼は教授になって、自分のグループの研究を指導するのも悪くないと思っていた。「若鵬は革新的で現実的な何かをやりたがっていて、同時にビジネスで成功するのを望んでいました」と、浙江大学時代からの彼の友人、黄大《ファンダー》は私に語った。

ペンドリーとスミスからの推薦状を武器に、劉はアメリカの最高レベルの大学に職を求めた。前述のイギリス人物理学者、ペンドリーは「若鵬は科学に良い貢献をしたと考えているし[57]、彼のアイデアのひとつかふたつはクリエイティヴだと思った。私は彼のために良い評価の推薦状を書いた」と、私に語った。そして、「彼とのやり取りはもっぱら研究に関することだけだった[58]……が、スパイ行為に結びつく噂はたしかに耳にした」と、つけ加えた。

助教授《アシスタント・プロフェッサー》のポストがひとつ空いていたマサチューセッツ工科大学《MIT》は、劉をプレゼンテーションに招いた。スミスは彼のために前もってその内容に目を通すことに同意した。二〇〇九年のエイプリル・フールの日、デューク大学内のレストランで昼食をとりながら、劉は就職面接で披露する予定のスライドを、自分のノートパソコンでスミスに順に見せていった。スミスはそのうちのひとつに目を留めた。それは精巧につくられたウェブサイトで、連絡先の電話番号やメールアドレスもあり、劉の研究の詳細、デューク大学の科学刊行物から転載した論文も載っていた。

　スミスは、論文を転載するには大学の許可が必要なのだと、劉に指摘した。劉は、このサイトは本物ではなく、ＭＩＴの面接用に作製したものだと言った。

　劉はこれまでなにかと大学の責務を逃れてきた。スミス研究室でも電磁気学の課程でも、彼はＴＡ《ティーチング・アシスタント》を務めることになっていたのに、めったにそこに現れなかった。「きみは研究室の仕事をひとつもしない、探しに行っても見つからない。なのにこんなウェブサイトを作る暇はあったのだな?」と、スミスは言った。

　劉は泣きべそをかきながら、サイトは急ごしらえだと訴えた。「二二歳でここに来たのです。世間知らずでした」

　スミスは私に語った。「彼の本性に気づいた。私は『それが嘘だということはお互いにわかっている。きみは承知の上でやっている』と言った」。そのウェブサイトは中国のサーバーに開設されていることが判明した。それは劉が遮蔽《クローキング》技術を保存するためにつくった事業のサイトだと、スミスは判断した。

　同様に、劉が中国での事業の成功を夢見ていたのは、彼がデューク大学での研究の発表をときどき遅らせようとしたことからもうかがえる。「若鵬は発表に先だってデータを崔に見せ、それから発表をずるずると遅らせたんだ」と、クンツは語る。「時間稼ぎだ」

　そのような遅延行為にもかかわらず、劉は驚くほど多くの論文を出した。あの昼食会の数日後、スミスはネット上を探し回り、二〇〇八年にポスドクから警告された劉の論文を調べてみた。劉がデューク大学で共同執筆した科学論文は少なくとも四三本あった。普通の大学院生が発表する論文はゼロから五本のあいだで、特に優秀な院生でもせいぜい一二本前後だろう。劉がこのような驚異的な本数を積み上げることができた主な理由は、夢のある話術で他の学生の発想を刺激しては、彼らの計画やデータを失敬してきたからだ。彼は崔グループと共同執筆した少なくとも一二本の論文についてはスミスに黙っていた。しかも、そのうちの七本にはスミスの名声を利用するために、共著者として彼の名前が記載されていたのだ。劉が中国側と共同で発表した論文の一本は、スミスがデューク大学の学生と共同で行うよう劉に割り当てたテーマを取り上げていた。これは学問上の倫理に対する「明らかな違反」だと、スミスは私に語った。

　スミスは劉を自分のオフィスに呼んだ。教授はデスクを前にして椅子に腰掛け、違反を示す論文の束を膝に置き、劉から見えないようにもっていた。それから、そのうちの一本を出し、それだけが懸念事項であるかのように見せ、崔グループとはもう関わらないと決めたはずだが、と改めて言った。劉は最初、その論文についてはスミスの承諾を得ていると言い張ったが、やがて、決めたことを忘れていたが、それはこの一本だけだ、と言った。

　スミスは別の論文を取り出し、さらに別のを出した。劉は沈黙した。しまいには、中国側の共同研究者のせいにし、スミスが言うには、「二度とこんなことはするなとみんなに言ってやりますと、大げさに息巻いていた」

　同様に、劉は別の件でもスミスをだまして協力者に仕立てた。二〇〇八年の南京での会議のあと、劉は会議録[59]を刊行してはどうかと提案した。これは学界では普通のことだ。彼はスミスに序文を書いて欲しいと言った。スミスは忙しくて、新たに執筆したり編集したりする時間がないと言った。序文は、そもそも必要のないものだ。劉は納得し、それなら自分がスミス研究室の研究発表それぞれの概要を書くと申し出た。「それが一冊の本になるとは、ひとことも言わなかったし、私は忙しさにかまけて、その後の展開にまったく関心を払っていなかった」とスミスは語る。[60]「それから、若鵬がそれを書籍と言い始めたので、彼を呼び止め、『これは会議録のはずだ、そうではないのか？』と問いただすと、彼はうなずき、そのとおりです、と言った」。ある日、スミスのドアの前に本の詰まった箱が届いた。中を確かめて初めて、スミスは本の共同編者として、そして劉が書いた六章分の共著者として自分の名前が記載されているのを知った。「間違いだらけの英語で、内容もレベルの低いものだった」と、スミスは言う。劉は自分の野望をかなえるため、そして自分の評判を高めるために、またしてもスミスの名声を利用したのだ。

スミスの堪忍袋の緒が切れた。二〇〇九年四月二一日、彼は劉から研究室の鍵を取り上げ、博士論文は自宅で仕上げろと言い渡した。その後、スミスはプリンストン大学にいる旧友に、劉と崔グループの不正な協力関係について暴露し、劉がプリンストン大学に博士研究員として勤めることに反対した。

当然のことながら、劉はもっと厳しい打撃を恐れた。デューク大学が彼に博士号を与えないかもしれない。デューク大学大学院の行動規範は、「他人の成果を自分のものとして提示する」[61]などの不正行為を禁じている。その手続きに詳しい人によると、「正式な告発がなされると、証拠を評価するために委員会が招集される。それを終えるまでには何週間もかかる。そうなったら卒業が遅れるのは避けられないだろう」

ところが、劉は二〇〇九年一一月三〇日に博士論文の口頭試問を無事に終えた。質疑応答は形式的なものだ。スミスは審査委員会の委員になっている他の教授たちに、劉が中国に通じるパイプラインをもっていることを黙っていた。

「あの時点で、彼があいまいにでも悪事を働いたと示すのは、非常に困難だった」とスミスは語る。[62] たとえば、中国のウェブサイトは「規則をよく知らない中国の学生が作製した」と言えるし、あるいは、起業家精神の表れとして感心されるかもしれない。スミスはこの疑惑について、デューク大学の一部の役員や教授に話したが、どうすればいいか助言は得られなかったそうだ。

デューク大学は別の理由であまり騒ぎ立てたくなかったのかもしれない。同校は中国に分校を開く計画を進めていたのだ。劉の博士論文の口頭試問から一週間後、デューク大学の理事たちは、崑山《こんざん》市に大学を建設するため中国当局と交渉を継続することを承認した。土地と施設は同市が無償で提供してくれる。デューク大学理事長のダン・ブルーは語る――「国際的に有名になるのを目指す他の大学と同じく、デューク大学も最高の学生、最高の人材、最高の教職員を獲得するなら、中国で存在感を示す必要があるのだ」。[63] 名誉ある《サイエンス》の論文で、すでに母国では著名な中国人研究員を罰するには微妙な時期だった。

劉は二〇〇九年一二月三〇日に博士号を取得した。プリンストン大学同様、ＭＩＴも彼を採用しなかったが、中国が彼を呼んでいた。彼の師、崔は〝頭脳獲得〟計画に関わっており、劉はデューク大学のメタマテリアル研究を持ち帰り、中国出身の特別に有望な科学者を一緒に連れて帰ることもできる。おそらく劉は報酬額も提示したはずだ。夕食の席で彼は友人に、海外の優秀な人材を呼び込む事業の一環として、メタマテリアル・センター設立用に政府から一億ドルを提示されたと話した。「設備費も負担するし、エンジニアも何人雇ってもいいと言われたそうです」と、その友人は語った。「中国では、彼が発明する科学技術を製品化するための会社がいくつも計画中でした。アメリカを発つ前から、彼は自分が指揮することになるそれらの施設について知っていました」

劉は二〇一〇年一月、妻の黄薇子《ファンウェイジ》とともに中国に戻った。彼女もデューク大学で博士論文――「卵巣癌の遺伝リスクを認定するための統計的モデルについて」――に取り組んでおり、一年以内に計算生物学で博士号を取得するつもりだった。ある日、彼女は指導教授のエドウィン・アイヴァーセンに、夫と一緒に中国へ帰ることになったと告げた。修士号までで諦めなければならない。

「彼女は帰国を喜んでいませんでした」と、アイヴァーセンは私に語った。「本当は博士号を取るまでここにいたかったんです」。諦めの代償として、〈光啓科学〉の設立メンバーに決定しているのがせめてもの慰めだった。

深圳在住のフリーランスのジャーナリストが、二〇一六年六月、私の依頼を受け、私が用意した質問状をもって劉にインタビューした。ふたりは深圳〈光啓科学〉の本社二階にある劉のオフィスで会った。オフィスからは近くの池が見え、室内は質素で機能的だった。白い壁、ホワイトボード、ファイル・キャビネット、机の上には地球儀と彼の写真、ソファ、会議テーブルの上にはオレンジを入れたプラスチックのボウル、コーヒーテーブルには彼の賞品や模型のヘリコプターが飾られていた。

劉は簡単には捕まらなかった。前回の約束は二時間待たせたあげくにキャンセルし、その後、シンガポールと北京に行ってしまった。深圳に戻ってから再設定したインタビューには一時間遅れてやってきた。笑顔で愛想良く、白いシャツに薄灰色のブレザーを合わせていた。

九〇分のインタビューのあいだに、彼は次のようなことを認めた――「ものを盗んだ」としてスミスに責められていること、研究室の鍵を取りあげられたこと、大学から博士号を与えられないのではないかと「少し心配した」こと、そして「自分が去ったあと、FBIが捜査のためにデューク大学を訪れたこと」。それでも、彼は自分は何も間違ったことはしていないし、「何も盗まれてはいない」と言った。なぜなら、あの研究は基礎的なもので公表されているものばかりだし、アイデアの共有は共同研究には欠かせないものだと主張した。

「機密を扱う研究室で働いていたわけではないのです」と、彼は言った。「ぼくは基礎研究をやり、論文を発表し、それらは世界中で誰でも見られるようになっています。いま現在、誰でも論文をダウンロードしてぼくが何をやったか読むことができます。すべて透明です」

彼は母親から借りた五万ドルで〈光啓科学〉を設立したと主張した――中国政府がアメリカの最新科学を盗み出すために彼を送り出したのでもなく、彼に報酬を支払ってもいない、と。デューク大学での研究には「それほどの価値はありません……実用化はできないし、あくまでも学究的環境にあり、何もかもが透明です。ぼくたちが達成したことは全部誰でも見ることができるし、公表されている。だから、もし中国政府や深圳の政府があのような基礎研究に見返りとして資金を出すとしたら、予算をすべて使い果たしてしまうでしょう」

デューク大学の元同僚たちが彼の科学の才能を疑問視していることについて訊かれると、劉は両手を二回打ち鳴らし、そして、笑った。「ぼくたちは成功させますよ。言うばかりでは世界を変えられない。装置をつくる。軌道に乗せる」

スミスはペンタゴンから叱責されたあと、研究への支援を失うのではと危惧して劉との関係を絶ったのではないかと劉自身が語った。「何か手を打てるとしたら、〔中国からの〕今後の資金を避けることくらいです」と彼は言った。「だからこそ、デイヴ〔スミス〕があのことを心配していたのは理解できますし、そうするのが当たり前です。そうでなければ、チーム全体の資金調達に影響が出ますから」

彼はシカゴ空港でスミスと口論になったときのことを次のように語った。「観光がしたいと言う人もいました。でも、そうしたら専門家会議を仕切れる人がいなくなってしまう。だから、ぼくはだめだと言いました……国際学術会議の議長を務める人が必要だったのです」。デューク大学の研究を大々的に取り上げた中国のウェブサイトを開設したのは、統計科学専攻の彼の共著者、季春霖だと言い、スミスの許可なく論文を刊行したのは崔のチームだと主張した。そこには共著者として、劉の名前と、一部にはスミスの名前も記載されていた。「彼らは、相手のグループ、つまりデューク大学のチームも載せたかったのでしょう。デイヴとは多くの共同研究をやってきたと考えていたので」

スミス研究室のメンバーが彼を警戒するようになった話題に移ると、彼は口癖のように「それはおもしろい」と言っては、言葉を濁した。たとえば、次のような問答があった。崔の研究室から訪ねてきた人々が装置の写真を撮ったのは、中国でそれを複製するためか？「それはおもしろい。では、彼らが研究室を訪ねることができたのはなぜですか？　まずデューク大学が招待する必要がある、そうしないとビザが得られない。そのうえで彼らは研究室を訪ねる。これが学術交流です」

〈一一一計画〉ではスミスをだましたのか？「もし彼が、ぼくに嵌《は》められて知らないあいだに〈一一一計画〉に入れられたと言うのなら、なぜ彼は中国に来たのでしょうか？　彼を誘拐することなどぼくにはできませんよ、そうでしょ？」

透明マントの仕組みを解説して欲しいというスミスの要請をのらりくらりとかわしていたのは、中国での自分のビジネスのために取っておきたかったからか？「証拠はどこにあります？もしそうだとしたら、あれのアルゴリズムやその他の情報は出さないし、ましてや論文を公開するなんてあり得ないでしょ？」

クンツにその技法を解明されて動揺したか？　クンツに抗議するよう煽動したか？「それはおもしろい。でも、ネイサンが来たとき、ぼくは卒業間近だったんですよ。彼はいくつかのプロジェクトをぼくと一緒にやりたがった。でもそのとき、ぼくはもうすぐ卒業するところで……研究室でぼくの代わりに誰が一番になるかなんて、全然気にしていませんでした。なぜなら、ぼくは一番のまま出ていくからです」。実際には、クンツがスミス研究室に入ったのは劉が卒業する二年近く前のことだった。

スミス教授には普通の会議録だと思わせておいて、メタマテリアルの本の数章分を自分で執筆し、教授の名前を共著者として載せたのは事実か？「それはおもしろい。当時、ぼくはまだ彼の研究室の学生という身分で、会議録を書き上げ、自分の指導教授の名前を載せた……基本的には会議の記録ですが、新たにつけ加えた部分も多少はあります」

軍艦のような濃い灰色をした、一二階建ての〈光啓〉本社の訪問は、社の最新テクノロジーを展示する一階ホールを見なければ完了したとは言えない。ガイドが「メタ無線ＬＡＮ」について自慢げに説明する。ショッピングモールやコンサート会場など、従来の無線ＬＡＮでは過負荷になる混雑した場所での障害を解消するためにメタマテリアルを使ったものだ。見学者は指紋をスキャンし、レセプターに光線を当てる「フォトニック・システム」を体験できる。これはカードキーよりも確実な認証システムとなる。「これを解読できる装置はありません」と、ガイドは語る。

次のコーナーには〈光啓〉の宇宙関連のものが集められている。風船につながれた宇宙旅行用ポッド「トラベラー」、「クラウド」と呼ばれる小型宇宙船。光ファイバー・ケーブルに接続され、「人工衛星よりもはるかに経済的」で、常時、軌道にとどまり、船舶や車輌を追跡できると、ガイドは言う。

映像で〈光啓〉を紹介するコーナーもある。あるスライドは創設者として、劉、彼の妻、季春霖、そのほかにふたりのデューク大学卒業生の写真を載せている。別のスライドは、現在世界中で申請されたメタマテリアル関連の特許のうち、〈光啓〉がその八六パーセントを占めると自慢する。さらに別のスライドは企業理念を掲げ、デューク大学時代から劉のトレードマークであった仰々しい表現が見られる——「機械に魂を与え、幸福と人間の絆をもたらす」

中国に帰国してから、劉も彼の事業も政府の支援を受けて大きな注目を浴びた。海外から専門家を呼び寄せるため二〇一〇年に始まった深圳〈孔雀計画〉[64]により、〈光啓〉はその補助金を与えられた三番目の団体となった。市の記録によると、深圳市と広東省は合わせて一三七〇万ドルを〈光啓〉に拠出している。[65]

「ぼくたちは深圳市から多大な支援を受けています」と劉は二〇一六年三月、香港に拠点を置くフェニックス・テレビのインタビューで語っている。[66]

「二〇一〇年以降、広東と深圳は人材を引き寄せる政策を次々と打ち出しました。ぼくたちはたまたまそのチャンスをつかんだのです」

二〇一二年、劉は科学研究と投資を管轄する政府委員会のメタマテリアル専門家に抜擢された。[67]史上最年少での起用だった。同年一二月、劉は習近平を案内しながら〈光啓〉の展示ホールを歩きまわり、高密度受信領域をもつ「メタ無線ＬＡＮ」や「フォトニック」保安システム、その他のテクノロジーを紹介した。[68]共産党総書記はいたく感心した。

「きみたちの研究成果を目の当たりにし、劉若鵬氏の説明を聞いた今では、情熱と熱意に満ちたこのような若い起業家チームに会えたことを私はたいへんうれしく思う」。〈光啓〉のニュース・リリースによると、習近平はこのように同社の幹部に語ったという。「銭学森のように古い世代の科学者たちはアメリカで途方もない苦難を乗り越え、同じく情熱的な愛国心をもって中国に戻ってきた……改革開放の時代、きみたちはチャイニーズ・ドリームを実現するために中国に帰ってきた」

劉は二〇一四年一一月、習主席に随行してニュージーランドを訪れたとき、空飛ぶマシーン「ジェットパック」を発明したグレン・マーティンと会った。実用化が進めば、救急医療隊や救助隊の輸送、軍事物資の輸送や監視など、幅広く応用できる。この訪問からまもなく、〈光啓科学〉は〈マーティン・エアクラフト〉の株を買い入れ、支配権を握った。[69]〈光啓〉の展示ホールを訪れた人は「ジェットパック」のシミュレーターに身体をくくりつけて体験飛行ができる。〈光啓〉は他の企業の株も買い入れた。カナダの〈ソーラー・シップ〉は、遠隔地に荷物を運ぶ太陽光発電の航空機を製造している。イリノイとデンヴァーに支社を構えるノルウェーの新設企業〈ズワイプ〉は決済の生体認証に、指紋データを埋め込んだクレジットカードを考案した。

〈光啓〉は知的財産を貯め込み、次々と特許を申請している。ほとんどの特許は中国で取得したものだが、そのうち何件がデューク大学の研究に基づくものか、あるいはそれが今後、どれほど重要なものになるかは、わからない。「彼はものすごい数の特許を取ったが、それらはおそらくデューク大学で開発されたものらしい」と、シュリグは私に語った。「研究室には誰も追究しようとしないアイデアがごろごろ転がっていた。なかには貴重なものもあるかもしれない」〈光啓〉は、デューク大学で生まれたアイデアの特許を取ったのかと尋ねると、劉は冷笑を漏らした。「ぼくたちは三〇〇〇件もの特許を申請しているんですよ。このぼくが、デューク大学での三年間から三〇〇〇件もの特許を申請できるような人間に見えますか？ だったら、ぼくをスーパーマンと呼んでください」。あとで彼はこうつけ加えた。「じつは、何かもっと壮大なものをつくろうと思って、あの分野のまったく別の方向へ進んでいるのですよ。それに、ぼくたちが基礎研究でやっていたこととはまったく関係ありません。なぜなら、あっちは実業とかけ離れているからです」
〈光啓〉は、アメリカで特許を二六件、取得している。主にメタマテリアル先端技術に関連し、そのすべてに劉の名が共同開発者として記載されている。〈光啓〉と劉は、さらにアメリカで三〇件以上の特許を申請中だ。そのうち数件の申請で、特許審査官は劉の発明とすることに疑問を呈した。スミスの先行研究により新規性が否定される、というのがその理由だ。

たとえば、劉と他の〈光啓〉の科学者ふたり[70]――共同創設者で、同じくデューク大学で博士号を得ている欒琳《ルアンリン》を含む――は、二〇一二年九月に、小型アンテナ用メタマテリアル構造の特許を申請した。二〇一五年四月、アメリカの特許審査官は彼らの特許申請二〇件のうち、一九件を拒絶した。それら彼らの主張する改良点のうち二件は、スミスにより新規性が否定されるうえ、他はスミスの研究に精通していた「通常の技量を有する者にとっては明らか」であると審査官は判断した。拒絶通知には「最終」と明示されていたが、発明者たちは申請をやり直し、二〇一五年一二月に特許が認められた。

〈光啓〉のウェブサイトはデューク大学時代の劉に焦点をあて、メタマテリアルの分野にきわめて重要な貢献をしたと伝えている。「勤勉で聡明な劉博士は四年もかけずに博士号を取得した。劉博士は先見の明があるだけでなく、行動家でもあり、カリスマ的チーム・リーダーでもあった。大学院時代に、他の〈光啓〉創設メンバーとともに最新のテクノロジーを開発した……二〇一〇年はじめ、〝透明マント〟の鍵を手に彼らは中国に戻った」

スミスの指摘によれば、彼のチームが最初にメタマテリアルによる透明マントを考案し、その実証実験に成功したのは、劉がチームに加わる前だった。劉は〈光啓〉のウェブサイトで称えられているような「手腕を発揮したことはない」と、スミスは私に語った。[71]

スミスは、少なくともいまのところは不可視化の研究をやめている。「本当の不可視化や遮蔽《クローキング》を達成する可能性は、まだ推論の域に留まっている」と、彼は私宛のメールで述べた。[72]「完全なクローキングに到達するには克服すべき課題が非常に多く、現時点ではあまり実用的ではない。私たちはもっと短いスパンで推移する可能性のある研究のほうに注目している」

劉はあきらめてはいない。展示ホールから二四キロのところにある〈光啓メタマテリアル・センター〉では、極薄の銅製のシートを製造し、それにフィルム加工を施し、パターンを刻み、化学溶液と水ですすぐという作業をしている。「こうして作られた物体は極小で、特定の波長帯にある特定の波長に敏感に反応し、不可視化の機能をそなえているため、レーダーに感知されない」と、あるエンジニアは語り、軍事用途だとつけ加えた。制御室では三人の作業員が顕微鏡を使ってメタマテリアルのパターンを測っていた。

スミスや彼の研究室のメンバーは、劉がのしあがっていく様子を驚きと疑いの目で遠くから眺めていた。彼らも、〈光啓〉の株価の動きを追う分析家や投資家と同じく、あれだけの特許や宣伝は実際の科学的、商業的成功に化けるのだろうかと、いぶかしがっていた。デューク大学での自分たちの発明はアメリカではなく、中国を利することになってしまったのか？　それとも、かつて自分たちをだましたように、劉は中国政府もだましているのだろうか？

「彼は壮大なアイデアと壮大な展望でみんなを焚きつけるのは得意だったが、彼が何かを成し遂げたとは私は思っていない」と、ゴラブは私に語った。「契約や知財の移転だけでは物事を軌道に乗せることはできないんだ」

「何がインチキで、どうすればそれが売れるかを嗅ぎ当てるという点では、彼は明らかに天才でした」と、アロイーズ・デジロンが続けた。「科学者としてどうかというと、さあねえ」

スミスは損害を最低限に見積もっている。〈光啓〉がどんどん特許を取っていくのをみて、劉への疑いは決定的になったが、「若鵬には私たちがやっていた研究の真価が理解できていない[73]。だから、彼が申請した特許はたとえそれが権利侵害であったとしても、じつは明らかな損害はない。そのほとんどに大きな価値はないのだ」

スミスは有望な発明についてはデューク側に知らせるよう劉に強く迫ったので、「私たちは知財を守ることができた」と彼は語る。そうでなければ、「まず間違いなく、若鵬は何でも中国で特許を取っていただろうし、私たちは将来非常に重要なテクノロジーに発展する可能性のあったものを奪われていただろう」[74]

劉のかつてのライバルで、二〇〇九年に同じくデューク大学で博士号を取得したネイサン・クンツは、メタマテリアルの新技術で稼ぐという点では、〈光啓〉よりもその実現に近い会社を経営している。ワシントン州レドモンドを拠点にした〈カイメタ〉が製造する小さなフラット型アンテナはパラボラ・アンテナに替わるもので、ブロードバンド環境を改善する。スミスは〈カイメタ〉の戦略顧問を務め、同社は二〇一六年一月、ビル・ゲイツ率いる投資家グループから、六二〇〇万ドルの資金を集めた[75]。ある意味、クンツと劉はいまも張り合っている。なぜなら、〈光啓メタマテリアル・センター〉も小型の移動アンテナを試作しているからだ。

「中国の人材獲得計画」に関する二〇一五年九月のＦＢＩ報告書は、劉のケースと〈一一一計画〉の役割を検証している。報告書はスミスの名指しは避けたものの、だまされたほうが悪いとして彼を非難している。

報告書によれば、スミスと崔はアイデアを共有するはずだったが、「このアメリカ人研究者はやがて、ほとんどのアイデアは自分の研究室で生まれたものだと気づいた。劉は崔との共同研究をアメリカ人研究者に承諾させることにより、好きなだけ情報を渡すことができ、研究室に訪問者を呼ぶことができた。これは制限のある研究ではなかったが、メタマテリアル研究は軍事、民間の両方で応用できる。アメリカ人研究者は見学者が何者か自分で調べずに研究室への立ち入りを許し、また、劉との師弟関係を信頼するあまり、自分の研究を危うくした」

スミスはこの結論に異議を唱える。「今回の経緯のあらゆる局面で、私は正しいと思ったことをしてきた。デューク大学のほかのみんなも同じだ。私やデューク大学が何かを危険にさらしたとは思っていない。私たちはそのことを精一杯真剣に考えてきたのだから」[76]

スミスは、いまも中国の国費留学生を受け入れているが、今後、中国から直接補助金を受けることはないし、中国が出資する共同研究にも参加しないし、自分の研究室に入れる人材はもっと慎重に調べる、と語った。「あのような振る舞いの兆候がないか、気をつけて見るようになった。過剰な熱意、見せかけの計画などだ」[77]

デューク大学を去ってからアメリカを再訪したことはあるかと尋ねると、劉は答をはぐらかした。「ええと、ぼくのチームは何度も渡米しています」。さらに追及すると、彼は再訪していないと答えた。「ぼくたちはアメリカではビジネスをしていないので」と、彼は説明したが、どうやら〈ズワイプ〉のことは忘れていたらしい。ＦＢＩが彼に目をつけていることを考えると、おそらく劉には簡単にビザがおりないはずだ。

彼は一度だけ、スミスに連絡を取った。二〇一一年、劉は教授に提携を求める手紙を送った。スミスは彼に二度目のチャンスを与える気はさらさらなかった。「彼に言ってやった。ここにいたとき、きみは正しいことをしなかった。今後は、もっと倫理を大切にしなさい、と」

第2章

中国人がやってくる

午前三時、ジミー・カーター大統領と妻ロザリンが眠るホワイトハウスの寝室の電話が鳴った。[1] 緊急の用件以外は起こさないでくれと言ってあるため、大統領はてっきりアメリカのどこかで大惨事が起こったと思った。

電話をかけてきたのはカーターの科学顧問で地質学者のフランク・プレス。「フランク、どうしたんだ。エトナ山が噴火したのか、それとも別の火山か？」

「いいえ。私は中国で鄧小平と一緒にいるんですが」と、プレスは言った。

「鄧小平に何があった？　悪い知らせか？」

「鄧小平がどうしてもいま、あなたに電話してくれと言うんです。中国の学生を五〇〇〇人、アメリカの大学に入れてもらえないか、訊いてほしいと」

そんなことで叩き起こされたのかと怒った大統領は「一万人でもいいと言ってやれ」と怒鳴りつけて、乱暴に電話を切った。

一九七八年七月のその朝、頭を冷やしたカーターは鄧小平の提案を喜んで承諾した。アメリカ合衆国は、一九四九年の中国共産党革命を非難し、それ以来、台湾へ追放された国民政府を中国の正統政府として承認していた。米中の学者同士の交流も減った。だが、一九七一年にアメリカの卓球チームが中国を訪問し、続いて一九七二年にはリチャード・ニクソン大統領も訪中し、両大国は和解へ向けて歩み始めた。

交換留学やその他の交流を通して国交正常化を目指していたカーター政権だが、中国がアメリカの大学へ送り出すつもりの学生はほんの一握りだろうと予想していた。ところが、二年前の毛沢東の死後に指導者となった鄧小平は、中国の近代化に本気だった。文化大革命時代に学者や知識人の粛清で閉鎖されていた大学を再開し、入学試験を再導入した。

同じ時期、鄧小平は中国の大学がアメリカの大学に負けていることを認め、特に科学や先端技術の分野で遅れていると思った。何千人もの学生を太平洋の向こう側に送り出せば、その差を縮められる――彼らが最新のアメリカの発明を持ち帰ってくれれば、なおさらだ。

閉鎖的で知られる共産主義国が、そんなにおおぜいの若者をアメリカの資本主義と民主主義にさらすことも厭《いと》わないと考えているとは、寝ぼけていないアメリカ人でも驚いただろう。当時、北京での交渉を担当したフランク・プレスの使節団に加わった、アメリカ国立科学財団理事長リチャード・アトキンソンは語る。「中国がどれくらいの規模の交流を考えているのか、まったく見当もつかなかったが、国務省の顧問らは、双方から五〇〇人ずつとか、多めの人数をこちらから提示すべきと考えていた」[2]

その交渉の際、中国の副主席、方毅《ファンイー》は、他国はアメリカの大学に何人留学させているのか、とアトキンソンに訊いた。彼は六、七カ国の例をあげ、たとえばイランからは二万五〇〇〇人、台湾からは九〇〇〇人、と答えた。

「中国からは何人受け入れてもらえるのか？」と、方が尋ねた。

一〇〇〇人ほどですかね、とアトキンソンは答えた。アメリカ側が、多くとも、せいぜいこれぐらいだろうと考えていた人数だ。

「わが国も他国と同程度受け入れてもらえないだろうか？」と、方は迫った。

アメリカ側は「非常に驚いたが、内心では喜んでいた」と、アトキンソンはのちに記している。

中国の学生がアメリカに渡るルートが開かれたことは、アメリカの高等教育のグローバル化――そして大学キャンパスでのスパイ活動の活発化――という点で、重要な転換期となった。他の国々はすでに学生や客員教授を使って学術研究を盗み出したり、アメリカ政府や産業界に潜入したりしていたが、中国は大学を標的にした戦略をかつてないほど強化し、アメリカも同様に対抗せざるを得なくなった。二〇世紀最後の二五年間、「中国の諜報機関はアメリカの政治、経済、科学の秘密を手に入れるため、学生、科学者、ビジネスマン、移民など、あらゆる職業、地位の人々を大量に送り込んでいた」と、元CIA作戦部長マイケル・スーリックは記している。[3]

二〇一四／一五年にアメリカの大学に在学した一〇〇万人近い外国人留学生のうち、三一パーセント（三〇万四〇四〇人）を中国出身者が占めており、この二〇年でほぼ八倍に増えた計算だ。二〇一三年、アメリカの大学に勤める外国生まれの科学者や工学者は五〇万人を超えるが、その一五パーセント、つまり七万八〇〇〇人は中国出身で、どの国よりも多く、二〇〇三年の四万七〇〇〇人から六割増えている。そのほとんどは、他の新しくやってきた人々と同じく、脅威でもなんでもないし、アメリカの大学に活気と新鮮な視点をもたらしている。なかには、劉若《リウルオ》鵬《ポン》のように、別の意図を巧妙に隠している者がいるかもしれないが。

ミシガン大学のダニエル・J・シアーズ教授は客員教授を迎えるのに慣れていたため、共に研究したいと申し入れてきたユー・シャオホン（女性）の依頼を一も二もなく快諾した。彼女はシアーズが取り組んでいた、宇宙空間における惑星と衛星の動き、といったテーマに「ごく一般的な関心」を示した、と彼は私に語った。[4]

彼女は非軍事組織〈中国科学院〉の関係者と称していた。しかし、ユーがミシガン・オンライン住所録に登録した北京の住所は、中国の軍の士官候補生や将校が訓練を受ける〈装備指揮技術学院〉と同じだった。シアーズはそのつながりを知らなかったし、ユーが二〇〇四年に衛星攻撃兵器の精度向上に関する論文を共同で出していたことも知らなかった。

ユーがやってくると、シアーズは彼女の質問に不安を覚え、それ以後、中国から客員教授を受け入れるのをやめた。「明らかに、彼女が関心を寄せていたのは軍事用偵察衛星の軌道に関わるものでした。それがわかってから、新しいことを彼女に話すのをやめました」

中国やイランなどアメリカが輸出規制を敷いている国の留学生が、アメリカの最新テクノロジーを手に入れようとするとき、大学の研究室に籍を置いているというのは恰好《かっこう》の口実となり、そうやって手に入れたものを彼らは密かに国に持ち帰る。「アメリカの大学関係者なら、誰もあなたの名前や民族性を気にしない」と、ワシントンＤＣにある国際スパイ博物館の学芸員、ヴィンス・ホートンは語る。「アイヴィーリーグかＭＩＴのような工科大学の関係者なら、まず疑われることはない」

蔡文通《ツアイウェントン》[5]は〝まず疑われることはない〟人のはずだった。内モンゴルに生まれ、二〇〇九年にアイオワ州立大学動物微生物学の院生として同校に入った。彼は、二〇一二年と二〇一三年、大学のメールアドレスを使い、自分の研究に必要だと言って、ニューメキシコ州アルバカーキにある〈アプライド・テクノロジー・アソシエーツ〉（以下、ATA社）から角速度センサー《ARS》を一台かそれ以上購入しようとした。それらのセンサーは、軍用機や民間航空機、地上車輌の照準線安定化と運動制御装置に使われるものだった。大腸菌がどのように尿路疾患を引き起こすかを研究していた蔡には必要のないものだ。

蔡文通は、中国で商売をしている従弟の蔡波《ツアイボー》の代理で機器の購入を試みたのだ。蔡波は、ある顧客のためにそのセンサーを欲しがっていた。アメリカ政府は軍事利用できるそれらの機器の中国への輸出を禁止していた。そのため、波は文通を巻き込んだのだ。

「彼がアイオワ州立大の学生だったので、この犯行は簡単になった」と蔡波はのちに説明している。「メーカー側が、私や中国の私の顧客のもとへARS‐14を送ってくることはあり得ないが、アイオワ州立大になら送るだろうから、そこから密かに中国へ持ち出せばいいと思った」

「私と私の従弟、波《ボー》は兄弟のように育ちました」と蔡文通はのちに記している。[6]「これまで助けられ、支えてもらってきたのだから、家族や友人が助けて欲しいと言ってきたら、恩返しと思ってだいたいは断らないのです」

蔡文通はATA社と価格交渉を続けるうち、二〇一三年一〇月のあるメールで、「よく私たちと共同研究している中国企業から、ついに支援が得られることになりました。今回の発注に彼らを加えるべきかどうか考えています」と、うっかり漏らしてしまった。軍事機器の中国への輸出禁止について知っていたＡＴＡ社は国土安全保障省《DHS》に通報した。ＡＴＡ社の海外販売担当になりすましたＤＨＳのおとり捜査官が蔡文通に接触し、センサーの最終目的地が中国であることを彼から聞き出した。

　従兄弟たちは二〇一三年一二月、販売担当と会って商品をチェックするために、ニューメキシコ州を訪れた。蔡文通はテレビ・ドラマ『ブレイキング・バッド』のファンで、アルバカーキのロケ地にも寄りたいと思っていた。皮肉にも、『ブレイキング・バッド』の主人公も文通と同じく、科学者から犯罪者に転じる。

　おとり捜査官は彼らに三台のセンサーを見せ、蔡波は購入を決める。センサーの一台を荷物に隠して中国行きの便に搭乗しようとしたところで、彼は逮捕された。そして、二〇一四年一月、蔡文通はアイオワ州立大学の研究室で逮捕された。五ヶ月前に研究室の同僚と結婚したばかりで、「めざましい研究成果」をあげたとして大学の賞を受賞し、博士論文の口頭試問を二週間後に控えていた時期だった。博士号を授与される代わりに、彼は十八ヶ月の実刑判決を受け、その後、国外追放された。

「今回の事件に巻き込まれたのは本当に残念に思います」と蔡文通は法廷で述べた。「でも、自分の将来については悲観していません……服役中に共著者として出した論文が公開されたのは、大きな励みになりました」

　他の外国人は蔡とは違い、先に学位を取ってアメリカで職に就き、それから科学技術を盗む。本書のために行った調査では[7]、目をみはるような数字が出てきた。中国出身で二〇〇一年に経済スパイ、商業機密の窃取、その他の類似犯罪でアメリカで訴追された少なくとも三〇人は、ハーヴァード、スタンフォード、コロンビア、コーネルを含む、アメリカの大学や大学院に通っていた。大学は外国人スパイに、アメリカで「経歴をつくる」機会を提供していると、ホートンは私に語った。「合法的な証明書を手に入れ、訛りを消し、仕事に就く」

中国が扉を開いた当時、アメリカ合衆国の外国人学生で最も多いのはイラン人だった。CIAはイランに強い関心を寄せていた。主な産油国というだけでなく、一九五三年のクーデターでCIAが王位に就けたモハンマド・レザー・パーレヴィが支配していた。CIAは、イランに帰って国王やその敵対勢力の行動を監視して知らせてくれるイラン人協力者を大学で探していた。

セントルイスにあるワシントン大学経済学研究科のイラン人大学院生、アフメド・ジャバリは、一九七四年、アメリカのホストファミリーの友人に紹介されたCIA工作員との一連の会話を密かにテープに録音した。工作員はジャバリをホテルの一室に呼び出し、現金七五〇ドルと毎月イランに帰る旅費を提供するうえ、二年以内に政府に職を斡旋すると、話を持ちかけてきた。彼がアメリカ永住権でも市民権でも得られるように手助けするとも言った。[8]

「反体制派について何か知っていたら、教えてもらいたい」と、CIA工作員は彼に言った。「あなたが集める情報はなんでも知りたい」

それが嫌なら、他のイラン人留学生が祖国の政府をどう思っているか知りたいので、彼らをスパイするほうでもいいと言った。だが、ジャバリは国王に反対する学生活動家だった。彼はどちらも断った。

「話を持ちかけられたのは私だけではありません」。いまではイランと中央アジアに関する学術文献の出版社を経営しているジャバリは、二〇一五年のインタビューで語った。ＣＩＡは「大学内のそこらじゅうにいました」

一九七九年のイスラム革命で国王が王位を奪われたあと、イラン人学生はアメリカには押し寄せてこなくなった。だが、近年、再び彼らは戻ってきて、一九九九／二〇〇〇年の一八八五人から、二〇一四／一五年の一万一三三八人に激増している。イランとアメリカは正式には国交を回復していないので、諸外国のように外交官に化けたスパイを送り込むことはできない。その代わり、「イランの情報収集は学生のネットワークを通じて行われている」と、私はあるアメリカの元政府職員から聞いた。

一九七〇年代、冷戦の敵国であるソ連からアメリカ合衆国に来る留学生は、年にわずか数十名だった。共産主義のもうひとつの超大国である中国から大量の留学生を受け入れるにあたって、カーター大統領は彼らの職業に警戒心を起こしたかもしれない。一九六五年から一九七五年にアメリカの大学に学んだソ連の交換留学生四〇〇人のうち、その一〇〇人以上が諜報員だったとＦＢＩは断定している。[9] さらに、ソ連は自国の大学で学んでいたアメリカ人留学生一〇〇人以上にリクルートを試みていた。

ソ連の諜報機関がかつてイギリスの大学で共産主義の共鳴者《シンパ》をリクルートしていたのは有名な話だ。「名門大学の若くて過激なエリート[10]が権力の回廊に入る前に、彼らを」探し出して近づくことで、ＫＧＢは優秀なスパイを獲得した。キム・フィルビー、ドナルド・ドゥアーテ・マクリーン、ガイ・バージェス、アンソニー・ブラント、ジョン・ケアンクロスの五人は、イギリスのケンブリッジ大学出身であったことから、「ケンブリッジ・ファイヴ」と呼ばれた。「第二次世界大戦の早い段階で[11]五人とも上手い具合に外務省か諜報機関に潜入していた」と、元ＫＧＢ文書管理官、ヴァシリー・ミトロヒンは記している。「彼らが運んでくる質の高い情報があまりにも膨大になり、モスクワはときどきその対応に苦慮した」

一九四四年、一八歳でハーヴァードを卒業したばかりの物理学者、セオドア・ホールはニューメキシコ州ロスアラモスで、原子爆弾を開発する「マンハッタン計画」に携わっていた。この「二〇世紀で最年少の大物スパイ」[12]は、核の秘密をソ連に流した。「独占は避けるべきだと思ったのだ。なぜならそれは一国を脅威に変えるから」と、その理由をのちに述べている。[13]

ＫＧＢは学生が交換留学でアメリカのどの大学に入るか決めるのを手伝い、「彼らの多くをスカウトに仕立てた」[14]。そのため、留学先はソ連公館に近い大学が選ばれた。サンフランシスコのスタンフォード大学かカリフォルニア大学バークレー校、ワシントンＤＣのジョージタウン大学かジョージ・ワシントン大学、ニューヨーク市ならコロンビアかコーネル、ハーヴァード、プリンストン、ＭＩＴ、といった具合に。

セミョン・マーコヴィチ・セミョノフは一九三八年、ＭＩＴに入学したソ連初のスパイとなった。「彼が科学者の人脈を開拓したおかげで、戦時下にアメリカでの科学技術の情報収集が著しく拡大する基礎がつくられた」と、ミトロヒンは記している。[15]

ＫＧＢのオレグ・カルーギンは一九五八年、ジャーナリズム専攻の学生としてコロンビア大学に入学した。卒業後、表向きは〈モスクワ放送〉の国連特派員として働き、コロンビア大学の行事に出席しては、その内容をモスクワに報告していた。コロンビア大学教授でのちにカーター大統領の国家安全保障担当補佐官となるズビグネフ・ブレジンスキーが行った米ソ関係に関する講演をモスクワに報告し、共産党中央委員会から称えられた。

その後、「私は国中をまわりました。ハーヴァードからコロンビア、そして西海岸へ。人々が何を話しているかに耳を傾け、興味深いと思ったことを報告しました」と、カルーギンは私に語った。彼はKGBの少将に昇進し、対外防諜局長となった。

アメリカの諜報機関はソ連の学生を監視した。「FBIは、彼らをアメリカナイズする計画を立てていました」と、元FBI捜査官、デイヴィッド・メイジャーは述懐する。「アメリカの素晴らしい面を彼らに見せるのです。私はボルティモアの担当でした。彼らをボートに乗せ、クラブ・ケーキとビールを振る舞うのです」。FBI捜査官たちはビジネスマンになりすまし、本当の職業は明かさなかった。

ソ連は留学生だけにスパイをさせていたわけではなかった。科学者たちは親善訪問や、ソヴィエト科学アカデミー、国家科学技術委員会、その他政府関連機関による交換留学でアメリカの大学に送り出され、工学、応用科学——航空管制システムや兵器システムなど——の秘密情報を探った[16]。留学先の大学は一九七〇年代後半は二〇校だったのが、一九八〇年代初めには六〇校以上に増えていた。MITへ行ったソ連陣営の科学者の人数は最多で、二番目のハーヴァード大学の三倍にのぼった。彼らは「スパイに勧誘できそうなアメリカ人科学者を見つけて評価する役目も担っていた」[17]

一九七六年、FBIは大学キャンパスでソ連のスパイ作戦を妨害する大手柄を立てた。KGBはアメリカの科学者や政策立案者に近づけるために、カリフォルニア大学で最も重要なバークレー校のジャーナリズム大学院にボリス・ユズヒンを送り込んだ。[18]ところが、ユズヒンはアメリカの豊かさと自由な思想に魅了され、ＦＢＩのリクルートに応じた。

一九七八年、政府系通信社の特派員としてＫＧＢにより再びカリフォルニアへ送り出されたユズヒンは、ＦＢＩの貴重なエージェントとなった。ライターに隠した超小型カメラでサンフランシスコにあるソ連領事館の文書を撮影した。彼は「ＦＢＩの新世代に、ＫＧＢの仕組みや世界での活動、アメリカでの活動などいろいろ教えた」と、かつてＣＩＡとＦＢＩで防諜担当官だったクリストファー・リンチは記している。[19]一九八五年、ロバート・ハンセンとオルドリッチ・エイムズ——それぞれＦＢＩ、ＣＩＡ内に潜伏していたソ連のスパイ——が、ユズヒンは二重スパイであるとＫＧＢに暴露し、彼はシベリアの刑務所に送られた。一九九二年に釈放されると、彼はカリフォルニアに戻り、現在もそこに住んでいる。


一九七八年一二月、最初の中国人学生五二人がニューヨークに向けて北京を飛び立った。直行便はまだなく、パリ経由だった。一九七九／八〇年にはアメリカに一〇〇〇人の中国人学生がいた。一九八四／八五年には一万一〇〇人いた。彼らは主に大学院生で、大学在学中か卒業後に、ある程度の英語を学んでいた。必要な語学のスキルを身につけて入学する大学一年生は稀《まれ》だった。当時の中国の高校は英語をほとんど教えていなかったからだ。中国は学生ひとりあたり五〇ドルしか出さなかったが、アメリカの大学が充分な奨学金を提供し、中国市場参入を狙うアメリカ企業からの寄付もあった。

情報収集は学生の使命に含まれていた。一九八二年にアイヴィーリーグの博士課程に入ったある学生は、アメリカ留学が決まった学生は渡米前に上海の外国語学院で二週間の講習を受けた、と当時を振り返って述べている。アメリカでは女性に年齢を訊くのは失礼に当たるなど、細かいマナーも学んだ。加えて、一対一の面接では中国外交部の職員から、アメリカで見聞きした重要な情報はすべて中国政府に報告するようにと言われた。彼らが共産党員の場合、ビザの申請書に党員証を添付せずにアメリカ当局に提出するよう指示された。ある講習生は、じつは情報工作員で、留学先のアメリカの大学を欺くために学歴を捏造《ねつぞう》していた。

アメリカでは中国大使館が彼らに目を光らせていた。ＦＢＩの防諜部門で中国を担当していたＩ・Ｃ・スミスも同様に注目していた。「学生をアメリカに行かせたら、なかには帰ってこない者もいるだろうと鄧小平にはわかっていた。それでも彼はやる気だった」と、スミスは私に語った。「とにかく、あの人数に圧倒された、そのひとりひとりが手当たり次第に、ありとあらゆる情報を吸いあげろと求められていたのだ。特定の情報を狙ってというのではなく、まるで掃除機で吸い込むようなやり方だった」

Ｉ・Ｃ・スミスはルイジアナの田舎で育ち、子供の頃に中国に魅了された。同郷のクレア・シェンノート少将に憧れた。第二次世界大戦中、中国でアメリカ陸軍航空軍——通称「フライング・タイガース」——を率いた人物だ。スミス自身は海軍に入り、太平洋で勤務し、香港を訪れた。「スター・フェリーに乗り、あのダイナミックな街の喧騒を体験したあとで、世界のあの一角に魅了されないでいられるだろうか？」[20]

大学を卒業し、ルイジアナのモンローで警察署に一時勤めたあと、スミスはＦＢＩに入った。

セントルイスで犯罪事件を、ワシントンDCでは政治汚職事件を担当し、その後、転属願いを出して一九八〇年に中国班に入った。

残念ながら中国語はできなかったが、その文化と政治には詳しくなった。CIAや国防情報局、国務省、スミソニアン協会の講座を受講し、政府の年配の中国専門家たちに会った。彼らは必読書を推薦し、経験を語り、助言をした。「中国を直接知っている人々の話はたいへん貴重だった。緊張関係のせいでなかなか得られないものだったから」[21]

一九八二年、中国班の班長に昇進したスミスは、アメリカ史上最も長く活動した二重スパイ、ラリー・ウータイ・ジン〔本名、金無怠〕の捜査を主導した。CIAの海外放送情報局《FBIS》の翻訳者、分析官を務めていた金《ジン》は、一九五二年から一九八五年までスパイとして、アメリカの情報を中国に流していた。極秘文書を見られる立場を利用し、CIAの中国人協力者を暴露し、彼らを投獄や死刑に追いやり、アメリカの方針を事前に担当官《ハンドラー》に伝えた。これにはニクソンが中国を訪問して、外交を結ぼうとしていた件も含まれていた。

その間、中国は彼に一〇〇万ドル以上の報酬を与え、彼はそれをボルティモアにアパートを買ったり、ラスヴェガスのカジノで使ったりして資金洗浄した。金がどれだけ器用かというと、一九八〇年にCIAに表彰されながら、一九八二年には中国国家安全部にも表彰されているのだ。これはおおざっぱに言うと、〈全米家族計画連盟〉と〈中絶救助隊〉の両方から敬意を表されるようなものだ。ある情報提供者――スミスは海軍時代に仕入れた用語で、潜航した潜水艦の浮力を操作する要員を意味する《プレインズマン》というコード・ネームをつけた――から、中国はアメリカの諜報機関に潜入しているという情報が入り、FBIが金の正体を暴いた。彼は一九八六年、スパイ罪で有罪となったが、二週間後、刑務所の独房で自ら窒息死した。

「金のケースは来るべきスパイ時代の前触れだった」と、元CIA作戦部長、スーリックは記している。「二一世紀を迎える頃には、中国の対アメリカ情報収集活動はロシアのスパイ活動を凌《りょう》駕《が》しているだろう」[22]

一九八四年、スミスはたったひとつの目的のために、本部勤務に昇進した。中国人学生の氾濫にそなえる対策を練るのだ。KGBと違って、中国人は昔ながらのスパイの手法を見下していた。情報をあらかじめ決めた場所に隠してやり取りする「デッド・ドロップ」、消えるインクで書いた手紙、変装などだ。学生たちはものを大量に集めた。そのほとんどは公開され、機密解除されていたものだったが、中国当局はそれでも満足だった。

「事実上、そのような初期の留学生のほぼ全員が、本国の機関の求めに応じて情報収集に勤《いそ》しんでいた」と、スミスは語る。「彼らは手に入る情報なら、とりあえずなんでも吸いあげて中国に送るよう言われていた。そして、本当にその通りにした」

FBIは大学キャンパスでのスパイ活動が盛んになっている兆候に気づき始めた。コピー用紙の消費量が急激に増えるのもその兆しのひとつだ。一九八二年から一九八四年までウィスコンシン州マディソンでFBI上席駐在捜査官をつとめたハリー・〝スキップ〟・ブランドンは、ウィスコンシン大学で中国人の院生が大波のように押し寄せるのを見ていた。「ときどき彼らのコピー代金がものすごく高くなり、それはもう笑ってしまうほどだった」と、二〇一六年一月、彼は私に語った。「あれだけたくさんのものをどうやって国へ送るんだろうと、不思議に思っていた」。スミスとは違い、ブランドンは、中国人学生が特定の文書を集めていたと考えている。「手当たり次第に集める」のではなく、彼らはおそらくシカゴの中国領事館から指示を受けていた、とブランドンは語った。

ＦＢＩ内では、スミスは中国人学生をリクルートするほうに賛成だった。「そういう学生が我が国にいれば、たしかに情報が漏れる危険はあるが、スパイ活動とスパイ防止活動の両面で大いに役に立つという考えは、当時もいまも変わらない……実際その通りになったんだから」[23]

多くの学生が協力に同意したのは、文化大革命で自身や親がひどい目に遭ったのを恨んでいたからだ。「文化大革命は触れると痛い傷であり、どんなに熱烈な中国支持者でも支持できないことだった」。ある晩、スミスは中国系アメリカ人の知人から五〇代半ばの年上の中国人学生に引き合わされた。「私は知人の同席のもと、じっくり彼の話に耳を傾けた。文革では残酷な仕打ちをうけたこと、国に帰りたくない理由、同じことが再び起こるのではないかという不安など、彼はときおり涙を流しながら長い時間をかけて語った」[24]。彼は有益なＦＢＩの情報源になった。

文化大革命は中国の政治的エリートの多くを迫害した。親が侮辱されるのを見て育った子供たちは、留学でアメリカに来て、ＦＢＩにとりわけ大きな貢献をするケースが多かった。

「留学でアメリカにやってくるすべての学生のうち、共産主義の偽善を見抜いていたのは、それらの貴重な若者たちだった」[25]と、スミスは述べている。「なぜなら、結局、彼らが文化大革命で苦しい思いをしたのは、何を信じるかではなく、自分はどこの何者か、で決まったのだから。しかも、国家の特別な店で買い物をし、大きな家に住み、車とお抱え運転手がいるなど、そういう生活を経験して知っていたのも」、そして、それらの贅沢は政府幹部が指導する質素な生活とは矛盾すると気づいていたのも、この貴重な若者たちだった。「こちらにとっては都合がよかった」

ボリス・ユズヒンと同じく、アメリカについて共産党が流布するデマに慣れていた中国人留学生でも、商品がぎっしり詰まった資本主義国の商店には圧倒された。スミスが買い物に連れて行ったある学生は、どの歯磨き粉とどの服を買えばいいか、なかなか決められなかった。「彼はこれまでだまされていたことに気づいた。[26] 毛沢東時代の中国はアメリカを不毛の地として描いてきたのだから。彼はこれほど多くの種類の商品を見たことがなかったので、私たちが代わりに選んでやった。彼は父親が大都市の党幹部だったというだけで、文革時代は羊飼いをやらされ、女友達は殺鼠剤《さっそざい》を飲んで自殺した。〝四つの近代化〟に進んで協力しようという気持ちにはなれなかったのだ」

スパイへの勧誘は、それとわからないように行われた。スミスは述べる。「海外の重要な情報をもっていそうな学生に、中国を裏切る気はあるかとは訊かないが、関係改善のためにもっと話をする気はあるかと尋ねる。[27] そして、情報源として取り込めそうだと思ったら、正式な手順を踏む必要はないと考えた」。FBIは外国人留学生を正式にリクルートする場合、国務省を通すことになっていたのだ。「情報が流れてくる限り、正しい関係かどうかなど、どうでもいいことだ」

協力者《エージェント》が新来者に近づくのは簡単だった。じかに知り合いになることもあれば、同級生や中国系アメリカ人社会の仲介者を通して出会うこともある。エージェントはたいてい会社か組織の勤め人を装い、野球場など、くつろいだ雰囲気の場所で、偶然学生と出会った振りをする――スパイ用語で「バンプ」という。

「エージェントによっては、あえて家族連れで行く者もいた。[28] 私はそれにはあまり感心しなかったが、中国人のあいだではそういうことも重要だと理解していた。私は上手くいきそうなら、どんな方法でも進んで承認した。危険はあっても、それに賭けた」

最初、ＦＢＩは中国人留学生のリクルートにはなるべく中国系アメリカ人のエージェントを使ったが、それが裏目に出ることにスミスは気づいた。「中国系アメリカ人のエージェントがリクルートに成功する前に、それまでの努力が無駄になることがあった」[29]。中国系アメリカ人でも二世はすっかりアメリカ人になりきっていたため、それをよく知らない新来者は、相手がじつは台湾側の人間ではないか、それとも中共側かと疑った。「本来中国人なのに、中国系アメリカ人のエージェントが真にアメリカに忠誠であるはずがない」というわけだ。

じつのところ、ＦＢＩ捜査官の最大の課題は、台湾の国家安全局やＣＩＡなど、味方の諜報機関からやってくる競争相手を退けることだった。一九七〇年代、アメリカがいずれ中国との国交を正常化すると懸念した台湾は核兵器開発に乗り出した。その懸念が現実となると、国家安全局は名門大学の台湾人学生や研究者を使って中共の学生をリクルートした、と友人が勧誘された元学生は語った。

「カーター大統領の国交正常化で裏切られたと思った台湾人は、中国からきた人々との接触にも興味を持っていた」と、スミスは私に語った[30]。海外の諜報機関はアメリカ国内では勝手に活動しない取り決めになっていたが、「彼らがときにはそれを破っていたのは誰でも知っていた」

台湾も中共と同じく、アメリカの科学技術のノウハウを切望していた。ＣＩＡ工作員として一九七六年から一九七九年まで台湾で活動したロバート・シモンズは台湾の核兵器開発を監視していた。そして、台湾がＭＩＴに留学させた多くの年齢の高い学生は、核爆弾の製造法を学ぶ使命を負った軍人であることに気づいた。「彼らは学生に仕立てられていた」と、後年、連邦議会で三期を務めたシモンズは語った。

中国人学生の流入はＦＢＩとＣＩＡの縄張り争いを激化させた。「ＦＢＩとＣＩＡの仕事には重なり合う部分――アメリカ国内で外国人をスパイに勧誘する――があったため、双方の人間は激しく張り合うことになった」と、ある元ＣＩＡ局員が記している[31]。「ＣＩＡはソ連人やイラン人、中国人など、より重要な対象に働きかけるときは必ず事前にＦＢＩに相談することになっていた」

ＦＢＩもＣＩＡもアイヴィーリーグの大学にいるひとりの中国人大学院生をぜひ取り込みたいと思っていた。その人物は中国政府を憎悪していた。文革で父親が一〇年の労働流刑に処せられていたのだ。大学キャンパス内の情報源から、彼が有望だと聞いたＦＢＩ捜査官が一九八三年に彼のドアをノックし、身分証を示し、近くのレストランでビールを一杯おごると彼を誘った。結局、ふたりは何杯もおかわりすることになったが、学生はすんなりと協力を約束した。

彼はやがて、学生や客員教授のうち誰が中国のスパイ組織に協力しているのか、誰が重要な科学技術研究の情報を取り出せるかをＦＢＩに報告した。中国政府が統制している学生集団の活動についても最新状況をＦＢＩに伝えた。また、よくある中国人の名前をめぐる混乱を解消した。たとえば、王〇〇や陳〇〇は、似た名前の政治委員と親戚なのかどうか。

やがて現地のＣＩＡ支局長がその学生と話したいとＦＢＩに許可を求めてきた。ＦＢＩは、ＣＩＡ工作員が中国の事業を扱うシンクタンクの人間になりすまし、彼を調査員に雇いたいと話を持ちかけることまでは同意した。だが、ＦＢＩ捜査官はひとつ条件をつけた。ＣＩＡは彼に中国への里帰りを求めてはならない。それは危険だし、ＦＢＩは彼を扱う主導権を失うおそれがある。なぜなら、海外のスパイを扱うのはＣＩＡの管轄だからだ。

ＣＩＡ工作員は約束した——が、結局、約束を破った。中国へ帰りたいとは全然思っていなかったエージェントは、ＣＩＡ工作員のなりすましを見抜いた——そして、ＣＩＡとＦＢＩの両方に激怒した。ＦＢＩ捜査官がＣＩＡ工作員を問い詰め、ＣＩＡ工作員は謝罪した。

エージェントは「かんかんに怒っていた」と、このケースを担当したＦＢＩ捜査官は述懐する。「しばらくのあいだ、私たちの関係もぎくしゃくした」

中国人学生に関心を寄せるＦＢＩの存在は、大学の執行部内にも対立を呼んだ。学生部長や教務係——あるいはその事務職員たち——のなかには、学生の家庭環境、財政状況、目標、適応性など、密かに役立つ情報を渡す者もいた。そうでない人々は腹を立てた。

一九八四年、ＦＢＩボルティモア支局で防諜班を率いたデイヴィッド・メイジャーは、中国人学生をリクルートするためにジョンズ・ホプキンス大学に部下を遣《や》った。メイジャーによると、学生の何人かがそこの学生部長に、ＦＢＩに言い寄られたと苦情を言った。学生部長は彼らに、あなたがたはアメリカ合衆国とジョンズ・ホプキンス大学の客人《ゲスト》であり、ＦＢＩに協力する義務はないと伝えた。ＦＢＩがまた接触してきたら報告するようにと指示した。

メイジャーは学生部長のオフィスに怒鳴り込んだ。防諜活動はＦＢＩの仕事であり、学生部長の支援があろうがなかろうが自分はそれを遂行するのだと宣言した。「私は言ってやった。『俺たちは引き下がらないし、あんたに俺の仕事の邪魔はさせない』とね」

第二次世界大戦後からずっとアメリカのスパイ活動の第一の標的であったソ連が一九九一年に崩壊すると、政治家や論説委員は社会保障など国内のもっと重要な分野への投資拡大を提唱し始めた。「平和の配当」という言葉が流行り、連邦議会は軍や諜報機関の予算を削減した。

防諜活動が縮小に追い込まれるいっぽうで、外国人学生の数は一九九〇年の三八万六八五〇人から、その一〇年後には五一万四七二三人に増えていた。中国専門家であるI・C・スミスには、この差が気がかりだった。一九九〇年から九五年までFBIの予算、分析、訓練を担当する部署の主任を務め、国家対外情報活動諮問評議会《NFIB》にFBI代表として加わった彼は、中国と中東からアメリカに来る学生の数を制限し、学べる分野も限るべきだと主張した。

「私がそう提案したのは、学生の数が多すぎてFBIが対処しきれないためでもあったが、加えて、ソ連崩壊と冷戦終結の余波で、防諜活動にかける人員や予算を削ってワシントンDCのストリート・ギャング対策などにまわせという性急な意見が、FBI内の防諜のことなど何も知らない浅はかな連中から出てきたからでもある」[32]

だが、スミスの提案は大学や産業界の利益と相容れない。どちらも世界的に優秀な人材を求め、中国や中東での存在感を示したいと考えていた。学費を全額支払う留学生は大学に流れ込む収入を増やす。また、人数を制限するということは、できるだけ多くの外国人学生にアメリカの民主主義を体験させることで、長期的には友好国を増やして世界の主導権を握るというアメリカの政策とも相反する。

「数を抑えるという提案はひとつも受け入れられなかった」と、スミスは続ける。「産業界は中国を将来の収益源と見なしていたし、当然、連邦議会に対してより大きな影響力を持つのは諜報機関ではなく、彼らのほうだ。いつも金儲け！」

外国人学生がアメリカへのテロ攻撃に加わった事件から、スミスの懸念は正しかったと言えるだろう。ヨルダン人、イヤド・イスモイルは一九八九年、学生ビザでアメリカに入国した。四年後、彼はニューヨークの世界貿易センタービルの駐車場に爆発物を満載したワゴン車をとめ、車が爆発して六人が犠牲になった。二〇〇一年九月一一日、航空機でペンタゴンに突っ込んだのは、同じく学生ビザで入国したハーニー・ハンジュールだった。

九・一一同時多発テロのあと、アメリカは外国人の入学を抑制する代わりに、予算も人員も、対テロ作戦と対スパイ活動に注ぎ込んだ。大学内の外国人の学生や教授は増え続け、同じく、スパイ活動も盛んになっている。二〇一三年までには、FBIの防諜部門は、全国規模の「大学での安全保障意識を高めるプログラム」[33]を作り、学生や教職員、執行部に、高まる脅威への注意喚起を行う計画を立てていた。

防諜部門の戦略パートナーシップ・プログラムのディーン・W・チャッペル三世の提案書によれば、「大学の人材や研究を盗み出そうとする動きは増加し、進化している」。だが、「なかにはFBIに対して立ち入りを認める『門戸開放』方針を採用していない大学もある」。このプログラムは「全国的に影響を与えるため、できるだけ多くの聴衆に継続して参加してもらいたい」学生へのメッセージは次のようになっている。「きみはいつか海外で言語を習い、機密扱いの研究に関わるかもしれない。こうした活動は外国政府に目をつけられやすい」

教授に対して――「あなたはいつか海外で言語を教え、外国人学生を勧誘し、機密扱いの科学技術の研究に携わっているかもしれない。こうした活動は外国政府に目をつけられやすい」

執行部に対して――「あなたの大学はアメリカ国外に設けた分校の立地が原因で、あるいは機密度が高く、経済的に価値がある科学技術の研究を行っているせいで、いつの間にか外国政府の関心を引いているかもしれない」

私はFBIの広報担当スーザン・マッキーに、FBIはチャッペルの提案書を採用したかどうか尋ねた。「大学での安全保障意識を高めるプログラム」は、FBI防諜部門の担当だったものが、奉仕活動を扱う〈民間セクター室〉に移っているが、「現時点では流動的」と、彼女は答えた。

インターネットの時代、中国やロシアなどの国々は、アメリカの大学での人的情報収集に代わってサイバー・スパイ活動を行っている。

最初、彼らはアメリカ企業に不正侵入するために、主にアメリカの大学のコンピュータ・ネットワークをプラットフォームとして利用した。なぜなら、それらネットワークは――キャンパスにある建物と同じく――たいていアクセス可能で、アドレスに〝.edu〟がついたメールは大学のセキュリティ担当者の注意を引くことはまずないし、経済スパイ活動には理想の跳躍台となるからだ。

だが、大学は足がかりとなるだけでなく、科学研究も教職員のメールも攻撃に弱いため、大学そのものが標的となってきている。二〇一五年、ペンシルヴェニア州立大学とヴァージニア大学は中国のハッカーによってネットワークに侵入されたと公表した。ヴァージニア大学を攻撃したほうは、中国関連問題に携わる雇用者のメールを狙った。ペンシルヴェニア州立大学は海軍の兵器研究を行っており、アメリカの大学ではジョンズ・ホプキンス大学、ジョージア工科大学に次いで三番目に多い国家安全保障関連の補助金を与えられていたが、そのサイバー防御は不充分だと証明された。[34]同校工学部のコンピュータが攻撃を受けたことは、FBIが大学に通報するまで二年以上も気づかれなかった。捜査官らはふたつのハッカー集団を突き止めた。ひとつは中国にたどりついたが、もうひとつの本拠地はわからなかった。

ペンシルヴェニア州立大学は対策のために〈情報セキュリティ室〉を設立した。「私たちは普段慣れているよりも高いレベルで活動している、高度で執拗な攻撃者に侵入されました」と、首席副学長《プロヴォスト》のニコラス・ジョーンズは私に語った。「私たちも対策を強化しなければなりません」。大学は「魅力あるターゲットというだけでなく、唯一のソフト・ターゲットでもあるのです。大学の運営方法、非常にオープンであるという傾向。優れた研究が行われ、素晴らしい発見がなされている場所、それが大学です。多くの情報が関心の的になりやすいのです」

民間企業はたいてい大学よりも強力なサイバー・セキュリティを敷いている、と、ペンシルヴェニア州立大学とヴァージニア大学の両方の不正侵入を調べたセキュリティ会社〈ファイヤー・アイ〉の脅威情報《スレット・インテリジェンス》部長、ローラ・ギャランテは語る。大学は新入生のメールが正常に機能するかなど、他の情報テクノロジーの優先事項に集中しがちだ。企業や政府機関への侵入は発見されるまでに平均二二〇日以上かかっているが、大学ではその間隔が「はるかに長い」と、ギャランテは言う。

二〇一五年九月、バラク・オバマ大統領と習近平国家主席は「企業秘密や商業上の利点であるその他の秘密の経済情報を含む知的財産の窃取を目的としたサイバー攻撃を実施、あるいは故意に支援」しないことで合意したが、これは大学が狙われるリスクを増やすことになった。合意ではアメリカ実業界へのサイバー攻撃を禁止したが、将来商業化の見込みはあるがまだ製造メーカーが特許を取得していない学術研究に関しては抜け道を残した。「これは、はるかに手強い相手です。中国側はこれまでいつもそうだったように、起こったことを否定するのです。『いいえ、国の安全保障のためにやったのですとか、ある問題の未来を知るためです』と言うだけでしょう」と、ギャランテは語った。

ロシアと同じく、中国も政治機密を不正入手《フィッシング》する。たいていそれは他国との軍事会議や戦略会議の直前に行われ、会議で優勢なポジションにつく狙いがある。ハーヴァード大学公共政策大学院、通称ケネディ・スクールが中国の核兵器を担当する軍人をある会議に迎える数日前、ワシントンDCのシンクタンクの核専門家（女性）がケネディ・スクールのマシュー・バン教授にメールを送った。パワーポイント・ファイルを添付し、彼女は「協調による危機の削減」――バン教授の専門――に関する自分のプレゼンテーションを送るので、コメントがもらえたらありがたいと書いていた。

バンが添付ファイルをクリックすると、彼のマッキントッシュが警告を発した。メールを送ってきたのは彼の友人ではなかった。そして、会議の他の参加者も同じアドレスから、それぞれの専門分野に合わせた、似たようなメッセージを受け取っていた。バンのマックとは違い、彼らのパソコンはマルウェアを防げなかった。ＦＢＩは後日、攻撃の発信源は中国と突き止めた。

第3章

祖国をもたないスパイ[1]

ストックホルム中心部から郊外へ向かう幹線道路脇に、三階建てのレンガ造りの校舎が五棟連なるトリルドスプラン・ギムナジウム〔一六歳から一九歳が学ぶ中・高等学校〕がある。生徒数一三〇〇人は、アメリカの基準からすると小規模だが、スウェーデンの首都ではマンモス校に入る公立学校だ。一九四〇年代に創立されたトリルドスプランはどちらかというと実業学校に近く、ウェブデザイン、電子工学、建築、コンピュータ・ネットワーキングなどを学ぶために、経済状況も人種も多様な生徒が集まってくる。共同校長ロベルト・ウォーダールが二〇一六年四月のインタビューで語ったところによると、同校はシリアをはじめ、戦争で疲弊した国々からの難民の受け入れに積極的だ。「ここは誰にでも開かれた学校です。それが私たちのモットーです」。さらに、同校はバスケットボールや他のスポーツの試合にも出るが、たいてい負ける、とも彼は語った。「本校では、オタクでも楽しくやっていけます」

世界中の多くの高等学校や大学と同じく、トリルドスプランもカリフォルニア州サンノゼにある〈シスコ・システムズ〉が開発した情報テクノロジーのカリキュラムを使っている。定期的に行われる修学旅行[2]では、シスコの本社を訪問し、スタンフォード大学やサンフランシスコのゴールデンゲート・パークなどの名所を観光で訪れる。トリルドスプランの教師は誰もがこの特典に飛びつくが、マルタ・リタ・ベラスケスはそうではない。スペイン語と英語を教えている、生徒に人気のこの教師は、アメリカ旅行に少しも関心を示さない。プエルトリコに生まれ育ち、アメリカ国籍をもつ彼女は、プリンストン大学、ジョージタウン大学法学院、ジョンズ・ホプキンス大学で学位を得ている。

「生徒から一緒にカリフォルニアに行こうと彼女は誘われていました」とウォーダールは語る。「彼女はそれを断りました。私たちがその理由を尋ねたことはありません」

ベラスケスには二度と国に帰れないわけがあった。二〇一三年四月、ワシントンDCの連邦地方裁判所がこの元国際開発庁弁護士を一五年間キューバのスパイだったとして起訴した事実が公表された。[3] 最も深刻なのは、彼女がジョンズ・ホプキンス大学高等国際問題研究大学院（略称SAIS《サイス》）の院生だったとき、級友のアナ・ベレン・モンテスをキューバのスパイにスカウトしたと思われることだ。ふたりはSAISで同じ教授に学んでいた時期があり、その教授は国務省の職員でありながら、じつは彼もキューバのスパイだった。彼らは昔ながらのスパイ「細胞《セル》」を形成していたわけではないだろうが、アメリカの外交や諜報を担う機関に優秀な人材を送り出している名門校の内部に三人ものキューバのスパイが存在していたという事実は、カストロ政権がどれほど深くアメリカの学界に潜り込んでいたかを示している。

モンテスはやがて国防総省《ペンタゴン》の軍事諜報活動を担う部局、国防情報局の対キューバ上級分析官となり、カストロ政権に機密情報を渡しながらアメリカの対キューバ政策を緩和するなどして、連邦政府機関に潜伏したキューバのスパイとしては最大の功労者となる。ジョージ・W・ブッシュ大統領のもと、アメリカの防諜活動を指揮したミッシェル・ヴァン・クリーヴは、二〇一二年、議会での証言で、モンテスを「アメリカ史上、最大級の被害をもたらしたスパイ」と評した。[4]

ＳＡＩＳの米・キューバ関係の専門家、ピエロ・グレイセス教授は、モンテスとベラスケスの両方を知っており、好感を持っていた。モンテスは優秀な学生のひとりで、ベラスケスは彼の調査を手伝う、お気に入りの助手だった。「自分の信念のために重大な危険を冒した人間がふたりいた。そういうことだ」と、彼は私に語った。

モンテスは最終的にはスパイと暴かれて、投獄されたが、ベラスケスはアメリカ当局の手の届かないスウェーデンに逃れた。ストックホルムで活動するジャーナリストの助けを借りて、私はトリルドスプランにいる彼女を追跡した。彼女の同僚や生徒のほとんどは、彼女の過去を知らないし、彼女が罪に問われていることも知らなかった。ウォーダールは「うわさ」は聞いているが、彼女の雇用には関係ないので深く追及したことはないと語った。「彼女はとても親しみやすい人で、とても有能です。教えるのが上手いし、同僚としても申し分ない」「まるでスパイ小説に出てくる話みたいですね」と、トリルドスプランの別の英語教師、モルガン・マルムは教室に急ぎながら言った。「彼女は友人で同僚で、事実にもとづいた話なのかどうか、私にはわかりません」

この半世紀、キューバほどアメリカの世論を分けた外国政府はない。亡命キューバ人や他の批判者が訴えるように、疑わしい共産主義思想を掲げ、自国の経済を破壊しながら不満分子を弾圧した全体主義国家なのか？　それとも、アメリカの大学にもいる数多い支持者が主張するように、独裁者を引きずりおろし、教育と医療制度を改革し、南米やアフリカのアメリカ傀儡《かいらい》独裁者に抵抗する勢力を支援する進歩的な導き手なのか？

いずれにしても、諜報の専門家のほとんどは、主敵アメリカを標的にしたキューバの諜報機関は世界最高水準であると口をそろえる。キューバがソ連の衛星国だった時代、KGBで訓練を受けたキューバの工作員はアメリカの大学を狙うという点では、ロシアを凌いでいる。ロシアの諜報機関と同じく、キューバは、アメリカでは連邦政府とシンクタンクと学界のあいだで政策立案者がひんぱんに入れ替わるのを制度上の弱点と見なし、高いレベルに人脈をもつ教授や、将来主な連邦政府機関に勤める可能性が高い学生に近づく。

「キューバの諜報機関は、有益な情報を集めるため、そして、影響力を強める作戦を行うため、協力者を得ようと、アメリカの大学を積極的に狙っている」と、FBIは二〇一四年九月の状況報告で警告している。[5]「アメリカ合衆国を標的にしたキューバの諜報活動の大部分は、アメリカ人とキューバ系アメリカ人の大学関係者に影響力をもつこと、可能なら彼らをリクルートすること、キューバのスパイに転向させることに費やされている。同様に、それらの大学の学生は評価と勧誘の対象になる。なぜなら、その多くが卒業後、私企業やアメリカ政府の重要なポストに就くからだ」

アメリカの大学は、グローバル化により中国やロシアとは結びつきを深めたが、キューバとはそうならなかった。双方とも互いの国を訪れるのには消極的で、二〇一四／一五年にアメリカの大学に学んだキューバ人はわずか九四名で、二〇〇四／〇五年の一九〇名から減っている。キューバの諜報機関は、アメリカでの情報収集に自国で育った学生を当てにできないため、カストロ政権に共感するアメリカ人学生や教職員を活用してきた。資金不足のキューバがスパイを金で雇うのはまれで、報酬額でアメリカにはかなわない傭兵を雇うよりも、政治的信念で自らスパイになる人を好んで活用した。

学生はスパイになると、もうチェ・ゲバラのＴシャツを着るのをやめ、アメリカ政府の職に応募し始める。一九七八年から一九八八年まで、南米諸国でキューバの秘密工作に加わり、その後アメリカに亡命したエンリケ・ガルシア・ディアスは語る。「一九か二〇歳の若者をリクルートするとき、これからは社会主義について語ってはならない、『物の見方を変えなさい。きみは左派でも右派でもない』と言い聞かせる。それから、よし、ではＦＢＩかＣＩＡ、あるいはその他のアメリカ政府機関に入れと命じる。すると五年後には、アナ・モンテスのように政府内部に潜入したスパイが得られる」

亡命した元キューバ諜報員によると、キューバの諜報機関はニューヨークやワシントンなど、普段からスパイが多くいる在外公館に近い大学や、亡命キューバ人社会の中心地であるフロリダ南部の大学で特に活発だという。ハーヴァード大学、イェール大学、コロンビア大学、ニューヨーク大学、ニューヨーク州立大学ハンター校、アメリカン大学、ジョージタウン大学、ジョンズ・ホプキンス大学、マイアミ大学、フロリダ国際大学などだ。[6]キューバの諜報機関はそれらの大学で、それぞれの学部や大学院の科目から、大学執行部や教授の見解および出版物に至るまで、公開されているすべての情報に目を通す。

そして、共鳴者《シンパ》の教授を見つけると、同じ専門分野のキューバ人学者が動員され、国際会議での会合や食事を通して近づき、ときには「キューバに招いてでも」親交を深める、と、ＦＢＩは報告している。[7] キューバ諜報機関の一部局が学者のキューバ訪問を手配し、訪問者が宿泊する政府経営のホテルの客室を盗撮・盗聴し、脅しに使えるビデオ映像か音声が取れるのを期待する。

「私はロシアの訓練所で脅迫の仕方を学んだ」と、ガルシアは語る。彼は一九八〇年と八五年、キューバから派遣されてモスクワ近郊のKGB訓練校で学んだ。ハバナでの国際会議出席中にホテルの自分の部屋で女といるところを見つかった既婚の教授をどうやって釣り上げるのか、と私が尋ねると、彼はしたり顔で、露骨なやり方は好きではないと言った。「こっちは知っているんですよ、とほのめかすだけでいい。『昨夜の女性との時間はいかがでしたか? 私たちはあなたを助け、守ります。ぜったい誰にもばれません』と」

ハーヴァード大学のホルヘ・ドミンゲス教授が一九八五年から八六年にかけて、キューバの外交政策に関する著書の下調べでハバナを訪れたとき、キューバの諜報機関はさっそく彼にアプローチした。二〇一六年六月にドミンゲスが当時を振り返って言うには、彼がキューバ人をインタビューしたあと、向こうも彼に尋ねたいことがあると言ってきた。彼は同意した。そのキューバ人が、フロリダにいる有力なキューバ系アメリカ人の名前や個人情報を聞き出そうとするので、表向きの肩書きは政府の別の組織の所属となっているが、おそらく諜報機関の人間だと気づいた。ドミンゲスは相手に、人選を誤りましたね、と伝えた。フロリダの事情で彼が知っていることと言えば、新聞で読んだ事柄だけだった。

アメリカの大学にいるキューバ系アメリカ人の教授たちは、スパイ戦争の只中にとらえられている。両国の諜報機関がともに彼らを狙っている。中国系アメリカ人の彭大進教授が故国を裏切るスパイになれと圧力をかけられたように、FBIはあるキューバ系アメリカ人教授に、キューバ政府内にいる彼の友人を説得してアメリカへ亡命させるよう求めた。彼は自分の大学の執行部に相談した。そして、「学者としてキューバに行ってください、諜報機関のスパイとしてではなく」と言われた。教授はＦＢＩの要請を断った。

プエルトリコ法曹界で、ミゲル・ベラスケス・リベラを知らぬ者はまずいない。[8] 彼は尊称をつけて「ドン・ミゲル」と呼ばれていた。影響力のある見解で知られる傑出した判事で、のちにプエルトリコ大学法科大学院の教授となり、彼の名を冠した模擬裁判コンテストがあるほどの名声を得た。それだけでなく、プエルトリコの司法試験対策講座という人気の――そして実入りのよい――副業も行っていた。大学から借り上げた講堂のなかを歩きながら、受講生に矢継ぎ早に質問を発し、揉め事と災難に見舞われた架空の家族を例に、法の要点をおもしろおかしく説いていく。

「彼が作りあげた登場人物は、地元の法曹界では伝説となっています」と、司法試験に合格したのはこの講義のおかげと考えているチャールズ・エイ・マエストーレは語る。「登場人物はいつも問題を抱えていました。たとえば、『ファン・ペレス・ロペスとその妻は離婚を考えている。彼らの子供は大学に進学する予定だ。法律では、手当はどのように決まっているか？』と彼が問うのです。架空の例を出してもらうことで、勉強がおもしろくなりました」。彼が講義で販売したテキストには実際の判例や法令とともに、同じ登場人物が出ている。

ドン・ミゲルの人生は、社会でのし上がるアメリカン・ドリームを絵に描いたようなものだった。黒い肌に青い目をもつ混血の彼は、モカの村で貧しい子供時代を送ったが、サン・ファンに都会の喧噪を遮断する緑樹と花に囲まれた邸宅を構えるまでに出世した。細身で長い髪の妻、ドミンガ・ヘルナンデスは、屋敷の奥にイーゼルを立てて絵を描き、彼女の色彩豊かな作品はプエルトリコ弁護士会館の壁を飾っていたこともある。夫婦は八人の子供――娘ふたりと息子六人――を、サン・フアンにあるカトリック系高等学校へやり、それからプリンストン、スタンフォード、カールトン・カレッジなど、アメリカ本土の名門大学へ進学させた。現在、ヴァージニアで小児科医をしている長女のテレサは、子供の頃は「本を読み、勉強し、なんでも一生懸命やり、いつでもがまん強く、すこやかに、楽しく過ごすように」[9]言われて育った、と彼女の医療機関のウェブサイトにある。

ドン・ミゲルは成功と豊かさを手に入れても、現状には不満をかかえていた。彼は一八九八年にアメリカに侵攻されたプエルトリコの独立を支持すると言ってはばからなかった。彼はまぎれもなく少数集団《マイノリティ》に属していた。[10]これまでの国民投票で独立を支持したプエルトリコの有権者はわずか五パーセント。それより多くの人々は愛国的理念には共感しても、プエルトリコは独立したら経済的に成り立たないと考えていた。

独立派という信条が昇進に影響したのかもしれないが、プエルトリコ最高裁判所判事になるという夢がいつまでたっても叶わないのには、別の理由があると彼は考えていた。この島の、白人の重鎮たちが肌の色で自分を退けているのだと信じて疑わなかった。

「自分が白人だったら、最高裁判所判事に任命されていたはずだと彼は考えていました」と、彼の教え子で法科大学院の同僚でもあったホセ・フリアン・アルバレスは語る。「彼はそのことをずっと恨んでいました。相当頭にきているようでした」

ドン・ミゲルは一九五七年七月に生まれた次女のマルタを特にかわいがった。「彼は娘のやる気を引き出し、誰にも負けるなと励ましました」と、法科大学院の別の教授で、二〇〇七年から二〇一一年まで大学院長も務めたロベルト・アポンテ・トーロは語る。「娘のほうも父親を信頼していました。彼は完璧な父親でした。彼女は完璧な生徒で、完璧な娘でした」。マルタはドン・ミゲルを崇拝し、独立と人種の平等という彼の思想を受け継いだ。彼女がカリブ諸島の別の島、キューバに傾倒するようになったのはその影響かもしれない。

プエルトリコとキューバは、歴史的にも文化的にも似たところが多い。西半球で最後まで残ったスペイン領であり、経済はサトウキビに頼っていた。一九世紀のキューバ人の愛国者で革命家のホセ・マルティは、このふたつの島を独立連合とする構想を持っていた[11]。プエルトリコの多くの子供たちが学校で習う詩は、二島を「一羽の鳥の両翼[12]」にたとえ、キューバのフォークシンガー、パブロ・ミラネスはそれをイメージした歌『キューバからプエルトリコへ（Son de Cuba a Puerto Rico）』を作った。

マルタが幼い頃に成立したカストロ政権は、プエルトリコ独立を支持する混血種の若者にとって魅力的に映っただろう。フィデル・カストロは、キューバの人種問題は進展していると宣伝し、相変わらず人種差別があるアメリカとの差を際立たせた。政治的には、キューバは独自路線を歩む権利を有するとして、北の危険な大国《ビヒモス》を非難した。カストロは、プエルトリコにもその権利を求めた。キューバはプエルトリコの独立運動を支援し、国連の非植民地化委員会よりも先に、その独立を支持し、独立運動の活動家がハバナを訪れたときのために、会館——「プエルトリコの家」——を開設した。

カストロにとって、プエルトリコの独立を後押しすることは、それにともなう利益とは別に、ふたつの目的があった。ひとつはアメリカ政府を苛立たせる。もうひとつは、生まれながらにしてアメリカ国籍をもつプエルトリコ人を惹きつけ、アメリカ本土でスパイとして活動させる。

「キューバは、アメリカに対してプエルトリコ独立というあの問題に力を注ぎながら、世界中どこでもプエルトリコ人をリクルートするのがひとつの目的になっていた」[13]と、元キューバ課報員、オーランド・ブリート・ペスターナは私に語った。

前述のKGBで学んだ元キューバ諜報員ガルシア・ディアスは語る。「プエルトリコ人はアメリカ国籍で、アメリカの身分証明書をもっているので、キューバはプエルトリコをアメリカ国内にスパイを潜入させるための特殊支援部隊のように利用していた」

テレサ・ベラスケスは一九七二年にプリンストン大学に入学し、三年後、妹のマルタも続いた。姉妹はプエルトリコ出身学生のごく少数の仲間入りを果たした。そのなかには、現在、米国最高裁判所判事となっているソニア・ソトマイヨールも含まれる。ソトマイヨールはテレサの同級生で、若いヒスパニック系学生のリーダーでもあったため、マルタのことも知っていたと思われる。

テレサは医学部進学課程の生物学専攻学生だったが、マルタは政治学を専攻し、教室の外でも政治にかかわった。女性やマイノリティ、その他の差別と闘う学生デモならなんでも参加した。アパルトヘイト政策を敷く南アフリカの企業に大学が投資するのに抗議し、「プリンストンよ、投資をやめろ、他に倣え／さもなければ、我々は活動を続ける／我々は闘う、闘い続ける／プリンストンよ、投資をやめろ……」[14]とシュプレヒコールし、大学の執行部に「それらの組織の証券をただちにすべて売却」[15]するよう請願書を提出した。彼女は「プエルトリコの唯一の政治的選択肢としての独立と社会主義」を主張するラティーノ・フェスティバルを主催し[16]、「第三世界文化祭」[17]と銘打った行事を企画し、プエルトリコの詩、アフリカの踊り、中国の民謡、メキシコ系アメリカ人の合唱、アメリカ先住民の展示などの出し物をまとめた。

「私たちは皆、世界じゅうの抑圧された民族の一員です」とベラスケスは《デイリー・プリンストン》に述べている。「非常に保守的で白人男性優位の大学で、今回のように行事を成功させることができたら、それはほとんど信じがたいことです」

ベラスケスはときには政治から離れた。ダンスや映画に行き、マンハッタンで週末を過ごし、レストランやクラブをまわった。それでも彼女は些細なことにも強いこだわりを持った若者で、大学時代のある同級生は次のように語っている。「マルタのことで思い出すのは彼女の激しさです」。ニューヨーク市立大学ジョン・ジェイ法科カレッジで教授を務めるニルサ・サンティアゴは語る。「話すとき、彼女は身体全体が言葉で震えるようでした。頭、首、胴体が言葉に込めた熱に合わせて動くのです。彼女は何を語るときでも、たいへんな理想家で、とても真剣でした。彼女はそれを強く信じていて、私にもそれを信じるように求めました。彼女が私も当然知っていると思い込んでいたことを話して、それを私が知らないと知ったとき、そんなことはあり得ないというふうな、驚いた顔をしていました」

ある日の午後、ふたりは学生会館に入り、そこでベラスケスがサンティアゴに「ヨーグルトでも食べましょう」と言った。

「ヨーグルト、食べたことないの」サンティアゴは答えた。

「なんですって？　うそでしょ」と、ベラスケスは言った。彼女はサンティアゴをまっすぐカフェテリアに連れて行き、ダノンのブルーベリー・ヨーグルトを選んだ。「彼女は何も知らない私にいろいろ教えてくれました。ヨーグルトは私のお気に入りのおやつになりました」と、サンティアゴは述懐する。

ベラスケスは卒業論文に自分にとって――そして彼女の父にとっても――重要なテーマを選んだ。自身を「プエルトリコ姉妹島の砂糖プランテーションに生きたアフリカ人女性の子孫」[18]と称し、「キューバの人種間の問題――その歴史と新たな展開」について考察した。キューバの詩人で、共産主義者、カストロ支持者であるニコラ・ギーエンの長い引用で始まる論文は、キューバの奴隷制と人種差別の歴史を改めて紹介し、それが一般に考えられているよりも残酷で、同島のアフリカ系黒人のあいだに、より強い抵抗運動をうながしたと論じた。アメリカは「キューバの闇財閥や、かつてのキューバの独裁者フルヘンシオ・バティスタと同盟を組むことでこの抑圧を続けている」[19]と彼女は記している。バティスタは自身が混血であるにもかかわらず「権力を有する人種差別主義階層の擁護者」[20]である、と。

彼女はバティスタを倒した革命家カストロを手放しで賞賛している。「政府は人種の違いを重視しない政策を非公式にではあるが周知徹底して行っている。とはいえ、それを推進する方法は独特である。社会的に優勢を占めるヨーロッパ文化に黒人を同化させようとするのではなく、政府は全キューバ人に共通するアフリカの遺産に目を向けさせる……新しいキューバはラテン系というだけでなく、政治的、社会的独自性からすれば、ラテン系とアフリカ系の混血である。かつて、これ以上に賢明な道を選択したキューバの指導者はいなかった……一九五九年の革命以前、黒人と混血《ムラート》が感じていた絶対的な拒絶と無力という状況と比べると、新生国家はまさに天佑である」[21]

カーター大統領がキューバの渡航禁止を解き、ベラスケスはプリンストン大学のラテンアメリカ研究学科がスポンサーとなった旅行に加わり、そこで自分の論文のための「現地調査を短期間」[22]行った。大学の友人によると、その訪問のハイライトは、西アフリカの奴隷がキューバにもたらしたヨルバ文化に触れたことだ。これは予定にはなかったことだが、ベラスケスはアフロ・キューバン・ジャズの演奏会に行き、それを録音した。「彼女は、キューバで非公認の、地下《アングラ》のヨルバの集いに行きました」と、その友人は述懐する。「キューバでは黒人がその文化を絶やさず継承していました。彼女はそれをじかに見ることができたのです」。プリンストンに戻った彼女は、友人にテープを聴かせた。「彼女はそれを今日的意味合いがあり、わくわくすると感じているようでした」と、友人は語った。

彼女がどうやってその演奏会に行けたのかはわからない。アフリカの影響を受けた音楽は彼女の論文のテーマにも関わるので、キューバ当局が許可したのかもしれない。だとしたら、彼女が許可を求めたときに、キューバの諜報機関の関心を引いたのかもしれない。あるいは、そもそも目をつけられる運命にあったとも言える。抜群に優秀で、一途にプエルトリコの独立を正しいと信じ、カストロ政権を信奉し、将来アメリカ政府か大学で重要な地位に就く可能性が高いアイヴィーリーグの学生である彼女は、スパイにスカウトするのに理想的な候補だった。

ワシントンDCのデュポン・サークル近くにある、ジョンズ・ホプキンス大学高等国際問題研究大学院（SAIS）は、アメリカの著名な外交官や閣僚を多く輩出し、ティモシー・ガイトナー元財務長官、マデレーン・オルブライト元国務長官、エイプリル・グラスピー元イラク大使など錚々《そうそう》たる顔ぶれが名簿に載っている。[23]権力中枢への供給ルートであることは明白で、それがキューバを含め、海外の諜報機関の注目を集めていた。

「SAISは常にとりわけ重要な大学でした。なぜなら、アメリカ政府に近いからです」と、元キューバ諜報員、ペスターナは語る。ワシントンにあるキューバの外交窓口である〈キューバ利益代表部〉の職員は「常にそれを最優先にしていた」

国際関係、国際経済、世界政策といった分野で修士の学位を与えるSAISへの潜入にキューバ諜報機関は成功していた。一九八〇年代初め、SAISの少なくとも三名が接触した。裁判記録によると、三人ともアメリカ政府機関に勤めながらキューバのスパイとなった。うちひとりは、教授のケンダル・マイヤーズ。あとのふたりは学生のマルタ・リタ・ベラスケスとアナ・ベレン・モンテス。

ベラスケスとモンテスは共通点が非常に多く、一方が他方をスパイに勧誘していなかったとしても、きっと友人同士になっていただろう。モンテスは一九五七年にベラスケスより四ヶ月先に、アメリカ陸軍の精神科医だった父が駐留していた西ドイツの米軍基地で生まれた。プエルトリコの独立を支持していたドン・ミゲル・ベラスケスと同じく、アルベルト・モンテスも島の政治の将来に関心を持っていたが、彼の考えについては意見が分かれている。アメリカ国防情報局の元捜査官スコット・カーマイケルによれば、彼は独立を「強く支持」し、「手紙や記事に堂々とその意見を述べていた」。[24] アルベルトは、二〇〇〇年に亡くなる直前、国連の聞き取りに関連して、プエルトリコ独立を支持する論文を書いたと、アナの母、エミリア・モンテスは私との電話インタビューで語った。だが、別の親類によれば、アルベルトは「穏健主義で、プエルトリコのためには自治連邦区《コモンウェルス》に留まるのが最善の選択だと考えていた」

モンテス一家は、やがてメリーランド州のタウソンに落ち着き、アナは地元のハイスクールに通った。ベラスケスもモンテスも名門大学——モンテスはヴァージニア大学——で、ラテンアメリカ政治を学び、一九七九年に卒業した。三年後、ふたりともSAISに進む。その間、ベラスケスはジョージタウン大学で法学の学位を取り、在学中は移民法に関する専門誌の編集に携わっていた。[25] SAIS在学中、ふたりとも連邦政府の仕事をした。モンテスは司法省で公文書の開示請求を処理するフルタイムの仕事に就き、ベラスケスは国際開発庁の法務研修生《リーガル・インターン》になった。[26]

モンテスはベラスケスをメリーランドにある実家に何度か連れて行った、と匿名希望の親族は語る。「ふたりは親友同士のようでした」。ベラスケスは「可愛くて、温かく、親しみやすい人柄でした。みんな彼女のことが好きでした」

「ふたりは仲のいい友だち同士でした」と、エミリア・モンテスは語る。「マルタはとてもいい子のようでしたし、とても社交的で、賢くて利口でした」

ふたりともレーガン政権の中南米政策に反対で、キューバとの戦争に発展しかねないニカラグア政策を非難していた。ふたりは、一九七九年に独裁者アナスタシオ・ソモサ・デバイレを倒した、キューバが支援するサンディニスタ政府を支持し、「コントラ」と呼ばれる反対勢力に武器と資金を提供してサンディニスタ政権転覆を目論んだアメリカの秘密工作に衝撃を受けた。

SAISはアメリカの政策をめぐる議論を引き寄せる場だった。カストロ政権と国交回復に賛成する生え抜きの外交官、ウェイン・スミスは、政府の強硬姿勢に反対して、一九八二年にハバナの〈アメリカ利益代表部〉部長を辞任した。一九八四年の春、モンテスとベラスケスがSAISに入って二年目、スミスは一九五九年の革命以降のキューバの歴史についてSAISで教えていた。[27]

モンテスは「ジョンズ・ホプキンス大学大学院での研究で、ニカラグアで反政府民兵《コントラ》を支援したアメリカ政府の、残虐で非人道的な行為と彼女が称する政策について初めて本格的に知った」と、ペンタゴンの監察総監室の二〇〇五年の報告にある。[28]「ジョンズ・ホプキンス大学のほかの学生や教授のほとんどは、アメリカの政策の不公正さについて彼女と同意見だった」

モンテスは教授のひとりで、ラテンアメリカ政治の入門課程を教えていたリオーダン・ロエットと衝突した。「彼女は私のことも、私の事務職員のことも完全に嫌っていましたし、私たちのことをファシストだと思っていました」と、ロエットは私に語った。「私が少しでもアメリカ寄り、民主主義寄り、NATO寄りの発言をすると、その都度、彼女は抗議したものです」

モンテスとベラスケスは同じ考えの教授、ピエロ・グレイセスに惹きつけられた。彼は、一九八二／八三年に「アメリカ合衆国とラテンアメリカの関係」を、[29]一九八三年の秋には「アメリカ合衆国と中央アメリカ」を教えていた。イタリア出身のグレイセス――自分はSAISで「最も左翼の教授」だと私に語った――は、一九八三年にCIAから協力の依頼を打診されて、それを断っている。ひとりの女性が彼のオフィスにやってきて「話を持ちかけられた……当時、私は中米について相当な量の文章を書いていたので、情報をもっているのではないですか、と彼女に言われた。情報があればアメリカ政府が方針を決めるのに役立つでしょう、と。私は興味がない、と言った。強要はまったくなかったし、圧力もまったくなかった」

一九四四年のグアテマラ革命とアメリカ合衆国について、グレイセスが執筆していた著書のために、ベラスケスはマイクロフィルムに記録されたグアテマラの新聞をつぶさに調べた。「私たちは政治の話はしなかった」と、グレイセスは私に語った。「自分たちが取り組んでいる仕事の話はした。私が何を探しているかを彼女に伝えた。彼女が数時間分の調査を終えたあと、私たちは週に一度会った。彼女は私にプリントアウトを渡し、私たちは彼女が見つけた事柄について話した」と、彼は言う。「彼女は優秀だった。マルタといえば、一緒にいると楽しくて、完璧な調査助手だったことを思い出す。彼女の悪口は言いたくない」

ケンダル・マイヤーズは一九七二年にＳＡＩＳで博士号を取得し、ＳＡＩＳでイギリス政治とヨーロッパ史を教えていた。[30][31]また、一九七七年から国務省の外務職員局で講師を務め、海外へ赴任する政府職員を相手に教えていた。キューバ側から急かされて、一九八一年にＣＩＡの分析官に応募したが、採用されなかった。

マイヤーズは身長一九八センチ、セイウチのような垂れ下がった口髭。熟達したヨットマンで、白人アングロサクソン系清教徒《WASP》の名家に生まれ、祖先には電話を発明したアレクサンダー・グラハム・ベルがいる。彼はカストロ政権を信奉していた。ニューヨークでキューバ諜報員からキューバに招待され、一九七八年一二月にそこを訪れた。「フィデルについては聡明でカリスマ的な指導者という話しか聞こえてこない」と、彼は日記に書いている。[32]「キューバ人が自分たちの魂を保っているのは彼のおかげだ。いまの時代、彼はとりわけ偉大な指導者であるのは間違いない」。その六ヶ月後、彼と妻のグウェンドリンはキューバのスパイとなった。

夫妻は混雑したワシントンのスーパーマーケットで担当官《ハンドラー》とショッピングカートを交換して情報を渡し、ときにはトリニダード・トバゴ、メキシコ、ブラジル、エクアドル、アルゼンチン、イタリア、フランス、チェコ共和国でキューバ諜報員と接触した。彼が最も興奮したのは、一九九五年にハバナで、カストロ本人に四時間の謁見《えっけん》がかなったことだ。

マイヤーズは一九八五年に最高機密情報取り扱い資格を得て、二〇〇一年から二〇〇七年まで、国務省情報調査局の上級分析官を務めるまでに出世し、高度な秘密情報を扱える立場にあった。さらに、国務省の会議や調査プロジェクトを手配する仕事もしていた。

ラテンアメリカ担当の元国家情報官、フルトン・アームストロングは、マイヤーズが次の会議の打ち合わせでCIA本部に立ち寄るたび、「数ヶ月に一度の割合で彼と会っていた」と語った。「コーヒーを飲みながら、キューバやラテンアメリカに関する会議をなぜもっとやらせないのかと彼をつついてみたりした。キューバに関連することに彼が少しでも関心を見せたことは一度もなかった」。マイヤーズはフィデルへの忠誠心《フィデリティ》をうまく隠していたのだろう。

アメリカ国防情報局でキューバの諜報活動に関する専門家だったクリス・シモンズによれば、マイヤーズがキューバに流した情報ではアメリカの機密情報よりも、スパイとして取り込むのにSAISのどの学生に働きかければよいかという評価のほうが役に立った。

マイヤーズがキューバ諜報機関にベラスケスやモンテスを推薦したのかどうか、確かなことはわからない。

「私の推測では、マイヤーズがリタ・ベラスケスを勧め、リタがモンテスを勧めた」と、元キューバ諜報員ガルシアは語った。

ベラスケスの起訴状によると、彼女は一九八三年からキューバのスパイとして活動を開始した。その年の九月、彼女はキューバの諜報員と会うためにメキシコシティへ行った。ちょうどそのとき、メキシコがキューバ政府職員二名を逮捕したため、落ち合う計画は中止になった。彼女はまた、その頃からモンテスに働きかけ、ともにアメリカのニカラグア政策を嫌悪していることを強調し、スパイに誘う下地作りをした。一九八四年夏、彼女はモンテスを夕食に連れ出し、「スペイン語のニュース記事を英語に翻訳してくれる人を探している」[33]友人がいるので、「ニカラグアの人々を助けたいと言っていた」[34]モンテスの「望み」を叶えることができると語った。

その頃、ふたりはSAISを卒業し、ベラスケスは運輸省の弁護士となり、機密情報取り扱い資格を得た。その年の七月、彼女はモンテスに手紙を書いている――「学生として過ごしたあの時期、友人として、同志としてあなたがいてくれたことはたいへんよかった。大学の外でも、これからも私たちの関係が続くことを願っています」[35]

その通りになった。一九八四年一二月、そして一九八五年のはじめ、ふたりは列車でニューヨークへ行き、そこでキューバの諜報員と会った。モンテスは「ニカラグアを〝助ける〟ため、キューバ人を通して活動することにためらいなく同意した」[36]と、監察官の報告にある。ベラスケスの指示に従い、モンテスは彼女から与えられたタイプライターで履歴書を作成し、司法省での仕事内容についても説明した。その後、一九八五年の春にふたりは偽造パスポートを使ってプラハとマドリードを経由してキューバに行き、そこでスパイの訓練を受け、暗号化した無線メッセージの受信法や、アメリカの諜報機関に勤める際に必要とされる嘘発見器を切り抜ける方法を学んだ（モンテスはのちに、それには括約筋に力を入れるのだと説明している）[37]。モンテスは海軍情報局、軍備管理軍縮庁、国防情報局《ＤＩＡ》に応募した[38]。ベラスケスは彼女の人物証明書を書き、ＤＩＡが彼女を研究員として採用した――これで彼女はキューバに関するアメリカの軍事計画と諜報活動の詳細を知る入り口に立った。

怪しまれるのを防ぐためか、モンテスがＤＩＡにうまくおさまると、彼女とベラスケスは会うのをやめ――そして、誰もがそれに気づくようにした。「たしかマルタが、アナとは以前は友だちだったが、いまではそうじゃないと言ったと記憶している。アナ・モンテスのほうが離れていったのだと」と、グレイセスは語る。「きっと、わざと関係を絶ったのだろうね」

「ふたりは仲違いしたんです」と、エミリア・モンテスは言った。「話もしなくなりました。理由は知りません」

ふたりの仲違いは「奇妙だった」と、匿名の親戚は言う。「アナが友だちと言い争いをしたなんて、聞いたこともありませんでした。いまではそれが見せかけだったのがわかります」

モンテスは一九八四年にはＳＡＩＳの課程を修了していたが、ジョンズ・ホプキンス大学は授業料の未払いを理由に、一九八九年まで彼女のラテンアメリカ研究における修士号を授与せずにいた[39]。モンテスのスパイ行為を暴くのに協力し、逮捕後、彼女の事情聴取を担当した国防情報局のシモンズによると、彼女は大学側と「哲学的議論に突入し」、自分の教育は無料であるべきだと主張した。卒業の日、アナは同期生とともに堂々と行進し、卒業証書入れのような丸筒を空のまま受け取った、とエミリア・モンテスは語る。彼女は母親に、授業料を滞納していると説明した。

モンテスは父親に金を無心したが、父はそれを拒否した、とシモンズは語る。結局、キューバ諜報機関が介入した。スパイに報酬は払わないという慣例を破り、彼女の未払いの学費を支払ったのだ。

「彼女はハンドラーに会い、授業料の未納があるが支払う金がないと言った」と、シモンズは語る。「ハンドラーはぞっとした。作戦上、これはキューバにとってまずい。支払い履歴に問題のあるスパイは好ましくない。信用に関わる問題だ。キューバ側が負担したのは、そうするよりほかなかったからだ」

一九九四年、フィデルとラウル・カストロから直々に承認を得て、グレイセスはキューバ歴史公文書館への異例の立ち入りを許された。この快挙に、教え子のアナ・ベレン・モンテスがさっそく訪ねてきた。当時、彼女は国防情報局でキューバ専門家の第一人者となっていて、キューバとその軍部に彼がどのような印象をもったかと尋ねた。グレイセスは、アメリカのキューバ政策には反対なので、彼女に情報を与える気はないと答えた。

表向きには、モンテスはアメリカ政府を代表して彼の助言を求めてきた。だが、グレイセスはのちに、彼女はハンドラーの指示で訪ねてきたのではないかと疑った。キューバ側には、グレイセスをCIAのスパイと見なし、公文書館を自由に使わせたのは間違いだと考える者もいた。モンテスは口実を設け、彼が純粋にただの学者かどうか、どこかから指示を受けているのではないか探りに来たのだ。

「彼女がキューバのスパイだと知り、あのとき彼女が訪ねて来たのはキューバ諜報機関から私の様子を探れと言われたからだと思った」と、グレイセスは語る。「私がどう反応するか知りたかったのだ。私が優秀な成績でテストに合格したのは間違いない」

ふたりが会ったときのモンテスの二役――表向きはアメリカ政府職員、じつはキューバのスパイ――は、彼女の最盛期の二重生活を端的に表している。「日中、彼女は国防情報局の仕切りボックスで型どおりのGS14の連邦職員として勤務していた」[40]と、二〇一三年の《ワシントン・ポスト》は彼女の連邦職員の給与等級に言及している。〔GSとは公務員のうち、主に連邦職員に採用される一般俸給表（General Schedule）のこと。14はかなり上級に属す〕「その陰で、彼女はフィデル・カストロのために働き、短波放送の符号化したメッセージを聴き取り、混み合ったレストランでハンドラーに暗号化したファイルを渡し、あるいはかつらを被って変装し、偽のパスポートを握りしめ、密かにキューバに入国して情報を渡した」

モンテスは異例の速さで昇進し、対キューバ政策を決める連邦政府の最高幹部グループに加わった。彼女は統合参謀本部や国家安全保障会議で状況報告を行い、キューバの麻薬密売の捜査はどうなっているのかと麻薬取締局を責め立てた。キューバ領内でパンフレットを散布していたマイアミを拠点とする亡命キューバ人の団体〈ブラザーズ・トゥ・ザ・レスキュー〉の航空機二機が一九九六年にキューバに撃墜されたときは、アメリカが武力で対抗するのに反対し、思いとどまらせた。[41]

彼女は同僚にはお高くとまっていて、傲慢《ごうまん》な人と思われていたが、賢くて何事にも準備万端で、観察や経験に基づく証拠を議論で検証するのが得意だった。「彼女は沈黙し、議論が進むあいだじっと我慢し、それから相手に不意打ちを食らわせた」と、フルトン・アームストロングは語る。別の分析官が冗長な発表を終えると、そっけなく「つまり、自分にはわからないとおっしゃっているのですね？」と切って捨てた。

「フィデルと（彼の弟の）ラウルが何を考えているか、みんなあれこれ推測していた」と、アームストロングは語る。「すると彼女が『いいですか、私たちにはわからないのです。私たちの見方は、事実よりも偏見にもとづいていますし、憶測をめぐらすのは無意味です』と言うのだ」。彼女がそのように推測を避けたがったのは、カストロ兄弟の思惑とまではいかないにしても、キューバ諜報機関がなにを考えているかについては通じていることをうっかりもらしてしまわないか、恐れたからだろう。

キューバを「最小限の通常戦闘能力」しか保有しない「取るに足りない」脅威とする国防総省の物議を醸した評価[42]を形成したのはモンテスだと、よく言われている。連邦議会の批判者やキューバ系アメリカ人政治家は、キューバが反政府ゲリラやテロリスト集団を支援している事実を無視しているとしてこの評価を非難した。しかしながら、アームストロングが言うには、モンテスの最初の草稿は共和党員を懐柔するためにキューバの脅威を誇張していた。彼ともうひとりの同僚がそれを書き換え、脅威を煽るような調子を削ったのだ。

アームストロングはいくら記憶を掘り起こしても、モンテスの背信行為を裏付ける兆候を見つけられなかった、と語る。「キューバ政府のためになるような、分析にもとづく路線を支持したかどうかも含め」そのようなことはなかった。「私の個人的な意見だが、彼女はきっと、それを支持して自分が目立つ存在になってはならないと考えたのだ。もし彼女がキューバをかばう文書を書いていたら、『彼女はカストロに甘い』と人に言われただろう」

CIA長官は、彼女を優れた情報《インテリジェンス》分析官と称え、[43]キューバの軍事力を研究するため、彼女に有給で一年間の研究休暇《サバティカル》を与えた。元CIA分析官ブライアン・ラテルによると、おそらくキューバ諜報機関のハンドラーの指導でまとめられた彼女の報告は、米軍との関係におけるキューバ最高司令部の関心を誇張していた。

「モンテスにはとても感心しました」と、ラテンアメリカ地域研究を専門とするハーヴァード大学のホルヘ・ドミンゲス政治学教授は語る。モンテスとはキューバの軍事力に関するセッションで出会った。「知識が豊富で、賢く、発言は明瞭で正確。彼女はだらだらと話を引き延ばすことなく事実にしぼっていた。能力ある人というオーラを放っていた」

国防情報局のモンテスの仕切りボックスの壁には手書きの引用文がピンでとめてあった。[44]「王は彼らが意図することすべてを知っている／彼らが夢にも思わない傍受によって」。これは人目を忍ぶ女性の秘密のジョークだった。シェイクスピアはヘンリー五世のことを言っているのだが、この二連句は王フィデルのために「傍受」するモンテスにもぴたりと当てはまる。デスクでひとり昼食をとりながら、彼女はキューバに関する機密文書を一ページ、また一ページと記憶し、夜、アパートに帰ってから東芝のラップトップに入力した。[45]そして、ワシントンの中華料理屋でハンドラーと夕食をともにした際、あるいは休暇でカリブ海を訪れ、キューバを——公式にも非公式にも——訪問した折、フロッピィ・ディスクを渡した。

彼女はアメリカ政府のキューバ問題研究家《ウォッチャー》四〇〇名以上の氏名と略歴をキューバ諜報機関に渡した、と前述の国防情報局のキューバ専門家、シモンズは語る。「キューバを標的にした情報収集計画の全貌をモンテスが暴露したため、アメリカの各諜報機関が収集したあらゆるキューバ情報の信憑性が疑われることになった」[46]と、元国家防諜責任者のヴァン・クリーヴは二〇一二年、連邦議会で報告している。「また、おそらく彼女が渡した情報は、アメリカ人やラテンアメリカの親米勢力の死亡や負傷に関与している」

「だが、何よりもアナ・モンテスが際立っていたのは、彼女がアメリカの最も深部にある秘密に触れられる立場にあっただけでなく、彼女がその秘密の多くを作っていたことだ――キューバに関して我々が把握していると考えていた事柄にもとづき、極秘の評価を作製していた」[47]と、国防情報局の元捜査官カーマイケルは記している。「フィデル・カストロ自身が、対キューバのアメリカの方針と立場を決めていたようなものだ」

一九九〇年はじめ、ソ連の崩壊により、かつての衛星国キューバとアメリカのあいだの緊張緩和の機は熟したように思われた。キューバ系アメリカ人の多くの教授は、生まれ故郷の島とのつながりを求めた。彼らは〈キューバ研究協会〉や〈民主主義のためのキューバ人委員会《CCD》〉に加わり、両国の和解を求めてキューバとアメリカの両方で会議を開催した。

キューバ諜報機関はそれらのグループに関心を寄せ、彼らが本当にそう願っているのか、あるいはＣＩＡやＦＢＩのフロント組織なのか、そこからスパイにリクルートできる人間はいないかと考えていた。フォーダム大学の社会学者でＣＣＤ会員のオーランド・ロドリゲスは、ハバナで開催されたある会議で、多くのキューバ系アメリカ人はアメリカ合衆国とキューバの両方に忠誠心をもっていると発言したことから、有望な候補として目をつけられた。ロドリゲスがおそらく諜報員だろうと思った男が、高級なキューバ葉巻を手土産に近づいてきて、「我々にとって溜飲が下がる」発言だったと彼を褒めた。

アメリカに戻ると、国連のキューバ代表部の外交官——おそらく今度もスパイ——がロドリゲスのオフィスに現れ、キューバについて、フォーダム大学について彼の意見を聞きたいと言った。ロドリゲスは、大学要覧やその他の資料を送った。「対話を求めるCCDの会員として、その外交官に『あなたとは関わりたくない』とは言えなかった」と彼は私に語った。米証券会社〈キャンター・フィッツジェラルド〉の副社長補佐だったロドリゲスの息子が二〇〇一年九月一一日の世界貿易センタービルへの攻撃で亡くなると、キューバ代表部の職員がフォーダム大学に再びロドリゲスを訪れ、お悔やみを言い、キューバの出来事について話した。

ロドリゲスの協力は得られないと察したのか、そのキューバ課報員はたわいもない話をするだけにとどまった。だが、ロドリゲスは知らないのだが、彼の友人で学者仲間、CCDと〈キューバ研究協会〉の両方に属していたカルロス・アルバレス[48]は、じつはキューバのスパイだった。

キューバ生まれのアルバレスは、反カストロの地下学生運動に加わり、ベネズエラに逃れた。彼は聖職者になる勉強をしていたが、修道院を出てアメリカに渡り、フロリダ大学で博士号を取得した。一九七四年、フロリダ国際大学で教職に就いた。同校はキューバ系アメリカ人の学生数が一万七〇〇〇人[49]で、アメリカのどの大学よりも多い。紛争解決を専門とする心理学者の彼は、故郷とアメリカ合衆国との関係改善に自分の専門で貢献したいと考えていた。

古典的な手法だが、キューバ諜報機関は彼をリクルートするのに学者仲間を使った。〈キューバ研究協会〉の会合のためにニューヨークを訪れたアルバレスは、パーティでキューバ人外交官と話をした。相手はじつは諜報員だった。アルバレスが、両国の対話を進めるためにキューバを訪問したいと言うと、外交官はそれならキューバ人の心理学者[50]を紹介すると言った。その人（女性）がハバナ大学へ招待してくれるだろうし、彼女はフロリダ南部のキューバ系アメリカ人社会に関する論文を書いているので、彼の意見が聞けたら喜ぶと思う、とも言った。アルバレスは翌日彼女と昼食をともにした。彼女の夫はニューヨークの国連本部のキューバ代表部の職員で、まもなくアルバレスはそこでハンドラーと接触した（皮肉にも、アルバレスをリクルートした心理学者は二〇一三年、キューバで現政権に対するスパイ行為で夫とともに有罪となった。彼女は懲役一五年、夫はその倍の刑期を言い渡された）[51]。

　裁判記録によると、アルバレスは「直接会ったり、水溶性の手紙を使ったり、無線呼び出し《ポケベル》の暗号化したメッセージや短波放送の信号を受信」[52]したりしてキューバから指示を受け取っていた。アナ・モンテスとは違い、アルバレスは機密文書や連邦政府高官に接する立場ではなかった。彼はキューバ諜報機関に様々な断片的情報を渡した。そのなかには、教え子でＦＢＩ分析官となった人物の電話番号や、親友のフロリダ国際大学のモデスト・マイディケ学長の評価も含まれていた。裁判で検察側は、アルバレスがマイディケの財政状況や民間事業投資に関する「秘密の情報」[53]を含む報告をキューバ諜報機関宛にまとめていたと主張したが、マイディケ本人が私に言うには、アルバレスに「私の財政状況がわかるもんか」だそうだ。

　アルバレスがキューバ諜報機関に渡したマイディケの情報は無害で、ふたりはいまも友だちだ。「彼がキューバに提供した情報をひっくるめると、私は非常に誇り高く、自己中心的な人物となるが、だいたい当たっている」と、マイディケは言った。また彼は、アメリカ史上初のキューバ系アメリカ人の大学学長だと自分から言った。「カルロス［アルバレス］は、人生で出会ったなかでとりわけ素晴らしい人だ」。ロドリゲスによれば、アルバレスは非常に親切で、清らかな心の持ち主で、ハバナで街娼に話しかけられたときは、女に忠告を与えようとしたそうだ。

のちにアルバレスが「過剰な理想主義とナイーブさ」[54]と呼ぶもので、彼はキューバ諜報機関を操れると思い込んだ。最低限の協力しかしなくても、キューバ訪問を許され、講演会や研修会の開催を許され、そうすることで、キューバ人とキューバ系アメリカ人の非公式な交流を育み、島カストロ体制を民主化できると思っていたのだ。「八〇年代半ばまでには、私は諜報機関を、島に変化をもたらす触媒ととらえていた」[55]と、彼は記している。「フロリダ南部のキューバ系アメリカ人社会に関する私の分析や他の無害な情報を彼らに与えるのと引き替えに、私は島の政策立案者に会えると期待した。非公式対話のためのルートを作ることの重要性を訴えようと思っていた。私は自分で状況をコントロールできると信じていた」

彼はFBIを勘定に入れていなかった。二〇〇五年、四年間、内偵を続けたのち、ふたりの捜査官がマイアミの食料雑貨店前で彼に話しかけた。あなたの人生で一番重要な日だと彼に告げ、ご同行願いますと言ってホテルの一室に連れて行き、そこで三日に及ぶ尋問を行った。捜査官らは、全面的に協力すれば、訴追されることはないと彼に言った。アルバレスは白状したが、捜査官らはもっと知りたがった。「いいですか、あなたは……キューバ政府に手を貸したのですから、今度はアメリカ合衆国を助けてもらいたいのです」[56]と、ローザ・シュレック捜査官はアルバレスに言った。「どうです？　わかりますね？」

南フロリダ大学の彭大進教授はのちに、FBIのダイアン・メルクリオ捜査官に中国を探るスパイになれと迫られながらも巧みに要求を避けるが、彼とは違い、アルバレスはにべもなく断った。「そんなことはしたくない」と、彼は言った。「日常生活を平穏に送りたい」。彼は未登録のキューバのスパイとして活動した罪を認め、懲役五年の実刑判決を受けた。

アルバレスはアメリカの国家安全保障にはほとんど害を与えなかったが、彼が摘発されたことで、学界の威信が揺らいだ。フロリダ州はさっそく、キューバへの教育目的の旅行に公的資金を使うのを禁止し、アメリカの亡命キューバ人とフロリダ国際大学のあいだの溝を広げた。

「あの事件は大学にいる私たち全員に影響を与えました」と、フロリダ国際大学付属〈キューバ研究所〉の共同所長セバスティアン・アルコスは私に語った。「大学には信用できない共産思想かぶれがいっぱいいると、キューバ系アメリカ人のあいだで疑念がわきあがりました。彼らは『見ろ、言ったとおりだろ！』と」

この事件は名門ハーヴァードにも響いた。高等教育とスパイ活動に共通する手を使い、アルバレスはアメリカとスペインでの会議で、ハーバート・ケルマン教授に近づいた。ケルマン教授はハーヴァード大学に「国際紛争分析と解決」の研究会を開設した指導教員だ。「アルバレスが私の著作を読んで、その理論や発想に慣れ親しみ、それをキューバで実行したがっていたことは明らかだ」と、ケルマンは振り返る。

ご機嫌取りは上手くいった。一九九七年、アルバレスはケルマンの研究会と提携を結び、ケルマンはフロリダ国際大学でも講義を行った。一九九八年、ふたりとともにハーヴァードの研究会の指導教員補佐を務めた、ドナ・ヒックスはハバナでキューバ当局に働きかけ[57]、若いアメリカ人とキューバ系アメリカ人との交流許可を求めた。アルバレスは当時、複数の研究会を主催しており、二〇〇三年にはハーヴァードでも行っていた。

ケルマンはアルバレスを擁護する。「彼がキューバの政治体制を素晴らしいと思っていたなんてことは、絶対にないと断言できます」と、ケルマンは私に語った。「彼はあの国に愛着を持っていました。若いキューバ系アメリカ人があの国を憎み、蔑《さげす》んで育つのに心を痛めていました」

ホルヘ・ドミンゲスは彼とは違う見方をしている。ドミンゲスはラテンアメリカ政治を専門とする学者で、一九九五年から二〇〇六年まで、ハーヴァードの〈ウェザーヘッド国際問題研究所〉所長を務めた。ケルマンの研究会もそのなかにあった。一九九〇年から一九九四年まで〈キューバ研究協会〉の会長を務めた彼は、アルバレスと親しかった。ドミンゲスは、キューバ人とキューバ系アメリカ人の対話を進めようとするケルマンとアルバレスの計画を熱心に支援した。

「アルバレスが逮捕されたとき、私は信じられませんでした」と、ドミンゲスは私に語った。「あの人は私の友人で、私は彼のことはよく知っているものと思っていました。たぶんブッシュ政権かFBIの勇み足だろうと思いました」。アルバレスが実際にキューバ課報機関のために活動していたことが明らかになると、「それまでは証拠不十分の彼を釈放すべきだと心から思っていたのに、彼にだまされたと感じました。彼は私のような人間をスパイしていただけではありません。私をスパイしていたのです」

ドミンゲスは以下のようにつけ加えた。ハーヴァードの研究会を主導したのも「キューバ課報機関のためかもしれません。最も極端なシナリオは、キューバ系アメリカ人社会に潜り込む手段として、カルロス〔アルバレス〕がこれをキューバ政府に売り込んだ可能性です。研究会に参加したキューバ人のなかには、そのために選ばれた諜報員が交じっていたかもしれない。いまになって考えると、本当に恐ろしいことです」

医務総監からの申し立てを受けて、アルバレスは二〇〇八年にフロリダで精神医療を行う免許を放棄した。彼が属していた〈アメリカ心理学会〉は彼の事件の調査はしたものの、懲戒処分は行わなかった。[58]

マイディケ同様、ロドリゲスもアルバレスとはいまも親しくしており、自分の友人が自分を売ったことは気にしていない。「彼が出所したあと、私たちはマイアミで集まりました」と、ロドリゲスは私に語った。「私は言いました――『きみが私について何を言ったか知らないが、そんなことはどうでもいい。気にしてないよ。きみはばか正直だからあんなことになったのだと思っている。キューバと駆け引きをして、自分では柔軟に対応できると思い込んでいたがそうではなかったんだ』」

ロドリゲスによると、アルバレスはキューバ諜報機関が自分をFBIに売ったと思っているらしい。社会の自由主義化に反対したカストロ政権を批判していたし、キューバ諜報機関がいかにしてキューバ系アメリカ人社会に潜入したかを示す宣伝役を終えた彼は使い捨てにされたのだ。現在隠退生活を送っている彼は、神学書を読み、和解に関する興味を持ち続けているが、それはキューバ人とキューバ系アメリカ人の和解ではない。「キューバとはいっさい関わりたくないそうです」と、ロドリゲスは言った。「自分はばかだったと後悔しているのだと思います」

一九九〇年、キューバを後ろ盾にしたサンディニスタ民族解放戦線のニカラグア大統領、ダニエル・オルテガが再選を目指した大統領選で、ビオレタ・チャモロに敗れると、アメリカ国防情報局はアナ・モンテスを彼の地へ派遣した。モンテスはチャモロ新大統領が受け継ぐことになるキューバ仕込みのニカラグア陸軍について説明した。[59] もしかしたら、フィデル・カストロは盟友の敗北に打撃を受けたが、今頃はキューバのスパイが勝利者に話を聞かせているのだと思って多少は溜飲を下げたかもしれない。

チャモロが知り合ったニカラグア在住の別のアメリカ政府職員もキューバのスパイだった。サンディニスタ政権が敗れたため、アメリカ国際開発庁《USAID》はニカラグアでの活動を再開した。その地域の法律顧問こそ、ほかならぬマルタ・リタ・ベラスケスであった。彼女は一九八九年に運輸省を辞めてUSAIDに移り、モンテス同様、中南米におけるアメリカの動きと人物について、キューバに情報を伝えられる地位に就いた。極端な貧困をなくし、民主主義を広めるのを目的としたUSAIDは貿易や教育問題でチャモロに協力した。チャモロはベラスケスを愛情込めて「私の可愛いプエルトリケーナ」と呼んだ。

ベラスケスはUSAIDのニカラグア事務所に勤め、議会の共和党員が厳しい目を注ぐ援助や契約の見直しのためにいつも残業していた。共和党員らは、七億ドルの開発予算を有するニカラグア事務所がサンディニスタ幹部の関連団体に資金援助しているとして糾弾《きゅうだん》し、そのような契約を一件、無効に追い込んだ。[60]「ニカラグアではUSAID代表団と揉めました」と、上下両院海外関係委員会の元職員、ダニエル・フィスクは語る。「あれはサンディニスタの前哨基地でした」

ニカラグアの首都、マナグアの日常生活は混乱していた。「サンディニスタが国を疲弊させたため、住宅事情はひどいものでした」と、USAID元職員が私に語った。「マルタの家は一年も水道が使えませんでした」。通貨が不安定なため、労働者は月曜には価値がなくなると知っていて週末のあいだに給料を使い果たしてしまう。「最初の二年間、私たちは経済の安定に力を注ぎました」

ベラスケスは進んでほかの外国人と交流した。ディナーパーティにはつぶしたバナナを使うプエルトリコ式の揚げものを持参し、アメリカ海兵隊が毎週金曜に開くダンスパーティには必ずと言っていいほど参加した。「彼女はとても社交的で、プエルトリコ人らしく陽気な人でした」と、元同僚は言う。「素晴らしいユーモアのセンスの持ち主。あるとき、私たちは大使館のイベントに出かけるところでした。彼女が『危うく大恥をかくところだった。赤と黒のドレスを着ていこうと思ってたの。出かける前に、あ、これってサンディニスタの色だって気づいて、ほんとよかった』なんて言うこともありました」

アメリカ大使館は職員にニカラグア人とは付き合わないようにと申し渡していた。だからというわけではないだろうが、ベラスケスはスウェーデンの外交官、アンデシュ・クヴィルと付き合い始めた。スウェーデンはカストロ政権に理解を示していたため、ふたりの政治的意見は互いに許容範囲だったと思われる。一九七五年、ヴェトナム戦争を強く批判したスウェーデンのオロフ・パルメ首相は、革命以後、初めてキューバを訪れた西側ヨーロッパの国家元首となり、カストロの「自由の力」を称えた。[61]

ベラスケスとクヴィルは一九九六年三月にプエルトリコのセコンド・ユニオン教会で結婚した。[62] サン・フアンの海を望むカリブ・ヒルトンで行われた披露宴には二〇〇人あまりが招待され、彼女の父の同僚、ロベルト・アポンテ・トーロもそこにいた。「結婚式は豪華ではなかったが、とてもよかった」と、アポンテ・トーロは私に語った。「スウェーデンの家族も来ていたが、あとはだいたいサン・フアンの人たちだった」

ベラスケスはアポンテ・トーロのクラスで一度講義を行い、父のように法科大学院で教えないかと彼に勧められた。だが、彼女はそれを断った。きっとUSAIDで充分活躍していたからだろう。一九九四年にニカラグアを去り、USAIDの中東・アジア地域の最高法務責任者となり、ワシントンで二名、海外で七名の弁護士を監督する立場になった。一九九八年から二〇〇〇年まで、彼女はジアにおける核拡散に関する問題で法的な助言を与えた。中東の和平プロセスやアジアは休職して夫とスウェーデンで暮らしていたが、その間もモスクワのUSAID代表部で常駐法律顧問の代役を務めることもあった。二〇〇〇年、中南米に戻り、今度はグアテマラで貿易経済調査を行う地域事務所長として九人の部下を率い、貿易と経済発展の問題に取り組んだ。

彼女の起訴状には、彼女がUSAID在職中にキューバ課報機関と接触したと思われる例がいくつか示されている。一九九六年、キューバ課報機関は彼女に暗号化ソフトを与えた。一九九四年と一九九七年、彼女はアメリカのスパイを暴露した。ベラスケスが一九九七年一月に息子インマルを出産すると、キューバ課報機関はそのうれしい知らせをモンテスに伝えた。インマルは北欧人の父親似だった。ベラスケスがベビーカーに息子を乗せて歩いていると、「よく子守と勘違いされた。彼女はそれをとてもおもしろがっていた」と、USAIDの元同僚が私に語った。

一九九九年八月、ベラスケスは娘のイングリッドを出産する。子供たちに完璧なスウェーデン人の名前をつけたのは、もし自分がスパイだとばれても、好奇の目や騒動から彼らを守ることを期待したからかもしれない。

ソ連が崩壊しても、ロシア人はアメリカの大学でのスパイ活動をやめなかった。二〇〇〇年に元KGBのウラジーミル・プーチンが初めて大統領に就任して以来、学界を狙い撃ちにしろとキューバに教えたその国は、アメリカでの諜報戦、特に大学内でのスパイ活動を強化し、かつての衛星国と情報を共有したと言われている。

「アメリカにおけるロシア諜報機関のプレゼンスは冷戦時代のレベルかそれ以上になっている」と、ヴァン・クリーヴは二〇一二年の証言で述べている。「モスクワとキューバの諜報機関同士の関係は薄れてはいるが、続いていると考えておいたほうがいい」

二〇〇〇年以降、アメリカの大学には年に五〇〇〇人のロシア人学生が学んでいた。そこには、ロシアがアメリカじゅうにばらまいている、外交官の隠れ蓑をもたないスパイ、いわゆる〝非合法《イリーガル》〟は含まれていない。人気のFXドラマ『ジ・アメリカンズ』に出てくる、郊外で旅行代理店を営む夫婦になりすましたKGBの二人組のように、非合法スパイは名前と国籍を偽っている。従来型のスパイは、外交官の肩書きでロシア大使館や領事館に勤務し、情報源として取り込みやすい学生や教授を探して大学キャンパスをうろつく。非合法スパイには従来型のスパイにはない利点がふたつある。ひとつは、地下に潜っているため、FBIの監視対象になりにくい。ふたつめに、正体がばれない限り、たとえアメリカがロシアとの国交を断絶して大使館職員を国外に追放しても、彼らはアメリカに留まることができる。

非合法スパイは出番が来るまでに何年も何十年もかかる場合があり、その国にすっかり溶け込んで母国への忠誠心をなくしてしまうこともある。ロシア課報機関の非合法スパイへの依存はその伝説的な忍耐強さを物語っている。「ロシア諜報機関の特徴なのだが、彼らは〝長いときをかけて養い〟、すぐに成果を出せという要請も受けていない」[63]と諜報の歴史家、ナイジェル・ウエストは私に語った。「いま小さな投資をして、大きく広げておけば、あとになって配当があるだろうという考え方だ。中国国家安全部はこの〝でたらめ射撃〟とも呼ばれる、同じ戦略を取り入れている。対照的に、西側の諜報機関は、狙撃兵のように確実に届く標的に狙いを定め、すぐに結果を出すようプレッシャーをかけられている」

FBIは一〇年に及ぶ捜査を経て、二〇一〇年、一〇名のロシア人非合法スパイを逮捕した。「美しすぎるスパイ」としてマスコミが大騒ぎしたアンナ・チャップマンの陰に隠れてかすんでしまったが、ロシアはその他の九人を七つの大学に潜入させていた。ハーヴァード、コロンビア、ニュースクール大学〔ニューヨーク市マンハッタンにある私立総合大学〕、ワシントン大学がそこに含まれる。そのうちのひとり、シートン・ホール大学で学位を得たミハイル・セメンコは中国語を話し、中国のハルビン工業大学に留学した経験がある[64]が、これはロシアと中国の諜報機関が手を組んでいたからかもしれない。

マンハッタンの税理士事務所に会計士として勤めていたシンシア・マーフィーは、二〇〇〇年にニューヨーク大学のレナード・N・スターン・スクール（経営大学院）で学士号を、二〇一〇年にはコロンビア・ビジネススクールで修士号を取得していた[65]。彼女の本名はリディア・グーリエワといい、ロシア諜報機関から与えられた彼女の任務は、コロンビア大学から与えられた課題とはかけ離れていた。モスクワからの指令は「常日頃から級友との結びつきを……強め、職探しに支援が得られそうな、そして機密情報に将来（あるいはすでに）アクセス可能な教授たちとも親しくすること」[66]、そして、「彼らの詳細な個人情報や性格上の特徴を報告すること。その際、スカウトに応じる見込みがあるか（弱みがあるか）も事前に判断して付記すること」だった。

彼女はＣＩＡの職にこれから応募する級友や、すでにそこで雇われている級友の情報を掘り下げるよう命じられていた。無線電報や特殊なソフトウェアに隠した電子メッセージを使って、コロンビア大学の有望なスパイ候補の名前をモスクワ本部に送った。本部では、他国のスパイの情報を保存しているデータベースと照合し、候補者が「汚《クリーン》れていない」かどうかを調べた[67]。彼女は世界の金市場の見通しに関する「非常に有益な情報」[68]を集め、彼女のハンドラーたちはそれを財務大臣や経済開発大臣に上申した。また、彼女は二〇〇八年のアメリカ大統領選挙戦でヒラリー・クリントン陣営の資金集めを行った大投資家アラン・パトリコフに近づいた[69]。パトリコフが言うには、グーリエワとは直接会ったり、電話で話したりしたこともあるが、話題は政治でも国際情勢でもなく、個人の資金管理についてだった。彼女と夫――同じくスパイ――は二〇〇九年、住宅を購入する許可をモスクワに求めている。ニュージャージー州モントクレアにある、玄関までのアプローチがアジサイに縁どられたコロニアル様式の家。ロシア対外情報庁長官が直接、その要請を却下した。その代わり、モスクワの本部が彼らの名義でその家を所有する。「きみたちは長期出張でアメリカに送り出されたのだ」[70]と、本部は彼らに告げた。「きみたちの教育、銀行預金、自家用車、住宅など、これらにかかる費用はすべて、アメリカの政策立案者の人脈を探して開拓するという特定の目的のために提供されていることを忘れてはならない」

別の非合法スパイ、ミハイル・アナトーリェヴィチ・ワセンコフは、フアン・ラザロの偽名で二〇〇八／〇九年、ニューヨーク大学バルーク校でラテンアメリカについて教えていた。彼はアメリカの外交政策を猛烈に批判したため、学期の終わりに解雇された。[71]

それでも非合法スパイたちは数名のアメリカ人を転向させたらしい。アメリカに対して強硬なプーチンは、カストロのようにアメリカの大学で人気を得られず、彼の代名詞ともいえる国家資本主義は、その昔「ケンブリッジ・ファイヴ」が惹かれた共産主義の魅力を欠いていた。「ロシア人のためにスパイになろうとする人はいなかった。なぜなら、彼らはイデオロギー的な意図をもっているからだ」と、ニューヨーク大学で国際関係学を教えるロシア専門家、マーク・ガレオッティは言う。

このロシア人たちは、アメリカ国内でロシア連邦の非合法スパイとして活動した罪を認め、スパイの交換でモスクワに帰った。グーリエワはロシアで経済発展を支援する政府系企業、ヴネシュコノム銀行に勤めている。電話をかけてみたが、彼女は番号が違う振りをして電話を切った。[72]

非合法スパイを一斉検挙してから三年後、ＦＢＩは外交官の肩書きをもつロシア人スパイ、イゴール・スポリシェフとヴィクトル・ポボドニイが、ニューヨーク大学に関わりのある複数の若い女性をリクルートする件で話しているのを盗聴・録音した。ふたりとも経済スパイが専門で、ロシアに対する制裁措置とアメリカの代替エネルギー政策に関する情報を集める任務を帯びていた。

スポリシェフは「ひとりの女は拒む様子もなく、好意的な反応を」[73]引き出せたが、もうひとりのほうはあまり良い感触を得られなかった、と二〇一三年四月、ポボドニイに話している。「あの種の女の扱い方にはいろいろあるが、どれも親密になって初めて使える手だ。親密になるには、寝るか、あるいはこっちの要求を通すために、別の何か主導権を握れる手を使うしかない。だから、お前が女の話をするとき、俺の経験から言うが、それがうまくいくことはめったにない」

アナ・モンテスは、国家情報会議の名誉ある特別研究員としてCIA本部《ラングレー》で二〇〇一年を過ごす予定だった。[74] そうなれば、さらに多くの機密情報を扱える立場になる。だが、彼女の出向は適当に口実を設けて延期された。

中南米におけるアメリカの軍事行動と諜報活動を予測するキューバの異様に高度な能力、そして、アナ・モンテスの忠誠心について国防情報局《DIA》の防諜担当分析官が疑いをもったことから、[75] DIAとFBIがモグラ狩り（潜入スパイ探し）を始めていたのだ。キューバ諜報機関のある幹部の情報もモンテスの関与を示していた。二〇〇一年九月一一日から一〇日後、アメリカのアフガニスタン侵攻計画を彼女がキューバのハンドラーに流すのではないかと懸念されるなかで、彼女は逮捕された。

アメリカ当局は、当初モンテスの反逆罪に死刑を考えていたが、司法省が「証拠として採用する基準を非常に高くしたため、[76] ぜんぜん足りなかった」と、シモンズは私に語った。終身刑になりそうだと見越したモンテスは、ワシントンDCの連邦地方裁判所で罪を認め、FBIへの協力を約束し、それと引き替えに二五年の刑になった。判決に際して、黒と白の囚人服に身を包んだ彼女は、少しも悔いていないという内容の声明[77]を読み上げた。「裁判長、私は法律よりも良心に忠実であったため、結果的にあなたの前に立つことになる活動に携わってきました」と、彼女は述べた。「キューバに対するアメリカ政府の方針は残酷で卑劣で、隣国にあるまじき冷淡な態度だと考えており、価値観や政治体制を押しつけてくるアメリカからキューバが自衛するのに手を貸さなければならないと道義的な責任を感じました……重大な不正義に対抗するために、私は自分が正しいと思ったことをしました。私の最大の望みは、アメリカ合衆国とキューバとのあいだに友好的な関係が生まれるのをこの目で見ることです。アメリカ政府がキューバを敵視するのをやめ、キューバ政府とともに寛容、相互尊重、相互理解の精神で協力への道を歩むのを望みます。私のケースがきっかけとなり、少しでもそれが進めば幸いです」

グレイセスは教え子の声明を「威厳があり、とても感動した」と称えた。エミリア・モンテスは悲しみに打ちひしがれ、いまもそのままだ。「もう大義なんて信じません」と、彼女は私に語った。「娘は人生でいちばんいいときを無駄にしたのです」

FBIはいまだにモンテスに関心をもっている。二〇一三年頃、ふたりの捜査官がSAISにグレイセスを訪ね、二時間聞き取りを行った。モンテスはグレイセスが知るキューバ軍の内部情報を求めている振りをしながら、実際はカストロ政権がグレイセスを信用できるかどうかをテストしていた、と彼はFBIに話した。捜査官らはすでに刑期の半分を終えたモンテスのことを、なぜ知りたいのか、理由は説明しなかった。「彼女のケースを調べ直しているようなことを言っていた」と、グレイセスは語った。

モンテス逮捕に、上流階級出身でカストロを信奉するSAIS教授、国務省の分析官を務めるケンダル・マイヤーズは震え上がった。彼と妻のグウェンドリンは以前より用心深くなり、キューバのハンドラーとはアメリカ国外でしか会わなくなった。[78] そして、二〇〇九年四月、ケンダル・マイヤーズの七二回目の誕生日に、キューバの諜報員になりすましたFBI捜査官がSAISビルの前でキューバ葉巻を差し出し、ハバナの上官がよろしくと言っていましたと彼に声をかけた。この出会いのあと、ホテルのラウンジで何度か落ち合い、その間、彼と妻はすっかりだまされて自らスパイだと明かしてしまった。

「アナ・モンテスはとても立派だと思う」[79]と、マイヤーズは捜査官に語った。「彼女は英雄だ……だが、彼女は危険を冒しすぎた」。また、彼とモンテスはキューバ諜報機関に同じ情報を渡したこともあるとつけ加えた。「重複があった……なぜかというと、私は彼女が提出したものを読んだことがあったから」

二〇〇九年六月にマイヤーズ夫妻が逮捕されると、カストロは夫妻について「全世界のあらゆる栄誉に値する人たち」[80]と評した。栄誉は与えられなかったが、二〇一〇年七月、ケンダル・マイヤーズは終身刑を言い渡された。グウェンドリンは八一ヶ月（七年弱）の実刑判決を受けた。マイヤーズは裁判で「私たちの最も重要な目的は、キューバの人々が革命を守るのを助けることだった」[81]と語った。

モンテスとマイヤーズが刑務所行きとなり、キューバのスパイとなったSAIS三人組《トロイカ》のうち、ただひとり残ったベラスケスはまだのうのうとしていた。

アルツハイマー病を患っていたドン・ミゲルは二〇〇六年一二月に亡くなった。彼は生まれ故郷のモカに埋葬された。葬儀の弔問客は彼のお気に入りの娘が来ていないか探したが見つけられなかった。ベラスケスはアメリカの土を踏んだとたんに逮捕される身だが、それを彼女の兄弟や母親が知っていたとしても、皆、それをおくびにも出さなかった。

「ご家族は彼女がどこにいるかわからないと言っていました」と、葬儀で話したアポンテ・トーロは語る。「そんなことは普通、ありませんでした。誰もその理由を知らない。家族のあいだで何か諍いがあったのかと思いました。じつは、そうではなかったわけですが」

法科大学院の別の同僚によると、ドン・ミゲルは娘が苦境に立たされていることを知っていた。「娘に会いたいならアメリカを出なければならない、娘はこっちに来られないのだから、と彼から聞きました」と、ルイス・ミュニス・アルホエイェス教授は言った。

ドン・ミゲルの死により、マルタは父親を亡くしただけでなく、彼女の思想を形成し、彼女が払った犠牲を理解している師を失った。「彼は公然とは言いませんでしたが、マルタを誇りに思っていたことでしょう」と、エイ・マエストーレは言った。

スパイとしてのベラスケスの最大の偉業といえる、モンテスを仲間に引き入れたことが身の破滅につながった。モンテスは取り調べで、ベラスケスがキューバのスパイであることを明かした。だが、アメリカ合衆国はベラスケスを捕まえなかった。かつての友人、級友が自白したと報道で知ったベラスケスは、USAIDを辞職し、グアテマラからストックホルムへ逃げた。スウェーデンは「政治犯」の引き渡しを禁じており[82]、スウェーデンの判例ではスパイもそれに含まれる。夫の助力もあり、ベラスケスは二〇〇三年二月、アメリカ国籍を保持したまま、スウェーデンの市民権を得た[83]。

「FBIがへまをやらかしたんだ」と、シモンズは言う。「FBIは最初モンテスを捕まえ、モンテスがベラスケスのことを白状した。FBIはモンテスを三、四週間取り調べた。そのあと、うち〔国防情報局〕が三ヶ月尋問した。その三ヶ月のあいだずっと、ＦＢＩはベラスケスが国務省時代に人材発掘役《タレント・スカウト》だったことを知っていた。いつでも彼女を逮捕できたはずだ。なのに、ストックホルムに逃げられてしまった」

二〇〇四年のスパイ共謀罪での訴追は、ベラスケスを警戒させないために、極秘起訴とされたが、どのみち彼女はもうアメリカ政府の手の届かないところにいた。ベラスケスは、モンテスが「すでにアメリカ合衆国に協力し」、自分が彼女のリクルートに一役買ったことが「まもなく暴露されるだろうと、疑いの余地なく認識していた」[84]と、司法省は二〇一一年に裁判所に提出した文書に記している。

外交官の妻に与えられる特権付きのスウェーデンのパスポートをもち、彼女は夫クヴィルのヨーロッパの赴任先に同行した。クヴィルが二〇〇四年の国際原子力機関《IAEA》の会議に出席した[85]ウィーンのほか、リスボンにも行った。[86]スウェーデンと同じく、オーストリアとポルトガルがアメリカ合衆国と締結している犯罪者引き渡し条約も、政治犯を除外している。[87]

アメリカ政府の「好ましからざる人物」となり、いつ世間のさらし者になってもおかしくない秘密の過去をもつベラスケスは、ひっそりと家に籠もって暮らすのが当然だと思うが、彼女は情熱的で活動的で、おとなしく家庭の主婦に収まるような人ではなかった。相変わらず社会の改善を目指していた彼女は、教師という第二のキャリアを歩み始めた。二〇〇五／〇六年、ウィーンで社会人を対象にした職業訓練校で英語を教えた。[88]そのあと、ポルトガルではインターナショナル・スクールで学生にスペイン語を教え、〈ＢＰ／グローバル・アライアンス〉のエンジニアや株式市場を監視する委員会の役員にビジネス英語を教えた。驚いたことに、彼女はアメリカの同盟国として一番近しいイギリスでも政府の仕事にありつき、二〇〇九年、その国際文化部門であるブリティッシュ・カウンシルで英語を教えている。もう訪れることのないアメリカにいる古い友人に代わる新たな友を求め、彼女は民間団体〈ポルトガル国際婦人の会〉に入会した。

業を煮やしたアメリカ司法省は取引の交渉を持ちかけ、交渉に応じなければ彼女の起訴を公表すると脅した。どうやらベラスケスはそれを断ったらしく、政府は警告を実行し、それを初めて知った彼女のかつての同級生やＵＳＡＩＤの同僚は衝撃を受けた。「一緒に仕事をしていた私たちのグループは、それはもうひんぱんに集まり」、マルタがキューバのスパイだった話でもちきりになった、と、そのひとりが私に語った。「誰ひとりとして、まったく気づきませんでした」。アメリカにいる友人たちは彼女と連絡が取れなかった。プリンストン大学の卒業名簿には、彼女の訴追が公開されてから六日後の、二〇一三年五月一日の時点で、彼女の住所を「不明」としている。

彼女の弟、ホルヘ・ベラスケスはプエルトリコで弁護士業を営み、姉の代理人を務めている。[89] また、彼は父の昔の事業を引き継ぎ、司法試験の受験対策講座を開いている。姉と同じく、彼もアメリカの三つの名門大学で学位を得た――スタンフォード（学士）、ノースウェスタン（アメリカ史の修士）、コーネル（法学博士）。彼は、姉のケースについては何も話さないし、「何か言ったらＦＢＩが関心を示して尋問に来るかもしれないので」家族全員に何も話さないように言ってあると私に語った。

彼女の卒業論文を読み、彼女の父の友人や、プリンストンの同級生や教授、ＵＳＡＩＤやトリルドスプランの同僚に話を聞いた結果、私はマルタ・リタ・ベラスケスにある種の親近感を覚えるまでになった。私たちは同い年で、同じ時期にアイヴィーリーグの大学で学んでいた。私もハーヴァードの南アフリカ投資に抗議したが、彼女がプリンストンのそれに反対したほど熱心ではなかった。私たちには「かなり多くの共通点がある」ことを指摘した上で、私は彼女にインタビューを申し込んだ。返事はなかった。

アメリカとキューバとの関係改善は半世紀以上難航していたが、その望みがようやく叶えられようとしている。オバマ大統領は貿易、観光、金融取引の規制を緩和し、二〇一六年には一九五九年のカストロ政権誕生以来、現職大統領として初めてキューバを訪問した。二〇一五年には、ハバナに再びアメリカ大使館が置かれ、フロリダのタンパにキューバ領事館を開く計画も進んでいる。フィデル・カストロ――モンテス、マイヤーズ、ベラスケスの英雄で、アメリカの長年の宿敵――は二〇一六年一一月に死去した。

二〇一六年六月、オバマ政権はモンテスをキューバに送る見返りとして、ブラック・パンサー党の元党員で逃亡者のアサータ・シャクールを引き渡してもらう取引を検討しているという報道があった。[90] シャクールは一九七三年に州警官を殺害した罪で終身刑に服していたが、一九七九年にニュージャージーの刑務所を脱獄してキューバに政治亡命していた。下院情報委員会の委員長、カリフォルニア州選出のデヴィン・ヌネス議員は、モンテスを出所させることは「ばかげている……ミス・モンテスの裏切りによって被った損害はいくら大きく見積もっても誇張にはならないのだから」[91] として、その案を非難した。

アメリカ企業と同じく、アメリカの高等教育も親善回復の効果に期待を寄せている。キューバの大学との交換留学が始まっている。キューバのスパイ、カルロス・アルバレスが一九七四年から二〇〇五年に逮捕されるまで教えていたフロリダ国際大学のコンサルタントがまとめた二〇一三年の調査報告書[92]には、当大学はキューバに分校を開く計画を早急に進めるべきとある。ニュージャージーに本部がある〈教育試験サービス《ETS》〉は、二〇一五年、キューバで初めてTOEFLを行った[93]。アメリカの大学はTOEFLの成績で留学志望の学生を評価している。キューバは貧しいので、学生のほとんどは奨学金が必要だが、アメリカの多くの大学にしてみれば、余計な経費がかかってもキューバのコネが欲しいのかもしれない。

　だが、対立がゆるんでも大学を舞台にしたスパイ活動が減ることも、それによる損害が減ることもないだろう。それどころか、ほかでもグローバル化の影響が出ているように、キューバとアメリカのあいだで大学の交流が盛んになればなるほど、それにつれてスパイも増える。キューバはおそらく、アメリカでの情報収集に、モンテスやマイヤーズやベラスケスのようなアメリカ国籍の信奉者を利用するとともに、自国で育った学生や教授を動員するようになるだろう。

　さらに、こうしたスパイが盗む文書や盗み聞きした情報はキューバ国内に留まるとは限らない。キューバがアメリカに対して友好的になろうとも、アメリカと友好的ではない国と機密情報を交換している。シモンズによれば、「キューバの体制を支えている主な財源のひとつは、アメリカの極秘情報の売買と交換だ」。モンテスがキューバに送った情報の一部は北京やモスクワに渡った、と彼は言う。

　モンテスは「より広い範囲の計画――キューバにとってはあまり価値がない機密情報だが他の敵対国にとっては潜在的に非常に価値の高い情報――を暴露した」と、ヴァン・クリーヴは裁判で証言した。「そのような盗まれたアメリカの機密には市場が存続している……アメリカにとって国の安全保障にかかわる重要な機密がキューバ諜報機関に盗まれたことによる損害は、キューバによる安全保障上の脅威だけでなく、もっと危険な敵対諸国にとってその情報がどれほど価値があるかで決まる」

ストックホルム郊外にあるスパンガの中央広場は、人口の一七パーセントが外国生まれという[94]、いまのスウェーデンの多様性を映し出している。タイ料理のレストランにはアラビア語でスウェーデンの健康保険制度を説明したパンフレットが置かれている。ヒジャブをかぶった女性が、通勤列車が停車する駅の入り口でイチゴを売っている。

クヴィル夫妻はスパンガの中央広場から四〇〇メートルのところにある瀟洒《しょうしゃ》な家が立ち並ぶ地区に住んでいる。タイル屋根の二階建ての黄色い家には地下室があり、南に面したベランダがふたつある。夫妻はこの家を二〇一三年、およそ五〇万ドルで購入した[95]。ベラスケスに対する起訴が公表されてから数ヶ月後、もっと魅力的なストックホルムの住まいから移ってきたのだ。ベラスケスが子供時代を過ごしたプエルトリコの邸宅と同じく、六部屋あるスパンガの屋敷は、松や樺の庭園、巣箱を取り付けたリンゴの木などがあり、緑に包まれている。二〇一〇年製のボルボが私道にとまっていて、レンガ造りのポーチには離れたところから眺めると聖母マリアのように見える高さ五〇センチの彫像が立っている。ベラスケスのカトリック教徒としての伝統と教育を反映しているのかもしれない。本章の執筆のために私を手伝っていたストックホルム在住のジャーナリストが、二〇一六年六月のある日、その彫像をもっとよく見ようと近づいた。すると家の中から、彼を追い払うように窓が叩かれた。そのあと電話をかけたところ、女性が――ベラスケス本人かその娘――「どなた？」とスウェーデン語で尋ねた。ジャーナリストが名乗ると、電話は切られた。

クヴィルは海外へ赴任することもなくなり、最近はスウェーデン外務省でデスクワークをしている。ポルトガル語、英語、スペイン語に加えてスウェーデン語も流暢に操るベラスケスは場に溶け込んでいる。複雑な過去をもって国際都市にやってくる異邦人がまたひとり増えただけだ。「ストックホルム在住の中南米出身者を調べると、その多くが左翼的政治に関わっていたことがわかります」と、トリルドスプランの彼女の同僚が言った。

アメリカの司直の手を免れている逃亡者としては、ベラスケスは落ち着いた生産的な生活を送っているようだ。二〇一〇年頃、夫とともにリスボンからスウェーデンにもどってから、彼女は英語やスペイン語を教える仕事を続けた。現在は廃校になっている〈正義と平和のための国際学校〉で、市民大学《フォルク・ユニヴァーシテテ》と呼ばれる社会人学校で、そして、トリルドスプランで。

二〇一四年、彼女はトリルドスプランの職員となり、大学進学を目指す一六歳から一九歳の生徒に、入門スペイン語と上級英語を教えている。

彼女は教員免許をもっていないが、スウェーデンの学校では資格をもつ教員が不足していたために、無資格でも雇われたのだろう。教える訓練を受けていなくても、アメリカの名門大学三校で学位を得ているという経歴が学校経営者を動かしたと思われる。また、学区に保管されている彼女の履歴書によると、彼女はケンブリッジ大学英語教授法認定資格を得ている。彼女は毎年契約を更新するシステムで勤め、月給はおよそ四〇〇〇ドル[96]。教職に就きながら、彼女はスウェーデンの教育省が定める要件を満たすために、教員資格取得を目指している。二〇一七年には資格を得られる予定で、そうなれば彼女は常勤教員になるだろうと、ウォーダールは言う。「マルタは生徒の評判がたいへんよろしいのです」

ベラスケスは以前と変わらず、熱心で、理想主義者で、社会正義のために活動する人だ。その傾向は息子インマルにも受け継がれ——二〇一五年にストックホルムの別の高等学校を卒業[97]——エリトリアの「良心の囚人」の解放を求める請願書に署名[98]し、スウェーデンにいるエチオピア人の子供ふたりの国外退去処分に反対する署名活動を行っている。二〇一五／一六年にトリルドスプランで彼女に英語を習った生徒のひとりは、ベラスケスが人権の大切さについて、授業を脱線してまで力説していたと語った。ちょっと意外だったのは、反体制派や独立メディアを弾圧したカストロ政権を激しく非難した団体〈アムネスティ・インターナショナル[99]〉について作文を書く課題を出していることだ。ベラスケスはモンテスとは違い、キューバのスパイだったことを後悔しているのかもしれない。

第4章　いびつな交換留学

二〇一六年四月、土曜の午後、オハイオ州南部の丘に拓かれたマリエッタ大学のキャンパスでは、モクレンと野生リンゴが満開になり、ピンクと白の花々が風に揺れていた。ジョージアン様式の赤レンガの校舎はオハイオ川とマスキンガム川に臨む。「マクドノーの岩」――正確に言うと、橋の近くで見つかったコンクリートの塊を丘の上まで運び上げたもの――のそばに三〇人ほどが集まり、二〇〇七年にイラクで殺害された民主化運動の活動家でマリエッタの卒業生、アンドレア・パルハモヴィチに苗木と銘板を捧げる追悼式に参加していた。[1] ここはパルハモヴィチを称えるのに相応しい、なぜなら、この岩は〝言論の自由の象徴〟だから、とマリエッタ大学の代表が聴衆に語った。

式典参加者の多くはその後、近くの〈マクドノー・リーダーシップ・センター〉に入り、アメリカ、中国、ロシアの関係を取り上げた学生の研究発表会を聴いた。だが、そこでは民主主義や言論の自由といった言葉が一度も出てこなかった。六人のアメリカ人学生が自分たちの調査研究について語ったのだが、それは中国政府の代弁のように聞こえた。彼らの歴史要約には天安門事件が省かれているし、秘密工作の話題にしても中国の経済スパイやサイバー攻撃は無視されている。その代わり、国際貿易を推進し、世界規模の疫病と闘うという相互利益に言及し、前例のない協力の時代を予言していた。

「アメリカ、ロシア、中国は、かつてないほど協力し合う機会が増えている」と、ある二年生が断言した。

質疑応答の時間も終始、同じような調子で進んだ。聴衆のひとりが、日本の再武装により米中間に緊張が生まれるのではないかと質問すると、先述の二年生がその可能性を否定した。「米中関係は、米日関係よりもはるかに強固だ」と言った。別の質問者が、中国とロシアは「悪者」だというアメリカ人の大半が抱く印象をどうやって変えるのかと訊いた。女子学生がその思い込みを否定した。彼女の世代は、ロシアや中国ではなく、シリア難民やメキシコの不法移民を悪者と見なしている、と説明した。

このように学生らが洗脳されているのは、最前列で熱心に聞き入っている彼らの教師、羅英傑《ルオインジェ》の影響かと勘ぐりたくもなる。私がこの週末を選んでマリエッタ大学を訪れたのは、彼がこの研究発表会に参加すると知ったからだ。羅は眼鏡をかけ、ノーネクタイで粋なブルーのスーツを着こなしていた。黒い髪には少し白いものが交じっている。マリエッタの学部長から中ロ関係の「著名な学者」と紹介されると、羅は学生と聴衆に礼を述べた。

「今日は私にとって非常に重要な日です。アメリカで講座を受け持つ日がくるとは想像もしていませんでした」

この国で教えるのがなぜそれほど意外なのか、彼は説明しなかった。自分の英語力不足の言い訳にしたかったのかもしれないし、あるいは、彼をマリエッタに送り出した中国の大学の特殊性にそれとなく言及したのかもしれない。羅は北京にある大学、国際関係学院から来た客員教授だった。アメリカの外交官たちのあいだでは、国際関係学院は国家安全部〔国家安全省〕の「新人を養成するエリート校」[2]と言われている。国際関係学院は中国の情報組織である国家安全部に従属し、部分的に資金を得ている。国家安全部は人員を補充するとき、国際関係学院から優秀な学生を引き抜く。FBIは、アメリカ国内にいる国際関係学院卒業生に執拗につきまとい、南フロリダ大学の彭大進教授の苦難が始まったのもそのためだ。

羅がマリエッタに来られたのは、中国のスパイ学校とアメリカ中心部の片田舎にある、小さなリベラルアーツ教育の大学という、大学同士の提携としてはきわめて奇妙な取り合わせの結果だ。国際関係学院のマリエッタとの提携は控えめに言うと、アメリカにある孔子学院と同じく、ソフトパワーを行使する手段だ。マクドノー・センターでの研究発表の例で見たように、無邪気な学生たちに中国のプロパガンダを浸透させる。最大限に見積もると、アメリカの安全保障が脅かされた可能性がある。中国の諜報機関がアメリカ中西部の純真な歓待の精神につけ込んで、アメリカ国内に目立たない足場を確保するのに成功したのだ。さらに強引な仮説を立てると、これは中国のスパイ学校に侵入するためのCIAの戦略である。いずれにしても、この提携によりマリエッタの教授の何人かは一時的とはいえ中国の国家安全部に雇われる小役人となり、北京に行って国際関係学院の夏期講座の受講生にアメリカ文化を教えることになった。そこには将来の諜報員も含まれる。

「いまでは『自分はとてもナイーブだった』と思っています」と、マリエッタの元首席副学長は私に語った。「国際関係学院との提携は正しいのかどうか、疑ったことはありませんでした」

疑った人はほとんどいなかった。毛沢東と習近平に伝手《つて》があり、求心力のある謎のマリエッタ大学教授が発案し、主導したこのパートナーシップは両方の大学に利益があった。マリエッタは寄付金が少なく、主な財源を授業料に頼っていた。国際関係学院はマリエッタに協力し、学費を全額支払う中国人留学生をおおぜい集めた。その恩恵は大きく、マリエッタ大学の執行部内で、スパイ学校と提携を結んでもいいのかという疑問がわいたとしても、誰もそれを口にしなかった。

その見返りに、アメリカにおける国際関係学院の唯一の戦略パートナーとなったマリエッタは、中国の学生や教職員が中国国外でアメリカをじかに体験できる正規の場所と目立たないルートを国際関係学院に提供した。中国とロシアの国家安全保障政策を専門とするデンヴァー大学のジョナサン・アデルマン教授は、国際関係学院を含め中国各地で講義し、教えた経験がある。マリエッタとの提携で国際関係学院は何を得たかと私が尋ねると、教授は、詳しくは知らないと言い、「これは私の想像だが、誰かが『アメリカ人の習慣を学ぶために、アメリカ人だけの場所を見つけなければならない』と言ったんだと思う」と、つけ加えた。

この提携には多くの取り決めがあった。中国の高等学校の三年生は国際関係学院校内でマリエッタの英語能力試験を受ける。マリエッタに入学が決まると、国際関係学院の夏期講座を受講して必要な一般教育科目を履修する。[3] マリエッタは毎夏二週間、国際関係学院から二〇から二五名の学生と二名の教職員を受け入れ、学年を通して一〇名までの交換留学生、一名か二名の教授――羅教授はこれに該当する――を受け入れる。[4] 交換留学生は滞在費を支払うが、授業料は必要ない。[5] 客員教授はマリエッタのキャンパスにある青色のコテージ、〈インターナショナル・スカラーズ・ハウス〉に無料で滞在できる。[6]

両大学から執行部の使節団が相手の大学をほぼ毎年訪れ、両大学は北京での合同会議を主催する。[7] 国際関係学院の夏期講座ではマリエッタの教授六名が教える。国際関係学院とマリエッタの教授一名ずつで共同執筆した二〇一三年の書籍（中国の広報に関して）の出版費用は国際関係学院が負担した。[8] マリエッタの合唱団は二〇〇六年、国際関係学院で公演を行った。[9]

通常の交換プログラムにはあって当然のことが、ひとつだけ欠けていた。マリエッタからは学生を国際関係学院に送っていないのだ。マリエッタでアジア研究を専攻する学生はたいてい、一学期間の海外留学という要件を満たすのに中国のほかの大学を選んだ。マリエッタの二年生、マイケル・ファイーが二〇一三年、国際関係学院への留学を考えていたところ、指導教授の政治学部長マーク・シェーファーからやめたほうがいいと言われた。ファイーは国務省志望だが、シェーファーが言うには、国際関係学院留学とか国際関係学院の学生と交流しただけでも、機密取り扱いに関する人物審査に引っかかる可能性がある。

「教授はあそこが何の学校か、ざっくばらんに言いました」と、ファイーは私に語った。シェーファー教授は「政府機関には、国際関係学院を赤信号と見ているところもあるから、あとで苦労するのはきみだ、と言った記憶があります」と、語った。

ファイーは教授の助言に従い、外交部が運営する〔一九八〇年より教育部が主管する〕北京外国語大学に留学した。留学中、国際関係学院について同級生や教授に尋ねると、「なんの学校か、わかってるくせに」と返された。

マリエッタ大学の執行部は教授たちに、もし私にインタビューを申し込まれたら、広報部長のトム・ペリーにまわすようにと言い渡していた（ありがたいことに、多くの人々がその命令を無視した）。ペリーは声明で次のように述べた。「マリエッタ大学と国際関係学院は二〇年間、良好な関係を保ってきたし、今後も、提携を続けていく。当校の教職員は国際関係学院の講座を担当し、今後もそれを続けていく。また、毎年、マリエッタ大学におおぜいの外国人留学生が入学することにより、キャンパスに文化的多様性が生まれていることを我々は誇りにしている」

ペリーは私のために、二〇一六年二月、当時の学長ジョセフ・ブルーノにインタビューする機会を設けてくれた。私はブルーノに、国際関係学院が国家安全部とつながっていることを知っているかと尋ねた。「以前はそうだったと聞いています」と、彼は言った。「いまでもそうなのかどうかはわかりません。前に、大学に来た国際関係学院の教授のひとりがそのようなことを言っていました。彼らのなかには軍の階級がついている人もいるとか、聞いた覚えがあります。へえ、そうなのか、と思いました……ほとんど関係のないことだと考えています。私たちは教育上のメリットのために提携しているのですし、向こうの大学との交流でそれ以外の何かが生じたことはありません」

北京北西部の緑樹と柳におおわれた景観地区の頤和園《いわえん》に近く、検問所と守衛所、松の並木に守られた国際関係学院は、[10] ある女子卒業生によると、中国のハーヴァードとイェールと呼ばれる、北京大学、清華大学とともに「黄金の三角形」を形成する。中国の基準からすると、国際関係学院はとりわけ小規模だ。学部生、大学院生合わせておよそ三〇〇〇人で、国際政治学、経済学、外国語、広報を専門に教えている。[11] 二〇〇九年の卒業生から私が聞いたところによると、学生は皆、上級英語の講座を履修することになっているそうだ。国際関係学院には国際戦略研究所やセキュリティ研究所など、五つの研究所がある。

国際関係学院は一般の大学と同じように運営され、テニスやゴルフをはじめ、通常の課外活動もいろいろある。そのウェブサイトは「教育部〔教育省〕が管轄する〝重点大学〟のひとつ」[12] と称しているだけで、国家安全部には触れていない。サブキャンパス[13] にある国際教育センターには、中国語と中国文化を学ぶ二週間から一年までのコースがあり、別棟の学生寮に滞在する外国人留学生が学んでいる。

とはいえ、大学の学位授与権限をもち、円滑な運営を取り仕切っているのはたしかに教育部だが、大学の方針を決め、資金を提供し、卒業生を自由に選ぶのは国家安全部だ。アメリカで言うと、中国のスパイ・マスターが理事会に入っているということだ。

国際関係学院は「おそらく国家安全部の組織図にしっかりと収まる」と、ピーター・マティスは言う。彼はワシントンDCにあるジェームズタウン財団の研究員で、中国のスパイ活動全般について研究し、執筆している。「そこには緊密な関係があり、その関係は続いていると確信している」

マリエッタ大学の情報システムの教授で、最初の中国人卒業生のひとり、ジェレミー・ワンは、毎夏国際関係学院で教えている。羅英傑のような国際関係学院からの客員教授をマリエッタ側で迎え入れる準備を整える役も務めている。彼は国際関係学院教職員から聞いた話だとして「最も優秀な学生は国家安全部に入るチャンスがある。その選抜過程は非常に厳しい。成績優秀で、それ相当の精神力が要求される」と私に語った。

大学の将来については、国際関係学院の教授たちの間で意見が分かれていると、ワンは言う。国家安全部との関係を断ち切り、教育部に帰属してスパイ学校という刻印を消したいと考える人がいる。いっぽう、裕福なパトロンを失いたくないと思っている人がいる。ワンによると、「財源の多い国家安全部との関係は維持したほうがいいと言う教職員もいる。教育部に帰属したら、ほかの多くの学校と競争しなければならないから」

私はワンに、中国にいた一〇代のとき、国際関係学院への進学を考えたかと尋ねた。彼は笑って「いいえ一度も」と言った。「当時、私たちは国際関係学院は（中国の）CIA学校だと知っていましたし、そういうのは嫌でしたから。私は政治には関心がなく、ビジネスに興味があります。当時、もし国際関係学院に進学したいと言ったら、それは一族にとって名誉なことでした。私としては、ただ政治が苦手だっただけです」

中華人民共和国誕生と同じく、一九四九年に創立された当時の国際関係学院は、一九六五年に国家安全部の下部組織となった。[14] 毛沢東主席は外交の専門家である官僚を、西洋の知識に毒されているとか、共産主義に忠実ではないといって信用せず、国家安全部に外交の絶大な権限を与えたため、そこでは国際関係を学んだ人材が不足していた。

「毛沢東は上流階級の外交官タイプを毛嫌いしていました」とアデルマンは私に語った。毛は第二次世界大戦で日本が負ければ、自分が権力の座につけると見越し、一九四〇年の時点ですでに、自分の護衛隊長に外交政策は任せると頼んでいた。「それ以来、党幹部は重要な情報を国家安全部に頼ってきた」。さらにアデルマンはつけ加える。国際関係学院は「国家安全部との関係を率直には認めない。自分の大学さえ隠しておけないようでは、情けない、というわけだ」

皮肉なことに、国際関係学院は国家安全部への人材提供校として、中国随一の国際色豊かな、外向きの大学になった。将来の諜報員が海外の実情を理解する必要があるため、西側の学問や文化を拒絶することも、政治的スローガンの陰に隠れることもできない。鄧小平主席のもと、中国が文化大革命から立ち直り始めたとき、国際関係学院はアメリカ留学経験のある教授を擁する数少ない大学のひとつであり、その図書館には西側の出版物やビデオが収蔵されていた。「海外の文化を学ぶことに関して、私たちはほかより自由でした」と、元学生は述懐する。「私たちは毎晩、CNNを見ていましたが、それはよその学生には不可能なことでした」。現在の中国には、このように西側の教育を受けた教師はいくらでもいるため、国際関係学院は競争上の優位性を失い、名声も傾きつつある。国家安全部とのつながりが以前より広く知られているため、そのことも大学の評判を傷つけているのかもしれない。

「教職員の何人かはアメリカ留学経験があった」と、FBI中国班の元班長、I・C・スミスは語る。「中国国内にいては情報がまったく入らない」時代、「彼らは語学に堪能なばかりでなく、国家としてのアメリカ、その歴史、その国民について自信を持って語ることができた」。学生は「従来のスパイ技術を学ぶのではなく、今後自分たちが分析して判断することになる諸外国の文化、政治、経済について学んだ」

中国のほかの大学の同輩とは違い、国際関係学院の教授には軍の階級がつけられていた。また、中国国家安全部の付属機関という特権により、国際関係学院は学生を選ぶ優先権をもっていた。もし高等学校の三年生が国際関係学院を志望校のひとつに選んだとして、全国統一テストの成績がよければ、国際関係学院に最初にとられ、志望校にあげていた他の大学ははじかれる。「国家安全部が最初の分け前を取り、それらの学生を吟味することができるようになっていた」と、マティスは言う。

　国際関係学院は国家安全部が強い影響力を維持している国境周辺地域の学生を重点的に集めていた。「国家安全部の諜報員の多くは、まず北京の国際関係学院で訓練を受ける」[15]と、民間シンクタンク〈ストラトフォー〉は二〇一〇年の報告で述べている。「大学進学を目指す学生を入学試験前に取り込み、これまで外国人との接触や旅行で身元がばれていないか確かめてから資格のある学生を選ぶ」[16]。国際関係学院のホームページには四つの美徳として、「勤勉」、「実用主義」、「イノベーション」と並び「忠誠心」が大きな文字で掲げられている。

　アメリカ当局は、国際関係学院の存在に早くから気づいていた。一九七九年、中国が学生をアメリカへ送り始めたとき、「情報組織共同体《インテリジェンス・コミュニティ》は、一定の期間を費やして、どの大学が重要かを選り分けた」と、当時ＦＢＩの中国班班長だったＩ・Ｃ・スミスは私に語った。「国際関係学院は非常に重要と認定された。私たちはそのことをよく知っていた」。ＦＢＩはそれに「スパイの学校」というあだ名をつけ、アメリカにいるその卒業生の動向を追跡した。

　中国側もその卒業生に目を光らせていたが、それは彼らがアメリカの諜報機関に取り込まれて祖国を裏切るかもしれないというおそれがあったからだろう。一九八四年、王飛凌《ワンフェイリン》[17]は国際関係学院で国際経済学修士の学位を得た。二〇年後、ジョージア工科大学の国際関係学教授として、調査研究のために中国を訪れた彼はスパイ容疑で逮捕され、四日間の独房監禁を含め、二週間拘束された。

王《ワン》はその事件について話すのを辞退したが、二〇一五年五月、国際関係学院全般についてメールで述べた。「国際関係学院は国家安全部の傘下にあり、その卒業生の多くはおそらく同部に雇われると思います」と、彼は記していた。「しかしながら、多くの国際関係学院卒業生は別の仕事を探します……アメリカに住んでいる国際関係学院の卒業生がアメリカ政府の特別な関心を引いたとしても、私は驚きません」

国際関係学院卒業生の何人が中国の諜報機関で働いているのかは定かではない。大半は──中国の有名な歌手で、二〇〇八年の北京オリンピック開会式で歌った劉歓《リウホアン》のように──別の仕事に就く。一九八〇年代後半、アデルマンは三人の国際関係学院卒業生から、卒業生のうち四分の一が国家安全部に雇われると聞いた。「残りの四分の三は『今後も連絡を絶やさないようにする』と言われる」。ある卒業生によれば、表向きは別の仕事に就き、給料は国家安全部から出るケースもあるらしい。

マティスは、国際関係学院が中国の諜報員の「ほとんど」を訓練しているという〈ストラトフォー〉の調査結果に疑問を呈する。国家安全部は三万を超える人員を雇っており、「ほとんど」というのは大げさだ、と彼は言う。「北京の小さな大学一校だけでそれだけの人数を訓練できるだろうか」

国際関係学院の真の支配者を知るひとつの手がかりは、中国政府の要請を受けて調査研究を行う、著名なシンクタンク〈中国現代国際関係研究所〉と国際関係学院がかなりの部分で重なっているとにある。マティスによると、中国現代国際関係研究所は国家安全部の一部局である。「以前は第八局だったが、現在は第一一局だと思う」と、マティスは述べた。国家安全部は中国現代国際関係研究所の支出の「ほとんどを負担している」[18]と、ジョージ・ワシントン大学国際関係学教授で、同校の中国政策プログラムの創設者、デイヴィッド・シャンボーが二〇〇二年に記している。

以前は、国際関係学院の大学院へ進む学生は同校の教授になるか、中国現代国際関係研究所の研究者になるのが普通だった。二〇一一年のCIA報告[19]によると、中国現代国際関係研究所の上級幹部の半数近くが国際関係学院で教えたことがあるか、学んだ経験があった。同報告は、ふたつの機関は「緊密な関係にある」と思われる、と結んでいる。国際関係学院の院長（で卒業生の）陶堅《タオジアン》は、かつては中国現代国際関係研究所の副院長だった。また、同院の研究者の多くは国際関係学院で教えている、と、マティスは私に話した。彼らは優秀な人材を見つける役目を担い、国家安全部に有望な学生を紹介している、と彼は考えている。さらに、国際関係学院と中国現代国際関係研究所は共同で博士課程を設けている。[20]

国際関係学院の卒業生の多くは中国を離れる。二〇一四年に学士号を得た六三六人のうち、一二〇人が研究を続けるために海外に留学した。[21]国際関係学院卒業生のリンクトイン（LinkedIn）サイト[22]は、二〇一六年、ニューヨーク市の七二人を含め、アメリカに三一四人の卒業生がいることを示している。彼らはハーヴァード大学ロー・スクールをはじめ、一流の大学院や専門職大学院に通い、大手銀行やハイテク企業、投資会社、会計事務所、ＮＰＯや地方自治体政府に勤めている。彼らが諜報員とは到底思えない。もしそうだったら、スパイ大学出身であることをリンクトインでひけらかすのはばかげているから。

ＦＢＩはそれよりも、出身校を隠そうとする国際関係学院卒業生のほうを心配している。「我々が見つけた多くのケースでは、あの大学との関係を隠していました」と、元捜査官は私に語った。「履歴書に書かないのです。それがスパイとして潜伏中だという紛れもない証《しるし》です」

諜報機関とはできるだけ距離を置きたいという思いの表れか、過去四〇年間の卒業生で一〇年ごとにひとりずつ話を聞いたが、彼らの時代は国際関係学院と国家安全部の結びつきは最も弱かったそうだ。たとえば、一九八九年の卒業生が言うには、彼の同期生で国家安全部に採用されたのは五パーセント以下だった。今日、諜報機関に就職する卒業生の割合はもっと高くなっていると、彼は言う。「結びつきは前より強く、緊密になり、さらに多くの学生が特別にリクルートされている」と彼は語る。国家安全部は「昔のやり方はあまりにも緩かった」と考えている。

私がインタビューしたアメリカ在住の国際関係学院卒業生の多くは、中国の諜報機関とは在学中も卒業後もほとんど、あるいはまったく連絡を取っていないと語った。ひとりの例外がアメリカで学業を終えた元国際関係学院生だ。彼が中国に戻り、西側の組織で機密を扱う重要な職に就いていたとき、大学から遠く離れたカフェとか、意外な場所で国際関係学院の教授と出くわし、一緒にお茶を飲んだりした。彼はそれを偶然とはとらえず、仕組まれたことだと思った。「向こうはぼくをリクルートしたかったのだと思います」と、彼は私に語った。「それでとても不安になりました。断ったら、こちらに牙をむくかもしれません」。彼は仕事を辞めて中国を離れた。

アメリカの企業や非営利団体の多くは国際関係学院に詳しくないし、その大学との提携に疑問をもつこともなく、ましてや合意を破る相手だとは思っていない。ある国際関係学院卒業生が、有名なアメリカの人権団体の取り計らいで、中国の諜報機関にとって重要となり得るイベントの特等席を獲得したケースがある。

謝婷婷《シェティンティン》は、[23]二〇〇八年国際関係学院で修士号を得たあと、二〇〇九年に設立された「非政府組織のシンクタンク」と称する北京の察哈爾《チャハル》学会の研究員になった。孔子学院同様、察哈爾学会もソフトパワーを行使するための道具だ。同学会は「特に、中国の海外でのイメージを改善することに力を注いでいる」[24]と、デイヴィッド・シャンボーは記している。

また、察哈爾学会はアトランタにあるカーター・センターと提携を結んでいる。大統領として中華人民共和国から最初に大量の留学生を受け入れたジミー・カーターによって設立されたアトランタにあるこの非営利団体は、世界中で選挙監視活動を行い、民主的な手続きを経て正確な開票結果が得られるよう手助けしている。独裁国家からきた人々に民主的な選挙を監視させるのは非生産的に思えるが、カーター・センターは様々な国々からオブザーバーを呼び寄せ、中国農村部の選挙に取り組んだ。

カーター・センターの中国プログラムの責任者で、アトランタにあるエモリー大学の非常勤の政治学教授、劉亜偉《リウヤーウェイ》は察哈爾学会の上級研究員だ。[25]カーター・センターは彼の強い推薦[26]により、南スーダンの分離独立を問う二〇一一年一月の住民投票の監視員[27]として謝婷婷を八日から一〇日間、派遣した。劉が私に語ったところによると、彼女を推薦したのは、国際関係学院で博士号取得を目指していた「彼女の研究に関係があるため」だそうだ。「監視活動に中国から誰かを参加させたかったのです。発展途上国の選挙がどのように行われるか、実際に見てもらいたい。途上国では選挙はできないという、誤解を払拭しなければなりません。彼らはまだ充分に発展していないと中国人は言うばかりでしたから」

劉は、謝と〝スパイ予備校〟の結びつきを心配していなかった。「それは学部生だけです」と、彼は言った。当時、謝は国際関係学院の大学院生だったと私が指摘すると、彼は「同じことです。国際関係学院はもう国家安全部の傘下にはありません。正確にはどんな関係なのか私にはわかりませんが。いまでは、学生は卒業時に自分の好きな方面へ進めると思いますよ。アメリカの学生と同じです。ハーヴァード、ジョージタウンなど、大学を卒業したアメリカ人なら誰でもCIAやFBIに採用される場合があるように」

スーダンのこの住民投票は中国にとって外交上の難問だった[28]。スーダンはアフリカ有数の産油国であり、中国はその石油精製施設に巨額の投資をしていた。さらに、ハルツーム政府に武器を売り、南部の反政府勢力を押さえ込むのに手を貸していた。油井が集中するその南部が分離独立するとなると、中国はそこと和解する必要があった。投票した人の九九パーセント近くが独立に賛成し、六ヶ月後、南スーダンが分離独立した。

「二〇一一年の住民投票後も中国は関心をもっていた」と、別の監視員は私に語った。「以前も今も経済的に大きな利益がかかっているし、政治的にも大きな利益がかかっている……中国はアフリカで手広くやっているので、大陸に関する知識を増やし、中国人のアフリカ専門家をもっと増やしたがっていると感じた」

カーター・センターの民主化プログラムの責任者、デイヴィッド・キャロルは、謝婷婷には会っているはずだが、彼女のことは憶えていないと言った。「短期の監視員が秘密に類する情報[29]に触れることはない」が、「基本的に、故国で諜報機関に勤めている人間を我々が採用することはない」

スーダンから戻ったあと、謝は二〇一一年八月から二〇一二年五月まで、エモリー大学の客員研究員となり、フルブライト奨学制度を利用して国際関係学を研究した。劉によると、現在、彼女は中国、泉州市にある大学の教授に収まっているという。私は彼女のリンクトイン・アカウントへメールを出したが、返事はなかった。

もし中国の国家安全部が、未来の諜報員のためにアメリカ文化を自由に吸収できる、目立たない大学を探していたとしたら、マリエッタ大学以上に理想的な、あるいは受け入れに積極的な大学をほかに見つけることはできないだろう。元学長ラリー・ウィルソンは、マリエッタを「コロンバス、ピッツバーグ、クリーヴランドなど、どの主要都市からも二時間はかかる、真ん中にぽつんとある」大学と評した。マリエッタは一八三五年に創立され、学生数は一二〇〇。「グローバルな視点と多様性」を含む七つの「核となる理念」[30]を掲げる。その野球チームは全国小規模大学選手権で六度の優勝を果たしている。

オハイオ州マリエッタ市（人口、一万四〇五三人）には小さな街特有の歓迎ムードが満ちている。マリエッタの卒業生でブルーグラス・ミュージシャンの元市長マイケル・〝ムーン〟・マレンは毎夏、国際関係学院の学生をもてなした。繁華街にある、かつてマレンが経営していたピザ・レストランで、国際関係学院の女子学生と一緒に地元に伝わる歌を歌ったこともある。別の夏には、中国人留学生を自宅でのバーベキューに招いた。マレンは語る。「これぞアメリカの家族の生活、余暇の過ごし方、という晩でした。友人同士が集まり、キャンプファイアーを囲んで、ギターを弾く。本当の姿を見せてあげました。ここはアメリカの中央部、素朴で、のんびりしていて、私たちが愛する生活がある。〝温かく迎えられた、居心地がよかった〟と感じる学生が多ければ多いほど、戻ってくる人も多くなる。そうなれば経済のためにもいい、文化交流のためにもいい」

外国人留学生は大学の収支に「大きな影響」をもっていることをマレンははっきり認識していた。二〇一五年の寄付金は七一三〇万ドルのみで、オハイオ州にあるマリエッタの競合大学デニソン（学生数はマリエッタのおよそ二倍）の七億九七一〇万ドルの一〇分の一にも満たないマリエッタは授業料に頼っている。[31] アメリカ人の学生は奨学金制度を利用するケースが多いが、外国人留学生は通常、授業料を全額か、ほぼ全額支払う。

マリエッタは石油工学課程の評判が高く、中東からまとまった数の学生が集まり、[32] 二〇一五年の時点で五八名のクウェート人が在籍している。だが、彼らを上回るのが中国人だ。二〇一一年と二〇一二年の最盛期には一四四名が入学し、総学生数の一〇パーセントを占めた。有名でもないリベラルアーツ教育の大学にしては高い割合だ。中国人はアイヴィーリーグや大規模公立大学など、ブランドに憧れる傾向がある。それにマリエッタは割安でもない。もう何年も前から、マリエッタは中国人学生に、大学に足を踏み入れる前に一括で五万ドルを納めさせていた。[33]「彼らは大学にとって命綱です」と、マリエッタの中国語教授で、アジア研究プログラム責任者、童魯《トンルー》定《ディン》は私に語った。「彼らは現金自動支払機《ATM》です」

「パイオニア」のあだ名に恥じず、マリエッタは中国が文化大革命後に西側に門戸を開いたとき、真っ先にその波に乗ったリベラルアーツ大学のひとつだ。一九八五年、マリエッタの経済学教授、故ウェンユー・チェンが故郷、成都にある四川財経学院（現・西南財経大学）との教職員交換プログラムを立ち上げ、最初の足がかりを確保した。[34] 一九八九年、北京の天安門広場で抗議する学生たちが大量虐殺された事件のあと、両校の関係は途絶えたが、〝太子〟がマリエッタにやってきて、中国のスパイ大学とのもっと丈夫な、もっと儲かる絆を作った。

マリエッタは、中国語と政治学の両方を教える終身在職権《テニュア・トラック》を保障された講師ひとり分の雇用に、アメリカの教育省から助成金を得ていた。[35] 一握りの候補から、ワシントンDCにあるアメリカン大学博士課程の学生、易小熊《イーシャオシオン》が選ばれた。

雇ってみると易はたいへん精力的な教師で、一九九五年に終身在職権を得た。易の教室とホールを挟んだところにオフィスをもつ経営管理学《マネジメント》教授マイケル・テイラーは、ときどき彼の授業を見学した。「これまで見たなかで最高の教師だった」と、テイラーは私に語った。「テーマを熟知しており、学生の言葉にしっかり耳を傾けていた。学生たちは授業に没頭していた。彼らはどんどん質問を繰り出していた。アメリカ人の学生は卒業に必要と言うだけで国際関係学の科目を取っているのだが、どうやって彼らを集中させることができるのか、そのコツが知りたかった。彼はアメリカ人学生のあいだでとても人気があった。彼がちゃんと話を聞いてくれる教師だとわかっていたからだ」

易の高貴な生まれについてはマリエッタでも噂になっていた。彼の父、易礼容《イーリーロン》は中国共産党の初期の党員で、毛沢東の同志だった。[36] 一九四九年、毛が権力を握ると、彼は労働部長になり、同年、国際関係学院が設立された。易小熊は北京にある上級幹部やその家族が住む区画で育ち、子供たちは「中国支配者層エリートとなるよう、しつけられた」。彼の仲間の多くと同じく、易礼容も文化大革命で失脚し、一〇年間投獄された。父の失脚に引きずられるように、易小熊も服役し、農村部に追いやられた。

易礼容の名誉が回復すると、彼の家族は集合住宅に移り[37]、ホールの向かいには、やはり粛清されたのちに許された別の幹部が住んでいた。その高官の息子が、現国家主席、習近平だ。易小熊と習近平は友だちになり、五年間ほぼ毎日会っていた。習近平は政治家を目指したが、易小熊は「恋愛、酒、映画、西洋文学に溺れ」、アメリカの大学院に進むため、中国を離れた。一九八七年、習近平はワシントンDCに易小熊を訪ねている。

マリエッタでは、易は同僚とコーヒーポットを共有し、ふたりはよくジャワ・コーヒーを飲みながら中国の大学から学生を呼べないものかと話していた。やがて、易は大学執行部に働きかけ、中国へ行って友人知人の子供を何人か連れてくると申し出た。

ひとつ注意が必要だった。当時、アメリカの大学は中国の大学と提携を結んでいる場合に限り、中国での学生募集が許された。易には考えがあった――国際関係学院だ。

「私が思うに、国際関係学院には易小熊と個人的に親しい教職員がいた」と、ジェレミー・ワンは私に語った。「それが大学同士の関係に発展した。私たちは国際関係学院を学生募集の代理人として利用し始めた」

易の経歴から考えると、彼は国際関係学院と国家安全部との関係を知っていたに違いない。易は本書のためのインタビューを断ったが、おそらく彼は双方に旨みがあると見抜き、そのために動いたのではないだろうか。多様性と収入を求めるマリエッタ、本物のアメリカ文化をじかに体験できる場所を求める国際関係学院。

ジェームズタウン財団の中国スパイ活動専門家、ピーター・マティスは、国際関係学院を監督する国家安全部が易を信用したのは、彼の父のことをよく知っていたからではないかと考えている。「国家安全部では、出世を望むなら、重要人物の息子か娘でなければならない」と彼は言う。「それが忠誠心を育み、仕組みを理解した人間を増やすと彼らは信じている」。易は「中国に戻り、国家安全部に『このようなチャンスがあります。どうです、一緒にやりませんか？』と言ったのかもしれない」

易はまた、アメリカ国務省にも人脈を開拓し、中国人学生のビザ取得を手助けした。「易小熊は国務省にコネがあるようです」と、マリエッタの彼の同僚が私に語った。「あちらは彼を事情通として重宝しています。あそこには彼の友人がいて、よく彼の助言に従っています」

国際関係学院は有望な学生にマリエッタの情報を提供し、そこへ誘導し始めた。前述の童魯定によると、マリエッタは入学ひとりにつき少なくとも一〇〇〇ドルを国際関係学院に支払った。内モンゴルに政府高官の親戚がいる国際関係学院理事は、その地域でマリエッタと学生との仲介役をした。

マリエッタに入学する中国人学生の最初の一団、一二名は、一九九五年にやってきた。ひとりをのぞいて全員が国際関係学院と易が勧誘した学生だった。その例外のひとり、ジェレミー・ワンは西南財経大学の最終学年でマリエッタに転校した。最初の頃、易は中国の特権階級から留学生を呼んでいた。一九九七年から九八年にマリエッタに留学した李禾禾《リーフーフー》[38]は、当時の駐米大使で、のちに外交部長〔外務大臣〕となる李肇星《リージャオシン》の息子だ。李肇星は一九九八年、マリエッタの卒業式で訓示を行い、名誉学位〔法学博士〕を授与された。

当初、国際関係学院との提携を疑問視する教授たちもいた。「教職員の多くが疑問に思いました」と、童は私に語った。「なぜスパイ学校相手にこれをやるのか？　返答はありませんでした。それから、月日が経ち、当校には中国人学生からの収入が必要となり、それが逃れようのない事実となりました」

マネジメント学教授マイケル・テイラーは初期の論争を憶えている。「国家安全部のスパイ訓練がなんであろうが、ここで行われることはないのだから、と言われた」と彼は語る。国際関係学院は「基本的にまだ国家安全部が支配し、運営している。なぜなら、中国の組織は『これを教育部に渡してやろう』と言って、簡単に手放すわけがないからだ。中国では教育部は最も弱い鎖の環だ。使える金がいちばん少ない。校舎、教授、その他付随する特権とともに自分の大学を教育部に移譲してもいいと、誰が思うものか」

マリエッタ大学の役員の見方では、メリット——経済的にもそれ以外にも——がリスクをうわまわった。私は彼らをインタビューしたが、その際、マリエッタの執行部が過去も現在も、中国のスパイ大学との提携をいとも簡単に正当化するのに何度も驚いた。「私は心配していませんでした」と、一九九五年から二〇〇〇年までマリエッタ大学学長を務めたラリー・ウィルソンは私に語った。「もちろん、どのような影響があるかなど、議論はしました。私たちの感触では、アメリカにやってくる学生が、我が国について非常に肯定的に学ぶだろうと思いました。そして、帰国となると、彼らはアメリカについて肯定的な側面を中国に持って帰るのです。中国政府のために活動する学生はいたのかという質問ですが、もし、いたとしても、私たちにはわかりませんでした。当然、向こうもそれを知られないようにしていたでしょうし」

国際関係学院とマリエッタが提携を進めていると聞いて、北京のアメリカ大使館は警戒した。二〇〇二年一一月、大使館は「秘」「優先」と印をつけ、「中国の国家安全部の訓練校が〝リアルワールド〟の交流を求め始めた」と題した四ページの電信をワシントンDCの国務省に送った。[39] そのコピーは、上海、瀋陽、広州、香港のアメリカ領事館をはじめ、台湾のアメリカ政府代表部である米国在台湾協会の台北事務所、東京とソウルの両アメリカ大使館、ホノルルに司令部を置くアメリカ太平洋軍の最高司令官と合同情報センターにも送られた。二〇一五年、私の公文書開示請求に応えて、国務省は文書の要約を提供したが、原文は機密扱いだと言って出さなかった。「北京にある国際関係学院という国家安全部の新人を養成するための精鋭大学が海外の高等教育機関のいくつかと〝交換契約〟を求めている」と電信にある。「国際関係学院の学生や、国家安全部の〝進歩的な〟若い官僚はこのルートを進む決断を強く推しているが、まだ激論が交わされている最中だ。いずれにしても、国際関係学院の学長はすでにアメリカでオハイオ州にあるマリエッタ大学と提携を結んでおり、これで国際関係学院の教授はマリエッタで短期間教える機会が得られ、初めて〝リアルワールド〟を体験できることになった」

中国でマリエッタ大学を志望する高校生が増えると、大学は手続きを簡素化した。北京に事務所を開設し、そこで易が学生や親と面談し、ビザやその他の問題を解決するのを手助けした。やがて、易は家庭の事情もあり、教職を辞めてほぼ一年中、中国に滞在するようになった。彼の父は一九九七年に九九歳で亡くなっていたが、母はまだ中国で暮らしていた。彼はふたつの仕事を掛け持ちしながら中国とアメリカを行き来することに「へとへとに疲れ切っていた」と、テイラーは私に語った。

易は北京の自分の持ち場からマリエッタの中国事業を管理していた。元職員によると、アメリカの他の大学の海外分校を管理する同業者とは違い、易は、入学管理担当の副学長、もしくは入学担当部長を通さずに、直接学長に報告していた。当時、彼はマリエッタの合格基準を下げた。彼に批判的な大学職員によると、その結果、充分な学力のない、あるいは英語力の足りない中国人学生が入学してきた。

たとえば、他の国々では、マリエッタに入学を希望する学生は、標準的な英語能力試験である、〈カレッジ・ボード〉のTOEFLで合格点を取る必要があった。マリエッタの第二言語としての《ESL》英語プログラムの責任者、ジャニー・リーズ・ミラー教授は中国でもTOEFLを要件に加えるよう訴えたが、易は彼女の意見を退けた。[40] しかたなく、リーズ・ミラーはマリエッタ独自の英語試験をつくった。TOEFLほど厳密ではないが、「断然、何もないよりはまし」と彼女は私に語った。TOEFLは受験料一五三ドルで、四時間かかるが、マリエッタの試験は無料で、時間もその半分で済んだ。国際関係学院の会議室を使って行われる試験の監督を務めるために入学担当部長が中国へ飛び、有望な生徒に面接をした。部長にはその場で合否を決める権限が与えられていた。マリエッタはより優秀な中国人出願者にはささやかな奨学金を与え、該当者は出費の節約だけでなく、成績優秀者という栄誉にも喜んだ。

彼らの納める学費は大学にとって重要だが、元入学部長ジェイソン・ターリーは中国人を入学させろというプレッシャーはなかったと、私に語った。「私の出張では毎回、入学できない生徒が出ました。満足に話せず、不合格になりました……学長から最高財務責任者に至るまで、暗に『もっとたくさん連れてくるんだ』と言われたことは一度もありませんでした。それよりも『きみが入学を許可するんだから、そりゃあ優秀な学生に違いないだろうね』という感じでした」

易は中国でのマリエッタの知名度を高めた。「易小熊は学長や首席副学長を中国へ連れて行って、あちこちへ案内し、接待し、大物に紹介するのが好きでした」と元職員は述懐する。「彼は根回しと関係構築が大好きでした」

二〇一六年四月に私がマリエッタでインタビューした一二人の中国人学生のうち、そのほぼ全員が易に直接誘われていた。そこには国際関係学院を通して誘われた学生も数人含まれる。広告／広報専攻の三年生、ジー・フイ・ユーは、易との面談を勧めていた国際関係学院の教授を知っている。一年生、イー・シー・ワンの母は国際関係学院でコンピュータ・サイエンスを教えており、易を知っている。石油工学を専攻するジェン・ゼ・ミの叔母は易の友人だ。二年生、ジィエ・ユー・ソンは高校時代のバスケットボールのコーチから易の秘書の電話番号を聞いた。

深圳から来た財政学専攻の四年生、ダー・チュアン・ニエは「私たち全員」、易がいたから「ここに来たのです」と、私に語った。私たちはキャンパスを二分する石畳の通路を歩いていた。通路の脇には緑の茂みが点在し、国旗を掲げた高い支柱が立っていた。

易はダーの兄をマリエッタに送った。ダー自身の第一志望はミズーリ大学だったが、彼のTOEFLの成績ではそこに足りなかったと、彼は私に語った。彼はマリエッタの英語試験を国際関係学院で部屋いっぱいの他の受験生とともに受けた――「私たち全員が合格でした」――が、いまだにミズーリに憧れている。「この町はとても小さい。とても退屈です。娯楽がなんにもない。自分の部屋でゲームをするだけです」

ヨランダ・フェンは英語専攻の一年生で、『ジェーン・エア』や『嵐が丘』など、ヴィクトリア時代のロマン主義小説が好きだ。彼女は国際関係学院からきた交換留学生だ。易は北京で彼女に連絡を取り、アメリカの空港で彼女を出迎えた。「私はここの静かな生活が気に入っています」と彼女は私に話した。「読まなければならないものがたくさんあって、多くの時間をとられますが、その甲斐はあります。英語を専攻する学生にとって英語を練習するいい機会ですし、アメリカでさらに学問を深めたい人にとってもよい機会でしょう」

他の大学でもそうだが、マリエッタでも中国人学生はたいてい中国人同士で集まる。一学期間試しにアメリカ人学生と同室になったが、文化の違いと英語力不足で居心地が悪かったと何人かが私に語った。それに経済格差もある。中国人学生はおおむねアメリカ人よりも金持ちで、高級車を所有する者も多く、それが妬《ねた》みを生む。マリエッタの元・学生生活担当副学長ロバート・パストールが私に語ったところによると、アメリカ人は部屋割りで外国人のルームメイトを希望できるが、それは「おそらくあまり実施されていない」。何人かの中国人学生は地元の「指導的立場の家族」と組《ペア》になり、その家のディナーや誕生日パーティに招待され、教会へ連れて行ってもらっている。

中国人とアメリカ人学生のあいだで触れてはならないひとつの話題が、スパイで有名な国際関係学院の評判だ。アメリカ人で「中国語を習い、アジア研究に関わっているなら誰でも、それがスパイ学校だということはなんとなく知っていた」。二〇一二年の卒業生で、アジア研究と国際ビジネスを専攻したマシュー・ハインツマンは私に語った。「それについては国際関係学院の学生とはほとんど話しませんでした。なんというか、微妙な話題なんです」

実際、私は中国人学生の何人かにこの話題を振ってみたが、うまくかわされた。「政治にはあまり関心がありません」と、フェンは私に語った。「国際関係学院の学生はごくふつうの学生です」と、ミシェル・ユーは言う。「卒業後、何人かは……」と彼女は言い淀み、適切な言葉を探した。「政府職員になります。あとは自分で選びます」

国際関係学院の学生のなかにはマリエッタに転校する者もいた。そのひとりから私が聞いた話では、高校三年で進学先を選ぶとき、彼は国際関係学院についてよく知らずに志望校に含めた。誰を入学させるか、最初に選ぶ権利を有している国際関係学院が彼を選んだため、彼はそこへ行くしかなかった。彼は政治学を学びながら二年間、そこで過ごした。やがて自分は工学や自然科学のほうが好きだと気づいたが、国際関係学院で学べるその分野は貧弱だった。マリエッタの二週間の夏期講座に参加してから、彼は正式に留学することに決めた。

国際関係学院の彼の同級生の何人かは国家安全部への就職を志望していた、と彼は語った。「あそこの学生のほとんどは、ほかの人となんの変わりもありません」

卒業後、マリエッタの中国人学生の大半はアメリカか中国の民間企業に就職する。その例外のひとりが、ウェイ・タンだ。二〇〇四年の卒業生で、〈クリントン財団〉中国事務所に入り、二〇〇五年にビル・クリントン元大統領が湖南省を訪問したとき、通訳を務めた。「ずっと話してばかりでした」[41]と、タンは大学の機関誌《マリエッタ・マガジン》に述べている。

易の指導のもと、国際関係学院とマリエッタの提携は学生募集に留まらなかった。二〇〇一年、国際関係学院は学期ごとに教職員を一名か二名、マリエッタに送り始めた。教職員は社交ダンスから武術、中華法系まで様々な分野の科目を教えた。

二〇〇七年以降、国際関係学院側の要望により、毎夏、二三名の学生と教職員二名がマリエッタを訪れている。彼らは利益団体や世論調査、その他、アメリカの外交政策に実際に影響を与える要素について学ぶ。また、チームに分かれ、食の安全などの国際問題でアメリカと中国はどのように協力できるかを考える。余暇には、工場直販店やウォル・マートで買い物を楽しみ、マイナーリーグの試合を観戦し、元市長が経営する〈オーバー・ザ・ムーン〉でピザを味わうなどして、様々なアメリカ文化を体験する。

「教職のかたわらにやることとしては最高にクールです」と、訪問団の世話役を務めるマーク・シェーファー教授は言う。「彼らにはアメリカに好印象をもってもらい、アメリカという国がどのように動いているか、もっと正しい理解を身につけて帰ってもらいたい。彼らのほとんどはたぶん実業界に入るでしょう。誰かが中国政府のためにスパイになるとしたら、それは非常に興味深い。少なくとも、彼らはアメリカのことをよりよく理解しているから」

二〇一三年、国際関係学院は北京に独自の夏期講座を設けた。[42] 外国人が主に英語で教える四〇のコースが用意され、教師の中にはマリエッタの教授が六人ほど含まれていた。一週間から三週間の期間に、一六時間、二四時間、三二時間の科目があり、定員は三〇名から六〇名。国際関係学院は教師に時給一二五ドルを払い、往復航空運賃と家具付きの広いアパートメントを無償で提供する。

「うわさでは、国家安全部が夏期講座の費用を負担していると言われています」とジェレミー・

ワンは私に語った。「私は国際関係学院へ行き、国家安全部が夏期講座の費用を出していると、ある教職員から聞きました」

講座はふたつのカテゴリーに分かれる。ひとつは理解を深める、もうひとつは学問を深める。理解を深めるほうは、野球、カントリーミュージックなど、アメリカ文化を学ぶ学生――特に将来アメリカで情報収集を行う諜報員になる者、あるいはアメリカでエージェントを操るハンドラーになる者――なら知っておくべき事柄を詳しく学ぶ。マリエッタで第二言語としての英語《ESL》を教えるデボラ・マクナットは、国際関係学院の夏期講座で、慣用句や俗語などを含む「アメリカ文化と実用アメリカ英語」を受け持っている[43]。

国際関係学院のウェブサイトに掲載された彼女の説明によると、「このコースの最終目標と学ぶ目的は外国生まれの人々に、アメリカ人とはどういう人かをよりよく理解してもらうことです。アメリカ人がなぜそのように振る舞うかがわかれば、よその国から来た人は理解が深まり、物事を円滑に進められるでしょう」。使用する教科書は『外国人がアメリカについて知るべきAからZまで』。

「講師の略歴」の欄に、マクナットは生まれも育ちもマリエッタだと記している。「私の家は狭いですが、ここふた夏、国際関係学院から来た留学生や教授に自宅を開放し、アメリカ人の家の中はどうなっているかの〝典型〟として見学してもらっています」

マリエッタのビジネス／経済学科の学科長、ジャクリーン・コラサニは、国際関係学院で自分の専門分野の夏期講座を持っている。彼女は国家安全部が資金を出しているとしても、「自分が教えたいと思ったことを教える自由があり、彼らが干渉してこない限り」そんなことは気にならないと言った。「どこへ行こうが、私が教えるのは経済学」

コラサニの授業は検閲を受けることはなかったが、国際関係学院の外国人教授は完全に自由とは言えないようだ。そのうちのひとりは、授業を監視する〝番人〟がいるのに気づいた。彼が中国とアメリカ両政府に批判的なビデオを見せると、翌年は招聘されなかった。

李形《リーシン》は、国際関係学院で外国語と国際関係学を学びたいと思っていた。[44]入学を断られると、彼はデンマーク北部の小さな公立校、オールボー大学に留学した。創立一九七四年のオールボーは、革新的な学習法で有名だった。学生たちはグループで現実の問題を見つけ、解決に取り組む。

李はオールボーで修士と博士の学位を収め、そこの教員になった。国際関係学院は彼の出世に目をとめた。二〇〇九年、李は国際関係学院に招待され、創立六〇周年記念式典に出席した。二〇一〇年、以前彼を不合格にした国際関係学院は彼に名誉教授の称号を与えた。また、彼は海外の教授を対象にした人材獲得計画でも選ばれ、中国で教えることで報酬を得た。

この厚遇は実を結んだ。二〇一一年、オールボー大学と提携を結んだ国際関係学院は、ちょうどマリエッタがアメリカでの足がかりになったように、西ヨーロッパに足場を確保した。最大の違いは、国際関係学院はマリエッタに学部生を送ったのに対し、国際関係学院とオールボーの構想[45]は、中国での国際関係学の修士課程を条件に入れていた。それぞれの大学から一二名の大学院生が最初の年はデンマークで、二年目は中国で学び、両大学から学位を得る。国際関係学院に合同の研究所があり、年に二回、英語と中国語で学術誌を発行する。李形はその編集長になった。

最初、オールボーにはこの提携を疑問視する者はいなかった。デンマークは中国とのより緊密な結びつきを求めていた。中国はポークソーセージからインシュリンに至るまで、ありとあらゆる商品の最大の輸出市場のひとつになっている。[46] そして、二〇一四年、ある教職員がインターネットで検索中に、国際関係学院と国家安全部との関係を知った。彼がこれは問題だと言うと、騒ぎになり、李の文化・グローバル研究科から社会科学の教職員、学長にまで伝わった。学長がデンマークの諜報機関に相談すると、この共同プログラムを安全保障上のリスクとは考えていないと言われた。「それよりも中国の産業スパイのほうが心配だと言われました」と、共同修士課程のコーディネーター、アン・ビスレヴは私に語った。国際関係学院と国家安全部が「協力関係にあることは知っています。どの程度なのかは私たちにはわかりません。学生にはそのことを話し、そう言います」

李が私に語ったところによると、国家安全部は諜報員として訓練するために国際関係学院の卒業生のなかから何人か選ぶが、ほとんどの卒業生は別の分野を目指す。「共同プログラムが純粋に学術的で、専門的である限り、政治が入り込む余地はありません」と彼はメールでつけ加えた。[47]

国際関係学院はまた、李形の友人を通じて、アメリカのある公立大学への足がかりを確保した。五大陸の一四カ国の様々な大学で国際政治と国際開発を教えた経験のあるカナダ人、ティモシー・ショーは、二〇〇〇／二〇〇一年にオールボー大学の客員教授を務めたときに、李と知り合った。

二〇一二年秋、ショーはマサチューセッツ大学ボストン校のグローバル・ガバナンス／人間の安全保障研究科（博士課程）の研究科長になった。彼が私に語ったところによると、同校の未来は中国、ブラジル、アラブ首長国連邦など発展途上国を開拓することにかかっている。

二〇一三年、ショーは国際関係学院から黄日涵《ファンリーハン》と王輝《ワンフイ》という客員教授二名を迎えることに同意した。[48] マサチューセッツ大学ボストン校には一切費用がかからないので、それは簡単な決断だったと彼は言った。中国が彼らの分も負担する。国際関係学院で学士、修士、博士の学位を取得した国際関係学院の助教授、黄日涵は、中国とアメリカに的を絞ったサイバー・セキュリティを研究するため政府から助成金を得ていた。彼より年長の准教授、王は、アメリカ人が中国の台頭をどう見ているかを調査するため教育部から奨学金を得ていた。

ショーによると、ふたりがマサチューセッツ大学ボストン校を選んだのは、ショーのことは李形から聞いて知っていたし、「ボストンがとてもよい街、とてもアカデミックな街だと知っていたから。そして、もし、ハーヴァードに申し込んでも、たぶん返事がもらえないとわかっていた」からだ。

彼らがどんな仕事をするかはショー次第だったが、ショーは仕事を何も与えなかった。黄、王ともに、マサチューセッツ大学ボストン校では学ぶことも教えることもしなかった。大学にオフィスを与えられるわけでもなく、めったに姿を見せなかった。その代わり、ふたりはほぼ毎朝、住んでいた郊外の、中国人が多く居住する地区から地下鉄に乗り、近隣のほかの大学を訪れた。ボストン大学、ノース・イースタン大学、マサチューセッツ工科大学《MIT》、そして特にハーヴァードのケネディ・スクールにひんぱんに行った。そこで彼らはインターネットであらかじめ見つけておいたセミナーや会議、その他のイベントに参加した。あとから、ショーに「先週、M

ＩＴで何があったかご存じですか？」などと話すこともあった。

もちろん、会議に行くのは学者のお気に入りの時間の過ごし方だ。スパイにとっても、人と直接会ったり、秘密ではないが貴重な情報を集めたりするための常套《じょうとう》手段だ。「中国の諜報機関が特に優れているのは、文書になっていない情報、報道に出ない情報を収集するやり方を心得ていることだ。それらのイベントに出かけ、その場にいて、耳を傾けていなければ、そうした情報は得られない」と、マティスは私に語った。

ショーはふたりから面倒をかけられないので喜んでいた。「彼らの世話をいろいろ焼かないといけないのだろうと、覚悟していました」と、彼は私に言った。「その必要はありませんでした。彼らがスパイかもしれず、あちこち嗅ぎまわっているかもしれないなんて、考えたこともありません。彼らにはそのような様子はなかった。まったく違った環境で六ヶ月間過ごす機会を楽しんでいるようでした。私は煩わされずにすんでよかったと思っていました」

王輝はマサチューセッツ大学ボストン校の別の教授と昼食を食べながら、中国に対するアメリカ人の認識という自分の研究テーマについて話をした。王は、時の国務長官ヒラリー・クリントンが中国の人権問題ばかりを攻撃すると文句を言った。相手の教授は反論し、クリントンはイスラエルや他の国々も非難していると指摘した。王の「考え方は中国政府そのものでした。彼は極めつけの体制派《エスタブリッシュメント》でした」と教授は語った。

ショーは客員教授を迎えるばかりでなく、マサチューセッツ大学ボストン校に国際関係学院と正式な関係を築くよう働きかけた。国際関係担当の首席副学長補佐、スカイラー・コーバンは二〇一三年一〇月、北京を訪れ、国際関係学院の院長、陶堅《タオジアン》と会った。ふたりは贈りものを交換した。陶には「マサチューセッツ大学ボストン」と刻印のあるアクリル製のペン立て、コーバンには緑茶のティーバッグの詰め合わせ。

分子生物学が専門のコーバンは、中国の諜報機関における国際関係学院の位置づけについて「何も知らなかった」と言った。「定評のある大学だということは知っていました」と、彼は私に語った。「私たちは大学の人間です。私たちは大学のプログラムを見ます。もちろん、それ以上のこととなると、資金がどこからきているかわかっている場合、もう少し慎重に物事を検討するでしょう……前もってそれを知っていたら、ちょっと違った見方をしていたと思います」

その年の一二月、ショーは国際関係学院での会議に赴き、マサチューセッツ大学執行部が署名した合意覚書を持参した。国際関係学院キャンパスで行われた交換留学センターの式典で、陶院長、王如柏《ワンルーバイ》副院長、ハオ・ジン国際交流部長が覚書に署名を書き加えた。ショーと李彤もその場に控えていた。

両大学は五年の契約を結び、学生と教職員の交換、「国を超えた研究」、その他の合同活動を推進することで合意した。[49]だが、これまでの実績といえば、二〇一六年にショーが国際関係学院の夏期講座で教えたことだけだ。

黄日涵は国際関係学院に戻ったあと、二〇一五年に国際関係学院の卒業生で、察哈爾《チャハル》学会研究員、謝婷婷《シェティンティン》と共同で論文を書いた。カーター・センターから南スーダンへ派遣された元選挙監視員、エモリー大学の客員研究員だった、あの謝だ。論文のテーマは、中国はいかにしてヨーロッパの難民危機を利用できるか。「当然、中国はその機に乗じ、国際的な移民管理体制を支持し、グローバル・ガバナンスのルール作りに参加すべきである」と、彼らは書いている。[50]

論文は、オールボー大学の李形教授が編集する、国際関係学院とオールボー大学の合同学術誌『中国と国際関係』に掲載された。

マリエッタ大学の北京事務所はアメリカ大使館から二キロ弱、BMW本部とドナベラ国際美容クリニックに近い高級集合住宅の中にある。警備員が敷地の入り口を監視している。二〇一六年五月のある水曜の午後、予約もせず訪ねてみると、[51] ジャングル・ジムや三目並べのプラスチック板を備えた木陰のある公園から子供たちのはしゃぎ声が聞こえ、若い女性がバスケットボール・コートの端でシーズー犬を散歩させているのが見えた。大きな四角い窓が並ぶ二二階建ての高層マンションの五階にあるはずの事務所には表札もなく、最初のノックには返答もなかった。二〇分後、もう一度ノックしてみると、中年の中国人女性がドアを開けた。室内はキッチンとダイニング・テーブルに物が溢れ、一見するとどこにでもある散らかったアパートのようだが、マリエッタ大学の歴史に関する書籍と、教員や学生と一緒に写っている易小熊教授の写真がわざとらしく飾られていた。テーブルの近くに額に入れた英字新聞の切り抜きが掲げられ、易の写真と中国との関係改善を示す見出しが目を引く。

女性は名乗ることも、インタビューも辞退した。職務上、彼女が話をするのは学生と保護者に限られるということだ——そこには誰もいなかったが。彼女が言うには、易はめったに事務所に来ないそうだ。マリエッタは中国人学生の募集に成功しているかと尋ねると、彼女はたいしたことはないと言い、「マリエッタはただのマリエッタです」と言った。

暇そうなのはこの日だけではない。[52] マリエッタは以前ほど多くの中国人を引き寄せてはいないのだ。中国人学生の数は、二〇一二年秋の一四四人から二〇一五年秋の八八人へと、三九パーセントも落ち込み、同時期、マリエッタの学生数が一四三二人から一一九三人へと一七パーセント減ったのと比べても大幅な減少だ。その結果の財政難により、教職員は削減され、ジョセフ・ブルーノ学長は辞任した。

他のアメリカの大学との競争激化もあるが、この低迷には、ウィキリークスが二〇一一年に暴露した、北京のアメリカ大使館からワシントンの国務省へ送られた二〇〇九年の秘密の電信の影響もあるかもしれない。「習近平国家副主席の横顔——文化大革命を〝生き延びた野心的な人物〟」[53]と題された三七三五語のこの電信は、二〇〇七年から二〇〇九年にかけて大使館で交わされたある政府職員と「長年大使館の連絡役を務め」、習近平の「元親友」だった人物との「数多くの会話」をまとめていた。連絡役は習近平の性格や政治観とともに、両親、子供時代、文化大革命で農村部へ下放されたこと、最初に就いた仕事まで話していた。

この情報源は明らかに、習を知っており、彼について相反する感情を抱いていた。未来の国家主席の性格を、自信家で計算高く、目的意識があり、非常に野心的なため、「父親が政治犯の嫌疑をかけられ、党の刑務所で苦しんでいるときに」共産党に入党したとしている。同僚同輩は習の知性を過小評価し、女性は彼を「退屈」と感じる。習が国家主席になれば、彼は中国の腐敗問題に〝積極的に〟取り組むだろう、「ことによると新富裕層を犠牲にしてでも」そうするだろうと、情報源は正確に予想している。

電信に情報源の名前はないが、それを知る手がかりはいくらでもある。一九五三年生まれで、父親は「初期の革命に加わった毛沢東と同時代人で、中華人民共和国労働部の初代部長になった人物」。北京師範大学からワシントンDCの大学院へ進み、現在はアメリカ市民権を得て「アメリカの大学で政治学を教えている」

このプロフィールに一致する人物がひとりいる。易小熊《イーシャオシオン》教授だ。アメリカ政府に提供された習に関する易の率直な評価は、中国人学生や留学を考えていた生徒やその親たちのあいだに広まった。「私がその話を聞いたのは、中国へ行って、ある家族にその話を聞いたという同僚からです」と、リーズ・ミラーは言った。電信が公表されたあと、中国のソーシャルメディアにはアメリカのスパイと疑われる人物のリストが掲載され[54]、そこに易の名前も載っていたため、マリエッタでもちょっとした騒ぎになった。「当時、おおぜいの学生がそれを目にしました」と、マリエッタの元職員が私に語った。

二〇一二年一一月、習が中国共産党書記長に就任すると、中国にはマリエッタを避ける家族も出てきた。易の率直さが国の新指導者を怒らせるかもしれないし、易がアメリカの諜報機関の協力者かもしれないと不安に思ったのだ。「自分の子供なら心配で留学させないかもしれません」と、童《トン》教授は言った。「むこうでは『マリエッタはアメリカのスパイ学校だ』と思われていたのです」

この電信にもめげず、中国のスパイ学校とマリエッタは関係を強化した。二〇一一年一〇月、両校はさらに五年、提携を延長した[55]。二〇一五年には、ブルーノ学長と陶堅《タオジアン》院長は、易や他のマリエッタの役員とともに、国際関係学院で会った。

マリエッタに留学する国際関係学院の交換留学生の数は一学期に一、二名から、二〇一六年春には四名になり、秋には六名に増えた。二〇一六年四月、マリエッタは国際関係学院で中国人卒業生のためのイベントを開催した。国際関係学院は「その行事のために喜んで校舎を貸してくれた」と、ブルーノは私に語った。

マリエッタのビジネス／経済学科の学科長、コラサニは中国人の入学を増やすために「デュアル・ディグリー制度」の導入を提案した。国際関係学院の経済学専攻の学生が二年間学院で学び、マリエッタで二年学べば、両大学から学位を得られるという仕組みだ。マリエッタの卒業証書があれば、大学生レベルの英語の読み書き能力が証明され、アメリカの大学院に進むのに役立つ、と彼女は私に語った。「中国人学生はこれに興味を示すだろうと私は思いました」と、彼女は言い、まだ実施されていないが、とつけ加えた。

「ふたつの大学はこれからデュアル・ディグリー制度について詰めていきますが、現時点ではまだ検討を始めたばかりです」と、広報部長のペリーが私に語った。

マクドノー・センターでアメリカと中国とロシアの関係についての学生たちの研究発表を聴いたあと、私は国際関係学院から来ている客員教員、リウ・インジエと廊下で話をした。最初に社交辞令を交わしたあと――マリエッタは空気がきれいで気に入っている、北京のスモッグから逃れられてほっとしている、と彼は言った――学生たちが人権問題とかサイバー攻撃にひとことも触れないのはなぜかと私は尋ねた。

「それらの話題はすでに幾つかの分野で取り上げられているからです」

「誰が取り上げましたか？」

「学生たちです」

煙《けむ》に巻かれた私は話題を変え、国際関係学院と中国の諜報機関との関係について尋ねた。彼が言うには、国際関係学院は国家安全部から資金を得ているが、最近では教育部からの支援が増えているそうだ。

「ごく普通の大学ですよ。マリエッタと同じく」と、彼は言った。

第5章
上海で罠にはまって

大学一年生を終えた夏、グレン・ダフィー・シュライヴァーは中国に夢中になった。そして、まだ中国語も満足に話せない彼を、中国もまた、かなり気に入っていたようだ。

シュライヴァーは、ミシガン州西部のトウモロコシ畑が広がる保守的な地域にあるグランド・ヴァレー州立大学から、広大で異質な国に浸る驚きの六週間に参加した一八人のなかの、最年少のひとりだった。「みんな中国にすっかり魅了されました」と、ある学生は述懐する。「グレンを含め、ぼくたちの多くは〝ハイ〟になるか、感覚がおかしくなっていました。最初の一、二週間は特に、入ってくる情報が多すぎたのです。もっともっとと、貪欲になって。何を見ても圧倒されていました」

彼らは華東師範大学を拠点に、上海の群衆や超高層ビル群の只中で、中国哲学を学び、英語の練習相手を求める中国人学生と交流し、ヘビやクラゲを味わった。万里の長城や北京にも足を延ばし、北京では伝統的な漢方医に身体の具合を診てもらい、学生の何人かは――シュライヴァーもそのひとり――肝臓が熱をもっているので、おそらく酒の飲み過ぎだろうと、わかりきったことを言われた。

別の遠出の際には、中国南西部の田舎にある一室だけの小学校に立ち寄った。生徒たちはそれまで外国人を見たことがなかった。アメリカ人は童謡『ホーキー・ポーキー』のお遊戯を教え、グランド・ヴァレーの学生、マイケル・マッカンがビデオ・カメラを取り出した。

「生徒のなかには自分の姿を水面に映ったもの以外、見たことがない子もいました」と、彼は語る。「村には鏡もなかったのでしょう。ぼくはカメラの液晶パネルをひっくり返して、子供たちに見せてあげました。彼らはそれが自分たちの姿だと気づきました。カメラに手を振っては、さっと隠れるのです」。そこを去るとき、アメリカ人学生は学校に二〇〇〇ドルを寄付した。[1] 学校にとっては三年分の運営費に相当する額だった。

故郷から八〇〇〇マイルと大洋を隔てたところに来たシュライヴァーは、ロックスターの気分を味わっていた――そして、ときにはそのように振る舞った。華東師範大学のコートで、バスケットボールのピックアップ・ゲームを行った際には、相手の中国人を露骨にからかった。[2] 中国人女性から好意を寄せられるのに気をよくし、誰を陥落させたかを自慢した。授業では誰よりも多く発言し、自分が何を言っているか全然理解していない場合でもそうした。彼より知識が豊富な上級生は彼を笑い、[3] 黙ってろ、とたしなめたが、彼は黙らなかった。

少数民族の文化祭に参加し、ハンサムなシュライヴァーは観客のなかから選ばれ、南西部の山岳地帯に住むイ族の伝統衣装を着てステージに上がった。「まさに威厳ある皇子のようでした」と、一行を引率したグランド・ヴァレー州立大学の倪培民《ニーペイミン》教授は語った。

シュライヴァーは常に冒険に積極的だった。北京でのある晩、彼とマッカン、ほかにふたりの学生はあてもなく首都の路地を歩いてみようと思った。「観光名所には関心がありませんでした」と、マッカンは述懐する。「北京の本当の姿を見たかったのです。通りをぶらつき、食堂に入り、酒場に入り、ふたりのロシア人と出会いました。カラオケ・バーにも行きました。すごく楽しい晩でした。グレンはカラオケで盛り上がっていました。彼は酒が好きで、歌うのが好きで、楽しいことが大好きでした」

ある日、とうとう行き過ぎた行動に出た。グランド・ヴァレー一行が雲南省にある国立公園、石林を訪れたときのことだ。巨大な石灰岩群が中世の城塞のように丘にそびえ立っている。学生たちは、地元民にとって神聖な石林には登ってはならないという標識に従ったが、シュライヴァーは従わなかった。彼は手足のケガと、学校の評判を落とす危険を冒して、岩を登りはじめ[4]、倪教授にやめろと言われるまでやめなかった。

ふたりの中国人女性がシュライヴァーと彼の友人、マイケル・ワイツと付き合っていた。夏期短期留学《サマースクール》が終わるとき、彼女らは見送りのために空港まで同行し、「ぼくたちの帰国を悲しんで泣いた」とワイツは語った。そのときまでに、シュライヴァーはこれから中国語を学び、中国に留学し、そこで就職しようと心に決めていた。のちに、彼がその誓いを叶えたとき、彼は再び安全な道を踏み外した。今度は中国の諜報機関に抱き込まれたのだ。

「そのニュースを見たとき、ぼくは笑ってしまいました」と、グランド・ヴァレーの留学仲間のひとりが二〇一五年、私に語った。「なんというか『いつかこうなると思ってた』という感じです。グループのなかで誰がそうなる可能性があるかと言えば、彼です。彼は自信満々でした。ほかの人にどう思われるか全然気にしない。我が道を行く人です。旅の途中で『まったく、もういい加減にばか騒ぎをやめてくれ』と思ったことが何度もありました」

スポーツと同じく、スパイ活動もホームで行うほうが有利だ。その土地の言語に不自由しないし、文化や地理、建物の位置、迂回路を知っているため、簡単に紛れ込める。当局に捕まる心配もない。それどころか、ホーム・チームが協力すれば秘密作戦が容易になる。

だからこそ、アメリカの大学は海外留学プログラムや海外分校、研究センター開設といった海外進出により、スパイ攻撃に対していっそう脆弱になるのだ。執行部や教職員の大半がアメリカ人であっても、支援職員——清掃員、カフェテリアの人員、図書館司書、郵便物配達員——にはその土地の人を雇うことになる。秘密の研究に外国人が関われないように制限するのは、アメリカ国内でさえ困難だが、海外ではもっと難しいだろう。それに、FBIのダイアン・メルクリオが南フロリダ大学に働きかけたように、アメリカの諜報機関が海外分校をスパイ活動に利用したいと考えていることが明るみに出たら、決まり悪い事態に陥る。

アメリカの大学はそのような懸念を顧みずに海外進出を続けた。私立ニューヨーク大学は「ダイナミック・グローバル・ネットワーク」[5]を掲げ、上海とアブダビに学位を授与する分校を開設し、ブエノスアイレス、プラハ、アクラ、テルアビブに海外留学センターを開いた。[6]上海分校の学生は少なくとも一学期間、マンハッタン校を含む他のニューヨーク大学で学ぶことになって[7]おり、アブダビ校の学生も同様にすることを勧められている。こうしてニューヨーク大学はスパイがアメリカやその他の国に入るための扉を開いた。

負けてはいられないと、コーネル、ノース・ウエスタン、テキサスA&M、ジョージタウン、カーネギー・メロン、ヴァージニア・コモンウェルスの各大学も、それぞれカタールに分校をもっている。[8] カーネギー・メロン大学はそれだけでなく、ルワンダ、シンガポール、ボローニャ、南京、韓国の大学で学位を授与している。[9] シカゴ大学ブース経営大学院はイギリスと香港に分校をもっている。デューク大学の中国・崑山校は二〇一四年八月に開校した。二ヶ月後、イェール大学は北京に「中国でのイェールのあらゆる活動のための集会所と知的拠点」[10] としてセンターを開設した。

海外の大学へ留学するアメリカ人の数は、一九九三／九四年から二〇一三／一四年までに三倍以上増加している。[11] 二〇〇六年、メリーランド州にある私立ガウチャー大学[12]はアメリカ初の、海外留学を卒業の要件としたリベラルアーツ教育の大学だ。留学先として中国は五番目に人気があり、[13] 西ヨーロッパをのぞくと一番だ。二〇〇九年にオバマ大統領が発表した、五年でアメリカ人学生を中国へ一〇万人送る目標[14]は、学位取得に該当しない講座の受講者や高校生を含めると、二〇一四年に達成された。二〇一五年、国務省はマイノリティで低所得者層に属する学生の留学を推進するため、海外留学室を設けた。[15] 三五〇以上のアメリカの大学が〈国際教育研究所〉の取り組み[16]に参画し、二〇二〇年までにアメリカ人の海外留学生を六〇万人に増やすことを目指している。

海外留学には教育上の利点があるのは間違いないが、さらにアメリカの大学の収支決算にも貢献する。アメリカの私立大学の多くは、一学期か一年間、海外留学する学生にもいったん通常の授業料を納めさせ、そのあと留学先の大学へ払い戻す。アメリカの大学の授業料が外国の大学のそれより高額な場合――ほとんどがそれに該当する――その差額がふところに入る。さらに、アメリカの一部の大学では、アメリカ人学生は海外留学中は大学の奨学金制度から除外される。最後に、アメリカの大学は在校生の何割かが海外へ留学すると見越して、より多くの学生を入学させ、在籍させることができる。

海外分校は楽に稼げる道でもある。そこの教職員は高額報酬の終身在職権をもつ教授ではなく、もっと給料の安い非常勤講師が務める場合が多いうえ、分校の招聘に積極的な現地で——アメリカのサッカースタジアムや野球場のように——減税や他の優遇措置を得られるからだ。アブダビでも、カタールでも、王族が分校に資金を提供している。[17]

学問のために海外に出た人は、たいてい新しい環境に目を奪われるあまり、愛想のよい親切な外国人がスパイかもしれないと考える余裕はない。「もし私がフィレンツェの大学にいたとして、あのロシア人は私を狙っているなんて考えることはまずないでしょう」と、ある元ＣＩＡ職員は言う。「そんなことより、おいしいワインを飲み、授業に出て、二二歳であることを存分に楽しんでいますよ」。学生は「セルゲイはなぜ私に酒をおごりたがるのか、一緒に出かけようと誘うのか、などと疑ったりしません」

しかし、ときには誘いかけが無視できないほど露骨なこともある。アメリカの軍事アカデミーで講師もしていたコロンビア大学院生が二〇一五年、学生を引率して中国を訪れたとき、諜報機関のエージェントに勧誘された。「彼らはその人をグループから離しました」と、そのときの事情に詳しい人が私に語った。もし現状に不満があるなら、いつでも知らせて欲しいと告げたそうだ。

二〇〇六／〇七年、中国北東部のある大学では、外国人教師を管理する部署が、そこで英語を教える若いアメリカ人の副業として、中年の中国人の個人レッスンを斡旋した。レッスンは会話主体で、中年男性の生徒がアメリカ人を街のいろいろな場所に案内しながら行われた。行き先は観光名所のほか高級レストランも含まれ、そこには注文用に「本物と偽物の植物……籠に入った毒蛇、水槽に入った蛸」が用意されていた、とそのアメリカ人教師は故郷の家族にメールで伝えている。「『五〇歳のパトロンのパパ』は、観光やディナーで自分を買収しようとしていたのだ」と、彼は気づいた。

一度、そのパトロンの友人がコース料理のディナーに加わったことがあった。彼は安全保障関連の役人だと名乗り、法輪功を厳しく非難した。中国政府がこの宗教団体を社会の安定を揺るがす危険なカルト集団として攻撃するのと同じ調子だった。それから、この男はアメリカ人に、この脅威と闘う中国当局に力を貸して欲しいと言った。帰国したら、アメリカの法輪功組織に関する情報を集めてくれないか？　男はその報酬に〝宝物〟を約束し、それは文字通り、宝石だった。「彼は私の母に翡翠《ひすい》をくれました」と、そのアメリカ人は私に語った。

アメリカ人は「こわくなった」が、失礼な真似はしたくなかった。「私はあいまいな返事をしました。笑顔でうなずいて、そこから逃れることにしました」。彼は仕事を辞め、そこから何百キロも離れた別の中国の大学に移ったが、彼の元生徒は追いかけてきて、ある日、教職員宿舎のロビーに別の男と一緒に現れた。

「元生徒の男は私に近づいて親交を深めるまでに相当な金と時間を使っていました」と、アメリカ人は語った。「私はおずおずと彼らに立ち向かい、びくびくしながら一切の協力を断りました」

ミシガン州立大学のルー・アンナ・K・サイモン学長は、二〇〇九年末、ＣＩＡに早急に確かめたいことがあると言って連絡した。[18] 同大学のドバイ校は緊急援助が必要だが、予想外の救世主が名乗り出てきたという。ドバイを本拠地とする企業が資金と学生を提供すると申し出たのだ。サイモンはそれに飛びつきたいと思った。だが、その企業のことが不安でもあった。イランからの投資も受けており、イラン人の学生を募集しているため、もしかしたらイラン政府のフロント企業かもしれないと思った、と彼女は語った。もしそうなら、アメリカ政府のイラン制裁法に違反するうえ、敵のスパイを招き入れることになる。CIAはその企業がイラン政府の手先ではないと断言することはできなかった。サイモンは申し出を断り、三七〇万ドルの損失を出してドバイ校の学部課程を閉鎖した。

意図的なのかどうかわからないが、諜報機関は「鏡像《ミラー・イメージング》」と呼ばれるものに度々とらわれる。つまり、世界中の競争相手も自分たちと同じように考え、行動しているはずだと思い込むのだ。だから、アメリカをスパイするために学生や研究者を送り込んでくる国は、アメリカも同じことをしているはずだと考える。国の事情はそれぞれ違うので、ミラー・イメージングは間違っていることもあるが、このような疑念は、海外に分校を開いたり、海外で研究を行おうとするアメリカの大学の取り組みを妨げる。そして、そのような分校や研究所が中国、ロシア、中東に開かれたら、受け入れ国の諜報機関はそこをアメリカのスパイ活動の海外拠点と見なし、自分たちもそこへの潜入を試みるだろう。

中国は長年、自国でアメリカの大学が増えているのはCIAの影響だと考えていた。中国初のアメリカの大学の人事がその不安を煽った。一九八六年、ジョンズ・ホプキンス大学高等国際問題研究大学院（SAIS）——近年、マルタ・リタ・ベラスケスがアナ・ベレン・モンテスをキューバのスパイに誘った大学院――は、南京大学と合同で〈ホプキンス南京センター〉を開設した。

アメリカ側の共同センター長として、SAIS側は北京大使館の文化担当官、レオン・スラヴェツキを抜擢した。彼はそれ以前は香港のアメリカ領事館でも同職についていた。一九八四年一一月、すでにセンターの計画が進んでいるとき、中国語の香港の新聞《東方日報》が、スラヴェツキはCIAの人間だと報じた。[19] スラヴェツキが私に語ったところによると、それは誤報で、新聞が間違った結論に飛びついたのは、おそらく彼が香港で初めて共産党員の連絡役《コンタクト》を開拓したアメリカ人の役人であるからか、あるいは北京在住の或るCIA工作員が遠隔地では文化担当官になりすましていたのが発覚したからだと思われる。

新聞が出るとすぐに、スラヴェツキはホプキンス南京センターの中国側の共同センター長、王《ワン》志剛《ジーガン》に記事を見せ、自分は断じてスパイではないと言った。「私は彼を信じました」と王は語った。「私たちは仕事上、良好な関係を築いていましたし、私たちはあれからずっと友だちです」

それでも、互いに用心する雰囲気は新しいセンターに行き渡っていた。アメリカ人の何人かは中国人に監視されていると思った。「サービス・デスクが寮の通路の端に予告もなく移されたのは、よく監視できるようにするためだとアメリカ人は信じて疑わなかった」[20]と、スラヴェツキは記している。「中国人は、よりよいサービスを提供するためだと説明した」

「私たちが中国で出会う中国人はみな、スパイだと思いました。学生であろうが、タクシーの運転手であろうが、建物の清掃人であろうが」と、一九八七年から一九九三年までジョンズ・ホプキンス大学の文化科学部長を務めたロイド・アームストロングは語る。「向こうも、私たち全員をスパイだと思っていたのは間違いありません」

中国側はセンターの電話を盗聴し、郵便を読んでいた。そして、相変わらず、スラヴェツキをCIAの人間ではないかと疑っていた。二年後、彼がその職を退任すると、次は誰がその役に就くのか知りたがった。その役にはラリー・エンゲルマン教授が就いた。ヴェトナム戦争の専門家のエンゲルマンは中国と紛争中のヴェトナムを訪れたばかりで、「機密」と記された書類の箱をいくつも南京にもってきていた。それらはすでに機密が解除されていたのだが、中国当局はそれを知らなかった。

中国軍の情報将校、徐美紅《シュメイホン》は、エンゲルマン監視の使命を帯びてホプキンス南京センターに入学した。[21] 彼の講座を受講し、彼と親しくなり、彼のオフィスやアパートに招かれてひとりになった隙に手紙や日記を盗み見た。まもなく、彼はスパイではないことがわかった。既婚者の美紅は彼と恋に落ちた。驚いた人民解放軍は、彼女をセンターから連れ出し、尋問し、中尉の階級を剝奪し、除隊させた。エンゲルマンも中国側の要請とアメリカ人教職員の抗議により、センターから追放された。「中国側は彼が既婚の人民解放軍将校と関係を持ったために追放を求めた」と、スラヴェツキに次いでアメリカ側の共同センター長を務めたリチャード・ゴルトンは語った。エンゲルマンと美紅は一九九〇年に結婚し、カリフォルニアに移ったが、一九九九年に離婚し、ハリウッド映画のようなハッピーエンドとはならなかった。

中国でアメリカの大学の存在感が強まると、中国の警戒感も強まった。エリック・シェパードは、南フロリダ大学で彭大進のライバルとなる前、国防総省《ペンタゴン》と諜報機関が支援する構想〈アメリカ／中国・リンクス〉の講座を受け持っていた。講座の目的は、若いアメリカ人に中国語を教え、中国の企業や大学、政府機関に送り込むことであり、中国の意志決定の仕組みを理解するアメリカ人幹部集団を育てる狙いがあった。

この構想は中国の治安当局の注意を引いた。おそらく、中国の主要機関に潜入を試みるアメリカの策略と思われたのだろう。中国に住んでいたシェパードは尾行され、メールや電話は監視・盗聴された。「中国人の友人が離れていきました」と、彼は私に語った。彼は言ったり、書いたりすることに慎重になり、六ヶ月後、気がつくと監視は終わっていた。

ペンタゴンやCIAとつながりのあるアメリカ人教授が中国に来ると、中国の諜報機関は彼らから情報を引き出そうとする。「中国に降り立った瞬間から、番人があとをついてきた」と、インディアナ大学の政治学者、スミット・ガングリーは語る。彼はインド＝パキスタン問題の専門家で中国を四、五回、訪問してきた。番人はたいてい、上の学位を目指す大学院生か、大学の関係者に成りすましていた。一度、ガングリーが上海の名門、復旦大学で講義を行ったときには「教室に番人がいた」

「彼らは煩わしい質問をする。控えめなときもあれば、高圧的なときもある。『中国とインドの国境紛争は早々に解決すると思いますか？　アメリカはインドに弾道ミサイルを売ると思いますか？』。彼らは私がいろいろ知っているはずだと思っていたのだ」。ガングリーは機密情報取り扱い資格をもっていたので、中国側は「私が秘密の情報にアクセスできると考えていたのかもしれない」

「もう、うんざりだ」と、彼はつけ加えた。「同僚の中国専門家がなぜがまんできるのか、理解に苦しむ。私は非常に不愉快に感じる。私はスパイではない。たまたまアメリカの諜報機関や防衛機関に助言を与えている学者にすぎない」。ガングリーは、つきまといの件や番人の名前をアメリカの諜報機関に報告した。

グレン・シュライヴァーの精力的な所、自信満々の態度、天の邪鬼な性格は父親譲りだ。身長一八八センチ、体重九〇キロ、青い目、茶色の髪のジョン・マイケル・シュライヴァーは、はっとするほどハンサムで、ある種のカリスマ性をもっていた。[22] 裕福な家庭で育ち、一九六〇年代に一〇代を過ごした多くの人々同様、親や政府の権威に反抗した。一九七二年に結婚したが、その一年後に逮捕され、リッチモンド市巡回裁判所にてヘロイン売買の罪で一〇年の実刑判決を受ける。[23] 刑務所で大学の英語科目を学び、その教師と生涯の友となった。[24] 服役中に長男――ジョン・マイケル・シュライヴァー・ジュニア――が生まれたが、妻の求めで離婚した。

一九八〇年に保釈され、一九八一年四月、ヴァージニア州リッチモンドで、ミシガン出身のカレン・スー・ドーソンと再婚した。七ヶ月後、息子が生まれ、母方の祖父で米海軍退役軍人のグレン・ダフィー・ドーソンの名を取って、命名された。夫婦は一九八三年九月に別れ、カレンは幼子を連れてミシガンに戻った。

「女の立場から言うと、ジョンとの結婚生活はたいへんだったと思います」と、一家の友人でノースカロライナに住む元高校英語教師、リンダ・キンブルは語る。「彼のことは大好きです。ハンサムだし、話し相手としておもしろいし、人生をエンジョイしているし。ただ、現状に満足することがないので、いつも何かを追い求めて動き回っていました」

一九八八年の離婚裁判での判決は、カレンにグレンの親権を与え、ジョン・マイケルには週五六ドルの養育費の支払いを命じたが、彼はそれをたびたび怠った。ミシガン裁判所は、彼が勤めていたノースカロライナ州ライリーの〈センチュリー・データ・システムズ〉や、ヴァージニア州ドレイク・ブランチの〈W・ハロルド・ペタス・メタル〉の給与差し押さえを求めたが、一九九三年八月までに彼の延滞金は二二九七ドルに達していた。

裁判所は彼の逮捕令状を出した。一九九八年、同裁判所は滞納を軽視した罪で彼を捕らえたが、そのときまでに再婚していたカレン・シュライヴァーの申し立てにより、彼の借金を不問にした。ジョン・マイケルはやがて骨董品の商売に落ち着き、中古家具の修理や販売に携わった。

グレンは夏休みやクリスマス休暇に父と異母兄を訪ねた。[25] ミシガン州グランドラピッズ近郊では最大の街、ワイオミング市で小さな平屋の家に母と暮らし、中等学校と高等学校の最初の二年を過ごした。高等学校一年生のとき、彼は海外留学プログラムでバルセロナに行き、スペイン語を覚えた。[26]

「この国には、複数の言語を操り、多文化の人々のなかで働く人材が必要になると早くから気づいた」と、シュライヴァーは後年、述べている。[27]「私はそういう人になろうと心に決め、そうなった」

社交的で知的好奇心旺盛な一〇代のシュライヴァーは、大人とも対等に、物怖じせずに気楽に話すことができた。「彼はできるだけたくさん学びたいと思っていました」と、キンブルは述懐する。「彼はとても親しみやすい人でした。たとえば、あなたが四、五人の集団のなかへ入っていくとして、彼は真っ先に温かく迎えてくれるタイプです……彼が壮大な将来を夢見ていたことは知っています。一目置かれる人になりたいと思っていました」

母は一九九七年、グアテマラ移民のルイス・チャベスと再婚した。一家は翌年、グランドラピッズの別の近郊都市、ジェニソンに引っ越し、黄褐色の簡素な平屋造り《ランチ・ハウス》の家に住んだ。母は、トラック運送会社で働いていたチャベスと二〇〇三年に離婚した。[28]

グレンが通ったジェニソン高等学校で、三年生の世界史のクラスメート、ステファニー・ワーゲナーは、彼のことを覚えている。「彼は全問正解で、心底うらやましく思いました」と、彼女は私に語った。「みんな、彼のことが好きでした。おもしろくて、頭がよくて……彼は自分がなんでも知っていると思っていました。その通りでしたけど。彼はきっと方々に旅に出るんだろうなと思ってました。それが間違った方向だったんですね」

彼はグランド・ヴァレー州立大学に入学した。彼の母はこの大学の学生用学内口座を管理する部署に三〇年以上勤めた。一九六〇年創立のグランド・ヴァレー州立大学は、二〇〇〇年の時点で学生数一万八五七九人だった。[29]在籍者数はそれ以降増え、今では二万五〇〇〇人を超えている。〈アムウェイ〉共同創立者で、ベッツィ・デヴォス教育庁長官の義父、リチャード・デヴォスは、過去三〇年間にグランド・ヴァレー州立大学に三六〇〇万ドルを寄付し、大学の規模拡大を後押しした。[30]

倪《ニー》教授は一九九五年に中国でグランド・ヴァレーのサマースクールを開始したが、学生を集めるのに苦労した。留学を勧める展示会や、歴史の授業、口コミで生徒を勧誘した。「ここの学生にとっては中国に行くと考えることさえ難しい」と、彼は私に語った。「遠すぎて、想像もできない」。すでに慣れた旅人だったグレンには想像するのも簡単で、彼はサマースクールに申し込んだ。共同引率者、商戈令《シャングアリン》教授は事前説明会で、ドラッグ、売春婦、政治を避けるようにと学生たちに忠告した。スパイの脅威については誰も考えていなかった。

上海滞在中、シュライヴァーと他数名のグランド・ヴァレーの学生は、アメリカ人が英語を教えている小学校を訪ねた。教師は彼らに、自分みたいにすれば、上海で「王様のように暮らせる」くらい稼げると言った、とマッカンは述懐する。「ぼくたちの多くは、すごいと思いました」。シュライヴァーを含め、何人かは学校で短期間教える機会を得た、と彼はつけ加えた。「グレンは『ああ、俺はまたここに来て、これをやる』みたいな感じでした」と、グループの別のメンバー、ジル・ガンナーソンは語った。

グランド・ヴァレー州立大学《GVSU》は、二・五ポイント以上の成績平均点の学生に、三年生を海外で過ごすことを認めており、シュライヴァーは二〇〇二／〇三年、華東師範大学に戻った。[31] 彼はそこで標準中国語を磨き、大学校内のビデオ掲示板に流される中国語を使ったビールの広告に出た。

「彼がビール片手にコンヴァーティブルを運転しているのです」と、商《シャン》教授は言う。「エレベーターに乗る度、彼がビールを手に現れるのです。私は毎回、学生たちと一緒になって彼のことを指さしました。彼はＧＶＳＵから来た男で、それがいまではコマーシャルに出ていると」

最終学年を送るためにグランド・ヴァレーに戻ったシュライヴァーは、パトリック・シャン教授の中国近代史を履修した。シュライヴァーは「非常に鋭いコメントを寄せ」、彼の論文は整然とまとめられ、洞察力に満ちていたとシャンは言う。授業のあとはシャン教授と一緒に彼のオフィスまで歩き、語学力向上のために中国語で会話した。

「彼はとても優秀だったので、なろうと思えば学者になれたと思います」と、シャンは述懐する。「彼は自信満々でした。自信過剰といってもいいくらいのときもありました。教室でも盛んに発言しました。いまでも彼の積極的な姿勢を鮮明に記憶しています」

シュライヴァーは二〇〇四年、国際関係学の学位を得ると、シャンに大学院に関心があると言った。シャンは彼を推薦したが、シュライヴァーは不合格だった。彼は上海へ戻った。

情報委員会のデイヴィッド・ボーレン委員長は、鉱物資源の備蓄に関する会議を終え、上院へ向かった。外国語や外国の文化に通じた人材を戦略的に備えておくほうがはるかに重要ではないだろうか、と、彼はひとり黙考した。ここ数年の諜報機関の失策は、アメリカ人が世界を知らないことがそもそもの原因ではないか。彼は破れた茶封筒に改正案の題名を走り書きし、本会議にかけた。それは正しい形式ではないと抗議する上院議員を押し切った上での行動だった。そして、このオクラホマ州選出議員は、一九九一年にその法案を通過させた。公聴会も開かず、すべての諜報予算を人質に取った荒技だった。

こうして彼は、現在、自身の名を冠して呼ばれる「ボーレン賞」を創設した。[32] 防衛予算と諜報予算から議会が定めた歳出予算でまかなわれ、CIA長官を含む委員会が監督するこの奨学金制度は、学部生に上限二万ドル、大学院生《フェロー》には上限三万ドルを提供し、[33] 受賞者は海外に住み、アメリカの国家安全保障上、重要な地域で使用されている重要言語を習得する。受賞者は帰国後少なくとも一年間、政府機関に就労する義務が課せられ、国防総省、国務省、国土安全保障省、情報コミュニティが優先権を与えられている。[34]

「何をおいても重要なのは、高度に知的な人々の集団だ。きわめて高い教育を受け、文化を理解し、言語を操り、それらの国々に行ってアメリカの擁護者となり、我々の計画を実行し、高度な情報を収集し、国家安全保障のためにすべきことをすべて実行できる人材だ」と、ボーレンは述べた。[35] 別の言い方をすると、今日の海外留学生は明日のスパイかもしれない。

　この考え方はアフリカ、中南米、中東研究の学者のあいだで大騒ぎになった。自分たちが疑われ、学生が危険にさらされると思ったからだ。彼らの研究は当事国の善意にかかっているが、その多くの政府はＣＩＡを嫌悪し、アメリカのスパイを育てるなどもってのほかだと思っていた。関係する学者団体は次のように警告した。「大学を拠点にした研究とアメリカの国家安全保障機関を結びつけるのは、間接的であっても、すでに狭まっている我々の研究機会を制限してしまう。これは海外で研究する学者や学生の身を危険にさらすことになる。そして、それらの地域で我々が研究し、ともに活動してきた人々の協力と安全を危うくするだろう」[36]

　この奨学金制度の要件はもともと緩かったうえ、留学中に受賞者がアメリカ政府のために情報を収集することは法律で禁じられていたにもかかわらず、多くの教授は学生をボーレン賞に推薦することを拒み、名門大学ではこの奨学金制度に賛同するかどうかを議論した。カリフォルニア大学バークレー校は参加を見送り、[37] ミネソタ大学とペンシルヴェニア大学は応募を検討している学生にはリスクがあることを説明した。

　ボーレンが一九九四年に上院議員を辞めてオクラホマ大学の学長になったとき、彼の発案物は消滅の危機に瀕していた。「もう神経がすり切れてしまいそうだった」。二〇一六年一月、ワシントンＤＣ郊外にある〈パネラ・ブレッド〉でコーヒーを飲みながら、ロバート・スレイターは私に語った。スレイターは、一九九五年から二〇一〇年まで、〈国家安全保障教育プログラム《NSEP》〉

の理事長として、ボーレン賞を含め、ペンタゴンや諜報機関が支援する他の語学研修制度を監督してきた。「いつ《ポスト》に載るような事件が起こるかと冷や冷やしていた。『ボーレン・フェロー、スパイ容疑でロシアで逮捕』とか」

「大学の清廉潔白を守るため、できることはなんでもやった」と彼は続けた。「ああいう人々をなだめるのは無理だ。ボーレン賞の意義に賛同しない若い世代の学者は自分のキャリアを危険にさらしたがらない……レバノンに留学してアラビア語を覚えた賢い若者が帰国してCIAで働くとしたら、なぜそれがだめなんだ?」

ボーレン奨学生はスキャンダルも起こさず、海外留学ブームと九・一一後の諜報機関の良好な関係に推されて、徐々に支持を得ていった。ボーレン賞はますます名誉ある奨学金制度となり、倍率が高くなった。[38] 二〇一四年は、一三六五人の応募に対し、選ばれたのはわずか二七一人、つまり一九・九パーセントだ。

批判する人はまだいる。ワシントンDCにあるアメリカン大学は二〇一四年、二三名のボーレン奨学生を出した全国一の大学だが、[39] 海外留学プログラムの事務局長、サラ・デュモンは留学先のホストファミリーに、未来のスパイに住まいを提供することになるかもしれないと警告すべきだと主張する。「私は向こうの家族に言ってあげたいのです。その学生には気をつけて、とね」と、彼女は言う。「今後、彼らはあなたやあなたの家族を利用する可能性があります」。もし「彼らがCIAのスパイになりたいとはっきり目標を定めているのなら、海外留学を勧めて倫理的に問題はないのか不安です」

二〇一四年の調査によると、連邦政府に雇用された元ボーレン奨学生で、CIAや他の諜報機関に就職したのは七・五パーセント[40]で、国務省（三四パーセント）や国防総省（二二パーセント）よりはるかに少ない。当然、予想されることだが、スパイは調査に応じないか、表向きは別の仕事に就いているので、本当の割合はもっと多いと思われる。二〇〇〇年から二〇一一年までシカゴ大学でボーレン賞に応募する学生を指導してきたデイヴィッド・J・コンプが私に語ったところによると、その三分の二は賞を活用して諜報《インテリジェンス》関連の仕事に就きたがっていた。「この制度は人生が変わる経験だった……世界に対する私の視野を広げ、交替で海外任務に就く諜報機関も悪くないと考えるようになった」[41]と、ある回答者は二〇一四年の調査で記していた。

もし諜報機関がボーレン奨学生の雇用にもっと積極的に行動していたら、諜報機関に就職する割合も多くなっていただろう。スティーヴン・A・クックが一九九九年にフェローシップを終えると、ふたりのCIA職員が彼に分析官にならないかと誘ってきた。ところが、機密情報取り扱い資格の調査や、他の事務手続きが長引いたため、結局彼は〈外国問題評議会〉に就職し、現在、そこの中東・アフリカ問題の上級特別研究員を務めている。「CIAに入っていたら、きっと楽しかったでしょう」と、クックは私に語った。「おもしろい経験ができたと思います。私のスキルや経歴を考えると、そこへ行くのが自然の流れだったようにも思えるのです」

諜報機関との関係がボーレン奨学生を危険にさらすという心配は大げさだと、クックは言う。「私が現地調査に出かけていたエジプトやトルコで、じつは私はボーレン奨学生なんですと言っても、それがなんのことだか誰もわからないでしょう」

しかし、ボーレン賞や〈国家安全保障教育プログラム《NSEP》〉の他の奨学金制度の認知度が上がるにつれ、そのような当初のいくつかの懸念が現実のものとなっていった。スレイターに次いでNS

EP理事長に就任したマイケル・ニュージェントは、二〇一三年一〇月、大学学長の集団を前に「NSEPの奨学金を受けている学生が、敵対国——具体的に言うと、イラン——の諜報機関から積極的に狙われ、選択を迫られた最近の事例」[42]について説明を求められたと、会議の議事録にある。

そして、二〇一四年には、二名のボーレン・フェローが在ロシア・アメリカ領事館を訪れ、ドメインが.govと.milのアドレスにメールを送ったため、ロシア諜報機関に警戒をうながしたと思われる事件があった。ロシアの諜報機関は彼らがスパイ活動の指示を仰いでいると思ったのだ。実際には、学生たちはただ、国家安全保障関連の職を探していただけだった。とはいえ、ボーレンの規則[43]では、留学を終えて帰国してから行うことになっていたのだが。学生のひとりは、元米軍将校で、また軍に戻りたいと考えていた。もうひとりは、連邦政府に勤めたいと思っていた。ふたりともロシア北西部の国立大学でロシア語を学んでいた。

ロシアの諜報員はボーレンのウェブサイトを調べ、その規則を知り、不審に思った。アメリカ人学生が滞在している大学の寮で尋問し、職業はなにか、なぜ領事館へ行ったのか、機密情報取り扱い資格をもっているかなど、いろいろ質問した。その事件に詳しい人によれば、ボーレン・フェローのひとりは拘留するぞ、と脅されたという。「予定では、おまえは明日、ここを出ていくことになっている」と諜報員は彼に言った。「その通りにしたければ、いま話すんだ。本当のことを言うんだ。我々をだまそうとする奴にはがまんならない」

二時間に及んだ尋問のあと、彼は解放され、「少し動揺した状態で」自室に帰った。翌朝、空港で、彼はコンピュータを没収された。

ふたりをスパイの一味と考えたのか、ロシアの諜報機関は同じ地域にいた三人目のボーレン・フェローにも聞き取りを行った。彼は一〇日間で二度、旧ソ連のKGBの後継である、連邦保安庁《FSB》の職員三人に尋問された。

「彼らは私のことをスパイか何かだと思っていた」と、件のボーレン・フェローは私に語った。「彼らはおおっぴらにやってきて『政府の仕事をしているのか？　安全保障の仕事をしているのか？』と訊く。それが一度だけではなかった」

ロシアの諜報員は、ロシア海軍に関する彼の論文について尋ねたが、「それが純粋にその歴史に関するものだとわかると興味を失ったようだった」。彼の携帯電話の連絡先も調べられた。それから、彼らは白紙の紙を取り出し、守秘義務契約書を作り、それに署名するよう命じた。それにはなんの法的権限もないと言って彼がためらうと、「たとえ協力を拒んでも協力したと証言してやる、そうなれば将来仕事に就くのに苦労するだろうなと脅してきた」

彼は署名した。二〇一四年八月、ボーレン賞は静かにロシアから撤退した。受賞者はもはやそこへ留学することはできなくなった。いまでは、カザフスタンなど、近隣諸国でロシア語を学んでいる。

語学の才能があったグレン・シュライヴァーは、ひょっとしたらボーレン賞を受賞してアメリカの諜報機関に就職できたかもしれない。だが、彼は別の方向へ進んだ。

上海で金に困った彼は、二〇〇四年一〇月、英語のウェブサイトの求人に応募した。[44] 東アジア研究経験者の、政治に関する小論に報酬を出すというものだった。

「アマンダ」と名乗る若い女が現れ、台湾と北朝鮮をめぐる米中間の緊張について書く約束で彼に一二〇ドルを渡した。女は彼の小論を気に入り、依頼を繰り返し、まもなく彼は女を友人と見なすようになった。やがて女は仕事仲間だと言って「ミスター・ウー」と「ミスター・タン」をホテルの最上階のスイートルームで彼に紹介した。男たちは彼に名前と電話番号だけが記された名刺を渡した。

　アマンダ、ウー、タンは上海市の公務員と称していたが、じつは中国の対外情報部の人間だった。魅力的な女性、小論の報酬、勤務先が示されていない名刺、ホテルでの会合——このすべては世界中の諜報機関が学生や研究者をおびき寄せるのに使う典型的なスパイの技法だ。「ビジネスマンはホテルの部屋では会わない。会うのはスパイ」と、元FBI捜査官デイヴィッド・メイジャーは語る。彼は防諜活動を訓練する会社、〈CIセンター〉を設立し、社長を務めている。「小論執筆とホテルでの会合は要注意だ」

　ハンサムで、感じがよく、複数の言語を操るシュライヴァーは、中国の諜報員にしてみれば、アメリカ政府の最高地点にまで届く人間ミサイルに映ったことだろう。「シュライヴァーはかなり好印象を与える人物で、比較的雄弁でもあり、標準中国語《マンダリン》もまずまず話せ、はっきりと『中国のもの』に好感を示した」[45]と、元CIA防諜部員のフィリップ・ボイキャンは私に語った。彼は一一年間、中国問題を担当し、シュライヴァー事件を調査した。「シュライヴァーは、見かけは男前の、典型的なアメリカの若者だった。中国の諜報機関の考え方では、中国系ではないシュライヴァーはアメリカ政府に潜入させるのに有望な候補だ」。中国の諜報機関は「シュライヴァーは中国生まれの中国人よりも、あるいはそれに関して言えば、アメリカ生まれの中国系アメリカ人よりも、疑われて目をつけられる可能性が低いと考えたに違いない」

さらに、シュライヴァーは「定職も生活手段ももたなかったため、なんらかの収入を得る必要があったのは明らかだ」と、ボイキャンは続けた。彼が「中国にいて、金に困っており、私が思うに、ああいう性格だったため」中国の諜報機関にとって「めったにないチャンスだった。彼は金のためにやった。それに、きっと中国人から自尊心をくすぐられたことも動機の一因だと思う」

前途有望な若いアメリカ人に生活費を提供して援助したいのだと言って、ウーとタンは彼にさらに現金を渡した。会うことは秘密にしておいてもらいたいと言われながら何度か会ううち、中国人たちは彼に将来どんな仕事に就くのかと尋ね、アメリカ政府の仕事に就いてはどうか、できれば、連邦政府かCIAがいいと言い出した。もし、それが実現したら、「私たちは親友になれる」[46]と彼らは言った。

シュライヴァーは徐々に、彼らの正体に思い至った。それを確かめるため、「そちらの本当の望みは何？」と訊いた。

「できたら、秘密の、あるいは機密扱いの情報をこちらに渡してもらいたい」[47]と彼らは言った。シュライヴァーは尻込みしなかった。なによりも金が魅力だった。それと、アメリカ政府を出し抜いて、権力層を憎む父に褒めてもらおうと無意識のうちに思ったのかもしれない。二〇〇五年四月、彼は国務省の外交官となる試験を上海で受けた。不合格だったが、ウーとタンは彼に一万ドルを渡した。一年後、彼はまた試験に落ちたが、二万ドルを受け取った。このような前払いは中国の諜報機関にしては「前代未聞」だと、メイジャーは語る。「つまり、それくらい積極的になっていたということだ」。彼の試験結果から判断すると、シュライヴァーは自分で思っていたほど賢くなかったのかもしれないし、あるいは、中国の諜報機関と渡り合うほどの能力がなかったのかもしれない。彼は自分がコントロールされていることに気づいていなかった。もし国務省かCIAに職を得て、そこで中国のスパイとなるのを拒んだら、脅迫されるだけだ。

シュライヴァーはロサンゼルスにあるタトゥーの備品を扱う会社に就職した。[48] 中国のハンドラーたちと連絡を取るときは、「ドゥ・フェイ」[49] という偽名を使った。これは一般的な中国名で、彼のミドルネームのダフィーとも発音が似ていた。二〇〇七年六月、彼はインターネットでCIAの秘密作戦部に応募した。同年九月、彼は上海に飛び、中国の諜報員にCIAへ応募した件を伝え、四万ドルを要求し、それはアメリカ紙幣で支払われた。彼は暗黙の取引について理解していた。もし、彼がCIAに潜り込むのに成功したら、中国側に機密情報を提供するし、中国は今後も彼に報酬を支払う。

「シュライヴァーに使った金額は、中国の諜報機関にしては異例の大盤振る舞いだ」と、ボイキャンは語る。「もしシュライヴァーが要求しなかったら、中国側は一度にあれだけの大金は出さなかったのではないか。しかし、実際に金を出した事実から考えると、中国がシュライヴァー作戦に寄せていた期待の高さがわかるし、成功の可能性も高く見積もっていたことがわかる」

シュライヴァーは四万ドルの現金を腹に巻き、税関で申告せずにアメリカに帰国した。金の一部を父と兄に渡し、自分で始めた英語学校の儲けだと説明した。

CIAからは二年以上、音沙汰がなかった。その間、彼は韓国に移り、そこで英語を教えていた。二〇〇九年一二月、CIAから連絡があり、来年の春、雇用の最終手続きのためにワシントンDCに来てもらいたいと言われた。CIAがそんなに前の彼の応募の件を引っ張り出し、まるで彼を雇用するかのように匂わせたのは、彼と中国の諜報機関の関係について密告があったからだ。ＣＩＡは彼に罠を仕掛けたのだ。

シュライヴァーはそれにかかった。アマンダは彼に上海か香港で落ち合えないかと言ったが、彼はこれを断った。ＦＢＩが彼の経歴調査を開始し、中国訪問に関心をもたれてはまずいと思ったのだ。「我々のために私はいくらか前に進んでいる」と、彼はアマンダに宛てて記している。「しかし、現時点でそちらへ行くのは私にとって危険だ。半年待って欲しい。半年以内に、吉報を伝えることができるだろう」。つまり、ＣＩＡに雇われたと。

二〇一〇年六月七日から六月一四日まで、ＣＩＡはシュライヴァーを面接した。ポリグラフテストで、外国の諜報機関に話を持ちかけられたことがあるか、協力したことがあるか、金を受け取ったことがあるかと訊かれ、そのたびに彼は嘘をついた。次はＦＢＩの出番となった。ＣＩＡ本部を出て車を走らせているとき、ＦＢＩから電話があり、次の高速出口で降りて、ホテルへ行くように言われた。そこでＦＢＩ捜査官に問い詰められ、彼は自白した。

もともとＦＢＩは彼の扱いを決めかねていた。ターゲットの政府機関に潜り込んでいたのが発覚したスパイとは違い、シュライヴァーはまだそこに達してもいない。中国のスパイ組織から七万ドル以上受け取っているにもかかわらず、彼には機密情報取り扱い資格もないし、アメリカの諜報機関に潜入したこともなければ機密情報に触れたこともない。それに、彼は国を裏切るつもりはなかったと言い張る。

「父が言うには、もしドラッグを買えと言われて一〇〇〇ドルもらっても、ドラッグを買わなければ罪を犯したことにならない」。彼はあるＦＢＩ捜査官にそう話した（シュライヴァー、あるいは彼の父は間違っている。それは共犯に当たる)。

アメリカの諜報機関はシュライヴァーを使って中国の彼のハンドラーをスパイさせることも考えた。「シュライヴァーを二重スパイとして使うという案も出たが、私は断固反対した」と、CIAのボイキャンは言う。今後、CIAへの潜入を試みることができないように、シュライヴァーは投獄すべきだと彼は思った。「それに、対中国作戦にシュライヴァーを動員しても使い道があまりないと思う」

FBIとCIAが迷っているあいだに、シュライヴァーが決定的な行動に出た。二〇一〇年六月二二日、彼はデトロイトから韓国へ飛ぼうとしているところを離陸直前の機内でFBI捜査官に逮捕された。二〇一〇年一〇月、彼は外国政府のためにスパイ行為を共謀した罪を認め、四年の刑を言い渡された。

「自分では、欲に突き動かされたのだと思います」と、彼は二〇一一年一月の判決で、裁判長に言った。「つまり、ええと、大金を目の前に積まれて。それで、『おいおい、何も心配するな。金で釣るような真似はしない』と言われたんです」

FBIとCIAがシュライヴァー事件を捜査すればするほど、その深刻さが明らかになった。シュライヴァーは賢くて才能もあったが、中国にいる多くの若いアメリカ人と比べて飛び抜けて優秀というわけではない。おそらく、中国の諜報機関はほかにも話を持ちかけているはずだ。実際、中国に留学中のアメリカ人学生八人から一〇人が、人相風体がアマンダに一致する別の名を名乗る女性からアプローチされたと報告した。シュライヴァー事件の捜査に詳しいある人物が私に語ったところによると、男子学生は彼女に誘惑されていると感じ、少なくとも女子学生のひとりは女が「自分を口説いている」と思ったそうだ。この事情通は、国家安全部は中国在住の西側の学生をリクルートするために個別の部隊を作っていた、とも語った。

「シュライヴァーのほかにも求人広告に応募した人がいると思う」と、別の事情通が語る。「彼には中国側を惹きつける何かがあった。大学を出たばかりで、非常に若く、影響を受けやすく、ほかには雇われていない。それがこのケースの非常におもしろいところだ。シュライヴァーはアメリカ政府職員として向こうへ渡ったわけでもない。まっさらの石板が手元にあり、それを使えば最終的に政府機関に潜入できると考えたわけだ」

アメリカの捜査官はグランド・ヴァレー州立大学の共謀さえ疑った。シュライヴァーとともに華東師範大学のサマースクールに参加し、のちにCIAとFBIに応募した学生がいた。FBIは、サマースクールをとりまとめる人物が、アメリカ政府職員志望の、影響を受けやすい学生を見つけて勧誘するために、中国へ送り出しているのではないかと疑った。シュライヴァーの逮捕後、倪《ニー》教授と商《シャン》教授はFBIに事情聴取され、海外留学生とともに税関を通るときに検査された。「数年間、アメリカの税関を通るたびに細かく調べられました」と倪は私に語った。「何もかも開けるのです。スーツケースも、手提げ鞄も。ファイルを広げ、ページをめくり、これはなんだ、あれはなんだと訊くんです」。一度、サンフランシスコから出国するときには「鞄に学生全員の情報や資料を入れてもっていました。どうして学生のパスポートのコピーをもっていくのかと訊かれました。万が一、学生がパスポートを紛失したときに備えて、と私は答えました」

「私はFBIの人を呼んで欲しいと言い、あとからその人が来ると、彼はまたシュライヴァー事件について私に話し、普通の、抜き打ち検査だと言いました。事件とは無関係だと。私はあれが普通の抜き打ち検査だったとは思いません」

税関の検査官は「非常に無礼だった」と商《シャン》は語る。「彼らは何もかも開けました。授業計画《シラバス》までも」。倪と同じく、商もＦＢＩ捜査官の態度に文句を言った。商は彼らに「倪も私も中国では反体制派だ。だから、自分たちは民主主義のために闘っているし、自由のために闘っている。私たちの指導方法は、学生に実際の生活、本当の中国を体験させ、自分で判断させるというものだ」

両教授ともなんの違法行為にも問われなかったし、移民管理局は最終的に彼らをいじめるのをやめた。

ＦＢＩは、海外にいる大学生は外国の諜報機関にリクルートされる危険があると全国の大学に警告することにした。シュライヴァーの自白を引き出したトーマス・バーロウ捜査官はこの事件について、主に大学のキャンパスで二〇回以上、講演を行った。ＦＢＩはさらに映画製作会社〈ロケット・メディア・グループ〉を雇い、その映画を作った。『ゲーム・オブ・ポーンズ――グレン・ダフィー・シュライヴァーの物語』は二八分のドキュメンタリードラマで、俳優たちがアマンダ、ウー、タン、シュライヴァーに扮し、シュライヴァーは主人公とナレーターを務める。中国の横笛、笛子《ディズー》の調べがバックに流れる。

「中国の古いことわざに」で始まり、昔のチャーリー・チャン映画のような陳腐な冒頭のシーン。「人生はチェスのゲームのように、一手ごとに変わる。そして、ゲームに勝つためには、たびたび駒《ポーン》を捨てなければならない」

映画は繰り返しチェスを引き合いに出す。「きみがノーと言えばそれで中国人が納得すると思っていたのか?」。FBI捜査官がシュライヴァーに尋ねるシーンがある。「彼らと会ったところはすべて録画されていると思わなかったのか? 相手が望むものを提供しなかったら、それらの録画をもとに脅迫されるだろう。きみはただのポーンだ。数あるポーンのひとつに過ぎない」

映画のエンドロールが流れ、シュライヴァー本人が刑務所から視聴者に語りかける。「スパイへの勧誘は実際にある。自分をごまかすな」と彼は言う。「勧誘は積極的で、ターゲットは若者だ。大金を与えたらどうなるか……スパイ行為はおおごとだ。人の命がかかっている、だから、おおごとなんだ」

FBIが出した、二〇一三年一月の『ゲーム・オブ・ポーンズ』試写会への招待状は「驚愕の実話」[50]と謳《うた》っていたが、この映画には広報戦略的な側面もある。学生にこれは他人事《ひとごと》ではないと思わせるために、シュライヴァー物語の重要な二つの要素を改変している。まず、シュライヴァーが大学生のときに中国にリクルートされたと示唆しているが、実際には卒業後だった。二番目に、映画のなかのシュライヴァーが中国の諜報機関に誘われていると気づくまでには、実際よりもはるかに長い時間がかかっている。映画の主人公は実際の彼よりもナイーブに、うぬぼれも強くない人間に描かれている。

「私たちはあえて、シュライヴァーを実際よりも好人物に、共感しやすい人間に仕立てました」と、脚本家のショーン・ポール・マーフィーは私に語った。

FBIは試写会に高等教育諮問会議のメンバーを招待し、全国の大学で海外留学を控えた学生にこの映画を観せるよう、強く勧めた。しかしながら、『ゲーム・オブ・ポーンズ』に対する

ＦＢＩの活発な宣伝活動は、大学に諜報機関の脅威を気づかせるはずが裏目に出た。二〇年前、ボーレン賞をめぐって燃え上がったアメリカの諜報機関による留学への介入という、大学側の不信感を再燃させたのだ。

　多くの大学は、映画はメロドラマ調だとか、事前説明会に用いるには長すぎるとか、ただ単に諜報活動は主な不安要素ではないからと言って、そっぽを向いた。

　ＦＢＩが彭大進に中国をスパイしろと圧力をかけていた南フロリダ大学では、学部長のＷ・ロバート・サリンズが二〇一四年四月、海外留学担当部長のアマンダ・マウラーに「うちでは『ゲーム・オブ・ポーンズ』を観せないのか？」と尋ねている。[51]

「あのビデオを夏期短期留学で海外へ行く学生に観せたことはありません」とマウラーは答えた。「一学期間、留学する学生には（オリエンテーションの時間がもっと長くとれるので）観せてもいいかなとは考えていますが、前もって部署のメンバー数人と観る時間を取りたいと思います。教授のひとりが、これから海外で勉強しようとしている学生に誤ったメッセージを送ると、強く思っているのは承知しています」

「私もあれは誤解を与えかねないと思う――控えめに言っても、あれはやり過ぎだ」とサリンズは答えた。

　ＦＢＩがアクロン大学の理事たちにこの映画を観せ、大学をあげてのイベントや留学前のオリエンテーションで上映するよう勧めたとき、スティーヴン・クック――前述のボーレン奨学生と同姓同名の別人――はそうしようと思った。当時、留学担当の副部長だったクックは、シュライヴァー事件について調べ、映画を観て、映画と事実の食い違いに気づいた。シュライヴァーは

「何が起こっているかわかっていた」と、クックは私に語った。「自業自得だ。映画はまるで彼がだまされたかのように描いている」。折衷策として、クックとFBI捜査官の両方が留学前のオリエンテーションで学生にシュライヴァー事件について話すにとどめ、映画は上映しなかった。

ミネソタ大学も理屈をこねて上映を見合わせた。当時、大学の国際的な健康・安全・コンプライアンス担当部長だったステイシー・サンティアによれば、FBIは強く「映画を推薦した」。「あれを持って各大学をまわり、学生に観せろと、本部から勅令を受けていたのです。私たちは地元のFBI職員から映画のDVDを受け取り、それを観て、なぜそれが当校には役に立たないか説明するため、何ページにもわたる評価を書いて送りました」

ミネソタ大学は留学を控えた学生に、飲酒や心の健康、文化に適応することについては教えるが、スパイについてはその必要はない、と彼女は言った。「一年に数千人の学生を海外へ送り出す大学として、また、出発前の健康と安全に関する情報を数時間で伝えるという状況において、それは優先順位の上のほうにはありません。私たちの調査では、当校の学生が諜報機関に誘われた事例はありません。それが現実にあることだと重々承知していますが、教育者としてはリスク便益分析にもとづいて判断するのが当然です」。FBI捜査官は「諜報のレンズを通して世界を見ています。それはそれで大切なことです。私たちは全然違うレンズを通して世界を見ているのです」

アメリカン大学では、留学プログラムの事務局長デュモンが事実の全面開示を訴えていた。もしFBIが本当に学生を守ろうとしているのなら、海外で外国人に言い寄られることだけでなく、アメリカの諜報機関に誘われることも警告しなければならない、と彼女はFBI捜査官に言った。「『海外の諜報機関に気をつけろと言うのは悪くない考えです。私はただ、国内の諜報機関にも注意しろと学生に言ってもらいたいだけです』と私が言うと、ＦＢＩ捜査官は『それは当方の問題ではありません』と言いました」

デュモンは経験にもとづいて話していた。二〇〇六年から二〇一〇年、アメリカン大学は学生をハバナ大学へ一学期間、送り出していた。ジョージ・Ｗ・ブッシュ政権はキューバとの交換留学を制限しており、アメリカン大学はキューバ留学を許可された数少ない大学のひとつだった。

ある年、ワシントンで複数のＣＩＡ局員が、留学生の一団がハバナへ発つ前に、留学生のコーディネーターに近づいた。コーディネーター（女性）はアメリカン大学の大学院生で、スペイン語を流暢に操り、キューバに何人もの知り合いがいた。ＣＩＡ局員らは彼女を夕食に誘った。ただ話がしたいだけと言われたが、自分をリクルートするつもりだな、と彼女は察した。しつこく誘われたが、彼女はなんとか振り切ることができた。

「彼女はひどく動揺していました」と、デュモンは私に語った。「あるとき、ＣＩＡは、なんならきみのアパートの近くまで車で迎えに行ってもいいと言ったんです。それで彼女はこわくなりました。どうして住所を知っているのかしら、と」

アメリカ政府が学生に中南米の敵対国、なかでもマルクス主義のキューバやベネズエラをスパイさせようとしたのはそのときだけではない。それは、フルブライト研究員、アレグザンダー・ヴァン・シャイク[52]が、ボリビアの土地所有の調査のために小作農に聞き取りをしていたときだった。二〇〇七年一一月、在ボリビア・アメリカ大使館の職員が、現地で彼が出会ったキューバ人やベネズエラ人の医師や現場作業員の姓名、住所、活動を教えてくれと言ってきた。国務省が運営するフルブライト・プログラムは、教育と研究に奨学金を提供する。研究者は受け入れ先での政治的活動を禁じられている。

唖然としたヴァン・シャイクに、大使館職員は「我々はベネズエラ人やキューバ人がこっちに来ているのを知っているし、彼らの動向を知りたいのだ」と言ったが、シャイクは要請には応じなかった。

ＣＩＡ局員らは、たとえば外交官の肩書きでアメリカの大学の海外分校の教授たちに近づき、それとなく情報を引き出しているのではないか、と、ニューヨーク大学の国際関係学教授で元イギリス外務省特別顧問、マーク・ガレオッティは語る。「あなたが西側の諜報機関だとして、すでに言葉の問題もなく外国に溶け込んでいる人がそこにいるのに、ほかで探そうと思うか？」

グランド・ヴァレー州立大学の夏期留学オリエンテーションでは、倪教授と商教授がシュライヴァー事件を取り上げる。まさにこのプログラムに参加した学生――「みんなと同じで、たいへん感じのいい青年で、ちょっと世間知らずだった」と倪は言う――が、かつてアメリカをスパイしろと中国の諜報機関に取り込まれた。だから、気をつけるように、と倪は学生に言う。いいですか、完全無料の贈りものなどないのです。

『ゲーム・オブ・ポーンズ』は上映しなかった。映画はグランド・ヴァレーの名前は出していないが、シュライヴァーが「アマンダ」の広告に応募したのは卒業後だったと明確にしていないのが両教授にとって不満だった。そして、シュライヴァーが三年生のときに過ごした華東師範大学のほうは、はっきりとわかるようになっている。相変わらずグランド・ヴァレーの夏期留学生を受け入れている華東の関係者は、映画が彼らの大学の評判に傷をつけたと倪と商に不満をぶつけた。

両教授とも、シュライヴァーとは連絡を取り合っていない。商は最後にＦＢＩと会ったとき、グレンはどうしているかと尋ねた。捜査官は、シュライヴァーは元気にしていると答え、商がよろしく伝えてくれと言うと、わかったと約束した。「どうして彼にもう一度チャンスを与えないのでしょう？ 彼には能力と、才能と、魅力があります」と商は私に語った。「彼はばかな間違いを犯しただけです。私たちはよい友だちでした。彼のことが心配です」

シュライヴァーは刑務所のなかで国際ビジネス修士の学位を得て、二〇一三年一二月、出所した。そのあと、彼は一家の友人で高校教師だった、癌闘病中のリンダ・キンブルを訪ねた。「彼はわざわざ挨拶に来てくれました」と、キンブルは言う。「それだけで充分です」

「グレンと私はとても元気にしています」と、彼の母は二〇一五年九月、弁護士宛のメールに記している。[53] 私はそれを見せてもらった。「もし未来が見通せたら、過去にあんなに苦しまずにすんだでしょう」

シュライヴァーに、彼の母を通じてインタビューを申し込んだところ、彼の返事は中国のスパイ・マスターに買収された彼の弱さを改めて思い起こさせた。

彼は「それでいくらになる？」と返してきた。[54]

母親は、冗談で言ってるんですよ、と言った。

第二部　学界に潜入するＣＩＡとＦＢＩ

第6章 生半可なスパイ

私が彭大進《ポンダージン》のことを知ったのは、二〇一一年、アメリカの大学で続々と誕生している中国資本の孔子学院について調べていたときだ。日刊紙《セント・ピーターズバーグ・タイムズ》の報道[1]で、数千ドルの横領と移民法違反、その他の犯罪容疑により、南フロリダ大学が孔子学院長の彭を解任したとの記事を見つけた。大学の広報担当、マイケル・ホードは、彭をなぜもっと厳しい処分にしないのかという質問に対して、終身在職権のある教授なので雇用は確保されているためと答えたそうだ。この報道に言及した社説では、大学は彭を解雇すべきだと訴えていた。終身在職権を「不正行為の盾にしてはならない」と論じていた。

《タイムズ》は明らかに彭教授の言い分を信じていない。ＦＢＩは「アメリカのためにスパイになれと私に強要した。この陰謀にはオバマ大統領もからんでいる」と彼は新聞社に伝えている。ばかばかしいと思ったものの、私は興味をそそられた。私は彭にメールを送ったが、彼はコメントを辞退した。私はホードにも電話し、彭事件にはＦＢＩも関わっているのかと訊いた。

南フロリダ大学は「私の知る限り、ＦＢＩと関わりがありません」と、ホードは私に答えた。「私たちがまず思ったのは、スパイなら、自分からそれを新聞記者に話したりはしないということとです」。彭はただ「苛立っていて、取り乱していた」だけでしょう、と彼は語った。

何年もあと、大学を去ったホードは結果的に私をだますことになってすまなかったと謝った。意図的にそうしたのではないと彼は言った。彼に事情を説明した大学の弁護士が、ＦＢＩとの関わりについてひとことも言わなかったので、それを知らなかった。「私の想像ですが、私に秘密にしておいたのはただ単に、打ち明けてしまえば私が質問に正直に答えざるを得なくなったからだと思います」

公的機関である南フロリダ大学は、国の安全を担う組織のプレッシャーに弱い、とホードは続けた。「州立大学は、ＦＢＩに対してはどこまでも下手に出るのです」

二〇一四年五月、彭が私に連絡してきて、事件の経緯を話したい、ＦＢＩのメールを含め、それを裏付ける「主な証拠」もあると言うので、私は再びホードと話すつもりだった。メールを読んだ私は、彭の事件は、アメリカの大学を取り込もうとするアメリカの諜報機関の徐々に大胆になる働きかけを垣間見られる、またとないチャンスかもしれないと思った。

私はフロリダ行きの便を予約した。

彭に会うのは簡単ではなかった。私が会う約束を取り付けようとすると、彼はメールで「停職中なので大学のオフィスは使えない。〝テープにとられて〟いる可能性があるので私のアパートで会うのはまずい。同じ理由で、レストランを予約するのもまずい」[2]と言ってきた。

タンパに降り立った私は、空港から彼に電話した。彼は薬局チェーン〈ウォルグリーン〉の駐車場で落ち合おうと言った。尾行を警戒してか、彼は自分の車をそこに置いたままにした。私のレンタカーで彼の友人が経営する中華料理店に行った。私たちは一般客が入れない奥の部屋に案内された。むき出しの壁、薄型テレビ、テーブルひとつ、閉じたドア。料理を運んでくるウェイトレスはその都度、ドアをノックした。

このようなスパイの手順をひととおり踏むと、彭はリラックスした。白いシャツの袖をひじまでまくり上げ、前ポケットにサムスンの携帯電話を入れている。目が充血し、まぶたが腫れていたのは時差呆けのせいだろうか。彼はドバイ、ケープタウンを経由して父親とともに北京から帰ってきたばかりだった。

ふたり分の料理を選びながら、訛りの強い英語で親しげに話す彼は、社交的ともいえる気さくな人だと思った。あとになって気づくのだが、彼の愛想の良さは蛸《タコ》の墨のようなもので、捕食者を避けるためのカモフラージュだ。中国での子供時代に、彼は人の目を欺くことの利点と、本心を口に出すことの報いを学んだ。南フロリダ大に職を得るのを手助けした彼の恩師で親友のハーヴェイ・ネルソン名誉教授でさえ、彭のことはよくわからないと認めている。

かつてアメリカの諜報機関の中国の分析官を務めたネルソンは言った。「彼は誠実だが、秘密主義でもある。彼はテーブルにすべてのカードを出さない」

離婚し、息子ふたりはアメリカの名門大学に進学している彭は、妻に先立たれた父、鮮于ジーと同居している。鮮于は彼自身のせいではないが、彭の子供時代ずっと不在だったため、息子にとって長年、謎の存在だった。

鮮于は蔣介石の国民党軍の将校だった。一九四八年、毛沢東率いる共産党が蔣介石を倒すと、鮮于は武漢で教師となり、地理の教科書を共同で著したりしていた。中国中央部の最大都市、湖北省の省都でもあり、揚子江と漢水の合流地点にある武漢[3]は、二〇世紀初めから半ばにかけて

「政治的、経済的に栄えた都市」だったが、二〇世紀後半になると「国の経済発展の波に乗り遅れた」

一九五六年、毛沢東が自身の政策に対する正直な評価を求め、人民に「百花斉放百家争鳴」運動を勧めると、鮮于は愚直にもその言葉を真に受け、学校の会議で政府を批判した。党書記長が寛容な振りをしたのは、反体制派をあぶり出すための罠だとは思わなかったのだ。鮮于は逮捕され、労働収容所に送られ、家には身重の妻、彭《ポン》リシンが取り残された。高校教師で役員でもあったリシンは生徒を大学へ進学させ、多大な尊敬を集めていたため、一九五六年、中国政府から北京の会議に招待された。このとき、周恩来主席と元軍司令官の朱徳副主席に会っている。

一九五八年、夫の逮捕から一〇日後、夫婦のひとりっ子の男児が生まれ、リシンは職に留まるためにやむなく離婚した。家族を養うにはそれしかなかった。赤ん坊は母方の姓を名乗り、「大きく前に進む」を意味する大進《ダージン》と名付けられた――その年、毛沢東が導入した破滅的な工業化政策にちなんだ、政治的に正しい名前だった。

政府は武漢の鮮于の地元で彼に石炭の荷車を引かせ、屈辱的な目に遭わせた。通りをのろのろと進みながら、ときには息子の姿を探し、家族との接触禁止の規則を破って飴を与えた。あるいは、大進の手を引いたリシンが友人の家で元夫と密かに会うこともあった。彼女は職務評価で当局からそれを強く責められても、彼と会うのをやめなかった。彼女は監視されているので、仕事も自由も失うおそれがある、と言われた。

いつか、息子が密会のことをうっかり漏らすのではないかと案じた母は、大進に鮮于はただの友だちで、お前の父親ではないと言った。この混乱は生涯、彼の精神を不安定にした。そして、諜報機関——と、それが一般人に与える打撃——について早くから学んだ。

「私は非常に混乱した」と、彭は私に語った。「父は行動を通して自分が父親だと、私に語りかけていた。私も父を信じていた。だからこそ、小さい頃は、とてもつらかった。友だちにからかわれても、なんと言い返していいかわからなかったのだ」

この混乱は彼が八歳になるまで続いた。ある日、鮮于は彼と彼の祖母にお菓子を買った。鮮于が帰ったあと、祖母は「あれがおまえの父さんだよ」と言った。

彼の母と祖母は、利発で人付き合いの好きな大進を溺愛し、学校でよい成績をとって一家の名誉を回復して欲しいと願った。母は、アメリカ人宣教師たちが武漢に開いたブーン学校の校長になっていた。大進がそこに一学期間通ったあと、教師たちが彼女の息子ということで甘やかしているのに気づき、息子を転校させた。転校先では父無し子と言われて同級生にからかわれ、いじめられた。彼はいじめっ子たちを無視するか、自分の世界に閉じこもることで言葉や暴力による打撃を少しでも避けた。彼のいちばんの趣味はひとりで行うものだった。夜空を見上げ、星や星座を観察する。その壮大さと比べると、自身の悲しみが取るに足りないものに思える。スポンジが水を吸うような抜群の記憶力に恵まれ、彼は星や星座の名前を覚えた。

母親の計らいで、ブーン学校の図書館が利用できたのでそこで書籍をむさぼり読み、学校の宿舎に寝泊まりした。一二歳から二〇歳まで彼はそこに入り浸り、壁に貼られた中国と世界の地図に魅了された。

彭は高等学校卒業後、独学で大学進学を目指しながら、中等学校で教えた。毛沢東の「修正主義者」への血の粛清が行われた文革の時代、政府は大学入学試験を廃止し、入学を共産党支持者に限定した。入学試験が再開されたのは一九七七年で、楽々と合格した彭は武漢大学への入学資格を得た。その頃になってもまだ、大学側は不名誉な父親のことを気にして、彼を特別枠に入れるのをためらった。一九七八年に鄧小平が権力を掌握し、中国の民主化に乗り出すと、彭の両親は再婚を許された。別離と苦難にもめげず、ふたりは互いを慈しみ、両親の絆は彭に貴重な教訓を与えた。人は国の制裁による抑圧をやり過ごし、それが止むまで耐えることができる。

彭は武漢大学で英語を学んだ。猛勉強の甲斐あって、彼は助教生に選ばれ、成績を競い合う大会を主導した。その後、武漢にある財政と経済を主要科目とする大学で二年間、教鞭を執った。この間、彼はシアナイ・ミーと付き合いはじめた。彼女も武漢生まれで、武漢大学では外国語を専攻していた。ふたりは一九八五年に結婚する。

彼の妻は「最初から彼を溺愛し、なにかと世話を焼いていた」と、武漢大学の同級生で、現在、ケント州立大学の歴史学教授、李洪山《リーホンシャン》は語る。あるとき、李がふたりのアパートを訪ねてみると、ミーが水を張った桶をもってきて彭の足を洗い始めた。「こういうことを人前でする妻はまずいない。家族全員が一丸となって彼の成功を支えようとしていた。私は、献身的な妻をもった彼がうらやましかった」

一九八四年、彭は国際関係学院――後年、オハイオ州のマリエッタ大学と提携するスパイ大学――の大学院に進んだ。ここの卒業生は優先的に国家安全部に雇用され、教授や職員は中国政府の最高レベルに伝手があった。彭の指導教授は、アメリカ経済を分析する政府の部署で責任者を務めていた人だった。毛沢東や周恩来を含め、中国の指導者たちは、彼に定期的に相談していた。「八〇代になったいまでも、私の指導教授はアメリカ経済について中国政府に助言を行っている」と、彭は語った。

その人が彭の指導教授になったのは、テキサス州ダラスの世界貿易センターでの調査から帰国した直後だった。彼の地では、アメリカの諜報機関が接触してきたという。「彼の重要性に気づいていたFBIやCIAがスパイに勧誘するために桁外れの報酬を提示した」と、彭は私に語った。「私の指導教授は、自分はただ学者でいたい、スパイにはなりたくない、それも外国のスパイなど論外だと言って話を断った。それから、私に外国の諜報（機関）の手先になるなと助言した。私は指導教授から大きな影響を受けていた。私ができるだけFBIを避けようとしたのはそれも多少は影響している」

国際関係学院の大学院に進んだ者は、ふたつの道のひとつを選ぶ。母校の教員になるか、あるいはその姉妹組織、中国現代国際関係研究所の研究員となるか。一九六五年に創設されたこの研究所は当時も今も、国家安全部に帰属する機関だ。彭の時代の国際関係学院アメリカ研究所の副所長は耿恵昌《ゴンフイチャン》といい、二〇〇七年から国家安全部の部長〔大臣〕を務めている人物だ。

彭は中国現代国際関係研究所に進む道を選んだが、修士号を得たあと、わずか一ヶ月勤めただけで辞めた。一九八六年、彼は学問を続けるため、アメリカに留学する。妻――一年後に渡米して彼と合流する――と両親が北京空港まで彼を見送りに来た。母が泣くのを見たのはこのときが初めてだった。

彼は全額支給の奨学金を提供してくれたオハイオ州のアクロン大学に向かった。到着後間もなく、FBIの一回目の接触があった。国際関係学院について訊かれた彭は、母校に関するお気に入りの冗談で答えた。「学院が正門にいつも警備員を置いているのはなぜでしょう?　なかに秘密がないのを知られたくないからです」

アクロン大学で彭はもうひとつの学位、経済学修士号を得た。その後、三つの大学で博士号を目指し、シンシナティ大学から、ダラスのテキサス大学へ、そして、国際関係学では世界有数の名門校へと徐々に階段をあがった。一九八九年、彼はプリンストン大学の公共政策／国際関係大学院、通称ウッドロー・ウィルソン・スクールに入学を認められた。

栄えあるアイヴィーリーグ入りを果たした彭は、博士論文に専心した。テーマは『アジア太平洋地域における経済協力の始まり』。「彼は優秀な学生で、中国語、日本語にも堪能なのが自身の研究で非常に役に立った」と、ウッドロー・ウィルソン・スクールの教授のひとり、リン・ホワイトは語った。

家族も増えた。一九九一年と一九九四年に、それぞれ男児が生まれた。バイリンガルに育ち、家では、一九九〇年に中国から移住した彭の両親と中国語で会話した。彼の妻がウェイトレスとして働くあいだ、彼の母が食事を作り、子供たちの面倒を見た。シアナイ・ミーは「あの男のためにすべてを捧げた」と、彭の大学の同級生で同じく、ウィルソン・スクールで学んだケイト・ゾウは語る。「二番目の子を出産した日もレストランで働いていました」

彭には食事会の友もできた。FBIのニコラス〔ニック〕・アバイド捜査官だ。彭はFBIの経費で、アバイドと何回か食事をした。彭は奨学金でプリンストン大学に通っているし、アメリカ合衆国の好意により学生ビザを得ていたため、断るのは失礼だと思ったのだ。

「私たちは親しくなった」と彭は述懐する。アバイドは彭に中国人学生のことや、彼らが秘密の研究にアクセスできるかどうかを尋ねた。「中国人学生はアメリカから最新技術を盗むことができると、彼は私に文句を言っていた。彼はそのことを特に警戒していた」

ＦＢＩトレントン支局を拠点に、ニック・アバイドは一九八二年から一九九九年までプリンストンで防諜活動に従事していた。二〇一五年六月の蒸し暑い午後、ほとんど人気《ひとけ》のないキャンパスを歩きながら彼は私に語った。温厚で白髪の彼は、膝関節置換手術のため、かすかに足を引きずっていた。アバイドは正規のガイドのようにこの大学を知り尽くしているとはいえ、その視点は、もっぱら中国人学生をスパイに勧誘する仕事に携わっていた人間独特のものだ。

国務省が出す海外留学生の名簿を参考に、彼はプリンストンの職員のなかに情報源を開拓し、新入生の家族、適応問題、要望、目標などを調べる。「大学はアンチＦＢＩ、アンチＣＩＡという謂れのない非難を受けている」と、アバイドはかつて彭が闊歩していたウィルソン・スクールを私と歩きながら言った。「国を守っている我々に対して何か貢献できる道が大学側にあれば、彼らはそれをしてくれる」

以前、アバイドがプリンストンの警備責任者と会っていた教職員用ダイニンググルームに私たちが立ち寄ったとき、彼は一九八四年に施行されたバックリー修正条項〔正式名称、家庭教育の権利およびプライバシー法〕について不満を漏らした。この法律により、大学は最も基本的な学生の記録をのぞき、すべての情報を本人の合意なしに公開できなくなり、彼は仕事がやりにくくなったのだ。それから、彼は明るい顔になった。「適切に働きかければ、そして、秘密にしておければ、多少の情報を引き出すことはできる」と彼は言った。大学は「ひどい不正行為で学生の不評を買うのを恐れる。だから、我々が派手に嗅ぎまわらない限り、協力してくれる」

私たちはプリンストン大学最古の建物、ナッソー・ホールまでのんびりと歩いた。ジョージ・ワシントンの部隊がここの廊下でボウリングをした、と私の〝ガイド〟が教えてくれた。私たちは目的地である留学生担当部長のオフィスに向かって建設時のままの階段を上がった。アバイドがかつてひんぱんに訪れていた場所だ。そこがいまでは学内の公平性と多様性を推進する首席副学長補佐の待合室になっていたため、彼は驚いていた。

アバイドの控えめで優しい物腰は、中国人学生に好かれた。銀行口座の開設を手伝い、ノーマン・ロックウェルの絵に出てくるようなアメリカの一面を見せ、バーベキューに招待したり、マイナーリーグの試合観戦に連れて行ったりした。中国とは違い、アメリカ合衆国ではきみたちにも選択の自由があると彼らに語った。自分で自分の運命を決められる、こちらに協力するかしないかを自分で決められるのだと。たいていの場合、留学生たちは協力するほうを選んだ。アバイドが現役のあいだに勧誘したプリンストン大学の外国人留学生二〇〇人のうち、五〇人が短期間、特定の情報を得るために協力し、一〇人が長期にわたって有益な情報を提供しつづけた。

「このゲームの本質は情報源をリクルートすることだ」と彼は言った。

彼がリクルートしたなかで最も価値があったのは、中国人でも学生でもなく、客員研究員としてプリンストンにやってきた外国の核物理学者だった。軍の将校の肩書きをもつその物理学者は、海外でCIAの勧誘を拒絶したため、CIAはFBIにプリンストンで彼に働きかけてくれないかと依頼した。

この物理学者の研究内容、性格、家族に関してプリンストン大学側から提供された情報にもとづき、FBIは秘密作戦を計画した。雑誌の販売員に扮した捜査官が酒豪で知られたこの科学者に近づき、親しくなった。酒に付き合わなければならないので、アバイドが状況説明を受ける夜更けまでには捜査官はたいてい酔っ払っていた。

物理学者はついに捜査官に言った。「きみはＣＩＡだろ」。彼は否定した。すると物理学者が「そうか、私はＣＩＡと話がしたいんだ」と言い、彼を驚かせた。

「私はＣＩＡではないが、ＦＢＩに友人がいる」と、捜査官は表向きの顔を保ったまま言った。

「それでもいいかな？」

物理学者は協力と引き替えに、ひとつ条件を出した。息子をアメリカの大学に留学させること。ＦＢＩとＣＩＡはそれに同意し、裏から手を回したが、その必要はなかった。彼の息子は独力で合格できるほど頭がよかった。

アバイドと他の捜査官が数週間かけ、最大で一日一六時間、物理学者から話を聞いた。彼の大学でのスケジュールに合わせ、彼の正体がばれないように毎回、別の建物で行った。もう訊くことがなくなると、国務省やペンタゴンなど他の政府機関が質問を出した。物理学者は外交官の肩書きをもつ自国のスパイを何人も暴露し、軍事技術に関する「有益な最新情報を提供した」

「彼はとても役に立った」と、アバイドは言う。「彼自身はスパイではないが、スパイに状況報告をしていたため、スパイを何人も知っていたのだ」

最終的にＦＢＩは彼をＣＩＡに委ね、ＣＩＡはさらに情報を得るため彼を帰国させた。ＦＢＩの捜査官が餞別《せんべつ》に何が欲しいかと尋ねると、彼は妻に腕時計を贈りたいと言った。カタログに載っていた腕時計をいろいろ見せたが、どれも小さすぎた。「妻の腕は象くらいに太い」と彼は言った。結局、ネックレスを贈ることになった。

彭はアバイドの手柄にはならなかった。中国の公安機関と同じくらい、アメリカのスパイ組織を警戒していた彼は捜査官の質問をうまくかわしていた。一九九四年、プリンストンの博士課程を終える一年前、彭は南フロリダ大学の講師になった。アバイドがＦＢＩタンパ支局に連絡を取ってくれと言うと、彭は勇気を振り絞って、それを断った。

両親と妻子を伴い、彭はアイヴィーリーグを離れ、キャンパスに椰子《やし》の木がそこここに生える新進の州立大学へ移った。プリンストン大学に遅れること二一〇年、一九五六年に創立された南フロリダ大学は、アメリカ屈指の大規模公立大学へと急成長した。学部生、大学院生合わせて四万八四〇〇人、うち三三〇〇人が一三〇を超える国から来た外国人留学生だ。

主なキャンパスはタンパにあり――セント・ピーターズバーグとサラソタにも分校がある――堂々たる研究施設や学生寮、それらを区切る美しい芝生を含めた全容はビジネスパークのようだ。研究と起業家精神を誇りにし、アメリカでの特許取得件数では全世界の上位一五の大学に度々ランクインしている。[4]

タンパは国家安全保障と関わりが深い。タンパにはマクディール空軍基地内にアメリカ中央軍とアメリカ特殊作戦軍があり、市の一四〇億ドル規模の軍需産業はサイバーセキュリティから退役軍人の健康回復まで、あらゆる事業に及ぶ。〈レイセオン〉〈ハネウェル〉はじめ、アメリカの防衛関連企業上位一〇社のうち九社がタンパ湾岸エリアに工場を持っている。[5]

彭が南フロリダ大学に職を得た頃、同校の教職員二名と中東のテロ組織との関わりが明らかになり、周辺の地域社会と大学との関係がまずくなった。ひとりはラマダン・シャッラーと言い、学内のシンクタンク、〈世界およびイスラム研究事業《WISE》〉の事務局長だった。一九九五年、シャッラーはシリアのダマスカスで、イランが支援する「パレスティナ・イスラーム・ジハード運動」〔日本での呼称、イスラム聖戦機構〕のリーダーとなった。

もうひとりは、サミ・アル・アリアンといい、一九九〇年から九一年にかけて中東問題を研究するシンクタンクＷＩＳＥを創設した人物で、大学の終身在職権をもつコンピュータ工学教授だった。彼の長期にわたった事件は全国の注目を浴び、ＦＢＩと南フロリダ大学の絆は強まった。

一九九四年、クウェート生まれのパレスティナ人であるアル・アリアンがテロリズムの資金集めに荷担していると糾弾するテレビのドキュメンタリーが放送されると、ＦＢＩが彼の捜査を開始した。アル・アリアンの家宅捜査で押収した大量の文書や盗聴した会話記録を翻訳するアラビア語のできる人間が不足していたため、捜査は「七年がかりの根管治療」だったと、当時ＦＢＩタンパ支局の防諜班／対テロリズム班を率いたＪ・Ａ・コーナーは語っている。

アル・アリアンが告発されたため、大学は国の安全と学問の自由という相反する価値を秤《はかり》にかけることになった。元民主党上院議員、南フロリダ大学学長ベティ・キャスターは、彼を解雇しろというプレッシャーに耐え、ＦＢＩの捜査結果が出るまで有給の停職処分にした。一九九八年、大学が委託した聴取では何も不正は見つからず、学長は彼を職場に復帰させた。

アル・アリアンの有罪を裏付ける証拠の大部分は機密扱いであるため、ＦＢＩはそれをキャスターに明かすことはできなかった。「彼女には話せることは全部話したが、我々がもっている貴重な情報のすべては伝えられなかった」と、コーナーは二〇一五年九月、私に語った。二〇〇四年の選挙で、彼女がテロリストに甘いと対立候補に批判されて上院議員の座を失ったとき、「ベティには悪いことをしたと思った」と、コーナーはつけ加えた。

大学の姿勢は、二〇〇一年九月一一日のテロ攻撃から——そして、その二週間後、フォックス・ニュースの報道番組『ジ・オライリー・ファクター』[6]にアル・アリアンが出てから、変わった。司会のビル・オライリーが見せたビデオには、アル・アリアンが一九九八年のスピーチで「イスラエルに死を、イスラムに勝利を」と叫び、「私がCIAだったら、おまえがどこへ行こうがどこまでも追う」と語る場面が映っていた。南フロリダ大学は「アラブの武装組織を支援する温床なのかもしれない」とオライリーは語っていた。アル・アリアンは「占領に死を、アパルトヘイトに死を、弾圧に死を」という意味で言ったと主張し、誰の命も脅かすつもりはないと話した。

大学には抗議や脅迫が殺到し、翌日の午後、コンピュータ・サイエンス学科の校舎から全員を退避させる事態になった。二〇〇一年一二月、大学理事会はキャスターに次いで学長になっていたジュディ・ゲンシャフトに、「正当な手続きを経て、できるだけ速やかに」アル・アリアンを解雇するよう命じた。

ゲンシャフトは命令に逆らわなかった。かつてオハイオ州立大学とニューヨーク州立大学で執行役員を務めた彼女はフロリダの新来者だったが、共和党支持者が多い州の権力層と実業家が多い大学の理事会は彼女を信頼できる人と見なしていた。彼女は政党には属していないが、「ここに来たときから、彼女は共和党員だと思われていた」と、南フロリダ大学の元執行部職員は語る。「彼女が職に就けたのはみんなに、共和党員と思わせたからだ」。彼女は父が創業し、兄のニール・ゲンシャフト[7]が経営するオハイオの食肉梱包会社の取締役だった。ニールはジョージ・W・ブッシュ、ミット・ロムニーをはじめ、議会議員ジェームズ・レナッチ、カーク・シュリングなど、共和党の候補に数千ドルを寄付していた。

だがアル・アリアンを解雇する法的根拠が欠けていた。二〇〇二年一一月の土曜の朝、大学側は彼に一〇〇万ドルの解雇手当を支払う条件で合意した。テロ容疑者に大金を払うのかという大衆の怒りが予想されたが、それを踏まえての決断だった。翌週、月曜日、大学は取引を中止した。

当時、アル・アリアンの弁護士を務めたロバート・マッキーはその急な方向転換にはＦＢＩの関与があったと思っている、と私に語った。彼の推測によると、ＦＢＩは盗聴した会話からもうすぐ取引が行われることを知り、アル・アリアンはまもなく訴追されるので大学側には彼を解雇する根拠が得られると教えた。実際、大学側は恥をさらさずに済み、アル・アリアンを追い払う費用を出さずに済んだとしてＦＢＩに感謝していると、後日、あるＦＢＩ捜査官が彭に語っている。

しかしながら、アル・アリアンは二〇〇七年、ラジオのインタビューで、南フロリダ大学理事長、リチャード・ベアードが「予想される政治的影響のため」取引を拒否したと語っている。ベアードはそのあと、反対したことを認めた。「私には買収に思えたのだ」[8]。さらに、捜査の犯罪面を監督した、元ＦＢＩ捜査官ケリー・マイヤーズは、前もって起訴の件を大学側に話したことはないと私に語った。「私の知らないところで誰かが大学に行って話したとしたら正直、ショックだ」

二〇〇三年二月、アル・アリアン他七名は恐喝と共謀殺人罪の容疑で逮捕され、訴追された。二〇〇五年一二月、陪審員は一七の訴因のうち八件を無罪とし、残りの九件は決着がつかなかった。翌年二月、彼はパレスティナ・イスラーム・ジハード運動への支援を共謀したとする一件の有罪を認め、五七ヶ月の実刑判決を受けた。さらに続いた裁判の末、二〇一五年、トルコへ追放された。

この試練はゲンシャフトを傷つけた。「大学にとって、特に学長にとって、非常に破滅的な、苦しい時期だった」と元執行部職員は語る。「彼女はとても繊細な人だ。もう二度とあんな思いはしたくないだろう」

南フロリダ大学は主な支持者たちとの関係修復に努めた。二〇〇九年、大学は退役海兵隊中将マーティン・R・スティールを雇い、軍部との協調推進や退役軍人の健康問題調査の監督に当たらせた。[9] 二〇一一年にはアメリカ中央軍との覚書に署名し、研究会や会議の開催、互いに講演者や専門家を派遣するなど「相互に価値のある活動」での協力を約束した。同年、南フロリダ大学は国家情報長官室により「インテリジェンス・コミュニティ・センターとして優秀な大学二〇」の一校に選ばれた。選ばれた大学は国家情報／競合情報分析官の資格を学生に取らせるために二〇〇〇万ドル近い予算を与えられ、国防情報局、ホワイトハウス、シークレット・サービス、国務省にインターンを派遣する。二〇一四年、フロリダ州は南フロリダ大学にサイバーセキュリティ・センターを開設し、機密扱いではない研究プロジェクトへの補助金を受けやすくした。同センターはまた、教授たちと協力し、インターネットでのサイバーセキュリティの修士課程を開設した。

南フロリダ大学は「軍部や諜報機関と敵対する大学から、進んでそれらとの提携を求める大学へと健全な変貌を遂げた」と、元国務省職員で、同大学の情報分析課程で教えたウォルター・アンドルシジャンは語った。アル・アリアンの災難があったため、「あの大学の連中も、物事を別の角度から見始めたのだ」

彭は南フロリダ大学に活躍の場を得た。国際政治経済、日本のビジネス、米中関係、その他のテーマの科目を担当し、二〇〇一年には終身在職権を得て准教授に昇進し、優れた教師に贈られる賞も受賞した。彼は学生に国名をあげさせては、とっさにその人口と首都を答え、抜群の記憶力で彼らを惹きつけた。学生が教授たちを評価するウェブサイト[10]では、彭のことを知識豊富で、親切で、甘い点をつける教授とする匿名の学生がいるいっぽうで、まとまりがなく、脱線が多いと文句を言う学生もいた。例を挙げると――「この大学でいちばん好きな教授。彼は自分の分野に詳しいし、学生のこともすごく気にかけてくれる。ぼくは彼の科目をとったけど、授業は楽勝だった。彼は試験の前に小論の質問や項目を教えてくれる。それに追加の単位もたくさんくれる。すごくありがたい。たしかに訛りはきついが、それは彼も承知で、ときどき自虐ネタで笑わせてくれる。彼はお勧め!!!」

「彭はすばらしい。話にまとまりがないし、メールは絶対にチェックしないが、フレンドリーだし、心から学生の成績を気にかけている。授業は難しくない。ものすごく脱線が多い」

「彭博士は私がこれまで出会った中で最高に物知りで、ダイナミックな教授です。たしかに、授業では話の逸脱がありますが、そのおかげで退屈せずにすんでいると思います」

「彭はテーマに絞って話をするのが苦手で、まとまりがない。総じて、私は彼の授業よりも書物から多くを学んだ。とはいえ、時事的な問題とからめて授業の題材をあつかう彼のやり方は好ましいと思う」

二〇〇〇年、彼は胸をはってアメリカ合衆国に忠誠を誓い、市民権を得た（六年後、彼の父も息子に続いた）。彭は自分の時間を新しい祖国と古い祖国に分けて過ごした。自由の利く大学のスケジュールを調整し、中国でミッドキャリアの学生を対象に経営学を教え始め、南フロリダ大学の給与に加えてさらに収入を増やした。二〇〇五年、南開大学でも教え始め、その後、故郷の武漢にある三つの大学を含め、徐々に教える大学の数を増やしていった。太平洋を往来して教職に励む動機は金だけではなかった。プリンストン大学博士の肩書きがあれば、かつて父が労働収容所送りになったとき、彼の家族を鼻であしらった、風見鶏のようなかつての友人たちを見返してやれるからだ。中国を訪れる度に、彼は家名の威信と尊敬を取り戻しているように感じた。彭のように国内外で教えるのは、彼と同世代の中国生まれの学者にはよくあることだった、と彼の同級生で、現在ハワイ大学で教授を務める周《ジョウ》は語る。「彼らはアメリカは好きですが、中国の成長から得られる恩恵にも与《あずか》りたいのです」

また、中国への旅は、家庭の暗い事情から目をそらす気晴らしにもなった。二〇〇四年、母が癌で亡くなり、妻は別れた。二〇〇五年の離婚合意により、ふたりの息子は主に母親と暮らし、週に二度、彭を訪れることになった。[11]

そこへ、職業人生に一度あるかないかの絶好の機会がやってきた。二〇〇七年五月、南フロリダ大学の国際関係学部長マリア・クラメットが彭に、中国での彼の伝手を使って、学内にフロリダ初の孔子学院を設立してもらいたいと言ってきたのだ。彼の仕事はまず中国に提携する大学を見つけ、それから全世界の孔子学院を統括する教育部の下部組織、漢弁〔国家漢語国際推広領導小組弁公室〕の承認を得ることだ。

彭はさっそく南開大学との提携をまとめ、漢弁の承認を取り付けた。[12] 漢弁は設立資金として一〇万ドルを拠出することに合意し、二年目には人件費と教材費として補助金を二〇万ドルに増加した。南開大学が孔子学院の共同院長と職員を派遣した。

「あなたは魔法を使えるのですね」と、クラメットは二〇〇七年八月、彭へのメールに記している。「南フロリダ大学が適切な教育機関であり、私たちが真剣にそれを望んでいると先方を納得させるために、全力で邁進《まいしん》してくれたのは素晴らしい業績です」

彭は孔子学院長として、二〇〇八年三月の開校式典を取り仕切った。ランタンの飾り付けの下での晩餐、手品の披露、タンパ湾のクルーズ、セント・ピーターズバーグのサルバドール・ダリ美術館見学が用意された。ヒューストンからは中国総領事が、南開大学とワシントンDCの中国大使館からは要人が出席した。著名な中国人画家、范曾《ファンゾン》が孔子の肖像画を寄贈した。

南フロリダ大学のラルフ・ウィルコックス首席副学長は「このように素晴らしい開校式を計画し、指揮してくれたことに感謝します」と彭とクラメットにメールを送っている。「おかげで私の仕事は楽になりました。遠方からの賓客を温かく迎え入れ、南フロリダ大学がタンパ・ベイの地域社会で〝輝く〟のに尽力し、全般的に大学の印象を非常によくしてくれました」

南フロリダ大学の外では、孔子学院はそれほど好ましい注目は集めていなかった。二〇〇四年に始まったこの事業は、一〇〇億ドルに相当する中国の資金を背景に急成長した。[13] 二〇一五年末までに、漢弁は世界中に五〇〇もの孔子学院を設置し、そのうちアメリカには一〇九ある。さらに、初等・中等学校の生徒のための孔子課堂を一〇〇〇校、運営している。その三分の一以上の三四七校はアメリカにある。二〇一三年だけでも、中国は孔子学院に二億七八〇〇万ドルを投じているが、受け入れ先の大学もほぼ同額を費やしている。胡錦濤元国家主席が二〇〇七年の演説で述べたように、「ソフトパワー」を担う孔子学院は主に中国語、歴史、書などの伝統芸術を教えることを目的としているが、なかには調査研究、ビジネス、観光業といった一分野に特化しているところもある。孔子学院は中国政府の規制に従い、チベット問題や天安門事件には触れない。

「私たちが望む商品、具体的に言うと中国語のレッスンだが、それを売り歩くことで、孔子学院はアメリカの大学に中国政府を力任せに押し込んできた」と、マサチューセッツ州サウス・ハドリーにあるマウント・ホリヨーク大学で中国史を教えるジョナサン・リップマン教授は、二〇一一年に私に語った。「一般的なパターンは非常にわかりやすい。『当方はこれだけのお金を出します。あなたがたは中国語の講座を開けます。ですから、チベット問題には一切触れないでいただきたい』と、彼らは言える立場にある」

たとえば、漢弁はスタンフォード大学に孔子学院を置いて教授をひとり雇うための資金として四〇〇〇万ドルを提供すると申し出たが、それにひとつ条件をつけた――教授は物議を醸す問題を取り上げてはならない。[14] スタンフォードはこれを受諾し、その資金を使って漢詩の教授をひとり雇った。

二〇一四年、〈全米大学教授協会〉は、あらゆる学問上の事柄に干渉する漢弁から主導権を取り戻せないなら、孔子学院との関わりを中止すべきだと大学に訴えた。[15]「孔子学院は中国の国家機関であり、学問の自由を無視することが許されている」と、同協会は述べた。その後、シカゴ大学とペンシルヴェニア州立大学はともに、孔子学院との関係を絶った。

西側の諜報機関は、大学とはまた別の懸念を孔子学院に抱いていた――スパイだ。「避けて通れない事実は、孔子学院が中国政府の海外前哨基地であり、誰がどう見ても明らかにスパイとして人員を配置する場所だ」と、ニューヨーク大学で国際関係学を教えるマーク・ガレオッティ教授は語る。「孔子学院は外に開いているので理想的だ。そもそもの目的はなるべく多くの人を扉の内側に招き入れることだ。もし、私が中国のスパイ・マスターだったら、新人を物色するのに真っ先にそこをあたるだろう」

カナダの諜報機関は孔子学院を「他人の科学的研究成果を吸い上げ、引き出す巨大なシステムの隠れ蓑」であると不信感を抱いている。[16]ある元連邦政府職員によると、ＦＢＩはまだ充分な証拠もない段階から、アメリカにあるすべての孔子学院について捜査を開始することを考えていた。ＦＢＩは孔子学院の場所と中国の経済的利益の関連を調べている、と同氏は語った。「どんなに小さく見積もっても、これは感化作戦だと我々は考えている」と、前述の元職員は言う。「最悪の場合、はるかに悪質な可能性がある」

彭の大学時代の友人で、ケント州立大学で教えている李洪山《リーホンシャン》が息子のハーヴァード大学卒業式に出席していたとき、携帯電話に着信があった。かけてきたのはＦＢＩ捜査官で、ケント州立大学の孔子学院開設計画に李がどれほど働きかけたのか、知りたがった。李は述懐する。「私ははっきり言ってやりました。『私は大学から請われてこの仕事を引き受けたのです。私からあなたがたに何か言うつもりはありません。知りたいことがあれば大学に訊いてください』とね」
ＦＢＩは李の同僚の教授にも接触した。ケント州立大学は孔子学院開設を申請するために、上海師範大学と提携を結んだが[17]、計画は実現しなかった。「正直、私はほっとしました。もし開設されれば、私はそれに関わらざるを得なくなり、そうなると多くの時間をそれに取られますから」と、李は語った。

中国教育部がスパイ活動のために孔子学院を作ったというのは穿《うが》った見方だろう。もしそれが発覚したら、あれだけの巨費を投じた事業が危うくなるからだ。それよりも、中国の強力な諜報機関が教育部を通さず、あるいは無視して、ちょうどＦＢＩが彭をリクルートしようとしたように、学院の職員や教師を直接スパイに勧誘している可能性のほうが大きい。

「中国の諜報機関は孔子学院を情報収集の一手段と見なしている」と、インディアナ《I》大学《U》＝パデュー《P》大学《U》インディアナポリス《I》校の孔子学院長、徐造成《シュザオチェン》は私に語った。「漢弁も孔子学院本部もそんなことは考えていない。異なる機関にはそれぞれ異なる目標がある」。スパイ組織は「教師だろうが学生だろうが、近づこうと思えば誰にでも近づく」

私はインディアナ大学医学部の神経学者、徐教授が北米の孔子学院長向けのメーリングリスト〈リストサーブ〉に載せたコメントを読み、徐教授に電話した。二〇一五年二月に私が彭について書いた《ブルームバーグ・ニュース》の記事を別の教授が「またもや孔子学院に問題」の標題でメーリングリストに載せ、徐教授はそれに応えて次のように記していた。「これまで私たちの多くがＦＢＩから接触を受けたことと思います。私たちはふたつの国の政治と秘密組織に挟まれています」

徐はＦＢＩからも中国の諜報機関からも接触があったと私に語った。ＦＢＩには少なくとも二回、聴取され、主にＩＵＰＵＩの提携大学である、広東省の中山大学が派遣してくる教師について尋ねられた。彼はＦＢＩに言った。「彼らは教授です。私は彼らを知っています。彼らの経歴を知っています」

二〇一三年、徐が孔子学院の海外留学事業のために中国を訪れていたとき、ある人物から共通の友人も来るので夕食をご一緒しましょうと誘われた。行ってみると、共通の友人というのは中国諜報機関の人間だった——言われなくてもわかった。「私は中国人です。彼がどこに勤めているかわかります……私はざっくばらんに自分の気持ちを告げました。私はスパイになる気はない。私はこれより先に進まない。私の口ぶりから、彼らは理解したでしょう。私は政治的な人間ではありません。今後、彼らはコーヒーにもお茶にも夕食にも、二度と私を誘わないと思います」

ＦＢＩの他の支局同様、タンパ支局は管轄地域にある——つまりこの場合、南フロリダ大学の——孔子学院に注目していた。「孔子学院についてはいろいろ問題がある」と、かつてタンパ支局で防諜班を率いたコーナーは語る。「中国政府が学生の集団と関わるとき、それには必ず理由があるはずだ。ヒューストンの中国領事館から来た職員は、式典や他の行事に出席し、中国に関する映画を観せに来たような振りをしているが、じつは、学生を値踏みしているのだ。彼らは学生の群れの中に触手を伸ばしたい。厄介な人間は誰だ？　法輪功のメンバーはいないか？　政権を批判している者はいないか？　問題のある人間を見つけて評価する人員が必要だ。大使館は、科学技術の分野でどの学生の協力が得られるかを知りたい。誰をリクルートできそうか、彼らの家族はどうか。避けたほうがいい反体制派は誰か」

ＦＢＩに探られているとも知らず、彭は精力的に働いた。孔子学院が提供する講座の数を増やし、文化センターを開設した。タンパの中国人社会の重鎮らを説得して委員会を作り、学院へ一万ドル以上の寄付を募り、学院はその資金を中国語講師の研修や文化行事の後援に使った。

また、彼は張暁農《ジャンシャオノン》と親密な関係になった。二〇〇七年に博士研究員として南フロリダ大学にやってきた南開大学ビジネス学教授で、彭の部下となった女性だ。彼女は孔子学院の客員教授になり、その後、二〇〇九年春学期の副学院長を務めた。当時、彼女は同じく南海大学教授の夫との離婚を考えていた[18]。

「私は学者としても上司としても卓越していたため、多くの女性に賞賛されていました」[19]と、彭はのちに張との関係について記している。「私が独身であるという事実が、ある女性に空想の入り込む余地を与えてしまいました」

彭がひんぱんに海外に出かけていたため、その間、ふたりはメールで熱いラブレターを交わし、互いを「小海象」「大海象」と呼び合っていた[20]。彼女の手紙のほうが長く、情熱的だった。

「昨日、私たちのメールを読み返し、心に特別なものを感じました」と、彼女は二〇〇七年一二月のメールに書いている。「これがいわゆる〝時間とともに育まれた愛〟なのかしら。私はあなたとやり取りしているときの感覚が好き。私は家にひとりでいると寂しい。あなたがいなくて、とても寂しい。ふたりの甘い思い出のすべてが好き。愛してる！」

二〇〇八年三月、彭が日本へ旅出ったときには、彼女は「愛しい海象兄さん、また私を残して行ってしまったのですね。今度はこんなにも長く。互いに別れの手を振った瞬間から私の心に悲しみが湧いてきました……離れているおかげで余計に、私たちの愛や互いの存在、大切さを実感できるのかもしれません」

　彼が無事に到着した、会えなくて寂しいと返信すると、彼女は次のように書き送った。「あなたがいなくて、本当に、本当に寂しいです、愛しい人。ひとりきりになるといつもそう思います。あなたの優しさが恋しい、あなたの笑顔、あなたの温かい抱擁が……あなたがいないと、私の部屋は冷たく感じ、夜はあまりにも静かで、私はどうしていいかわかりません」

「愛しいＳＳＥ」と彭は返信している。ＳＳＥとはおそらく小海象《スモール・シー・エレファント》の略だ。「きみの可愛いメールをもらってとてもうれしい。ぼくも東京できみをとても恋しく思っている。いつかわからないが、近い将来、次はきみもここへ連れてこよう。東京は食べ物がすばらしい……明日、私たちはたくさんの日本食を買い込んで、中国やアメリカに持って帰るつもりだ。きみもきっと気に入るよ、特に日本のスープは！」

　張は次のように返信している。「今日の午後はたっぷり昼寝をしました（隣に置いた枕をあなただと思って）。あなたがいつも幸せなときに私のことを考えてくれて、とてもうれしい。恋愛心理学からすると、つまり、それはあなたが私のことをとても愛しているからです」

　彭のメール――「その通り、いまこのときも、ふたりでいられたらいいのに。すぐにでも会えたらいいのに」

　結局、ふたりはけんか別れした。彭が言うには、彼女が先へ進もうとするのを彼が拒んだため、彼女は腹を立てた。彭が「不誠実、狡猾[21]、自己中心的、傲慢というひどい性格の持ち主」[22]だと気づいたと言って、張は夫のもとに戻った。

二〇〇九年三月初旬、孔子学院の開設から一年後、張は国際関係学部長で彭の上司のマリア・クラメットと校内のスターバックスで会う約束を取り付けた。[23] 張は、彭が教職員を細かく管理し、開講中は常にそれぞれのオフィスで待機するよう求め、夜や週末の会議に出席を要請し、彼のオフィスや車の掃除をやらせ、女性講師らに向かって不適切な発言をすると訴えた。彭はある女性教授桑宝靖《サンバオジン》に、皆が帰ったあともオフィスに残っていてくれと毎回のように頼み、夜間に桑を訪ねていると、張は話した。

クラメットはウィルコックス首席副学長には相談したが、ほかには特に何もしなかった。そして、三月二七日、今度はシュホア・リュウ・クリーセルが学内の中国語教授、エリック・シェパードと会って彭を非難した。中国の北東沿岸の山東省で教師の父のもとに生まれたクリーセルは、シアトルのワシントン大学に学んだ。[24] 二〇〇六年、タンパに移り、中国語学校の副校長を務め、孔子学院には中国事業のコーディネーターとして勤めていた。彭はその彼女を解雇したばかりだった。彼女が最後に仕事をしたのは、三月二四日だ。

シェパードと昼食をともにしながら、クリーセルは彭を責めた。「コンピュータに向かって仕事をしていると、彼が寄りかかってきて腕を回し」たり、服を買ってくれ、食器を洗ってくれ、食事を作ってくれと言ってくる。張と同じく、クリーセルも桑に対する彭の態度に懸念を表した。さらに彼女は財務上の違法行為の可能性があるとして、彭から孔子学院の経費の改竄を頼まれたことを話した。そして、四月一日、張がシェパードのオフィスを訪ね、「苦情を言い、実際にあったことを話したが、その多くは」クリーセルが訴えたのと同じ内容だった。

五日のあいだに、ふたりの女性が同じ教授に彭のことで似たような苦情を言ったのは単なる偶然だろうか？　シェパードは、それぞれが個別に彼に打ち明けたと言う。「全部一緒に計画したのをふたりが非常に巧妙に隠していたか、あるいは、ほかにも苦情を言う人がいるのを知らなかったかのどちらかだ」と、シェパードは二〇一五年八月、私と南フロリダ大学の会議室で話しているときにそう言った。彼女らがシェパードを選んだのは、中国語に堪能だからだと、彼はつけ加えた。「私に話して気が楽になったようだ。仕返しされるのではと心配していた。彼女らは不安な胸のうちを明かしたかったのだ」、中国語で。

張とクリーセルがシェパードに助けを求めたのは、彼なら同情してくれると思ったからでもある。彭とシェパードの不仲は誰もが知っていた。南フロリダ大学の中国専門家という狭い世界で、ふたりはともに新進気鋭の星であり、したがってライバルでもあった。シェパードはオハイオ州立大学で中国語を学び、そこで学士、修士、博士の学位を得た[25]。中国語を選んだ理由は「中国人が戦略的に有利なのがわかっていた」からだ。彼らはアメリカのビジネスやテクノロジーの分野でチャンスを生かせるが、アメリカ人は中国で同様にするほどの言語能力に欠けていた。シェパードはアイオワ州立大学とオハイオ州立大学で教えたあと、二〇〇八年に南フロリダ大学に来て、中国古来の語り物である快書[26]を使った教授法で名声を得た。シェパードは、国際政治とビジネスが専門の彭が、言語と文化を広める孔子学院を運営するのは適切ではないし、講師の研修や地域社会への奉仕をおろそかにして、学院を学術研究という誤った方向へ導いていると考えていた。

彭の孔子学院と同じく、中国へ学生を送るシェパードの海外留学プログラムも漢弁から補助金を得ていた。二〇〇九年から二〇一二年までに、漢弁は「留学生全員に奨学金を出した」と、シェパードは言う。「彼らの目的はわかっている。こちらの学生は中国に好い印象を持って帰ってくる」。二〇一〇年、クリーセルは一学期間、シェパードのＴＡ《ティーチング・アシスタント》を務めた。[27]

彭は、ＦＢＩが昔ながらの手を使って自分を罠にはめたと強く主張する。彼に敵意を抱いている人々を使ったのだと。彼は次のような仮説を立てていた。アメリカじゅうの孔子学院に探りを入れていたＦＢＩは、南フロリダ大学の孔子学院長がプリンストン大学院在学中にＦＢＩと接触していたと知る。彭を使って孔子学院のネットワークに潜入し、向こうにスパイされるのではなく、こちらがスパイするという考えにＦＢＩは魅了された。彭はプリンストン時代もＦＢＩの要求をのらりくらりとかわしていたし、その後、連絡を絶ったことを考えると、簡単には同意しないだろうから、彼の大学での地位を脅かすような、てこ入れをする必要がある。

ＦＢＩはまず、クリーセルに話を持ちかけたと彭は推測している。彼女はタンパの華人社会でボランティアとして活動し、華人キリスト教会やタンパ・ベイ華人協会[28]の行事の参加率を上げるのに貢献していたので、[29]ＦＢＩは彼女が役に立つと考えたに違いない。おそらく最初、彼女は彭のことでＦＢＩに協力するのを拒んだが、彼に仕事ぶりを批判されたのを根にもって、考えを変え、承諾したのだろう。ＦＢＩの入れ知恵で、彼女は張にクラメットのところへ苦情を持ちこむよう勧めたと彭は踏んでいる。だが、クラメットがなかなか手を打たなかったため、残念ながら張の苦情は元愛人の逆恨みと見なされて、真剣に取り合ってもらえなかったのだとＦＢＩは判断した。だから、続いてクリーセルにも告発をうながしたのだ、と彭は見ている。クリーセルはそのうえ、彭が停職処分になったこともＦＢＩに伝えたのかもしれない。

彭はまた、彼に対する一連の計略は慎重に時機を計って行われたと考えている。彼が停職処分になったのは、大学の卒業式で漢弁の主任兼孔子学院本部総幹事の許琳《シュウリン》に「グローバル・リーダーシップ学長賞」を授与する日まで一ヶ月を切ったときだった[30]。そのとき彼がまだ南フロリダ大学の孔子学院長だったら、彼は許琳の訪問を取り仕切り、彼女との関係を強化できるので、FBIは彼の地位を脅かすのが難しくなっていただろう。それどころか、南フロリダ大学へ許琳を招待した彭自身が彼女に会うことを許されなかった。

公文書開示請求にもとづき入手した大学の通話記録[31]はさらに興味深いものだった。張とクリーセルが苦情を申し立てる直前の二〇〇九年一月と二月、大学の内線にFBIのダイアン・メルクリオ捜査官の携帯電話から一二回の着信があった。大学側は秘密情報提供者の特定に結びつくものすべてを除外するフロリダ州情報公開法を引き合いに出し、彼女がかけた相手の電話番号を黒く塗りつぶしていた。

張は、FBI捜査官とは話をしたこともないし、メルクリオという名前は聞いたこともないと私に話した。私はクリーセルに同じことを訊きたくてタンパ郊外にある彼女の自宅を二度、訪ねた。二〇一四年に初めて訪問したときは夫が応対に出て、彼女は休んでおり、邪魔しないでもらいたいと私に言った。二〇一五年に再訪すると、裏の池で釣りをしている男性を見つけた。彼は借家人で、クリーセル家はテキサスに引っ越し、妻のほうはほとんど中国で過ごしていると話した。彼が夫婦のメールアドレスを教えてくれたので私はメールを送ったが、返事はなかった。

張とクリーセルの訴えでは、彭に嫌がらせを受けていた相手、桑宝靖教授もまた謎だ。私が二〇一四年に電話をかけたとき、彼女は中国に帰っていた。彭は優しい上司で、彼が友人に頼んで彼女の母と娘をフロリダ空港に出迎え、ディズニー・ワールドに連れて行ってくれたそうだ。「管理職としては優秀ではなかったかもしれませんが、学者としては優れていました」と、彼女は言う。彼の問題については「とても残念です」。「本当にびっくりしました」

彼女は、張とクリーセルが苦情申し立てに自分の名前を出したことを知らなかった。「あの人たちに私のことを言われたくありません。あの人たちはなんの権限があって私のことをとやかく言うのですか?」

ところが、二〇一五年六月、彼女はメールで、私が《ブルームバーグ》の記事で彭を擁護するのに彼女の言葉を引用したのは不愉快だと言ってきた。「あなたは彭がどういう人間なのかわかっていないのですね」と、彼女は詳細を省いて書いていた。

クリーセルと張と話したあと、シェパードは迅速に動いた。クラメットに知らせ、それから張を連れて首席副学長補佐に会いに行った。[32] 四月七日、クラメットは彭を自分のオフィスに呼び出し、有給の停職を言い渡した。

シェパードは彭の不在で生じた空隙に入り込み、孔子学院に影響力をおよぼし始めた。二〇〇九年七月の北京訪問では、漢弁の事務局長と孔子学院の使命について話し合い、事務局長の意見――講師の研修という彼の関心事とも一致――を、クラメットや首席副学長のウィルコックスに伝えた。[33] 事務局長の許琳は、南フロリダ大学をフロリダの初等・中等学校に孔子課堂を開設するための「重要拠点」にしたいと望み、「いくらでも講師を」派遣できると言っているとシェパードはクラメットらに伝えた。

張とクリーセルがセクシャルハラスメントの告発を取りやめたので、南フロリダ大学はそれに関する調査を中止した。「不愉快な出来事を何度も話すのが嫌になったのです」と張は私に語った。

それでも大学の調査はポルノ嗜好を含む、問題のあるものを大量[34]に掘り出した。大学で彭が使っているノートパソコンを調べた大学の会計監査・法令遵守《コンプライアンス》室は「危うい内容を含んだ性的関連のマテリアルを大量に」見つけた。ある友人家族によると、彭がポルノに関心を持ち始めたのは、東京の早稲田大学に博士研究員として滞在した一九九七／九八年からだ。緊縛された女性の画像を含むマテリアルは、彼の学術研究に関係があると、彭は私に語った。「ＳＭや裸の写真は日本文化の非常に重要な一部であり、それなしでは日本文化を充分に理解できない」

「この発見は管理職であるあなたの判断力に疑問を呈する」と言って、ウィルコックス首席副学長は二〇〇九年八月、孔子学院長を解任した[35]が、教授職には留めた。

雇用主のコンピュータにポルノを溜め込むのは違法ではない。もしそうなったら、刑務所はいまよりずっと混雑するだろう。だが、盗みは犯罪だ。彭にとって不幸なことに、監査人が彼の経費を調べ[36]、交際費と交通費で一万五九五〇ドルを大学から不正に得たとして彼を告発した。それは主に、実際には休暇中か中国の大学で教えているのに、調査や会議に出席したことにして請求したものだった。

たとえば、二〇〇四年、彭はマイアミ地区の図書館へ週末を使って調査に行くと言って大学から二二〇〇ドルを受け取った。メールや写真は、それとは別の話を伝えている。彭は父と友人を連れて博物館を訪ね、海水浴を楽しんだ。

彭の反応は自白と挑発のまざった無類の言い逃れだった。「調査旅行で泳いではいけないことになっているのか？」[37]

二〇〇六年一〇月、大学は彭に一二二〇ドルを支払ったが、それは前年の一月、北京大学で行われた東アジア政治経済に関する国際研究会で彼が発表を行ったときに立て替えた分だと言われた。監査人は、そのような研究会は実施されておらず、彭は六ヶ月後にパソコンで招待状を偽造したと主張した。研修会があったとされる一月のその頃、彭は南開大学で教えており、彼は双方から報酬と航空運賃をせしめていた。

彭の主張によれば、この件も他の問題ある中国での研修会も、本当にあったことだが、よく確認しなかったので、日付や会議の名前は食い違っているかもしれないということだ。また、研究会の主催者側が英語に自信がないと言うので、彼が招待状の草稿を作ったのだと言った。彼は、中国の大学から得ている報酬については、南フロリダ大学に報告すべきだったと認めた。

彭はまた、孔子学院開校に先立ち、中国から来た賓客をもてなしたり、南フロリダ大学の関係者が北京に行って相当の歓迎を受けるよう手配したりで、数千ドルは自腹を切っているのだと言った。「私が大学の手続きをよく理解せず、大学の職務と個人事業を分けていなかったというのは、たしかにその通りかもしれない」[38]と、彭は監査人に書いている。「しかしながら、私は大学のために尽力し、私の働きは大学に大きな利益をもたらした」

彭は大学の職務と個人事業を別の方面でも分けるのを怠った。監査人の調査で、彼が中国の友人知人を南フロリダ大学へ留学させるために公文書を偽造していたのがわかった。彭が中国の学生や学者に宛てた手紙には、大学が費用を出すと言って奨学金制度を誇張し、簡単にビザが認められるだろうと彼らを煽った。そのような招待状を出すのは、通常は学部長の仕事だが、彭は手紙の受取人のひとりに、学部長の手紙は無視してビザの申請には彼の手紙を使うよう指導した。

大学の会計監査・コンプライアンス室副室長として孔子学院の監査を行ったケイト・ヘッドは、二〇〇九年七月三一日、大学警察〔大学専属の警察。キャンパス・ポリスともいう〕の刑事を交え、すでに独自に捜査を開始していた移民税関捜査局から来た捜査官と会った。[39] 移民税関捜査局職員ののちの報告によれば、彭は「中国の同僚と助け合う関係にあったようだ。中国の大学にいる同僚が彭に仕事を斡旋し、彭はその返礼に彼らに力を貸した。数名について彼らの資格・経歴を誇張し、南フロリダ大学への就職やそれに伴うビザ取得を円滑にした」[40]

彭が中国人に便宜を図ったのはアメリカ入国時だけではなかった。修士の試験に臨む中国人学生二名に、過去の試験問題の解答を教えていたことが別の捜査で発覚し、南フロリダ大学の彼の所属する政治・国際関係学科は彼に三年間、博士課程で教えることを禁じた。[41] 彭の言い分によれば、それは規則違反ではないし、そんなことは中国では普通だし、その学生たちは英語力が足りなかったので力添えが必要だったのだという。

その間ずっと、ＦＢＩは大学の監査の進捗をつぶさに追っていた。メルクリオは二〇〇九年一〇月二〇日、監査人のオフィスに三回電話をかけているが、そのうち一回はケイト・ヘッドにかけたものだった。一一月一二日、ヘッドは二回、メルクリオに電話をかけている。

また、メルクリオと彭は昼食を何回かともにした。メルクリオは彭に、中国の諜報機関にいる元同級生や同僚と連絡を再開し、中国の外交に関する情報を集めてくれないかと話を持ちかけた。だが、彼はそれ以上話を先へ進めるのを避け、教えられたメールアドレス——snowbox35@

yahoo.co.——にも何も送らなかった。監査人が彼の身の潔白を証明し、孔子学院に戻してくれるだろうと考えていた。

だが、事態はそんなに甘くはなかった。大学の会計監査・コンプライアンス室が出した一八七ページの報告書の草案は彼を酷評していた。大学の資金の「不正利用」と「招待状の偽造」に関する彼の容疑について、徹底的に詳しく述べ、これらの行為は法律用語で言えば、窃盗と詐欺に該当すると思われると結論づけ、警察に犯罪捜査を委ねるべきとしていた。

大学幹部は愕然とした。ゲンシャフト学長、ウィルコックス首席副学長、スティーヴン・プレヴォー法律顧問は「ヘッド報告の中身を読んで、あなたを刑務所送りにしたがっていました」[42]と、彭の民事弁護士で南フロリダ大学元法律顧問、スティーヴン・ウェンゼルは後日、彼に告げた。

彭が孔子学院長に復帰する見込みは、台湾が中国を征服する可能性と同じくらい低くなった。彼の教授職、そして彼の自由さえ、危うくなっていた。彼はほかに手がないことに気づいた。自分を救えるのはＦＢＩだけだ。

ＦＢＩは彼の苦境に乗じて素早く動いた。一一月一七日、報告書の草案が彭のもとへ送られてから一週間後、メルクリオともうひとりの捜査官が彼を昼食に連れ出した。彼らは監査について話し合い、「特に招待状の問題を取り上げた」。彭が不正確なビザ申請書類を送るのが犯罪とは知らなかったと言うと、メルクリオは「法律を知らなかったというのは弁解にはなりません。でも、違法行為がどのように扱われたかはそれより重要です。当局がそれらを追及するかどうかにかかっています」。つまり、彼には頼もしい友人——たとえば、ＦＢＩ——が必要だと言外にほのめかしたのだ。
彭は理解した。「私を助けてくれるのか、と彼らに尋ねた」と、彼はのちに書いている。彼は中国にいる教え子の名簿を彼女に渡すと約束した。その代わり、「当方に何ができるかよくわからないが、私の問題に協力すると彼女は言った」[43]
「私のこの困難なときに、協力を申し出てくれてありがとう」と、彭は翌日snowboxのメールアドレスに書き送った。[44]「もし最終報告書の内容が最悪で、私が厳しく罰せられることになったら、私はあなたに協力するのに非常に弱い立場になります。なぜなら、中国での私の評判が地に落ち、もう招待されなくなるからです。そうなると、私があなたのためにできることはほとんどありません。もし、あなたが私を助けてくれて、私の地位も評判も保てるなら、必ずあなたのために働きます。今回の問題のほとんどは文化的違いから生じたもので、私は実際にはとても高尚な人間なのだと信じてください」
まんまと彼を釣り上げたことだし、大学の倫理問題に介入する約束を文字に残すのは当然避けたいので、メルクリオの反応はそっけなかった。「ランチの折にお伝えしましたとおり、あなたのために当方にできることがあるのかどうかはわかりません」と彼女は書いている。「もちろん今後も連絡を取りますし、何か新しいことがわかればそれに対処します。あなたの問題は当方のオフィスへの支援とは無関係ですので、私にできることはあまりないと思われます。しかしながら、そちらの現況をお知らせください。何か私で力になれることがあれば、やります」[45]

第7章　CIA、お気に入りの学長

二〇〇七年一一月二六日、すがすがしい秋の午後、ワシントン・ダレス国際空港に降り立ったペンシルヴェニア州立大学のグレアム・スパニア学長は出迎えた黒塗りの乗用車でヴァージニア州ラングレーのCIA本部へ速やかに案内された。ホログラムとICチップが埋め込まれた身分証をかざしてセキュリティを通過し、CIAの秘密の国内活動を担う情報資源部部長の出迎えを受ける。ふたりは会議室に進んだ。そこには二〇人あまりの各支局長やベテラン諜報員が待っていた。

スパニアはそこで〈国家安全保障高等教育諮問会議〉の活動について彼らに説明する予定だった。同会議は諜報機関と大学との対話を促進するために設立され、スパニアはその創設に協力し、議長を務めていた。だが、その前にCIAがサプライズを用意していた。ちょっとした秘密のセレモニーを行い、彼に「ウォーレン・メダル」を授与した。[1] スパニアによると、これはCIAが非局員に与える最高の栄誉だ。故アール・ウォーレン連邦最高裁判所長官の名を冠し、美しい手彫りの木箱に収められたこのメダルは直径一〇センチほどで、大ぶりの金貨のようだ。表には鷹が描かれ、「アメリカ合衆国への多大なる奉仕に対して」の文言が刻まれている。裏側には

「グレアム・B・スパニア博士へ。アメリカ合衆国の国家安全保障におけるめざましい貢献に対して。国より感謝を捧げる」とある。

この栄誉は、これまでスパニアが各大学の執行部に、人的諜報やサイバー攻撃の脅威を説き、全国の大学に向かってCIAに扉を開くよう呼びかけた彼の貢献を称えて与えられたものだった。スパニアは家族療法士やテレビのトーク番組の司会を務めた経験があり、落ち着いた物腰と親身な対応とともに、フィル・ドナヒューを彷彿とさせる——丸顔、白髪、青い瞳の——風貌で、CIAやFBIに対する大学側の多くの不安を和らげた。

諜報機関はいずれにしても介入してくるので、それならば大学学長の認知と同意のもとで行ってもらいましょう、とスパニアは訴えた。「もし自分の大学にスパイがいたら、テロリストになるかもしれない人物や何か企んでいそうな招聘教授がいたら、捜査に協力するのが当然だと思ったのです」と、彼は二〇一六年四月、私に語った。「こういうことです。その人物のオフィスに忍び込むより、私のところへ来てください。私は最高機密を扱う資格を得ています。あなたがFISA（外国情報監視法）令状を見せてくれたら、人を呼んでドアの鍵を開けさせます」

スパニアのCIAメダル——そして、一年後にFBIから与えられた同様の賞——は諜報機関と大学との和解を象徴している。両者の関係はちょうど一巡した。一九四〇年代、五〇年代には良好だったのが、ヴェトナム戦争と公民権運動の時代には憎悪に変わり——私はマサチューセッツ州アマーストで青春を過ごしたのでよく覚えている——そして、二〇〇一年九月一一日のテロ攻撃以降、また連携に戻った。だが、その不均衡なパートナーシップは政府側に傾いている。アメリカの諜報機関は新たに生まれた善意につけ込み、スパニアや他の大学執行部が敷いたレッドカーペットを進んで、大学校内に堂々と姿を現すようになっただけでなく、大学での秘密の作戦や秘密の研究支援にまで手を広げている。

FBIが作ったグレン・シュライヴァーの映画『ゲーム・オブ・ポーンズ』は鼻であしらわれたが、学問の特権に対するFBIの侵入はささやかな抵抗に遭っただけだった。

ふたつの文化は正反対だ。大学はオープンで国際的だが、諜報機関は秘密主義で国家主義的だ。それでも、イスラム原理主義者のテロリストが世界貿易センタービルを倒壊させると、大学は国家安全保障機構の一部になった。学術協会の集まりに新しいリクルート・ブースができたのは、それを示すひとつの証拠だ。CIAは、二〇〇四年の〈全米外国語教育協会〉の年次大会から展示を出し始め、[2]同じ頃、FBIやNSA（国家安全保障局）も同様にした。二〇一一年以降、FBI、国家情報長官室、NSAは〈現代語学文学協会〉[3]の大会で「あなたの優れた語学力と文化的専門性を連邦政府での仕事に生かす」というタイトルの公開討論会に出ている。

今日、アメリカの大学はあたりまえのように国土安全保障の学位を授与し、諜報活動やサイバー攻撃を取り上げる講座を設け、「優秀な人材育成のための情報コミュニティの拠点」（国防情報局）や「サイバー・オペレーションズにおいて優秀な人材育成のための国家拠点」（国家安全保障局）の指定を受けようと争っている。これらの大学は、〈情報高等研究開発活動《IARPA》〉など、一般によく知られていない連邦政府組織から研究費を得ている。二〇〇六年に設立されたIARPAは、そのウェブサイトによると、「圧倒的なインテリジェンスの優位性を国にもたらす可能性のあるハイリスク／ハイリターン研究」[4]を支援する。これまでに、一七五以上の大学[5]に所属する研究者のグループに補助金を提供してきた。その大半はアメリカの大学だ。

ＩＡＲＰＡのプロジェクトのほぼすべては機密扱いではないが、警備の厳重な施設で、秘密だが利益の多い政府の研究に携わる件数が増えている。九・一一攻撃の二年後、メリーランド大学は国防総省や諜報機関のために言語に関する機密扱いの研究を行うセンターを開設した。[6] エドワード・スノーデンは二〇〇五年、警備員として同所に勤務し、それから八年後、政府の請負業者〈ブーズ・アレン・ハミルトン〉に務め、国家安全保障局の監視活動に関する機密文書を漏洩した。

言語研究センターはキャンパスの外にあった。多くの大学と同じく、メリーランド大学は構内で秘密の研究を行うことを禁じていたが、その透明性は美しく手入れされた芝生の端で途切れていた。「秘密の研究は常にキャンパスの外で行われる……研究内容の機密性を保つために」と、メリーランド大学の最高広報責任者、クリスタル・ブラウンは語る。「もちろん、学内で行われている研究はどれも、学問の自由の精神を守り、透明性を確保している」[7]

他の大学にはそのようなためらいはない。「大学内での秘密の研究は、以前は物議を醸したものが、いま再び盛んになっている」[8]と、二〇一五年、《ヴァイス・ニュース》は伝えている。国家安全保障局は二〇一三年、ローリーにあるノースカロライナ州立大学に、データ分析の研究室を学内に開設する費用として、大学始まって以来最高額の補助金、六〇〇〇万ドルを与えた。「求められる機密度の高さにより[9]……具体的な補助金額、人員の数、施設の詳細は明らかにできない」と、大学のニュース・リリースに書かれていた。「研究室への立ち入りそのものも、政府から機密情報取り扱い資格を与えられている人に限られる」

ヴァージニア州南西部のブラックスバーグを拠点とするヴァージニア工科大学は、二〇〇九年一二月、インテリジェンス、サイバーセキュリティ、国家安全保障の分野の「秘密および極秘の研究に取り組むため」[10]民間非営利団体を立ち上げた。二年後、同大学は主な情報コミュニティの芝生に校旗を立てた。つまり、ワシントンDCからポトマック川を隔てた、CIAや国防総省の下請け企業がひしめく地区、ヴァージニア州アーリントンのボルストンに研究センターを開設したのだ。センターは「国家安全保障共同体に代わって、機密扱いの研究を行う設備をそろえている」[11]

ヴァージニア工科大学の埋蔵金探しは、ワシントンDCのジョージ・ワシントン大学に伝染し、同校は「知識を広く共有することと相反する」研究——学内、学外を問わず——を禁ずる方針の見直しに取りかかった。自分ちの裏庭で「田舎のど真ん中にある」[12]学校と、ある執行部職員が蔑む大学に出し抜かれてはならないと、ジョージ・ワシントン大学は二〇一三年、「特定の教授陣や事務職員が秘密の研究に従事できるように、方針変更を検討する」[13]計画を採択した。さらに、ヴァージニア州アッシュバーンにあるサイエンス・テクノロジー・キャンパスに秘密施設を建てる計画を検討し始めた。

「この分野に与えられる補助金がいろいろあるのに、今のままでは我々にはその補助金を得る競争力がないのだ」[14]と、ジョージ・ワシントン大学の研究担当副学長、レオ・チャルパは日刊紙《ザ・ボルティモア・サン》に語っている。

全米の多くの公立大学と同じく、ウィスコンシン大学も政府補助金の減少を補うため、別の収入源を探し求めていた。二〇〇二／〇三年から二〇一二／一三年にかけて、学生ひとり当たりの支援を二〇パーセント減らしたあと、ウィスコンシン大学執行部はヴェトナム反戦運動の頃にできた規制を改め、機密扱いの契約を受けられるようにした。[15] その後、大学は民間企業と共同でマディソンのユニバーシティ・リサーチ・パークにサイバー・セキュリティ研究所を建てた。同じ頃、同大学の本校であるマディソン校は、州在住者よりも高い授業料を負担する、州外の学生や外国人留学生の数を制限するのをやめた。[16] 秘密の研究に加えて外国人の無制限の流入とくれば、スパイを呼び寄せることになるが、それについては誰も考えなかったようだ。

アメリカの諜報機関はスパイの脅威について説明するため、たびたび大学幹部と非公式に会ったり、教職員を集めて説明会を開いている。情報開示請求により入手したメールは、ある公立大学であったそのような交流を示していた。ニューアークにある、学部生と大学院生合わせて一万一三二五名が在籍するニュージャージー工科大学だ。二〇一一年二月、CIAの科学技術部長で卒業生、グレン・ガフニーがそこの執行部と理事らに会いに行った。[17]「学生、教員、研究員の採用を含め、これまでに話し合った項目すべてについて継続して取り上げることを期待していますす」と、ニュージャージー工科大学の工学部長が会合のあとCIAに宛てて書いている。「ガフニー氏の母校訪問は彼にとってキャンパスを再訪し、学生相手のリクルート行事に参加し、大学に礼を言うための素晴らしい機会だった。工学部で学んだからこそ彼はCIAで順調に出世できたのだ」と、CIAのある広報担当は私に語った。

翌月、あるFBI捜査官がニュージャージー工科大学工学部、コンピュータ・サイエンス学部、経営学部の学部長と、FBIニューアーク支局の近くにあるポルトガル・レストラン〈ドン・ペペ〉の個室で昼食会を開いた。[18] 捜査官は学部長らに外国人の学者、特に中国人には気をつけるようにと言った。

「客員教授はおおぜいいたし、ＦＢＩはそのかなりの数がスパイだと見ていた」と、当時臨時の経営学部長を務めていたロバート・イングリッシュは語る。ＦＢＩに頼まれて昼食会を手配したのも彼だ。「ＦＢＩの目的は大学に、スパイになるかもしれない人間がやってくると伝え、教授陣に研究をしているなら、向こうへ行くときはそれをハードディスクに残していかないようにと警告することだった」

〈ドン・ペペ〉でのランチから三年後、ＦＢＩはニューアーク支局で地域の大学の大学院生を対象に就職説明会を開いた。ＦＢＩはアメリカ国籍の人しか雇わないが、ニュージャージー工科大学にコンピュータ・サイエンス専攻の大学院生を三〇名、寄越して欲しいと言った。この学科に在籍するのはほぼ全員が外国人で主にインドと中国からの留学生だ。ＦＢＩは「強引だった」と、当時コンピュータ・サイエンスの研究科長だったジェームズ・ゲラーは述懐する。できるだけ希望に添えるように努めたが、送り出せたのは一八名の学生だけで、その全員が外国人だった。ＦＢＩに求められ、彼は学生の生年月日と出身地、パスポートの番号を教えた。「そちらのイベントに出席したニュージャージー工科大学ＣＳ（コンピュータ・サイエンス）専攻学生から提供された外国人留学生に関する全情報を添付いたします」[19] と、ゲラーは二〇一四年六月、ＦＢＩにメールを送っている。ＦＢＩは学生たちを他の諜報機関や契約企業に有望な新人として紹介するつもりだったのか、ただ彼らの行動を監視したかったのか、情報提供者として利用しようとしたのか、あるいはそのすべてを考えていたのだろう。

「ＦＢＩが自分たちのイベントに留学生を積極的に参加させるので正直、驚きました」と、ゲラーは私に語った。

もし、留学生が協力するなら、見返りが得られるだろう。二〇一四／一五年、ＦＢＩ捜査官はネヴァダ大学リノ校で電子工学を学んでいたイラン人の大学院生と二度会い、イランのインフラと核開発について尋ねた。[20] 偶然かどうかはわからないが、その院生はその後まもなく「グリーンカード抽選」と呼ばれる「移民多様化ビザ・プログラム」の当選者となり、永住権を得た。彼の当選確率は一〇〇人にひとり以下だった。

学界はＣＩＡの創設にも関わった。第二次世界大戦中、諜報員として活動し、のちにケネディ、ジョンソン両大統領の国家安全保障担当補佐官を務めたマックジョージ・バンディに言わせると、一九四二年創設のＣＩＡの前身、戦略情報局《ＯＳＳ》は、「半分は〝泥棒対巡査〟で、半分は教授会のようなものだった」。[21] ＯＳＳはほぼアイヴィーリーグの砦だった。最初の年、イェール大学から教授一三名と一九四三年度卒業生四二名が入局した。大学付属図書館に収蔵する写本を入手するという表向きの仕事に就いていたイェール大学准教授は、ＯＳＳのイスタンブール支局長になった。

一九四七年のＣＩＡ設立の際も、アイヴィーリーグの影響は継承された。一九四六年から一九五〇年までイェール大でボート競技のコーチを務めたスキップ・ウォルツは、ＣＩＡの人材スカウトも兼務しており、両雇用主から年に一万ドルの給与を得ていた。三週間ごとに、彼はワシントンのリフレクティング・プールでＣＩＡ局員と落ち合い、学者としても、社会的にも適切な資格を有するイェール大学のアスリートの名前を渡した。

「一九五〇年代の古典的なＣＩＡ局員の出身校」[22]は、「グロトン、イェール、ハーヴァード・ロー・スクール」だった。一九六三年、ソ連はイェール大学の歴史学教授、フレデリック・バーグホーンをＣＩＡのスパイだとして国外追放した。ＣＩＡは徐々に他の大学出身者の採用も増やしていたが、ニクソン政権時代に雇用された大卒者のうち二六パーセントは、アイヴィーリーグの学位を取得していた[23]。そうした状況は、一九五二年創設のマサチューセッツ工科大学・国際研究センターなど、名門大学にシンクタンクや研究所を設立するのに役立った。ＣＩＡは、同センターの最初の二年間の主な資金提供者であり、一九六六年まで様々な研究プロジェクトのスポンサーだった」と、同センターのウェブサイトにある[24]。

ＣＩＡは設立当初から外国人留学生に目をつけていた。情報源として貴重なうえ、祖国に帰って将来政府職員になる可能性が高く、その意味でも価値が高いからだ。そうした外国人の情報は教授から聞き出すほか、アメリカ最大の学生団体で、ＣＩＡが支援する〈全米学生協会〉[25]からも得られた。一九五〇年時点でアメリカ国内にいた外国人留学生は、現在の総数の三パーセントに当たる二万六四三三人しかいなかったため、ＣＩＡは国内外で有望な情報源となりうる人物を見つけるのに、協会に頼っていた。

ソ連が後援する学生組織に代わる非共産主義的団体として全米学生協会を支援していたＣＩＡは、協会の幹部選挙に介入し、国際的な学生の祭典を妨害するため、息のかかった活動家を送り込んだ。そこにはのちにフェミニストのアイコンとなるグロリア・スタイナムも含まれる[26]。「ＣＩＡでは、共産主義の祭典で政府の考える多様性を表すことがいかに重要かを理解している人々の集団とはじめて出会えた」と、スタイナムは一九六七年、《ニューズウィーク》に述べている。「たとえ人に勧められていなくても、同じことをしていただろう」

全米学生協会の職員は、CIAに「数千人分の外国人留学生の政治思想、性格、将来の目標」を伝えていた。[27] CIAはイラン、パキスタン、アフガニスタンから来た留学生がアメリカで同胞協会を結成するのを手伝い、アジア、中米、中東からアメリカの大学に一年間留学する学生の団体、〈留学生リーダーシップ・プロジェクト〉の創設にも関わった。CIAの援助もあり、アメリカの外国人留学生の数は、一九五〇年から一九六〇年までに二倍に増えた。

そして、どんでん返しがあった。一九六六年、ヴェトナム戦争に反対していた月刊誌《ランパーツ》は、ミシガン州立大学が行っていた南ヴェトナム警察の訓練プログラムに五人のCIA局員が雇われていたことをすっぱ抜いた。[28] 一年後、《ランパーツ》は全米学生協会へのCIAの関与を暴露し、CIAは国民の非難を浴びた。対応を迫られたジョンソン政権は「アメリカの教育および民間のボランティア組織すべてを対象に」政府が陰で支援することを禁じた[29]――だが、各団体の個々の構成員や職員は対象から外された。

内心、ジョンソンは《ランパーツ》の暴露も反戦運動も世界の共産主義――具体的に言うと、ソ連、および中国、あるいはその両方――が裏で糸を引いていると見ており、CIAとFBIにその証拠を見つけろと命じた。両局は《ランパーツ》社員の私生活を探り、「一一人のCIA局員が髪を長く伸ばし、新左翼の隠語を学び、平和運動グループに潜入するためにアメリカ各地やヨーロッパへ向かった」。[30] FBIの潜入と監視――違法な盗聴や令状なしの捜索――は、ニクソン政権下でさらに盛んに行われたが、外国が資金援助しているという証拠は見つけられなかった。

　大学の反体制派に対する政府の弾圧や、キューバ侵攻に失敗した一九六一年のピッグス湾事件が諜報機関と学界とのあいだにあった仲間意識を打ち砕いた。一九六八年だけでも、CIAの採用担当に反対するピケや座り込み、その他の学生抗議行動が七七件もあった。[31] 一九七七年、ブルックリン大学のある政治学教授の終身在職権《テニュア》と昇進が見送られた。[32] 彼はヨーロッパでの調査旅行のあと、CIAに電話で一五分の状況説明を許したとして同僚たちの不興を買った。

　相手が信じられないのはお互いさまだった。アイヴィーリーグの卒業生はCIAに入るのをためらうようになったが、同様に、自らの職業人生を諜報機関に捧げてきた上の世代の卒業生たちも大学内に反体制ムードがはびこるのを腹立たしく思っていた。「大学が情報コミュニティを拒絶したというのは真実ではない。情報コミュニティも同じ頃から大学を拒絶していた」[33] と、イェール大学の歴史学教授、ロビン・ウィンクスは記している。

　諜報機関と大学のあいだにある敵意は、一九七六年の「諜報活動に関する政府の活動を調査する上院特別委員会」の報告でピークに達した。この通称「チャーチ委員会」は、アイダホ州選出上院議員、フランク・チャーチにちなんでそう呼ばれている。アメリカの諜報機関に対し、初めて徹底的に行われた調査で、委員会は驚くほど数多くの非合法活動を暴き出し、そのなかには大統領令やその他の詐欺的手段で実行されたものもあった。同報告書によれば、CIAは服役囚や学生にLSDや他の薬物を投与する実験を行い、二〇年以上にわたってニューヨーク郵便局管内を通過した二一万五八二〇通の手紙を開封して検閲し、キューバの独裁者フィデル・カストロをはじめ、外国の指導者の暗殺を試みていた。FBIはFBIで、公民権やヴェトナム反戦を掲げる活動家の電話を盗聴し、その親や隣人や雇用主に彼らを中傷する匿名の手紙を送った。

さらに委員会はＣＩＡと高等教育機関の、内密の結びつきについても暴露した。ＣＩＡは、アメリカの一〇〇以上の大学で「数百名の学者」を「有望な人材を教えてもらう、場合によってはスパイに勧誘するために紹介してもらう」など様々な目的で利用しているが、たいてい「ＣＩＡと関わりがある」ことは、学内のほかの誰にも気づかれないままに行われていた。[34]

情報提供者の保護を強く主張するＣＩＡに屈し、委員会は教授たちの名前や彼らが教えている大学名は出さなかった。だいたいのところ、彼らは外国人留学生をリクルートするのに手を貸していた。教授は外国人留学生――多くはソ連陣営から来た学生で、たまにはイラン出身者も交じる――を自分のオフィスに招き入れ、親しくなる。注目されて気をよくした学生は、ＣＩＡの情報屋として有望かどうか値踏みされていることを知らない。それから教授は、出版事業か投資に携わる金持ちの「友人」に学生を引き合わせる。友人は学生に食事をおごり、彼の国や研究の専門性に関する小論を書かせてはたっぷりと報酬を払う。

自分が情報の漏洩元にされているとは知らずに、学生は割のよいバイトとして小論を次々と書いては渡す。教授の友人がじつはＣＩＡ工作員だと打ち明ける頃には、学生はスパイになると同意するよりほかに道がない。故国でもしＣＩＡから金を受け取ったことがばれたら、たとえ逮捕されなくても悪評が立つので、自国の政府にこのことを報告するわけにはいかない。

モートン・ハルペリンは、この罠についてチャーチ委員会のメンバーから聞いたり、自身で調べたりして知っていた。これは「どう見ても不適切」であると考え、今後二度とこのようなことが起こらないようにすべきだと思った。委員会報告にその方法が示されていた。

ハルペリンは自身が上級顧問を務めるワシントンDCの〈オープン・ソサエティ財団〉のオフィスの本棚から、チャーチ委員会報告の第一巻を取り出した。色褪せてくたびれたペーパーバックを開き、四〇年前に下線を引いた箇所を見つける。「民間団体、特にアメリカの学界はその構成員の職業上および倫理上の規準を定める責任があると委員会は考える」。[35] この文章を読んだ彼は、アメリカの諜報機関に対抗し、大学での彼らの秘密の活動を抑制するよう、大学側に説いてまわる長い道のりをたどり始めた。彼の使命感から、CIAとアメリカ随一の名門大学とのあいだに前例のない対立が生まれた。それはアメリカの諜報機関と学界の関係を決定づけ、その影響は今日に及んでいる。

ハルペリンはどのCIA新人募集係と比べても引けを取らない、完璧なアイヴィーリーグ資格を持っている。コロンビア大学で学士を、イェール大学で博士号を取得し、ハーヴァード大学で六年間、教鞭を執った。三〇歳になる前にリンドン・ジョンソン大統領のもとで国防次官補代理になり、リチャード・ニクソン大統領のもとで国家安全保障会議に加わった、ホワイトハウスの若き成功者であるハルペリンは、ヴェトナム戦争に疑問を抱いていたため、自らがアメリカの秘密作戦のターゲットになっていた。彼の師で当時、国家安全保障問題担当補佐官だったヘンリー・キッシンジャーの承認を得て、ニクソン政権は一九六九年にハルペリンの自宅に盗聴器を仕掛け、彼が報道記者たちにカンボジアへの秘密の爆撃に関する情報を漏らしたのではないかと疑っていた。さらに、彼はニクソンの悪名高い「敵のリスト」の上位に名前が挙がっていた。

ハルペリンは検閲をめぐってもCIAと衝突した。CIAは、ビクター・マルケッティとジョン・マークスが著した『ＣＩＡと諜報カルト』〔原題 The CIA and The Cult of Intelligence〕（一九七四年刊）に、情報収集の技術面に関する機密に触れた箇所があると糾弾した。ハルペリンはこの本の著者たちに助言を行っていた。連邦裁判長は本文中、一六八カ所の削除を命じ、ＣＩＡの要請に応じて、一九七四年、ハルペリンに口外禁止命令を課し、削除した箇所の公開を禁じた[36]。

アメリカ自由人権協会の活動の一環である国家安全保障研究センターの所長として、ハルペリンはチャーチ委員会を設立するよう議会に働きかけた。彼はその公聴会に出席し、証言し、大学での秘密活動は議会と民衆の監視の目をくぐり抜けており、民主主義の価値観とも合わないとして、秘密活動の禁止を訴えた。

チャーチ委員会の推薦状を武器に、彼はハーヴァード大学にキャンパスでのＣＩＡの秘密活動に関するルールを定めて欲しいと頼んだ。アメリカ最古の、最も著名な大学がＣＩＡの活動に制限を設けたら、国中の大学がそれに倣うだろうと期待した。

ハルペリンが最初に話を持ちかけたハーヴァードの法律顧問、ダニエル・シュタイナーは共感し、学長のデレク・ボックにこの問題に取り組むよう進言した。折しも、ボックはすでにチャーチ委員会のことは知っていた。委員会の首席法律顧問、フレデリック・Ａ・Ｏ・〝フリッツ〟・シュワルツ・ジュニアは家族ぐるみの付き合いのある友人で、ハーヴァード・ロー・スクールのボックの教え子だった。ボックはシュワルツの政治的活動、特に公民権に関わる活動を高く評価していた。一九六〇年、ハーヴァード・ロー・スクールの三年生だったシュワルツは、ノースカロライナ州グリーンズボロにあるウールワース百貨店の食堂で給仕を拒否された黒人の座り込みに同調し、ケンブリッジでの抗議活動を行った。

「雨が降るなか、ハーヴァード広場に歩いていったときのことをまだ覚えている」と、ボックは二〇一五年のインタビューで語っている。「ウールワースの前で、シュワルツともうひとりの学生が南部のウールワースの黒人客排除に抗議してピケを張っていた」

ボックは事務局長ウィリアム・ミラーを交えて、メリーランド州選出の共和党上院議員でチャーチ委員会の委員でもあるチャールズ・マティアスと会い、大学校内における秘密の情報収集を禁じる連邦法を委員会が求めるべきかどうかについて話し合った。大学は、自身の決定に政府が多少でも干渉してくることに反対するのが普通だ。このことを踏まえ、ボックはそのときマティアスとミラーに、政府ではなく、大学が自ら率先して秘密活動を抑制しなければならないと語った。ふたりは賛同した。「大学が本来の機関であるためにはそうする必要がありました」と、ミラーは二〇一五年、私に語った。「外から押しつけられてするのではだめなのです」

ボックはチャーチ委員会の助言に従い、規準制定役にハーヴァードの四人の賢人を任命した。シュタイナーとハーヴァードの法学教授、アーチボルト・コックスもメンバーに含まれた。コックスは、ウォーターゲート事件の特別検察官だったときニクソン大統領に解任された、一九七三年の「土曜の夜の虐殺」で一躍有名になった人物だ。

シュタイナーはCIA局員らと会談した。全米学生協会を陰で操っていたコード・マイヤー・ジュニアも含まれていた。その会談にもとづき、シュタイナーはマイヤーに次のように書き送っている。「私の理解では、有償、無償を問わず、大学の教授陣や事務職員を、CIAが求める情報収集を含め、その作戦上の目的に利用することや、大学での秘密の新人採用者として利用するのをCIAは適切であると考えている」[37]

ハーヴァードの賢人たちはそうは思っていなかった。彼らが一九七七年に出した指針は、学生や教職員が海外旅行や出張から帰ってCIAに状況報告するのは認めているが、CIAの「諜報的な活動」に関わるのを禁止している。[38]「諜報活動を〝隠蔽〟するために、大学の仕事や事業を利用すれば、大学の運営方法の腐敗につながり、大学の事業に対する公衆の尊敬を失うことになる」と、彼らは記した。

さらに、CIAが「ハーヴァードの他の人々に知らせずに活動する」ことへの協力も禁じられた――言い換えると、外国人学生をだましてリクルートすることだ。ボックと彼の助言者たちから見れば、これは教授と学生のあいだの信頼関係をゆがめる。そもそも高等教育はそれで成り立っているのだ。指導者の振りをした教授が、CIAに成り代わって国際問題に関する外国人学生の見解に探りを入れ、あるいは彼の経済状況を尋ね、指導するどころか、CIAが彼を評価してスカウトするのを手助けする。そして、その学生を罠で捕らえたら最後、CIAは彼の母国の法を破るような行いを求めるかもしれない――ハーヴァードとしては、そんなことに荷担するわけにはいかない。

「こうした学生の多くは狙われたらひとたまりもないのです」と、ボックは一九七八年、上院で述べた。「彼らはたいてい若く、未熟で、経済的に困窮しているケースも多々あり、生まれて初めて故郷を遠く離れています。学生にとって何が最善かを考慮すべき教職員が、危険で自国では違法かもしれない活動をさせるために学生を募るプロセスに加わることは適切でしょうか？　私はそうは思いません」

ハーヴァード委員会は、この新しい規準がCIAの仕事をより難しくすると承知していた。

「その不利益は、自由な社会が甘受すべきものである」と述べた。

CIAには甘受する理由がなかった。一九七七年から一九八一年までCIA長官を務めたスタンスフィールド・ターナー海軍大将は、アメリカ国内にいる外国人留学生を積極的に利用すべきだと考えていた。全体主義の国々で外国人をリクルートするのは難しいので、「わが国にいる共感者を見つけようとしないのはばかげている」と、彼は自伝に書いている。[39]「大学の人間はこの見つける作業でCIAの役に立つこともあるが、大学職員がそれをやることと、教室の中でも外でも学生にとって最善の結果になるよう責務を果たすこととのあいだには、間違いなく葛藤がある」

ターナーはハーヴァードの指針の受け入れを拒否し――CIAは大学内での秘密活動について学長に伝えるべきという別のチャーチ委員会の提案も退け――CIAはそんなものに従う気はないとはっきり言った。

ターナーはボックとの手紙のやり取りで、もしある教授がCIAに協力したいと思ったら、それはアメリカの国民の権利であり、「良心の選択の問題」[40]だと主張した。CIAは大学内の協力者たちに、CIAとの関係を大学側に伝えるよう奨励しているが、多くは昇進に影響すると考えてそれをしていない。「これらの関係はたいてい、個人の強い希望で秘密にされている。秘密にしておかなければ、政府に協力する権利を行使した結果、嫌がらせとかその他の憂き目に遭うと思っているからだ」

ターナーの談話によれば、危ない橋を渡っているのは自分たちがだましてスパイにした外国人ではなく、学者スパイのほうだった。ハーヴァードの指針は「諜報に関わる学者からあらゆる選択の自由を奪う」と、彼は結論づけた。

攻撃は最大の防御なり――この格言に従い、CIAは自ら「アメリカの大学コミュニティとの関係に関する規準」を定め、[41]これは現在も有効のままだ。財務省からCIAに移ってきたばかりの若い弁護士、ジョン・リゾがまとめた一ページに収まるこの規準は、現状維持を承認するもので、CIAが「個々の常勤の事務職員や教職員と個別の業務契約を結ぶこと、およびその他の継続的な関係を結ぶことを認める」ものだった。

CIAは、職員や教職員は、大学の上司に知らせるよう「勧める」が、「そのような告知や個々の動機がセキュリティ上の理由で開示不可能と判断される場合は、その限りではない」とした。

チャーチ委員会は、CIAとジャーナリストや聖職者との関係についても懸念を表明していたため、リゾは彼らとの関わりについても規準を定めた。彼にとって、ジャーナリストや聖職者を密かに利用する規準を大学関係者のそれと同じにするのは、この三者に明らかな類似性があるため、理にかなっていた。三者とも、国益と矛盾しようがしまいが、それぞれの真実を追い求める。三者とも彼らを信頼する専属の集団――学生、読者と情報提供者、信徒――をもっているので、スカウトとして貴重な存在となり得る。

だが、リゾはジャーナリストや聖職者との関係にはハードルを高くした。大学関係者とは違い、彼らを利用するときにはCIA長官直々の承認が必要となった。二重規準を設けた理由は、純粋に実務上の問題だと、リゾは二〇一五年のインタビューで語った。三つの集団のうち、大学グループは断然、CIAにとって最も重要だ。チャーチ委員会の計算によれば、CIAは五〇人のジャーナリスト、一握りの聖職者と関わっていたが、対する大学関係者は数百名にのぼる。「学者さんたちは数多くの大学で活動していた」とリゾは言う。彼はCIAの法律顧問代理に昇進し、二〇〇九年、開業するためにCIAを退職している。「あのように決めたのは、長官にはひとつひとつ承認している暇はないからだ」

ハーヴァードとCIAは惹きつけたい傍観者を横目で見ながら睨み合っていた。傍観者とはその他の大学だ。どんなに名門であろうが、大学一校だけではCIAを睨み倒すことはできない。だが、もしほかの大学もハーヴァードに続いたら、CIAはそう簡単には逆らえなくなる。「ハーヴァードの指針は萎縮効果をもたらすと思った」とリゾは言う。「誰もが、これは始まりに過ぎない、炭鉱のカナリアだととらえた」

リンゴの種を携えて西部を開拓したジョニー・アップルシードのように、ハーヴァードの指針を国中に植え付ける気でいたハルペリンも、同様に思っていた。だが、驚いたことに、土壌が不毛だった。ほかの大学は、CIAと教職員の秘密の関係を示す証拠がないなかで、ハーヴァードについていくのをためらった。証拠はチャーチ委員会によって公表が見送られていた。大学学長らはCIAに、協力している教職員の詳細を教えて欲しいと文書で申し入れたが、断られた。ハーヴァードの指針は自分たちの学問上の自由を侵害するとして批判する教授もいた。ハーヴァードの法律顧問、シュタイナーは、主な大学の法律顧問の団体から支援を得ようとしたが、上手くいかなかった。CIA長官ターナーがミシガン大学の教授陣に根回しをした結果、彼らは提案された指針の導入を否決した。[42]

ハーヴァードの指針を採用したのはわずか一〇校だけで、それも原案の規準をゆるめた改訂版だった。「ありがたいことに、ハーヴァードの手本に倣った大学はほんのわずかで、これが長引く問題になることはなかった」とターナーはのちに記している。

リゾは、ハーヴァードに「まったく牽引力がなかった」ことに驚いた。CIAへの協力を隠したとして懲戒処分になるおそれがあったハーヴァードでも、秘密の活動をやめさせることはできなかった。「ハーヴァードのなかに、ボックの指針に怖気づいた協力者がいたとは聞いた覚えがない」とリゾは言った。

四〇年経った今でも、ハルペリンは呆れている。「ハーヴァードがやれば、誰もが続くと思っていた」とハルペリンは語った。「誰もそうしなかった。本当にがっかりした。主な大学でそれを規準にできていたら、影響があったはずだ。私は困惑し、途方に暮れ、落胆した。しまいには、すっかりあきらめた」

ハーヴァードの指針を国中に植え付けられなかったため、アメリカの諜報機関と学界とのあいだに防火壁を設ける最後のチャンスがつぶれた。大学での秘密のスカウトに反対していた人々は勢いを失った。中国から大量の留学生がアメリカに流入し、FBIやCIAによる大学内での勧誘活動がますます盛んになっても、大学側はほとんど抵抗も見せず、一九七九年のソ連によるアフガニスタン侵攻以降は特にそうだった。一九四〇年代、一九五〇年代にみられた協調が再び生まれた。

チャーチ委員会の報告から一年が経過した一九七七年、ボストンを拠点に活動するＣＩＡ課報員が、ＭＩＴの物理学教授のオフィスにふらりと現れた。これを機に、長く壊れやすい関係が始まり、物理学者はＣＩＡに協力し、どこまで協力できるか、その限界を示した。

物理学者は、政府資金を得ているＭＩＴの核拡散問題イニシアティヴを指導し、米国政府に求められて機密情報取り扱い資格を得ていた。訪ねてきた課報員は、ＣＩＡでは核問題に関する専門家の助言を求めていると説明した。「あなたの学部にも、すでに協力してくれている人が何人かいます」と課報員は言った。「海外に行って外国人科学者と意見を交わしてくれませんか」

物理学者はすでにＣＩＡに協力していると告白したＭＩＴの同僚に相談したうえで、協力するのは自ら望んだときだけという条件付きで課報員の求めに応じることにした。「私は核兵器拡散には反対だが、ＣＩＡに雇われていると見られるのは嫌だった」と、彼は二〇一五年に語った。「核拡散は深刻な問題ととらえていたので、なんらかのかたちで貢献したいと考えていたが、不安もあった」。彼はＭＩＴの他の教授や執行部に自分の新しい役割について黙っていた。「私は話さなかった。ＭＩＴにいるほとんどの人は、そんなことは知りたくないだろうという気がしたのだ」

彼がオーストリア、ドイツ、日本、インドネシアなどの国々から帰ると、ＣＩＡが電話してきて彼にいろいろ尋ねた。誰に会ったか、どんなことを話したのか、何がわかったか。

報酬はなくても、ＣＩＡとのつながりが役に立つこともあった。たとえば、イラクの核開発についてさらに知りたいと思ったときは、ボストン中心部の商業ビル内にあるＣＩＡの秘密のオフィスに行く。そこの盗聴防止機能付き電話を使えば、外に漏れる心配もなく機密事項についても何でも話せるので、イラクが採用している旧式の爆弾製造法の専門家がいるテネシーの国立オークリッジ研究所に電話することができた。

一九八四年から一九八六年まで、ＭＩＴを休職して〈軍備管理軍縮局〉の客員研究員を務めていたときは、たまに微妙なミッションに派遣された。あるときは、ＣＩＡウィーン支局長に助言を求められた。表向きの肩書きは外交官となっている支局長は、アメリカ大使館内に広々としたオフィスを与えられており、物理学者は約束の時間にそこを訪れた。上品な三つ揃いのスーツ姿の支局長は彼を出迎え、ドアに鍵をかけ、大きなデスクにもどると、ボタンを押した。すると壁をおおっていた本棚が回転し、奥に部屋が現れた。そこに巨大な球形の金網の囲いが見える。本当にスパイ映画みたいだと思った物理学者は笑いだし、「もう一回やってくれませんか？」と頼んだ。

支局長は囲いのなかに彼を案内した。そこに入れば盗聴される心配もなく、傍受に成功した情報について話し合える。支局長は申し訳なさそうに、自分はＣＩＡ一家の出で――父もＣＩＡに勤めていたし、妻もＣＩＡだ――科学には詳しくないので、と言った。物理学者は承知しましたと言って、傍受された情報について、一般の人にもわかるように説明した。

ＭＩＴに戻った彼はまた海外へ行くことが多くなり、彼の状況報告も再開された。ＣＩＡが特別な関心を注いでいたのは、一九七九年にイラン国王が追放される前、一九七〇年代にＭＩＴで核工学を学ぶために派遣されてきたイラン人学生と彼との交流だった。何人かは新政権が誕生したあと、一九八〇年代半ばにイランに戻った。新政権は、国王のもとで中止されていた核開発を再開した。ＣＩＡはその能力について物理学者の評価を求めた。

そして、一九九〇年代後半、彼は直接ＣＩＡの仕事を請け負うよう求められた。インドへ行き、そこでさまざまな科学者と親交を結び、ＣＩＡが望む情報を入手するのだ。物理学者にとって、これは一線を越えることだった。ＣＩＡに海外出張の話をしたり、科学的な事柄を解説したりするのはかまわないが、任務を与えられ、学者としての地位を利用してＣＩＡのために密かに情報集めをするのは嫌だ。「私は断りました。ＣＩＡのスパイになる気は毛頭ありませんでしたから。ＣＩＡから公式に連絡があったのはあれが最後です」

だが、彼はもう一度——非公式に——連絡を受けた。二〇〇五年二月、当時のイラン国連大使で、現在外相を務めるモハンマド・ジャヴァード・ザリーフを交え、イラン人代表団と少数のアメリカ人核科学者がロウアー・マンハッタンで会合をもったが、彼はそのうちのひとりだった。科学者たちは、イランの核問題の落としどころを探るためのその会合について、アメリカ政府には知らせなかった。

その晩、件の物理学者が帰宅すると、電話がかかってきた。「ザリーフにお会いになりましたよね」と、女の声で言われた。「そのことについてお話がしたいのです」。ケンブリッジのレストランで、物理学者は会合で話し合われたことやザリーフの印象を訊かれ、答えた。彼女がどうして会合のことを知ったのかは訊かなかった。

ＣＩＡは学界との関係修復に乗り出した。[43]一九八二年、大学学長一四人がラングレーの本部に招かれ、長官や幹部と会った。一九七七年、ＣＩＡは「局内研究員《スカラー・イン・レジデンス》」プログラムを開始した。大学からサバティカル休暇を得ている教授を契約で雇い、ＣＩＡの分析官と意見交換するなどして、「大学にいては決して得られない情報に接する機会」を与えるのだ。一九八五年には、ＣＩＡが費用を負担して退職間近の局員を大学に派遣する「学内局員《オフィサー・イン・レジデンス》」プログラムも始めた。
「オフィサー・イン・レジデンス」の効果は「かなり複雑だった」と、元ＣＩＡ分析官、ブライアン・ラテルは語る。彼は一九九四年から一九九八年までこのプログラムの責任者を務めた。彼がその任を引き継ぐ前は「退職に追い込まれて当然の〝ダグウッド・バムステッド〟〔漫画『ブロンディ』の登場人物、主人公の夫で怠け者〕を何人も送り出していた」。なかには、何もすることがなく、ただキャンパスをうろついているだけの者もいた。ラテルは規準を定めた。このプログラムで派遣されるオフィサーは高度な学位をもち、教鞭を執る機会を与えられること。いくつかの大学は参加を拒否した。ラテルは、博士号取得者でイェール大学で教職経験がある、充分な資格をもつオフィサーを動員することにした。そして、イェール大学の教授や卒業生がＯＳＳをつくった時代を懐かしんでいる年配の教授たちに支援を求めた。ところが、イェール大学学長、リチャード・レヴィンがその案に反対したのだ、とラテルは語る。レヴィンにそのときのことを尋ねると、彼は「ぼんやりとした記憶」しかないと答えた。

　カリフォルニア大学サンタバーバラ校では、ＣＩＡのオフィサー・イン・レジデンスが開放的な大学の文化になじまず、これまでの秘密主義の経歴に相応しい寡黙さを発揮して顰蹙《ひんしゅく》を買っていた。

「そのオフィサーの度重なる『ノーコメント』や物事について語ることを拒否する姿勢が行き過ぎであろうがなかろうが、彼はどうやら、できるだけ目立たないように、できるだけ口数は少なくしなければと思っていたようだ」[44]と、このプログラムの歴史を記したＣＩＡの解説にある。教授たちは彼の追放を求めて署名運動を開始し、学生の抗議は「無数の逮捕に発展し、受け入れ先の大学もＣＩＡも等しく避けたがっていたある種の騒動をもたらした」。彼は「信頼ではなく疑念を呼び起こしただけで、まもなく大学を去った」

最盛期には、一〇校以上の大学にオフィサー・イン・レジデンスが派遣されていたが、最近のＣＩＡはその数を減らしている。ＣＩＡも名門大学もこのプログラムを過小評価していたと、アート・ハルニックは思う。ＣＩＡはオフィサーが大学生活について語るのをあまり勧めないし、ハーヴァードやＭＩＴなどの一流大学は、オフィサーには教える資格がないと考えていた。

ボストン大学にはそのような懸念はなかった。ＣＩＡで分析官、ふたりの長官のスピーチライター、ドイツ政府との連絡係、大学関連問題の調整役を二〇年以上にわたって歴任したハルニックは、一九八九年、ボストン大学のオフィサー・イン・レジデンスになった。大学側は彼に四階のオフィスを与え――「やつらが建物になだれ込んできても、あなたにたどりつけないように」と学部長は冗談で言った――彼は諜報戦略に関する科目をつくり、教えた。三年の派遣期間を終えても、彼はＣＩＡにもどらなかった。彼はボストン大学の国際関係学の教授陣に加わり、二〇一五年に退職するまでに二冊の本を著し、無数の論文を書いた。

ハルニックの授業のあと、彼と学生たちは一杯ひっかけに、ケンモア広場にあるパブ〈コーンウォール〉によく通った。学生のなかに外国のスパイがいることに彼は気づいていた。彼らは実地研修として彼の授業をとっていたのだ。「勘でわかった」と、ハルニックは二〇一五年のインタビューで語った。マサチューセッツ州ブルックラインにある彼の自宅の居間で話を聞いた。額に納めた地図が壁を飾り、彼がときどき弾く鍵盤楽器が置かれていた。「専門用語には特定のレベルがあるから。彼らは諜報活動はどう行うべきかについて、アメリカ人の見解を知ろうとしていた」

たとえば、タイに行った経験があり、タイ語を流暢に話すロシア人学生は「典型的なKGB諜報員の特徴をすべてもっていた」。ハルニックは彼が黒板に書いた暗号文を別のロシア人（女性）に解読してもらい、その見返りに昼食をおごらされた。「彼女の家族はロシア・マフィアとつながりがあった。マフィアの多くは元KGBだ。彼女はその世界の人だったのだ」

大学同様、CIAも決してその出身者を忘れない。ある日、CIAの秘密の国内部門、情報資源部が、有力な外国人学生はいないかと、ハルニックに訊いてきた。

「私は『教えてやれないこともないが、それ以上のことはしない』と言った」と、ハルニックは述懐する。彼は面接の段取りまではしなかった。「相手は『それは当方でやります』と言った。私は、学生を指さして教えるまではできるが、それ以上のことに巻き込まれたくなかった」

一九九〇年代にハルニックが指さした学生はクウェート王家の人だった。「その学生は私のクラスにいた。そのことが話題になった。名前に聞き覚えがあったのだ。彼にそのことを尋ねると『ええ、私は王子です』と彼は答えた」

CIAは教員ばかりか学生も供給し、大事な大学の管轄領域である入学許可に干渉している。あるケースでは、祖国で身が危うくなり、アメリカに逃げる必要がある貴重な外国人スパイのために入学を手配した。「長年、所定の地位にとどまり、危険を顧みない貢献をした外国人は、ある時点で祖国から密かに連れ出す必要が生じる場合もある」と、情報資源部の元部長、ヘンリー・クランプトンは言う。「再定住の過程で、CIAは彼らが新しい身分を得て新しい人生を築くのを手厚く支援する。肝心なのは仕事を見つけることだが、それには亡命した元スパイやその家族に、もっと教育が必要になることもある」

別の例では、CIAは外国人スパイの貢献の見返りに、フロント組織を通して彼らの子や孫がアメリカの大学に入学できるよう取り計らうなどして、その授業料を負担することもある。

「外国人をリクルートするときは『この男に何をしてやれるか?』を考える。ときには『娘をアメリカの良い学校へやりたい』と言われることもあるだろう」とオフィサー・イン・レジデンスとしてインディアナ大学にやってきたジーン・コイルは語る。彼は二〇〇六年にCIAを退職し、現在はインディアナ大学の実務家教員として、国家安全保障や諜報の歴史について教えている。

「そう言われたら、たとえば『ボストン・アードヴァーク〔ツチブタの意。ハードワークのしゃれ〕協会の奨学金に応募してみましょう』と答える。父親に現金をやるかわりに——そんなことをしたら、どこで手に入れたか言い訳に困るからね——その瞬間に創設されたアードヴァーク協会のウズベキスタン出身者向け奨学金を娘が受け取るというわけだ」

CIAは必要とあらば一流大学でも裏から手をまわせるが、スパイによっては名門大学を望まない場合もある。元CIA局員は、あるスパイの望みが簡単に叶えられるものだったことを憶えている。彼の息子は高等学校卒業者なら誰でも受け入れる、利潤追求型のストレイヤー大学を志望した。

「我々は南西部の州立大学におびただしい数のアラブ人を入学させました」と、この元局員は述懐する。「彼らは皆、石油工学を学びたがっていました。これらの大学は大量のアラブ人を抱えており、すんなり溶け込めるのです」

教授陣の構成は大きく様変わりしている。大学内のランクで上位にいた終身在職権をもつ教授は、非常勤教授や、政府機関や民間企業に勤めた経験のある「実務家教員」に取って代わられている。その結果、国家安全保障に携わった経験のある教授が増えている。ある者は人材スカウト役を引き受け、優秀な分析官か諜報員になりそうな学生を推薦する。

ジェロード・ポスト博士はその増殖中の群れの先駆者だった。大学と諜報機関の両陣営に通じ、アメリカの諜報機関に候補者をどんどん送り込んだ。イェール大学の医学生時代、彼は空いた時間に図書館でイアン・フレミングの『ジェームズ・ボンド』シリーズを好んで読んでいた。その後、ハーヴァードで精神科の研修医となったとき、繰り返しフロイト的なタイプミスを犯した。精神科医 psychiatrist のつづりの最初の二文字を入れ替えて、つい spychiatrist と打ってしまうのだ。

この予兆にもかかわらず、ポストは従来の学者の道を歩む予定だったが、それが予想外の方向へ進んだ。ハーヴァードの精神科に誘われてそれを受諾した直後、イェール大学医学部の二年上だという、ほとんど知らない人から電話をもらった、とポストは述懐する。その人は名をハーブと言った。

「来年の仕事は決まっていないんだよね」とハーブが言った。

「じつは、決まってるんだ」とポストは答えた。だが、ワシントンのジョージタウン近くの

〈ザ・ヒッコリー・ハース〉でハーブと昼食をとることを承諾した。

昼食時の会話はポストには謎だった。面接官が決して仕事内容を明かさない就職面接のようだった。ハーブは明らかにポストについて多くを知っているのに、さらに聞き出そうとしていた。

ついにポストは尋ねた。「ハーブ、これは仕事の話？」

ハーブは唇の動きを読まれるのを避けるように、歯を食いしばったまま言った。「それはここでは話したくないんだ」

ポストは木の鎧戸《よろいど》をつかみ、「ほら、ここには盗聴器なんて仕掛けられてないよ」と言った。

ハーブは微笑んだ。「きみはそういうのが好きだね。じゃあ、車でぼくのあとについてきてくれ」

ハーブはキー・ブリッジを渡ってヴァージニア北部に入り、見晴らしの良い場所で車をとめた。ポストもその通りにした。パトカーもそうした。ハーブは顔を赤くしていた。「前にもこういうことがあったんだ」と、彼は言った。ポストは異性愛者として充分幸せだが、ハーブがそれに気づかず、誘いかけてくるのだろうかと身構えた。

次の見晴らしの良い場所では、ふたりきりだった。ハーブはポケットからＣＩＡの秘密保持契約書を取り出した。「話す前に、これに署名してもらいたい」と彼は言った。

ポストは署名した。まもなく彼は大統領、国務長官、国防長官のために世界の指導者の心理的評価を行う試作プログラムに取りかかることに同意した。

それが一九六五年のことだ。それから二一年間、ポストはＣＩＡの〈性格および政治行動分析研究所〉を取り仕切り、人類学者、社会学者、政治学者、社会心理学者、組織心理学者、その他の精神科医を束ねた。彼の業績には、一九七八年のキャンプ・デーヴィットでの画期的和平合意に先立ち、エジプトのアンワル・サダト大統領とイスラエルのメナヘム・ベギン首相のプロファイルをまとめたことも含まれる。ポストは、ジミー・カーター大統領に、ベギンとは聖書の歴史の話題は避けてくださいと警告した。なぜなら、両者とも自分はそのテーマの専門家だと自負していたからだ。

ポストは、自らが新種のインテリジェンスととらえていたこの知的探求を楽しんでいたし、大統領や閣僚らは対決する相手の性格の偏りについて聞くのが大好きだった。それでも、ポストの仕事には賛否両論あり、CIA長官らは必ずしも肯定するわけではなかった。「彼のやっていたことは主流ではなかった」と、コロンビア大学の国際政治学教授で、長年CIAのコンサルタントを務めたロバート・ジャーヴィスは言う。「多くの人が、まやかしだと思っていた」

一九八六年、ポストは政府との太いパイプを求めていたジョージ・ワシントン大学に退いた。精神医学、政治心理学、国際関係学の教授として彼は自分の専門を生かした。政治倫理学課程を創設し、指導者の資質やテロリズムの心理など、人気のある科目を教えた。CIAの秘密主義に長年失望してきた彼は、CNNやMSNBC、その他のキー局に解説者として自ら進んでひんぱんに登場し、脚光を浴びた。一九九〇年にイラクがクウェートに侵攻すると、彼は新聞社から頼まれてサダム・フセインの性格分析を行い、このイラクの指導者について議会で証言した。

副業として、彼は自宅のオフィスで諜報員の相談にのっていた。そこでは、調査助手たちがワイヤーヘアード・ダックスフントのココやエミリーとソファの場所を取り合ったものだ。彼の教え子で調査助手だったロウリータ・デニーが彼の「異種混合世界《ハイブリッド・ワールド》」と名付けたものは、弟子たちが政府機関を志望したときに役に立った。「ジェロードのように人脈作りに励み、コネを維持している人はほかに知りません」と、現在、政府の国家安全保障関連の職に就いているデニーは言う。「彼は学生のためにドアを開けてくれました」

彼女は二〇一五年のメールで次のようにつけ加えた。「ジェロードは、学界共同体と諜報共同体のあいだに、歴史的に緊密な関係を再建するのに一役買いました。学生に近い立場にいて、人脈作りが得意で、前職の同僚とのつながりを絶やさなかった彼がいたからこそ、大きな溝に橋がかけられたのです」

ポストが私に語ったところによると、彼が推薦したのは、彼のＣＩＡの経歴を知っていて、助言を求めてきた学生だけだった。「こちらからは働きかけなかったし、そうするよう仕向けたこともない。私はただ、政府機関への就職を希望する学生の力になりたいと思っていた」

ある元学生の回想録は、これとは違うことを語っている。[45] ジョン・キリアコウは、一九八八年のある日、授業後、残っていてくれとポストに言われた。修士号取得間近のキリアコウは、米国人事管理局に就職が決まったところだった。二〇年以上前に、就職先を変更してＣＩＡに入局したポストは、キリアコウもそうするよう説得にかかった。

「彼がその分野の専門家として有名だということは聞いていた」と、キリアコウは記す。「私が知らなかったのは、彼が以前、ＣＩＡに勤めていたということだ」

ポストはキリアコウに、ＣＩＡへの就職を考えたことはあるかと尋ねた。キリアコウはない、と答えた。「ポスト博士はＣＩＡを愛するあまり、ジョージ・ワシントン大学の学生、特に院生のなかに有望なＣＩＡ候補はいないかと探していたのだ。じつは授業での私の分析能力や文章力に感心していた、と彼は言った。そして、私が国際関係や国際的パワー・ポリティクスに深い関心を抱いているようなので、とつけ加えた。私がＣＩＡになじめるかどうか、彼にはわからなかった……ＣＩＡの仕事はおもしろそうだと思った。少なくとも、ＣＩＡの人とあらかじめ話をしてみるだけなら害はないだろう」

キリアコウが承諾すると、ポストはすぐにその場でＣＩＡに電話した。三〇分もしないうちに、キリアコウは面接のために「ヴァージニア郊外にある無印のビルの、表札のないオフィスのブザーを鳴らしていた」。採用された彼は、感謝の気持ちを表すためポストにスコッチ・ウィスキーを一本送った。

二年後、ポストがＣＩＡで講演を行ったとき、キリアコウをはじめ、数名の若いオフィサーが壇上に集まり、彼に感謝した。「私たち全員がこの素晴らしい人のおかげで、この仕事に就くことができたのだ」と、キリアコウは書いている。

キリアコウは、ＣＩＡ時代のほとんどを秘密作戦に費やすことになる。オサマ・ビン・ラディンの側近とされていた——のちに間違いだと判明する——アブ・ズベイダを捕らえたパキスタン・テロ対策班を率いたのもそのひとつだ。ズベイダを含む囚人たちに「ウォーターボーディング」という水責めや〝強化尋問技術〟を用いるのに失望したキリアコウは、二〇〇四年にＣＩＡを退職する。その後、ある潜伏ＣＩＡオフィサーの名前をジャーナリストに漏洩した罪を認め、連邦刑務所で二年近く服役した。

ポストは、二〇〇五年に引退するまで学生を諜報機関に送り続けた。二〇一三年、女子学生二名がFBIに採用されたとき、彼は教室の学生たちの前で、彼女らに祝辞を述べている。「きみたちのために強力な推薦状を書いたことは覚えておいてもらいたい」と彼は告げた。「現時点で、私の学生で諜報機関に採用されたのは二八人。事を起こすのに必要最低限の人数はそろったと思う。私が合図したら、クーデターを起こすのだ」。祝福を受けるふたりが青ざめたのを見て、ポストは慌ててつけ加えた。「冗談だよ」

諜報機関と学界との結びつきが強まったのには世代交代の影響もある。ピッグス湾事件からヴェトナム戦争まで、一九六〇年代のCIAの秘密工作に反対しながら育ったベビーブーマーの教授たちが退職していき、代わってソ連のアフガニスタン侵攻、第一次湾岸戦争、九・一一を見て育った世代が増えてきた。若い教授陣は情報《インテリジェンス》を集め、ふるいにかけることは脅威にさらされている国にとって必要不可欠な武器であり、学術研究とも矛盾しない――それどころか望ましい――愛国者の義務であると考える傾向にある。

バーバラ・ウォルターは、CIAを教育するのは公共サービスだと考えている。カリフォルニア大学サンディエゴ校の政治学教授たちは、ウォルターの専門である内乱について、CIAの隠れ蓑のシンクタンクで無償の研究発表会を行っているが、ときにはファーストネームのみを記した名札をつけた聴衆を相手にすることもある。CIAの新人スカウトがサンディエゴ校を訪れたとき、ウォルターは一日がかりで大学院生の分析能力を測るための外交危機のシミュレーションを行うのに力を貸し、自らCIAオフィサーを演じた。「私は主役のひとりでした」と、彼女は誇らしげに言った。

だが、年配の同僚がこうした活動に眉をひそめているのは知っている。「私にとってひとつ興味深いのは、年上の同僚たちがCIA、あるいは諜報機関に協力するのを毛嫌いしていることです。ヴェトナム戦争を覚えている人、あるいはそれに接した人は皆、この本能的な反応を見せます」

グレアム・スパニアは、ウォルターの見解には当てはまらない。ヴェトナム戦争は諜報機関への偏見を彼に植え付けなかった。アイオワ州立大学の学部生、大学院生時代、スパニアは「体制の過激派」だった、と私に語った。大学在学中であることと健康上の理由で徴兵猶予を得て、戦争に行かなかったスパニアは、平穏かつ合法的な反戦デモを主導したが、行政の建物を占拠するといった挑戦的なやり方には反対だった。あるとき、デモ行進が乱れて荒れそうになると、彼は警官から拡声器を借りて、落ち着けと呼びかけた。

「私は法執行機関には最大の敬意を払っていた」と、彼は言う。「私は常に変化の最前線にいたが、組織を通した活動を信じていた。物事を変えるため、建物の外から叫んだり無意味なことをしたりするよりは、話し合いのテーブルについていたいと思っていた」

キャリアを積み、大学の方針を打ち出す執行部のテーブルについていた彼は、チャーチ委員会にもCIAやFBIの活動にもほとんど無関心だった。そして、一九九五年、ペンシルヴェニア州立大学（愛称、ペン・ステート）の学長に任命された。同大学は、防衛関連の研究ではジョンズ・ホプキンス大学、ジョージア工科大学に次いで、アメリカで第三位につけている。ペン・ステートは付属の〈応用研究センター〉で機密扱いの研究を行っていたため、スパニアは機密情報取り扱い資格を得る必要があった。

その審査が行われているあいだに、スパニアは南フロリダ大学のサミ・アル・アリアン教授と非常勤講師のラマダン・シャッラーが、イランの支援するテロリスト集団〈パレスティナ・イスラーム・ジハード運動〉に関わっていたという新聞記事を読んだ（別の外国出身の南フロリダ大学教授で、当時、教授陣に加わったばかりの彭大進はのちにFBIに関心をもたれる）。スパニアは、南フロリダ大学のベティ・キャスター学長が、アル・アリアンがテロリストの資金集め役とは夢にも思わなかった、FBIは「ひとつも」情報をくれなかったと恨み言を述べていることに衝撃を受けた。[46]

人当たりの良いシャッラーがイスラーム・ジハード運動のリーダーと名指しされ、イスラエルとの戦争を誓っていた。南フロリダ大学の国際研究センター長の「これ以上ないくらいに驚いています」[47]という発言も載っていた。

スパニアもそのとき誓った――驚かされてなるものか。学長として彼は「最後ではなく、真っ先に知らせてもらいたい」と思った。

彼は自分の会議室にペン・ステートで捜査を行う可能性のあるあらゆる政府機関を集めて会議を開いた。FBI、CIA、海軍犯罪捜査局（大学は海軍の研究も行っていた）、州警察、地元の警察署から人が呼ばれた。「私が彼らに言ったのは『この大学で重大な国家安全保障上の問題や警察沙汰がもちあがっても、私を信じてもらいたい。そのような事案が重要かつ秘密だということを私は理解している。陰でこそこそ嗅ぎまわるのではなく、安心して打ち明けてもらいたい』ということだ」

彼らは通知することに同意した。以後、月に一度はＦＢＩかＣＩＡから――あるいは、たいてい両方から――局員が来て、彼に状況報告をしたり、彼の助言を求めたりした。話題はだいたい、外国人留学生や客員教授がからんだ、防諜やサイバーセキュリティに関することだった。

二〇〇二年、デイヴィッド・Ｗ・ゼイディはＦＢＩの防諜部門の副部長になった。四半世紀前、彼はソ連の学生に近づくために、化学者を装ってピッツバーグ大学に潜り込んだ。いまではスパニア同様、彼も諜報機関と大学との円滑な協調を望んでいた。やがて、ＦＢＩとＣＩＡの局員がスパニアに、ペン・ステートでの試みを全国に広げて欲しいと言った。

こうして、二〇〇五年、〈国家安全保障高等教育諮問会議《NSHEAB》〉が創設され、スパニアがその議長に就任した。会議は、当時も今も、二〇人から二五人の大学学長や高等教育機関の学長からなり、最初は学生の反発を恐れて会議のメンバーであることを知られるのを嫌がる者もいたが、そんな不安は杞憂に終わった。スパニアはＦＢＩやＣＩＡと話し合いながら、名門の研究大学《リサーチ・ユニバーシティ》〔研究開発と研究者育成に重点を置く大学〕を中心に、メンバーを選んだ。

ＦＢＩでは学界は敵の陣地と見なされていたので、「我々がそれを立ち上げて運営できるとは誰も思っていなかった」とゼイディは語る。

ＮＳＨＥＡＢのメンバーは機密情報取り扱い資格を与えられ、ＦＢＩやＣＩＡの局員が秘密情報の報告のために定期的に彼らのもとへやってきた。たとえば、二〇一三年一〇月にＦＢＩ本部で行われた会議では、国家安全保障局の機密を漏洩したエドワード・スノーデンの捜査状況、ボストン・マラソン爆弾テロ事件、実験室や研究所に迫るロシアの脅威、国防総省が支援する海外留学生がイラン諜報機関の「主な標的になっている」件などが議題にのぼった。[48] 会議のあと、Ｆ

BIはワシントン中心部にある高級イタリアン・レストランで夕食会を主催した。[49]「FBIやCIAが我々に望むことと、国際的にオープンであるべきという大学に相応しい我々の姿勢とのあいだには隔たりがあります」と会議のメンバー、ライス大学のデイヴィッド・リーブロン学長は述べた。「しかし、ある朝目覚めてみたら、キャンパスに企業機密を盗む人間や、国を危機に陥れる人間がいた、というのでは困ります。我々は気まずい仲間同士ですが、どこかで折り合いをつけるべきです」

スパニアはFBI幹部に感心した。「彼らはフーヴァーにまでさかのぼるFBIの歴史や評判にとても詳しい」と、彼は語る。「私が受けた彼らの印象はその時代とは正反対だった。彼らは現場の人間にも本部全体にも」特定の宗教や国籍の学生のプロファイリングといった問題に対して「あくまでも慎重に行動するよう命じていた」

FBIとスパニアは、アメリカの大学での捜査について、彼かNSHEABに知らせることで合意していた。FBIはその約束を守り、ペン・ステートの学生がイスラーム・ジハード運動のメンバーに、「自分たちの遺産を血で書く」ために警察署や郵便局、ユダヤ人学校や託児所、その他のターゲットを襲撃しろとインターネットの掲示板で呼びかけているのに気づいたとき、大学側にそれを知らせた。[50]「FBIは監視している人物がいる、と私のところへ知らせに来た」と、スパニアは語る。「インターネットに流れているおしゃべりを拾っていた。非常に恐ろしいものもあった」。二〇一一年一月、駐車場で捜査官が学生に質問をしようとしたところ、学生は上着から弾をこめた拳銃を取り出そうとしたため、逮捕された。彼はテロ計画および、FBI捜査官を襲撃した罪で一〇二ヶ月の服役を言い渡された。

ＦＢＩから仲間入りを許された見返りに、スパニアは学界の隅々にまでＦＢＩの立ち入りを許可した。ＭＩＴやミシガン州立大学、スタンフォード大学、その他の大学執行部のほか、高等教育団体の理事や弁護士を招いてＦＢＩが支援する講演会を開いた。[51] その講演に来た人の多くは「最初はかなり疑っていた」と、スパニアは私に語った。彼らと同じく自分も学界の自由を重んじているのだと示すために〈アメリカ自由人権協会〉の会員証を見せ、Ｊ・エドガー・フーヴァーの部下が学生のファイルを盗み見ていた頃のＦＢＩとは違うのだと説いた。文化の違い、権威に対する考え方の違いなど、ＦＢＩと大学との関係の「問題」に言及したあと、対話と理解のために諮問会議がどのように開かれた場を提供しているかを説明する。それから、外国人留学生や客員〔教授／研究員〕に対するＦＢＩの懸念の数々を取り上げる。これは、ＦＢＩが自分たちの教室を嗅ぎまわるのを嫌う「学界の聴衆には、最初はなかなか受け入れてもらえなかった」

彼は、ＣＩＡと諮問会議に加わっていない学長との仲介役もこなした。「ＣＩＡの人間が学長のオフィスに電話をかけるのは難しい。電話に出た秘書に『私はＣＩＡの局員です。面談の約束を取りたいのですが』と言っても、相手にされないし、信じてもらえないだろう。誰かがそんな真似をする前に、私が学長に電話する。学長は皆、私を知っている。私の電話なら出る……私が『ＣＩＡの人間がそちらにうかがいたいと言っている。あなたの大学にはいまのところ、なんの問題もない』――たまに問題があるときもある――たいていの場合はただの顔合わせだ。私がファーストネームを教える場合もある。『ボブという人から電話がいくと思うから、よろしく』。一〇〇パーセントこれで上手くいった」

スパニアは、カーネギー・メロン大学《ＣＭＵ》とオハイオ州立大学の両学長にＣＩＡを紹介した。以後、ピッツバーグを拠点とするＣＩＡ局員が、一九九七年から二〇一三年までＣＭＵ学長を務めたジャレド・コーンを年に一、二度訪問した。「教職員のなかに直接ＣＩＡに協力している者がいることは知っていた」と、コーンは語る。「ＣＩＡは、教職員が海外の会議に出席したとき、そこで何がわかったかを知りたがった。私の印象や私がＣＩＡから聞いた話からすると、それは攻めるというより守るためだった。彼ら教職員が外国の機関にスカウトされないように予防線を張っていたのだ」

「私はそれが不安だったし、いまでも不安だ」と、コーンはつけ加えた。「私は六〇年代に育ったので、大学での抗議活動をよく覚えている。ＣＩＡがキャンパスにいるとわかっただけで、大騒ぎになっただろう。その点では、時代は変わった」

スパニアに勧められて、オハイオの南部と中部を管轄するＦＢＩ特別捜査官が、二〇一〇年、オハイオ州立大学の当時の学長、ゴードン・ジーのもとに客人を連れてきた。客人はファーストネームと電話番号だけが記された名刺をジーに差し出した。「ご職業は？」とジーは尋ねた。

「ＣＩＡに勤めています」と、初対面の男は言った。「私はスパイです」

スパイは演劇を専攻しており、「素晴らしく快活でおもしろいやつだった」とジーは振り返る。彼の訪問の目的は、ＣＩＡは今後、大学校内で勧誘活動を行うが、対象はアメリカ人だけではないとジーに伝えるためだった。「オハイオ州立大学に相当な数の外国人留学生がいたからだと思う」とジーは言う。「大学にＣＩＡの人間が訪ねてきたのは三〇年ぶりだった」

スパニアはひんぱんに海外へ行き、中国、キューバ、イスラエル、サウジアラビアなど、ＣＩ

Aが関心を持ちそうな国々を訪問した。彼が帰ってくると、CIAが旅の話を聞いた。「私は大統領、首相、企業の取締役、著名な科学者とともに時間を過ごした」と彼は私に語った。「諜報機関の人間や国務省の職員だったら、そんな機会は得られないし、そんなに表に出ることもできなかっただろう」

私は、アメリカの諜報機関から特定の情報を集めてくれと指示されたことはあるのかと彼に尋ねた。言い方を換えると、情報工作員として活動したことはあるか？ 彼は微笑んで言った。

「それについては話せない」

上のほうとつながりのあるスパニアは、政府の研究資金を大学全般に、なかでも特にペン・ステートに向けることができた。テキサスA&M大学学長としてNSHEABでスパニアの〝親しい仲間〟だったロバート・ゲイツが二〇〇六年一二月、国防長官に就任すると、ふたりは国防における学界の役割について意見を出し合った。

その結果、生まれたのが、アメリカの安全保障上、戦略的に重要な地域に関する社会科学の研究を支援する、国防総省の「ミネルヴァ・イニシアティヴ」[52]だ。

スパニアはCIAの科学担当主任、あるいはFBIの科学技術部門の部長との会合のたびに「あなたが最も必要としているものは何ですか?」と尋ねた。ほとんどの答は、それならペン・ステートでもできると思うものばかりだった。そのあと、彼はペン・ステートの適当な研究室長のところへ行き、CIAかFBIが求めているものを説明し、「向こうへ行って話を聞いてきたらどうだ?」と言った。

スパニアは二〇一一年一一月、ペン・ステートのフットボール・コーチの児童性的虐待事件をめぐる騒動のなか、学長を辞任し、そのすぐあとに〈国家安全保障高等教育諮問会議〉議長も辞任した。大学の理事会は捜査のためにルイス・フリーを雇った。[53] スパニアがペン・ステートにFBIを迎え入れたときのFBI長官だったフリーは、二〇一二年七月の報告で、理事や当局者による児童性的虐待申し立てをスパニアが繰り返し隠蔽したと告発し、彼には被害者への「同情心がみじんも」ないと責めた。スパニアは容疑を否認し、二〇一六年二月、フリーとペン・ステートが彼に罪を被せるために共謀したとして、両者をそれぞれ告訴した。[54]

スパニアのおかげで、CIAとFBIは今では大学の正門から入って堂々と校内を歩けるし、大学学長が直々に教職員や学生との面談を取り付けてくれる。だが、おそらくペン・ステートをのぞいて、彼らは未だに折を見て裏口から入り、大学内で捜査する場合、まず学長に知らせるというスパニアとの約束を破っている。

たとえば、二〇一一年の「アラブの春」の際、FBIは大学側に知らせずに、アメリカ全土のリビア人学生に聴取を行った。ニューヨーク州立大学ビンガムトン校の院生だったモハメド・ファルハートも聴取されたひとりだ。

ペンシルヴェニア州境に近く、丘に囲まれた埃っぽい工業の街、ビンガムトンで、ファルハートは二〇一五年一一月、二時間にわたり、自身について、FBIとの出会いについて私に語った。彼は熱心に、包み隠さず話し、流暢な英語に表現力豊かな身振り手振りを交えた。「私はおしゃべりなんです」と、彼は言った。「私はとても正直です。隠し事は嫌いです」。既婚で三児――一番上の娘はリビア生まれ、下の息子ふたりはアメリカ生まれ――の父である彼は、数え切れないほどの健康上の、心理的な、経済的な苦労と闘ってきた。一〇代の頃、校庭での事故で左目の視力を失い、糖尿病とうつ病を患っていた。

イスラム学者の父、リビア軍の将軍の伯父をもつファルハートは、首都トリポリから東へ一六〇キロの街、ズリテンで育った。工業大学で電子工学を学んだが、退屈に感じ、英語のほうが自分に向いていることに気づいた。数年後、彼は中等学校から大学まであらゆるレベルで英語を教えていた。

ムアンマール・カダフィの息子、サイフ・アル＝イスラーム・カダフィが、リビア政府は海外留学する五〇〇〇人に奨学金を与えると勅令を出したとき、ファルハートはその機会を逃さなかった。彼は二〇〇八年一二月、アメリカに到着し、ピッツバーグで一年間英語を学んだあと、ニューヨーク州立大学《SUNY》ビンガムトン校に入学した。

二〇一一年、アラブ世界全体に民主化を求める反政府運動が芽生えたとき、ファルハートは一学期間、休学し、カダフィ政権に反対するサイバー集団に加わった。アメリカにはおよそ一一〇〇人のリビア人学生がおり、ファルハートはその多くを知っていた。友人の何人かが電話してきては、ＦＢＩに事情聴取されたので、そのうち彼のところにも行くだろうと知らせてくれた。

不安になったファルハートはＳＵＮＹビンガムトン校の学長、エレン・バジャーに相談した。彼女は、ＦＢＩの尋問をはねつけるのに慣れていたのだ。外国人留学生を受け入れるとき、大学はビザ取得のために必要な書類を本人に発行する。その同じ情報が国務省と国土安全保障省に電子化されて送られるが、ＦＢＩには送られない。ＦＢＩは、このふたつの政府機関とは違い、このカテゴリーの集団を取り締まる権限がない。ＦＢＩが召喚状をもっていないなら、「家族教育の権利およびプライバシー法」のもと、学長が提供できるのは、在学期間、学位と受賞歴、学問分野など学生の基本データを含む「名簿に載せる情報」だけだ。

「わかりきったことですが、彼ら（ＦＢＩ）はできるだけ愛想よく私と話をして、私が提供する情報ならどんなものでも喜ぶという顔をしてきます」とバジャーは言う。「私はできるだけ愛想よく対応し、何も教えません。そうやってやりすごすのです」

彼女はファルハートに心配ないと言った。ＦＢＩはまず、自分のところに来るだろうから、そこで片付けると。ところが、ＦＢＩはバジャーを避けてきた。ＣＩＡはリビアの現地での諜報活動に関しては「少々無知」だったため、ＦＢＩがそこの状況について学生を尋問する役を任された、とある内部事情通が私に語った。ＦＢＩ捜査官は、教授や理事に知らせず、大学の外でリビア人学生に話を聞くよう指示された。情報提供者の身元が発覚するのを避けるため、ＦＢＩはできるだけ目立たないように心がけた。ＦＢＩは実際、貴重な金塊をこつこつと集めた。ワシントンＤＣ地域の学生が、アメリカにいるリビア人外交官のうち、誰が諜報機関の人間かを特定するのに協力した。

キャンパスの西にある、なんの変哲もない三階建てのレンガ造りの建物のなかにあるファルハートの自宅のドアを、ある捜査官がノックし、身分証を見せ、彼と話す時間の予定を立てたいと言った。ファルハートには断るという考えが浮かばなかった。

「権利について何も知らなかったんです」と彼は言う。「私たちの文化にそれはありません。私から見たら、ＦＢＩは絶対的な権力です」

ふたりの捜査官が予定の日の朝に現れた。イスラム文化に敬意を示して靴を脱ぎ、彼のキッチンのテーブルにつき、リビアの白黒の地図を広げ、彼にどこの出身かと尋ねた。

これがFBIによる五回の訪問の最初だった。毎回、一時間以上続き、二ヶ月にわたって行われた。地元支局の同じ捜査官が毎回来て、海外経験のあるふたりの捜査官のどちらかが付いてきた。ひとりは少しアラビア語ができた。最初のインタビューでFBIは、ファルハートがカダフィ支持派のリビア人を脅していないし、脅されてもいないことを確認しておきたいと説明した。

この任務は、リビア人学生のほぼ全員が国費留学生だったので、カダフィに忠実――反カダフィ革命を支援するアメリカに対してテロを計画している――かもしれないとのFBIの懸念からきている。その懸念は見当外れだとわかった。「学生たちはカダフィを嫌っていた」と、先述の内部事情通は述懐する。「時間の無駄だったとは言いたくないが、リビア人からの脅威はないということで内輪では納得していた」

捜査官らには、情報収集という別の目的もあった。ファルハートにリビアの社会や習慣について尋ね、中等学校以降の彼の経歴についても質問した。イスラム集団や組織に寄付をしたことがあるか？　いいえ。リビアに送金したことはあるか？　一度、借金を返すために。兵役に就いたことは？　いいえ。工業大学で電子回路の組み立てを習ったか？　いいえ、電球の取り替え方を習っただけです、と彼はふざけた。

「彼らは私からものすごく大量の情報を引き出しました」とファルハートは言う。何が彼を最も不安にさせたかというと、他のリビア人留学生から軍にいる伯父たちにいたるまで、自分たち夫婦の友人知人、親戚についても訊かれたことだった。捜査官らは、名前、メールアドレス、電話番号を知りたがった。ＦＢＩは彼のメールアドレスもフェイスブックの連絡先も知っていると言い、どのみち突き止められるだろうと思ったので、特にひんぱんに連絡を取り合っている相手の連絡先を教えた。

「彼らがフェイスブックも見ていることに不安を感じました。彼らはなんでも知っている。どこにも逃げ場がない。これには参りました」

四度目の訪問のとき、ファルハートは「困惑しています」と伝えた。次回を最後しようと思った。「彼らに『もうやめてください』と言おうと心に決めていました」。だが、それを言うために勇気を振り絞る必要はなかった。五回目の聞き取りで彼らは終了し、二度と来なかったからだ。

ファルハートがバジャーに捜査官のことを話したのはそのあとだった。「残念に思いました」と彼女は言う。「あのような状況になったら、こちらとしては学生たちが権利について正しく知っているかどうか、まず確認します。質問には一切答える必要はない。訪問を断ることもできる。『国際学生部長の同席を求めます』『教職員の同席を求めます』など条件をつけることもできる――。主導権はこちらにある。最低、これだけでも彼に伝えておきたかった」

第8章 偶然を装う出会いと媒介役のフロント企業
――CIAがお膳立てする国際会議

CIA諜報員はホテルの部屋のドアをそっとノックした。[1] 基調講演、パネル・ディスカッション、晩餐会を終えた会議参加者たちはそれぞれの部屋で休んでいた。部屋の監視カメラと盗聴器が、監視人のイスラム革命防衛隊員は眠りについているが、主《あるじ》はまだ起きていることを示していた。当然のことながら、彼が自分でドアを開けた。

CIAはこの出会いにこぎ着けるまでに何ヶ月もかけて準備してきた。民間のフロント企業を通して、そうとは知らない外国の科学研究所で国際会議を開く費用を出し、計画し、講演者や来賓を招待し、厨房スタッフやその他の従業員のなかに要員を潜り込ませた。そのすべては、イランの核の専門家を国外におびき出し、ほんの数分間、監視人から切り離して一対一で説得するためだ。直前の不測の事態により計画がもう少しで頓挫するところだった。会議主催者が選んだホテルが、イランの上司が認める金額よりも七五ドル高いという理由でホテルを変更したのだ。

諜報員は自分は誠実で、悪意はないと表すために、自分の胸に手を当てて言った。「サラーム・ハビビ〔アラビア語のあいさつ〕。私はCIAから来ました。私と一緒に飛行機に乗ってアメリカに行きませんか」

課報員にはイラン人の表情から彼が何を思っているか見当がついた。驚き、不安、好奇心が入り交じっている。前にも亡命者を扱った経験があり、科学者がいくつもの質問を頭に浮かべているのがわかった。家族はどうなる？　どうやって私を守ってくれるのだ？　私はどこに住むのか？　どうやって自立できるのか？　どうやってビザを取るのか？　荷造りする時間はあるのか？　断ったらどうなる？

科学者は最初の質問を口にしかけたが、諜報員がそれを遮った。「まず、アイスペールをもってきてください」と彼は言った。

「なぜ？」

「もし監視人が目を覚ましたら、氷を取りに行くところだと言えばいいんです」


学界へ侵入する手段のうち、おそらく最も大胆かつ、手の込んだ作戦として、ＣＩＡは密かに数百万ドルを費やして世界中で学術会議をお膳立てしている。その目的はイランの核科学者を国から誘い出し、諜報員が一対一で亡命を説得しやすい環境に置くことだ。言い換えると、ＣＩＡは学界の国際化に乗じて、大仕掛けを用意し、会議を主催する団体も、会議に出席したり講演を行ったりする教授たちをもひとまとめにだまし、イランの核兵器開発を遅らせようとしているのだ。一九九八年の映画『トゥルーマン・ショー』の主人公のように、会議出席者たちは、遠く離れた大いなる力が仕組んだ、現実を模したドラマに出演しているとは夢にも思っていない。いくら国家安全保障上の使命とはいえ、このように学者をもてあそんでもいいのかどうかは論議を呼ぶところだが、学者のほとんどは、だまされてＣＩＡの陰謀に加わったと知ったら腹を立てるに違いない。

学界の行事で、学術会議ほどスパイに利用されやすい場所はない。これら社会的、国際的儀式はグローバル化による普及で、いたるところで開かれるようになった。世界のゴルフやテニスのトーナメントの開催地のように、気候のよい土地ならどこででも開かれ、飛行機で飛び回る集団を惹きつけている。賞金が少ない場合は栄誉で補われる。研究者同士はネット上で常日頃からやり取りしているが、実際に同業者が集い、仕事上の人脈を作り、最新の機器をじかに見て、後日出版される会議議事録に収載される論文を届けることなどは、仮想空間では不可能だ。イギリスの小説家、デイヴィッド・ロッジは一九八四年刊の『小さな世界――アカデミック・ロマンス』で学究的生活を皮肉っている。「学会の魅力」は「仕事を遊びに変え、専門家気質と観光を結びつけるところにある。しかも、一切自腹を切ることなく。論文を書いて、世界を見よう！」

会議の重要性は、ノーベル賞受賞者やオックスフォードの特別研究員が何人来るかではなく、スパイの数で測れるかもしれない。弁護士が救急車を追うように、陸軍の新兵募集係が低所得者層の多い地域を集中的にまわるように、アメリカや外国の諜報員は、同様の理由で会議に集まる。そこが最高の猟場なのだ。なぜ銀行を襲うのかと訊かれたウィリー・サットンが「そこには金があるから」と答えたように、そこには獲物がいるから。諜報機関にとって関心がある教授はひとつの大学にひとりかふたりだろうが、適切な会議――ドローン技術、あるいは「イスラム国」に関する会議――に行けば、おそらく数十人はいる。ほかにすることがないスパイは、おそらく偽の名刺を財布に入れて最寄りの学会に向かうだろう。

「世界のどの諜報機関も、学会に関わり、学会のスポンサーになり、学会に人を呼ぶ方法を考えている」と、元CIA工作員は言う。ニューヨーク大学のマーク・ガレオッティ教授がつけ加える。「スパイを獲得するまでには、人を誘い込む長いプロセスがある。第一段階は、なんとかしてターゲットと同じワークショップに出ること。ただ挨拶を交わしただけでも、次に『たしか、イスタンブールでお目にかかりましたよね?』と言える」

また、学会では最新技術や政府方針について、機密扱いではないが公開前の貴重な情報が得られ、誤った解釈を専門家のパネリストが正してくれたり、曖昧な点を明らかにしてくれる。[2]「口頭での意見のやり取りは迅速に行われるため、何か理解できないことがあっても、あとで質問して解決できるし、何か新しい情報に結びつくものを見つけたら、それを追求できる」と、「中国のスパイ・ガイド」と呼ばれる『国防上の科学技術情報源とその獲得技術』(一九九一年)に書かれている。

FBIは二〇一一年、アメリカの学界に対して、会議には気をつけろと警告し、次のシナリオを紹介した。[3]

「ある研究者は、国際会議に出席するための論文の提出をお願いしますと、有り難迷惑な招待状を受け取る。彼女は論文を提出し、それが承認される。会議に行くと、主催者が彼女の発表内容のコピーが欲しいと言う。主催者はUSBメモリを彼女のノート型パソコンに挿し、彼女に気づかれないように、コンピュータから全ファイル、全データ・ソースをダウンロードする」

FBIやCIAも学会に群がる。ある元FBI捜査官によれば、アメリカでの集まりでは「外国の諜報員がアメリカ人を取り込もうとし、我々は彼らを取り込もうとする」。CIAは少なくとも四つの方法で学会に関わる。局員を学会に派遣する。情報コミュニティが学界の知恵を吸収できるように本部での会議を主催する。ワシントンのベルトウェイのフロント企業を通じて会議を主催する。見せかけの学会を開催し、敵対国から来たスパイ候補や亡命希望者に近づく。

CIAは世界のどこで、いつ、どんな学会が予定されているか監視し、めぼしい人材に狙いを定める、と、核拡散問題の専門家でシンクタンク〈科学国際安全保障研究所《ISIS》〉を創設したディヴィッド・オルブライト所長は語る。パキスタンで遠心分離技術に関する国際会議があるとする。CIAは潜入工作員を送り込むか、参加を予定している教授に報告の協力を求める。イランの核科学者がその学会に出ていることがわかると、翌年の学会でスカウトする候補に入れるかもしれない。

学術会議で得られた情報が政府方針を決定づけることもある。サダム・フセインがイラクで大量破壊兵器の開発をつづけているとジョージ・W・ブッシュ政権が思い込んだのも――あとで誤りだとわかったが――それが一因だった。「もちろん、我々のスパイや協力者は、イラクの科学者が国際シンポジウムにひんぱんに出てくるのに気づいていた。[4]化学や生物学を専門とする科学者が中心だが、それより少ない頻度で原子力の専門家も現れた」と、元CIA防諜担当官、ジョン・キリアコウは二〇〇九年の回想録に記している。「彼らは論文を提出し、ほかの参加者の研究発表を聞き、大量のメモを取り、ヨルダンに引き返し、そこから陸路でイラクへ帰るのだ」

そうしたスパイのなかには化学や生物学、原子力の修士、博士ではないために、間違った結論を導き出す者もいる。専門知識のないスパイはテーマを誤解したり、馬脚をあらわしたりする。ウィーンで国際原子力機関《IAEA》が主催する、同位体水文学や核融合エネルギーなどをテーマにした学会では「おそらくホールをふらついているのは実際の科学者よりも諜報機関の人間のほうが多い」と、一九七六年から二〇〇六年までCIAに勤めたジーン・コイルは言う。「そこにちょっとした問題がある。それらの学会のひとつにCIAの人間を送り込むときは、きちんと話ができるやつでないといけない。史学学士ではだめだ。『ええ、私はプラズマ物理学の博士号をもっています』くらいは言えなければ。それに、あそこは非常に狭い世界なんだ。どんな研究所があるか、みんな知っている。シカゴのエンリコ・フェルミ研究所から来たと言えば、『じゃあ、ボブ、フレッド、スージーを知っているね』と言われる」

そのような事態を避けるため、CIAは「数多くの科学者と協力関係にある」情報資源部を通して適切な教授に渡りをつける。「情報資源部では、六ヶ月先までの学会の予定を通知するウェブサイトすべてに登録し、購読している。ウィーンで学会があるとわかると、『スミス教授、これはあなたが参加するのがぴったりですね』と言う。

スミスは『私が行きましょう。誰としゃべったかあとでお知らせします。イラン人と鉢合わせても、きびすを返して逃げたりしませんよ』と応じるかもしれない。もし彼が『行きたいのはやまやまですが、大学の出張予算が少なくて』と言ったら、CIAかFBIは『ええと、エコノミークラスの航空券ならこちらでなんとかできるかもしれません』などと申し出るのだ」

教授に対するスパイの求愛行動はたいてい学術会議での偶然を装った出会いから始まる――スパイ用語で「バンプ」と呼ばれる技だ。元CIA海外工作員が私にそのやり方を説明してくれた。彼の名を「R」としておこう。

「私は学会で何人もの学者をリクルートしてきた」とRは私に語った。「私はそれが得意だったし、それほど難しいことではない」

彼は任務の合間に、これから行われる学会のリストをていねいに読み、ひとつを選び、前年の同じ学会で少なくとも二回は話しかけているので今度も出席すると思われる、有望な科学者を選び出す。RはCIAや国家安全保障局《NSA》の研修生にターゲットのプロフィールを作成してもらう。大学はどこか、指導教授は誰かなど。それから本部に電信を送り、出張費の承認を求める。コツは、支出に見合う成果が得られると思わせることだが、これを読む局員のうち会議場に近い支局の人間に先を越されないように、説得はほどほどに抑えておくことも大事だ。

次にRは隠れ蓑《カバー》を用意する。普通、ビジネスマンになりすます。企業の名前を考え、GoDaddy.comを使ってウェブサイトを立ち上げ、名刺を印刷する。存在しない会社の売上高、電話、クレジットカードの履歴を捏造する。名前には、自分用の七つの偽名からひとつを選ぶ。

Rは科学者ではない。彼の知人の物理学専攻のスパイとは違い、近づくきっかけに「あの人たちはリーマン予想の証明を試みているのでしょうか」などという台詞は使えない。だが、科学者の多くは社交が苦手で内向的だと知っているので、親睦会で隅のほうにいるターゲットににじり寄り、「あなたも人の集まるところが苦手ですか?」と言って立ち去る。

「偶然を装った出会い《バンプ》は一瞬でいい。相手に顔を覚えてもらうだけでいい」

ほかの人々にこのバンプを気づかれてはならない。人前でターゲットに話しかけるのは初歩的なミスだ。そこにいるのは科学者の母国から付き添ってきた監視人かもしれない。監視人に会話を報告されたら、ターゲットを危険にさらし、交渉を開始しようにも彼がこれ以上話を聞くのを避けたり、したくてもできなくなる可能性がある。

それから学会が終わるまで、Rは「狂ったように奔走し」、あらゆる機会をとらえて件の科学者に「偶然出会う」。CIAの隠語で「タイム・オン・ターゲット」と呼ばれるこの個々の接触は、ターゲットの親愛の情を測るために彼が自分で考えた職務成績測定基準に加算する。たとえば、相手の刊行物を予習しておいたRは、〇〇のテーマに関する素晴らしい記事を読んだが、著者の名前が思い出せないと言う。「それは私です」と科学者が顔を赤らめて答える。

数日後、Rは科学者を昼食か夕食に誘い、話を持ちかける。彼の会社は研究に関心があるとか、科学者の専門分野のコンサルタント業務を行っているとか言って、彼の研究を支援したいと申し出る。「私が出会った学者はみな、研究を続けるためにどうやったら補助金が得られるか、いつも頭を悩ませていた。彼らの話はそればかりだ」。Rと科学者は特定のプロジェクトと金額で合意する。金額は科学者の国によってばらつきがある。「パキスタン人なら一〇〇〇ドルから五〇〇〇ドル、韓国はもう少し高い」。CIAが外国人の科学者に金を払ってしまえば、たとえ最初、その出所を知らなくても、CIAは彼をコントロールできる。関係が明るみに出たら、彼の祖国での仕事も生活も危うくなるかもしれないからだ。

学会が終わると、科学者は帰国の途につき、Rは彼にセキュリティ上の注意を与える。ネットカフェに行き、USBメモリを使い、パスワードを知られないようにすること。「ターゲットは疑い深い。『ネットカフェに行くのに、なぜ三〇分も車を運転して行かなければならないのか?』と訊いてくる」。Rの会社は競合相手に企業秘密を盗まれるのを心配しているから、とでも答えておけばいい。

「あのような学会にあんなに多くの諜報員が正体を明かして集まっているのには驚いた」と、カーステン・ガイアーは語る。「イニシャルで表される様々な機関からおおぜいの人が来て、そこらじゅうを走り回っているのだ」

ドイツ外務省のためにサイバー・セキュリティ政策を主導するガイアーと私は、二〇一六年四月、ワシントンDCのジョージタウン大学で開催された「第六回サイバー・エンゲージメント国際年次会議」で話をした。[5] 二一世紀最大の難題、サイバー攻撃に関する基調講演を行うNSAとFBIの長官を、ガストン・ホールの宗教画やステンドグラスや古典の格言が、精巧な変装のように包み込んでいた。

このほか、NSAを退職した暗号解読の第一人者、国家情報会議の元議長、イタリア情報部の長官代理、スウェーデン情報部のために機密の研究を行う研究所所長がスピーチをした。出席者七〇〇人のほとんどが着けている名札を見ると、彼らがアメリカ政府職員、外国の大使館員、諜報機関の下請け、サイバー関連製品の販売業者、あるいは大学の教員だとわかる。

おそらく、すべての諜報員が身分を明かしているわけではない。公式には、四〇カ国――ブラジル、モーリシャス、セルビア、スリランカに至るまで――が参加しているが、ロシアは出ていない。ただ、階上席の奥に陣取り、ブリーフケースを手に討論会に耳を傾けている細身の若い男がいた。彼の上着のラペルに名札はない。私は彼に近づいて自己紹介し、彼の名を尋ねた。

「アレクサンドル」と彼は言い、少し間を開けて「ベロウソフ」とつけ加えた。

「この会議、どう思います?」

「さあ」と彼は言い、それ以上の質問を避けようとした。「私はロシア大使館の人間です。特に感想はありません。ちょっと見に来ただけなんで」

私は名刺を差し出し、彼のも求めたがだめだった。「一ヶ月前に来たばかりなんです。名刺はまだできあがっていないのです」

私はあきらめず、大使館でどんな仕事をしているのかと尋ねた。（あとで外交官名簿を調べると、彼は「二等書記官」となっていた）。彼は腕時計を見た。「失礼、もう行かなくてはなりません」

秘密でない会議では秘密は出てこない。その代わり、講演や討論会は、諜報用語で「オープン・ソース」と呼ばれる掘り出しものが得られる。公然と手に入る大量の情報を集めてジグソーパズルのように組み合わせると、そこに政府方針や最新科学が見えてくる〔これをオープン・ソース・インテリジェンス、略してオシントという〕。最近の諜報機関はますますこのオープン・ソースに関心を寄せている。

「私はＣＩＡのオープン・ソース・システムをつくった」と、ホールの外で、ライ・フォン・ハウテンは私に語った。彼はヴァージニア州アーリントンにある国家安全保障業務を請け負う民間企業〈ＣＡＣＩ〉のシステム・アーキテクトだ。彼が構築したシステムは、イランと北朝鮮の協力といった仮説を検証するのに役立てられている。中国人はオープン・ソースの情報を集めることに関しては「エキスパート」だと、彼はつけ加えた。「毎日、何万人もがそれに動員されている」

会議はまた、人脈作りの機会を提供し、その振りをする機会を与える。数年前、外国の大使館付き武官が会議の主催者であるジョージタウン大学教授で、元ＣＩＡ法律顧問補佐のキャサリン・ロトリオンテに、話がしたいとメールで連絡してきた。第一回の会議には出たが、最近の会議には出ていないので、それまでの経過を知りたいということだった。その翌年、武官は彼女を三度訪問した。彼は手土産――チョコレート、彼の国の標章が刻印された金貨――を彼女に渡し、アメリカにおけるサイバー・セキュリティ関連の出来事や専門家について尋ねた。機密情報取り扱い資格を得ているロトリオンテは慎重に対処し、機密扱いでない情報のみを渡した。

やがて、アメリカの諜報機関が、例の武官を捜査中だと彼女に知らせてきた。彼は外交官でもサイバーオタクでもなかった（なぜ彼が非常に基本的なことばかり尋ねるのか、これでわかった）。彼はスパイだった。国の政権中枢にいる軍幹部から、サイバー・セキュリティに関する情報収集を命じられ、その入手先に彼女が名指しされているらしい。

アメリカの諜報員に、武官はハンサムかと訊かれて、彼女は当惑した。「私は『あなたがたは彼を監視しているのですよね、それなのに、外見を知らないのですか？』と言い返しました」

彼女はもう武官と会うのをやめようかと提案したが、諜報員はそれに反対した。それどころか、武官への質問リストを彼女に渡した。彼の国の想定されるサイバー指揮系統を紙ナプキンに簡単に書き、そこで、どのようなサイバー・セキュリティが組織されているか彼に訊いてくれと言った。

ロトリオンテは協力を断った。「彼らは自分の仕事を私にやらせようとしたんです」と彼女は言う。捜査の結果がどうなったか彼女は知らないが、その後まもなく武官は彼女に連絡してこなくなった。

CIAはジョン・ブースの意見が聞きたいとき、彼に電話し、彼が学会の講演者となるよう段取りする。だが、学会の正式な招待状や議題のどこにもCIAの名前はなく、スポンサーには決まってベルトウェイの請負業者の名前が記載される。

CIAが陰に引っ込んでいるおかげで、ブースも他の学者も学会で忌憚なく見解を述べられる。そのような講演を実績として履歴書に載せるときは、CIAのコンサルタントだということを伏せる。彼らが調査を行っている国だけでなく、大学の同僚のなかにもそれを知ったら離れていく人がいるかもしれないからだ。

ノース・テキサス大学の政治学のブース名誉教授は、中南米研究を専門としているが、それらの地域の役人はこれまでの歴史から、CIAには気をつけろと学んでいる。「中南米に戻ってくるつもりなら、職務履歴にその種の講演は絶対に入れないでおくことだ」と、ブースは二〇一六年三月、私に語った。「そういう学会に行って、たとえそこに諜報か防衛機関の幹部がいても、履歴の一行には映らないようになっている。参加者にとっては〔見たくないものを隠す〕イチジクの葉っぱだ」

「学界ではいまだにこれに対する偏見がある。中南米研究の会合に行って、〝私はCIAが段取りした会議に出ました〟と触れまわることはない」

CIAは機密情報の泥沼にはまっている分析官に、学者の知見を得る機会を与えるため、外交政策に関する会議を企画する。学者は大局的に理解しているし、一般に手に入る情報源に詳しいからだ。参加する学者はたいてい謝礼の一〇〇〇ドルに加えて必要経費を受け取る。学者の研究発表のあとの質疑応答は、普通の学術会議のそれと変わらないが、違う点と言えば、参加者の多くが――おそらくCIAの分析官たちだろう――ファーストネームだけの名札をつけていることだ。

ブースがこれまでに出席した諜報機関がお膳立てした会議一〇回のうち――最近の二〇一五年の会議は、アメリカに流入する中南米の難民の子供たちがテーマだった――一回か二回は、CIAと国家情報長官室《ODNI》が直接手配したものだ。残りは、CIAに代わって会議を主催する、増殖中のベルトウェイの媒介業者――スパイ用語で「カットアウト」という――のなかでも先頭を行く〈セントラ・テクノロジー〉が請け負った。

「カットアウトはなくてはならない」とガレオッティ教授は私に語った。

CIAは〈セントラ〉に資金と招待者リストを渡し、招待された人はヴァージニア州アーリントンのバルストン地下鉄駅近くにある〈セントラ〉の会議場に集まる。そのウェブサイトによれば「顧客にとって会議、ゲーム、協働作業に理想的な環境」だ。

「とにかく、〈セントラ〉を見つけたら、CIAかODNIだと思っていい」と、長年CIAのコンサルタントを務めたロバート・ジャーヴィスは言う。「学者には薄い隠れ蓑《カバー》でも事足りると考えているのだ」

一九九七年創立の〈セントラ〉は、これまで二億ドル以上の政府の仕事を請け負い、そのうちの四〇〇〇万ドルはCIAの業務支援が占める。たとえば、CIAの拷問に関する五年におよんだ上院情報委員会の調査で、機密扱いの電信や文書を編集し、修正した作業もそこに含まれる。[6]同社幹部には元諜報機関の人間がひしめいている。創立者で最高幹部のハロルド・ローゼンバウムは、CIAの科学技術顧問を務めた。上級副社長のリック・ボーガスキーは国防情報局で朝鮮半島部門の主任だった。調査担当副社長のジェームズ・ハリスはCIAで二二年間、分析プログラムを監督した。グローバル・アクセス部長のペギー・ライアンズは長年CIAの部長、諜報員を務め、東アジア赴任経験が数回ある。〈セントラ〉の分析部長、デイヴィッド・ケニンはCIA分析官を三一年間、務めた。

ブースと同じく、インディアナ大学の政治学者、スミット・ガングリーは、〈セントラ〉主催の会議で何度か講演した。「セントラの仕事をしたことがある人なら、それが事実上、アメリカ政府に協力していることになると知っています」と、彼は言う。「もしそれがCIAだったら、不機嫌になる人もいるでしょう。私はそのことを平気で同僚に話します。それで腹を立てられても、お気の毒としか言いようがありません。私はアメリカ国民です。わが国の政府にできる限り役立つ提案をする務めがあると考えています」

〈セントラ〉の主催で四回、講演をしたことがある別の政治学者は、〈セントラ〉は匿名の「顧客」の代理だと言われた。彼はファーストネームだけの名札をつけた聴衆がいるのに気づき、そのとき初めて彼らがアメリカの諜報機関の人間だと知った。彼はのちに学術会議でひとりかふたり、同じ人物に出くわした。彼らは名札もつけず、講演者だけを載せたプログラムにも名前がないので、ほとんどの人は彼らが情報分析官だとは気づかなかった。

〈セントラ〉はCIAとの結びつきを隠すことで成長した。二〇一五年、ウェブサイトから経営幹部の経歴を削除した。「主な顧客」として、国土安全保障省、FBI、陸軍、その他、連邦政府の一六の機関を並べているが、CIAはない。私がローゼンバウムに電話し、〈セントラ〉は

ＣＩＡのために会議を開催しているかと尋ねると、彼は「おかけ間違いではないですか。当社はそのようなことに関わっていません」と言って電話を切った。次に、私はボストン北部の郊外、マサチューセッツ州バーリントンの、とあるビルの五階にある〈セントラ〉のオフィスに行ってみた。訪問者記録には訪問者の国籍と「訪問の目的」を秘密であろうがなかろうが、書き込むことになっていた。受付係が人事部長ダイアン・カルピッツを呼んできた。彼女は礼儀正しく私の話を聞き、ローゼンバウムに相談し、〈セントラ〉はコメントしないと私に言った。
「率直に言って、顧客からメディアとは話をしないように言われておりますので」

ＣＩＡの代わりに表に出て会議をお膳立てしている〝老賢人〟は、〈ランド研究所〉だ。政府支援の防衛研究で有名な〈ランド研究所〉は、一九四八年に戦闘機メーカーから分離したシンクタンクで、これまで何十年もＣＩＡの代理を務めてきた。二〇一五年七月一四日、〈ランド〉は「民兵組織の動態およびイラクとシリアの影響」に関するＣＩＡの会議を主催した。

この会議は機密扱いではなかったが、ワシントンでは最も固く守られた秘密だった。メディアには非公開のうえ、〈ランド〉のウェブサイトにも載らなかった。討論会に出席する教授への招待状にＣＩＡの名前はなかった。「〈ランド研究所〉はアメリカ政府と共同で会議を開催します」と記されているだけだ。カリフォルニア大学サンディエゴ校の政治学者、バーバラ・ウォルターは、その職務履歴書の「政策状況説明と講演」の項目に、「二〇一五年七月、ワシントンＤＣ、〈ランド〉」、『イラクとシリアの教訓』」とだけ載せている。[7]
〈ランド研究所〉はこのような会議を月に二回主催し、そのほとんどのケースで諜報機関との秘密保持契約を交わしている。〈ランド〉の内部予算にも、会議に諜報機関の資金提供があったことは示さず、「一般的で、目立たない表示」にする、と事情に詳しい人物が私に語った。

そうしておけば、〈ランド〉のシステムにハッカーが侵入しても、資金の出所がCIAだとわからないからだ。

〈ランド〉のように、政府資金を得て防衛研究を行う別の非営利組織が、情報コミュニティの隠れ蓑となっている。第二次世界大戦中、ドイツの潜水艦を阻止するために、海軍がMITの研究者を集団で動員して設立された〈海軍分析センター〉は現在、非営利組織CNAが運営し、様々な連邦政府機関に協力している。

イラン研究の専門家、ボストン大学のホウチャン・チェハビ教授は、二〇一二年、ヴァージニア州アーリントンで開かれた、イランと宗教に関するCNAの学会に出席した、と私に語った。彼はそこで、アメリカの諜報機関に勤めている教え子数人に出会った。CNAはその顧客リストにCIAも他の諜報機関も一切あげていなかったと、彼は言った。もしそれらの名前が出ていたら、彼は行かなかっただろう。自分の評判に傷がつくかもしれないし、「真の学者ではなく、自分の知識を高く買ってくれるところに売るのがうまい人……と思われるのも困る。諜報機関は会議を外注するとき、自分たちが何をやっているか充分承知している」。〈セントラ〉と同じく、CNAもコメントを拒否した。

同じ年、チェハビはイスタンブールで開かれた〈国際イラン学会〉の会議に出席した。彼は同学会の会長で、トルコを開催地を選んだのは、そこならイランの学者たちもビザがおりて出席できるからだ。ところが、イランの強硬派のマスコミが、会議はシオニストの謀略であると非難したため、その選択が裏目に出た。[8] たしかに、会議にはイスラエル人の参加も予定されていたし、イラン＝イスラエル関係に関する討論会も計画されていたが、イランの諜報機関は自国の科学者が西側の同業者にスカウトされるのではないか、亡命するのではないかと警戒していたのだろう。この非難は効果があった。イランからは六〇人が申請を出していたが、出席したのは五人だけで、講演したのは二人だけだった。

「会議が開かれたイスタンブールのホテルの多くの部屋に、イランの諜報員がいたと断言できます」と、チェハビは言った。「イランはトルコに諜報員を常駐させていますから、ホテルに潜り込ませるのは簡単です」

イランが自国の科学者の忠誠心を疑っていたのは、まんざら間違いでもなかった。会議の期間中、イラン人がチェハビに廊下で声をかけ、自分は内密の情報をもっており、西側へ亡命したいと言った。「直感で彼を信じようと思いました」と、チェハビは述懐する。「彼は妻を伴っていました。ふたりとも緊張していた。彼はすべてを危険にさらす覚悟をしているように見えました」

それでも、罠の可能性もあり、チェハビは慎重に慎重を重ねる道を選んだ。「当方はそのようなことには関わりません。これは学術会議なのです」

イラン同様、アメリカの諜報機関は国際会議を、イラン人学者を西側へ亡命させるための現代の「地下鉄道」〔アメリカの南部の奴隷を北部へ逃したシステム〕ととらえている。ＣＩＡはこの弱点を最大限に利用した。科学国際安全保障研究所《ＩＳＩＳ》のデイヴィッド・オルブライトが私に語ったところによると、ジョージ・Ｗ・ブッシュ政権以降、アメリカはイランの核兵器開発を遅らせるための秘密計画に「無限の資金」を注ぎ込み始めたという。そのひとつが、イランの核科学者に亡命をうながす、CIAの「頭脳流出」作戦だ。《ロサンゼルス・タイムズ》が二〇〇七年にこの作戦を暴いたが[9]、それに学術会議が利用されているという言及はなかったので、これを詳しく取り上げるのは本書が最初ということになる。

イラン国内で科学者に近づくのは難しいので、CIAは友好国か中立国で行われる学術会議に彼らをおびき出す、と、この作戦に詳しい元諜報員が私に語った。CIAはイスラエルと相談して候補を選ぶ。そして、媒介者《カットアウト》を通して、有名な科学研究所で開催する会議を準備する。媒介者はたいてい実業家を装い、五〇万ドルから二〇〇万ドルの開催費用をCIAの資金で引き受ける。実業家はテクノロジー会社の社長ということにするか、あるいは、研究所と実業家の利害が一致するようなダミー会社をCIAがつくる。研究所はCIAの関わりに気づかない。「学者に気づかれなければ、それだけみんなにとって安全だ」と元諜報員は私に語った。どの媒介者も自分がCIAに協力していることは知っているが、その理由は知らないし、CIAが使うのは一回限りだ。

会議のテーマは、民間に応用でき、イラン人ターゲットの研究内容とも合致する核物理学の分野に絞る。研究所は講演の登壇者や聴衆に多くの学者を招待し、CIAは伝手を通してリストに件の科学者が含まれていることを確認する。

普通、イランの核科学者は大学の仕事に就いている。どこの教授もそうだが、彼らは公費で行く視察旅行が好きだ。イラン政府は、最新研究の情報を仕入れるため、最新技術の業者と会うため、そしてプロパガンダのために、ときには科学者に監視付きで会議への出席を許可する。

「イラン人の立場から見て、彼らは核の平和利用に関する会議に科学者を送り出すことで明らかに得をする」と、ロネン・バーグマンが私に語った。気鋭のイスラエル人ジャーナリスト、バーグマンは、『シークレット・ウォーズ　イランvsモサド・CIAの30年戦争』の著者で、現在、イスラエルの諜報機関、モサドの歴史を取り上げた次作に取り組んでいる。「彼らはこう言う――そう、我々は民間の科学技術を民間で利用するために、科学者を学会へ行かせている」

この任務につくCIA工作員は、学生か技術コンサルタント、あるいはブースをもつ出展者になりすます。彼の最初の仕事は、科学者から監視人を引き離すことだ。あるケースでは、CIAにリクルートされた厨房スタッフが監視人の食事に毒を盛り、激しい下痢と嘔吐を起こさせた。機内食か、食べ慣れない料理のせいにできるだろうと考えたのだ。

運良く、工作員は数分間、科学者がひとりでいるところをつかまえ、説得にかかることができた。彼はファイルを読み込み、常日頃彼と接している人、いわゆる「アクセス・エージェント」と親しくなり、そのイラン人に関する知識を詰め込んでいた。そうしておけば、科学者がCIAと取引するのをためらうとき、あなたのことはすべて知っていますと言って、それを証明できるのだ。ある工作員は、亡命を勧める相手に「あなたは精巣癌を患って左の睾丸を失いましたね」と告げた。

科学者が亡命に同意しても、気が変わって逃げるかもしれない。「その男に絶えず勧誘を繰り返す」。彼が無事、空港行きの車に乗ると、CIAは提携する諜報機関と協力して、必要なビザや搭乗用の書類をそろえる。また、彼の妻子をアメリカに連れて行くために手を尽くす――が、大愛人は別だ。ある科学者はそれも求めた。CIAは科学者と家族の再定住を行い、子供たちが大学や大学院へ行く費用を含め、長期にわたる恩恵を与える。亡命者のほとんどは博士号を取得しており、自分の子供たちにもそれを望む。

学術会議やその他のルートを使い、イランの核兵器開発を遅らせるのに充分な数の科学者がアメリカに亡命したと、この作戦に詳しい元CIA局員が私に語った。彼によると、イランの核開発のために遠心分離機を組み立てていた技術者は、ひとつ条件をつけて亡命に同意した。MITの博士号が欲しい。残念ながら、CIAがイランから彼を密かに連れ出すとき、免状や成績証明書など、資格を証明するものを置いてきてしまった。最初、MITは彼の入学を検討して欲しいというCIAの要請を拒否した。だが、CIAがしつこく食い下がったため、この有名な工科大学は通常の審査手続きを回避し、CIAに便宜を図ることにした。MITは関係する学部から教授たちを集め、亡命者を質問攻めにした。彼は口頭試験で高得点を取り、入学を許可され、やがて博士号を取得した。

MIT側はそのような話は知らないと否定した。機械工学の学科長、ガン・チェンは「それについては私はまったく知りません」と言った。だが、イランの核開発と政治的発展を研究していた、南カリフォルニア大学の石油工学教授、ムハンマド・サヒミは、イラン核開発に携わっていた亡命者が機械工学でMITの博士号を取得したと、私に話した。

いずれにしても、ふたりの学者がこの話の主な要素を裏づけている。MITの機械工学教授、ティモシー・グタウスキーは次のように語った。「私たちの研究室にいた若い男性のことは知っています。彼についてですが、イランで遠心分離機に関わる仕事をしていたとか耳にしました。

それで私は、いったいここで何が起こっているんだろうと思いました」。グタウスキーはそのイラン人の名前は忘れたが、長身でハンサムで、笑顔が魅力的な若者だったと語った。

もうひとりのイラン人核科学者、シャーラム・アミリは二〇〇九年、サウジアラビアへの巡礼の際に行方不明になった。彼は二〇一〇年イランに帰国し、ＣＩＡに誘拐されたと言い張った。アメリカ当局者の話では、彼は自ら望んで亡命し、情報提供の報酬に五〇〇万ドルを受け取ったが、家族が恋しくなって帰国したのだという。二〇一五年に公開されたメールには、二〇一〇年に当時のヒラリー・クリントン国務長官に宛てて彼女の側近から送られたメールが含まれているが、それらはアメリカ当局の話を裏付けているように思える。[10] イランは、アメリカに重要機密を渡したとしてアミリに有罪を宣告し、二〇一六年八月、彼を絞首刑に処した。

ＣＩＡは科学者を誘拐するよりは、ほかの手を使うだろう。断ればどうなるのかという恐怖も亡命を決断する弾みになり得る。元工作員によると、ＣＩＡは彼らに、イランに留まっていれば、いずれ暗殺されますよ、と話すらしい。

「あなたは死刑宣告を受けたも同然です」と、あるＣＩＡ工作員は迷っている科学者に警告した。「アメリカとイスラエルは、あなたがイランの核開発の主要メンバーであると知っています」

同じ情報源によると、ある科学者は、ＣＩＡが自分の子供たちまで守ってくれるとは信じられず、ＣＩＡの申し出をはねつけた。「私の子供たちはテヘランに留まっていたほうがよい人生を送れると思う」と彼はＣＩＡ工作員に言った。

「我々はあなたを殺しますよ」と工作員は告げた。

「死ぬのは私だけだ」イラン人は言った。「そうでなければ、ＩＲＧＣ（イスラーム革命防衛隊）に全員殺されるだろう」

科学者たちは、ＣＩＡの脅しを真剣に受け止めなければならない。二〇一〇年から二〇一二年のあいだに、四人のイラン人核科学者が暗殺され、一人が負傷した。[11] 殺害にはおそらくふたつの目的がある、ただでさえ少ないイランの核兵器の専門家集団を抹殺する。そして、イランのほかの科学者が核開発に加わるのを阻止する。イランは、アメリカとイスラエルが暗殺を共謀したと責めたが、アメリカはそれを否定した。イランは、一件の暗殺容疑でモサドの工作員とされる男を有罪にし、二〇一二年に彼を処刑した。[12]

右派の著名な政治家はこうした暗殺を称えている。ペンシルヴェニア州選出の元上院議員、リック・サントラムは、二〇一一年、共和党の大統領候補者指名争いをしていたとき、次のように述べた。「イランで核開発に携わる科学者が死んだと聞くたび、私はそれは素晴らしいことだと思う」[13]

アメリカ政府は、特定の条件下での外国人の暗殺を容認している。チャーチ委員会が、ＣＩＡはフィデル・カストロなど外国の指導者の抹殺を目論んだことがあると暴露すると、これを受けて暗殺禁止令が大統領令として出されたが、差し迫った脅威に対する正当防衛の殺害は除外すると解釈されている。平時における「正当なターゲット」に対する武力行使は「そのような個人や集団が」国家安全保障上の「差し迫った脅威」である場合「暗殺には該当しない」と、アメリカ軍と諜報機関の顧問弁護士の一九八九年の覚書にある。[14]

とはいえ、ＣＩＡが科学者を暗殺したとは考えにくい。二〇〇一年九月一一日のテロ攻撃の犯人に対する武力行使をアメリカ議会が許可したため、連邦政府はアル・カイダや関係するテロリスト集団の殺害を容認した。だが、イラン人科学者はこれとは別の問題だ。コンピュータ・ウイルス「スタックスネット」を使ったサイバー攻撃など、イランの核開発を妨害するアメリカの秘密作戦は実行されているが、両国は戦争には至っていないし、科学者たちはテロリストではない。私が意見を聞いた国家安全保障関係の弁護士によれば、アメリカまたはその同盟国に対して使用する武器をイランが製造していると大統領が判断した場合、アメリカはイランの核施設を合法的に爆撃でき、その施設や地下壕に居合わせた科学者を抹殺できるが、科学者を直接狙うのは法の拡大解釈だ。

諜報機関はときには脅迫戦略として、実際にはそのつもりはなくても、殺すぞと脅すことがある。デイヴィッド・オルブライトによると、CIAか同盟国の諜報機関は、パキスタンの物理学者、アブドゥル・カディール・カーンが構築した核拡散ネットワークの主要メンバーであるドイツ人技術者、ゴッタルド・レルヒのスイスの自宅に手紙を二度、送った。最初は、もし彼が遠心分離機設計図をイランに売り渡したら「深刻な事態を招く」[15]と警告した。二度目の手紙では、彼の死体が川に浮くだろうと、露骨に言い表した。レルヒは核技術を提供し続けたが、無事だった。

イスラエルがイラン人科学者を暗殺したのは、「アメリカから暗黙の了解があった」からだろうとバーグマンは言う。彼の推測はこうだ――アメリカは「イスラエルに科学者の誰某《だれそれ》をリクルートするつもりだと教える。その作戦が行われているあいだ、イスラエルはその男を殺しはしない。だが、もしリクルートが失敗に終われば、イスラエルはおそらくその報告を受け、彼を殺すかどうかを決める」

アメリカの諜報機関はかつて、核科学者を殺すつもりで学会におびき出したことがある。だが、それは戦時中に行われた作戦だったため、戦争に協力している民間人を暗殺することは、国際法のもとでは自衛手段として正当化されたかもしれない。第二次世界大戦中、CIAの前身である戦略情報局は、メジャーリーグのキャッチャーだった有名なスパイ、モー・バーグを、一九四四年のある講演に派遣した。行き先は、ナチス・ドイツの原爆製造計画に携わるヴェルナー・ハイゼンベルクが請われて講演を行うことになった中立国スイス。

スイスは「ドイツ人科学者にとって、外国の学会に参加できる唯一の場所であり[16]、彼らはそれを楽しみにしていた。シュナップスやチーズ、チョコレートなど、ドイツではもう手に入らなくなっていたものが、チューリッヒやベルンではまだ豊富に出まわっていたのだから、なおさらだ」と、一九九四年のバーグの伝記『「大リーガー」はスパイだった』に、ニコラス・ダウィドフは書いている。

多言語を操るバーグは、物理学を専攻するスイス人学生に扮し、拳銃を携帯していた。ドイツはまもなく原子爆弾を完成させるとハイゼンベルクがほのめかしたら、彼を撃てと命じられていた。ハイゼンベルクはそのようなことは言わず、「拳銃はバーグのポケットに収まったままだった」[17]

少なくともふたりのイラン人核科学者が、海外の学会に出席してから一年以内に、暗殺されている。テヘラン大学の素粒子物理学教授、マスード・アリ・モハマディは二〇一〇年一月、彼の車の横にとめてあったオートバイに仕掛けられた爆弾が遠隔操作で爆発し、自宅前で死んだ。一〇ヶ月後、シャヒード・ベヘシュティ大学教授マジード・シャフリヤーリーは、テヘランの大通りを運転手付きの車で移動していたところ、オートバイが走ってきて彼のプジョーに並び、車に爆弾を装着し、彼を吹き飛ばした。アリ・モハマディは「イランの核開発に結びつくプロジェクトに参加しており、それに関する広い知識をもっていた」とバーグマンは言う。シャフリヤーリーは「イランがウラン濃縮のレベルをあげるために重要な役割を果たしていた」と、サヒミは二〇一五年一二月のメールで私に告げた。

殺された教授はふたりとも、二〇〇九年一二月にヨルダンで行われたＳＥＳＡＭＥ（中東における実験科学及び応用のための放射光国際センター）の会議に出席していた。ＳＥＳＡＭＥとは、中東地域の科学の向上と国家間の協力を推進するためにつくられた研究施設だ。バーグマンによると、「イランの諜報機関は……モサドがこの会議を利用して彼らをイスラエルのスパイに勧誘しようとしたか、あるいは彼らへの監視を強化したと考えている」

サヒミは私に次のように語った。ＣＩＡがＳＥＳＡＭＥ会議でアリ・モハマディとシャフリヤーリーに近づき、亡命を勧めたことは「あり得る」。二人は断っただろう、と彼は言う。「二人ともイランの愛国者だった」

第9章

アイヴィーに隠れて

ケネス・モスコウは、ハーヴァード大学ジョン・F・ケネディ公共政策大学院、通称ケネディ・スクールへ提出した願書に、趣味は友人たちと海外の山に登ること、と記していた。[1] そして、それから何年も経ったあと、彼はそのようにして死んだ。キリマンジャロの火口の淵に向かう途中、山頂から二時間歩いたところで高度障害で倒れたのだ。山の仲間と一緒だった。そこにはCIAの元同僚も含まれていた。彼らは代わる代わる蘇生を試みたが、だめだった。[2] 救援ヘリコプターも空気が薄いその高度までは飛べなかった。

ハーヴァード大学で執り行われた葬儀の参列者は一〇〇〇人を超えた。[3] 六週間後に大統領に就任することになるイリノイ州選出のバラク・オバマ上院議員[4]は選挙活動の合間にモスコウ夫人にお悔やみの手紙を送り、彼の「生きることに対する情熱」や「冒険好きでエネルギッシュな精神」を称えた。モスコウの愛国心を称え、遺族には彼が亡くなった日に議事堂に掲げられていた国旗が贈られた。[5]

各紙の死亡記事は、彼をCIAの偉人《レジェンド》と伝えた。ボストン郊外で育ち、旅行好きで、スペインに留学し、ケルアックのようにアメリカ国内をヒッチハイクでまわった。ハーヴァード大学時代にアマチュアのボクシング大会「ゴールデン・グローブ」に出て、試合に勝ったこともある。[6]卒業後はロー・スクールに進むつもりだったが――「弁護士が多すぎる」[7]と言って――進路を変更し、CIAに入局した。スペイン駐在となり、かつらで変装し、[8]マドリードの街を赤のマスタング・コンヴァーティブルで飛ばした。

　彼はいつも急いでいた。次の赴任地キプロスから帰ると、一年で行政学修士の学位が取れるケネディ・スクールのミッドキャリア課程〔七年以上の職務経験が応募要件の一つ〕に入学した。彼はそのとき三〇歳だったが、彼の職種ではまだ駆け出しの部類に属し、同級生のなかでは最も若いほうだった。そこで、彼はアメリカ国内外の政界、産業界、軍部の未来の指導者たちと交流した。スペイン語が堪能な彼は、南米出身のクラスメートと仲良くなり、そのなかには、グアテマラの元国防相、ヘクトール・グラマホや、じきにコスタリカの大統領となるホセ・マリア・フィゲーレスがいた。「夫はケネディ・スクールでおおぜいの人と出会い、とてもよいつながりができました」と、彼の妻、シェラー・ラファーティ・モスコウは私に語った。

　ケネディ・スクールの多くの級友にとって、二〇〇八年九月に彼が四八歳で亡くなったのは二重の衝撃だった。彼の早すぎる死を悲しむだけでなく――「彼はとても人気があり、気さくで、身だしなみがよく、いつも笑顔で、握手の手は力強かった」と、ある元級友は言った――彼がスパイだったと知って驚いた。彼は級友や教授に、国務省の外交官と称していたが、それは海外で使っていた表向きの肩書きでもあった。ケネディ・スクールの写真付き名簿の彼の職歴には、マドリード、ニコシア、キプロスの大使館に勤務した政治担当官、「関心のある分野」に「政府とビジネス」と「国際関係／安全保障」をあげる国務省の外交官と書かれている。

「少なくとも私の周辺では、彼がＣＩＡに勤めていたのを誰も知らなかったと思います」と、ケネディ・スクールの同級生、バーバラ・グロブは言う。彼女は現在、サンフランシスコ周辺で非営利組織のための広報業務を行っている。「誰かが『ところで、ケン〔ケネスの愛称〕がＣＩＡだって知ってた？』と言うのを聞いたことがありません」

だが、彼はやむを得ない事情で、ケネディ・スクールの級友のひとりに打ち明けている。本物の国務省の外交官、クライド・ハワードは、同僚とおぼしき人物と知り合いになりたいと思っていた。「ケンはたしかＦＳＯ（外交官）のはずだよと聞き、私は彼に話しかけ、共通の友人がいるかもしれないと思って、国務省でどんな仕事に就いていたか尋ねました」と、ハワードは当時を振り返り、メールで説明した。「彼は、自分はＣＩＡの人間だと私に打ち明け、ここだけの話にしておいてくれと言いました。私は海外で国務省職員の肩書きで活動するＣＩＡの人と一緒に仕事をした経験があり、そういうのに慣れていました……彼のことはクラスメートには話しませんでした」

学界へ潜入する諜報機関は、学会や研究室ばかりでなく、学業の中心である教室にもおよぶ。世界各国の将来有望な人々の知己を得るため、これまで数多くのＣＩＡオフィサーが正体を隠してケネディ・スクールに入学し、このことはだいたいハーヴァード側も承知のうえで受け入れていた。モスコウはそのひとりに過ぎない。[9] 一九九一／九二年度の一年だけで、少なくとも三人のＣＩＡ秘密諜報員がケネディ・スクールのミッドキャリア課程に入学し、三人とも国務省職員と称していた。ＣＩＡとハーヴァードがこれまで四〇年間、この慣例を隠し続けていたという事実は、そんなことで教室での討論と学生同士の交流の健全性が保たれるのか、アメリカの大学にはアメリカの諜報機関を学内に受け入れる義務があるのかという、学界の境界線に関するより大きな疑問を投げかけている。

外国の諜報機関もケネディ・スクールに覆面スパイを送り込んでいるが、大学側はそれを知らない。アメリカの学界で最も有名で評価が高い公共政策大学院で、隣の席の人は何者なのか、その人は誰に雇われているのか、わからないのだ。

諜報機関がケネディ・スクールに集まる理由は、それがグローバル化というものであり、アメリカ政府上層部につながるルートでもあるからだ。卒業生は、エクアドル、リベリア、ボリビア、ブータンなど、少なくとも十数カ国で大統領や首相になっている。[10] 二〇一四年以降、五人もの卒業生が日本の内閣閣僚に就任している。[11] アメリカ国内に目を向けると、オバマ政権のアシュトン・カーター国防長官は、本業のケネディ・スクール教授を休職して、その任を務めた。

二〇一五年のある朝、ホールの掲示板に貼られた告知には同スクールの幅広く、多岐にわたる特性が現れていた。サウジの皇子を迎える会、日本、セルビア、ヨルダンにおけるリーダーシップ、組織作り、政策提言に関する討論会、テレビ・ジャーナリストのマーヴィン・カルブがウラジーミル・プーチンについて語り、ハーヴァード大学教授で《ニューヨーカー》の寄稿者、ジル・ルポールが報道と世論調査について語る講演会、サウスカロライナ州知事ニッキー・ヘイリーの知事室のクライシス・コミュニケーションについて学ぶ会などが並んでいる。

「全世界が向こうからやってくる感じです」と、ある畏敬の念に打たれた卒業生は言う。

そこにはCIAも含まれていた。一九七〇年代にデレク・ボックとスタンスフィールド・ターナーのにらみ合いで距離を置いていた、ハーヴァード大学とCIAは仲直りした。互いの文化の違いを覆い隠すには、互いに譲歩し、CIAが透明性を高めるいっぽう、ハーヴァードはもっと隠蔽体質になる必要があった。

新しく生まれた親交は、双方が恩恵を被るケネディ・スクールで特に著しく見られた。専門職大学院として、その目的は政府の仕事をこなせるよう学生を教育することであり、CIAは重要な雇用者であると同時に、専門知識、資金、招聘講演者、高い評価を与えてくれる源であった。長年、アイヴィーリーグで占められていたCIAは、ハーヴァードをオフィサーの訓練の場として好意的に見ていた。また、積極的にケネディ・スクールの卒業生を雇い、その教授に助言を求め、その外国人留学生と親交を深めた。

かつて、引退した政治家の避難所と言われたケネディ・スクールはいまでは引退した諜報機関の大物で溢れている。[12]二〇一五年四月にそこで講演を行ったCIA長官ジョン・ブレナンは、聴衆のなかの「私の元副官」、マイケル・モレルに手を振った。この元CIA副長官も、元CIA長官デイヴィッド・ペトレイアスも、ケネディ・スクールの〈ベルファー科学・国際関係研究所〉の非常勤上席研究員だった。ペトレイアスは定期的にベルファー・センターのオフィスで謁見を行い、研究員や学生がお目通りをかなえるために順番に並んだ。ハーヴァードの学長、デレク・ボックと対立した元CIA長官のスタンスフィールド・ターナー海軍大将は、大統領対外情報活動諮問会議議長を務めたブレント・スコウクロフト空軍中将とともに、ベルファー・センターの季刊誌《インターナショナル・セキュリティ》編集委員会に名を連ねる。伝説的なCIA諜報員、ロルフ・モワット・ラーセンやチャールズ・コーガンも同センターに在籍している。所長のグレアム・アリソンはCIA長官の諮問会議に加わっている。[13]

これらの結びつきは公開されているが、その他はあまりよく見えないようになっている。CIAとケネディ・スクールは、ボックが禁じた秘密の勧誘活動さえ行わなければ、CIAオフィサーが身元を隠して学ぶことに同意している。普通、そうした覆面オフィサーは自分はCIAの人間だとケネディ・スクールの執行部には知らせるが、教授やクラスメートには知らせない。スクール側もそのことを口外しない。

実際面では、これは合理的だ。ケネディ・スクールはCIA局員のうち、分析官などは堂々と受け入れているので、工作担当官《ケース・オフィサー》を除外するのは不公平に思える。彼らこそ、現場の目と耳というだけでなく、CIAの中枢であるというのに。だが、外国人に囲まれた環境で本業を明かせば、それがリヤドやジャカルタに伝わり、そこで偽の肩書きが使えなくなるおそれがあるため、あくまでも外交官という肩書きで押し通す必要がある。

だが、嘘をついている学生の存在はケネディ・スクールの主な教育目標のひとつを脅かす。未来の指導者が学ぶこの課程は、個人の体験や仕事上の体験について、他国の同じ立場の人と率直な議論を交わし、文化の違いや国への偏見を克服することを目指す。偽の身元を明かさないように気を遣っている学生は率直な意見を述べることができない。その意味では、CIAの覆面オフィサーは教室の中でも外でも、本来もっとこの学習過程に貢献できたはずの政府職員の席を奪っていると言える。

「正体を隠した人がいるという状況は落ち着かない」と、コロンビア大学教授で、長年CIAのコンサルタントと《インターナショナル・セキュリティ》の編集会議のメンバーを務めたロバート・ジャーヴィスは言う。「大学の精神とは正反対だ」

密かに勧誘を行う問題は特に危険をはらんでいる。ボック学長のもとでまとめられた一九七七年の「ハーヴァード・コミュニティとアメリカの諜報機関との関係」に関する報告は、ハーヴァードにＣＩＡ工作員が入学していることは触れずに、「教授や事務職員、もしかしたら学生も」新人募集係に利用されていると非難している。「学界のメンバーが密かに政府の代役を務めるのは不適切である……ハーヴァードのキャンパスに身元のはっきりしない個人がいて、他人の見解を探ったり、ＣＩＡで使われるかもしれない情報を入手したりしているという状況は、自由で独立した大学の理念とは矛盾する。そのような振る舞いは、自由な会話を抑制し、大学コミュニティに属する人々の関係をゆがめる」[14]

ＣＩＡもハーヴァードも、級友をリクルートしてはならないとオフィサーに警告していた。「それは越えてはならない線《レッド・ライン》だ」と、ハーヴァードの執行部のひとりが私に語った。「みんな、それを了解した。我々は彼らがそれを守ると信じた。ＣＩＡがルールを理解していることを確かめるため、私はスクールを代表してＣＩＡの教官幹部と話し合った」

それでも、たとえ身元を隠したＣＩＡオフィサーが外国人の級友を正式に勧誘しないとしても――ルールが順守されているかどうか監視する人はいない――たとえば、ハーヴァード・スクエアの酒場か、スクールの数ある親睦会でビールでも飲みながら、有望な協力者を育てるのを阻むものはない。卒業後、オフィサーは海外に行ったり、あるいはハーヴァードの同窓会に出たりして知人と新たに親交を結び、ＣＩＡ関係者だと明かすことなく、懐かしいケネディ・スクールの学友から情報を得る。

「たとえばある学生がＣＩＡオフィサーで、ロシア人の隣に座っているとする。『ビールでも飲みに行こう』と誘い、友だちになり、それがやがて報酬を払う間柄に発展する」と、元ケネディ・スクール学長、ジョセフ・ナイ教授は言う。「そんなこと、どうやったらわかるというのだ。そんなことがあっても学長には調べようがない」

ＣＩＡはケネディ・スクールの外国人学生をリクルートするのに熱心なあまり、ときどき勇み足を踏む。二〇〇一年九月一一日以降、ＣＩＡはケネディ・スクールの職員に二度、働きかけた。最初は、パキスタン人で将来、政府や警察機構の期待の新人になりそうな学生を教えてくれと言った。情報源として育てるつもりに違いない。職員は断った。二度目は、エグゼクティヴ・エデュケーションの講座を履修しているパレスティナ自治政府の職員のうち、誰が優秀か教えてほしいと言った。ＣＩＡは、おそらくフロント企業を通して、パレスティナ人のグループにスクールで学ぶ機会を与えると申し出た。彼はその話を別の職員にまわしたので、それがどうなったかは知らない。

ある外国人学生が、現在は引退しているケネディ・スクールの上席副学部長ジョセフ・マッカーシーに、ハーヴァードと無関係の人たちから昼食に連れ出され、スパイに勧誘されたと苦情を申し立てたことがある。

「学生は動揺していました」と、マッカーシーは言う。

マッカーシーは学生に渡された電話番号にかけた。「そちらは誰、何者?」と彼は尋ねた。

「当方は連邦政府の一部局。それ以上のことは言えない」

次に彼が電話をすると、その番号は使われていなかった。

諜報の経験があるアメリカ陸軍准将、ケヴィン・ライアンは、防衛と諜報研究の拠点であるべルファー・センターで防衛・諜報研究プロジェクトを指導している。ＣＩＡと会い、海外出張の話を聞きたい、外国人招聘講演者について訊きたいと言われた、と彼は私に語った。彼は断った。

「関わりたくない」と、彼は言う。「私のしていることがアメリカ政府とつながりがあると、人に思われたくない。私の場合、経歴がすでにアウトひとつ分だからな」

この研究プロジェクトの毎週行われるセミナーにはケネディ・スクールの学生や研究員だけでなく、アメリカ政府機関の職員や軍人もたびたび参加しているが、ライアンの対応のせいか、そのほかの理由からか、ＣＩＡは局員を送り出していない。だが、政策立案者に近づく機会のあるエグゼクティヴ・エデュケーションへは局員を送っている。ケネディ・スクールのドル箱と見なされている、このエグゼクティヴ・エデュケーションが提供する各講座の多くは、受講期間が二週間から四週間で、修了者には学位ではなく修了証書が授与される。国内外の政府機関の管理職を対象としたシニア・エグゼクティヴ・フェローズ講座は、商務省の貿易関連の仕事に就いていると思われる受講生が二種類——表向きの偽名のと、本名——の修了証書を求めることがある。[15]「私たちは、アメリカ政府から給料をもらい、政府から学費を出してもらっている人なら正体がわからなくても受け入れます」と、この講座に詳しい人から聞いた。

国家および国際安全保障に関するシニア・エグゼクティヴ講座で教える元米空軍中将、タッド・オエルストロームにとって、学生のなかスパイが隠れているという状況は、教育上の経験を高める効果がある。アメリカ人と外国人が半々の、七〇人ほどの学生が、二週間で受講料一万二五〇〇ドルの講座を受ける。[16] この講座は年に二回あり、国家安全保障局、国防情報局の両長官を含め、多くの将来の指導者を育ててきた。[17]

学生のなかには、おそらく海外の諜報機関員《インテリジェンス・オフィサー》も含まれている、とオエルストロームは私に語った。「彼らが何者なのか私たちにはわからない。なかには、別の使命を胸に秘めてここにやってくる者もいると思う」

アメリカの諜報員に関しては、「わかるときもあれば、わからないときもある」が、ＣＩＡが彼らの受講料を負担していることには気づいている。「彼らの経歴は深く詮索しない」。普通、オエルストロームは前もって秘密を打ち明けられ、彼らの偽の肩書きを受け入れる。「こちらから『写真付き名簿にはなんと書いてもらいたいか?』と訊く」。もし、名簿には載せてもらいたくないと言うなら、それも認められる。彼はＣＩＡが級友にリクルートを試みることは心配していない。「彼らは長年、この講座に参加してきた。そういうことが絶対起こらないとは言い切れないが」

外国であろうが国内であろうが、スパイは歓迎すると、オエルストロームは言う。討論は機密扱いではないし、受講者が今後、情報漏洩やスパイ活動が日常的にある、本物の、広い、不確実な世界へ出ていくときに授業が役に立つ。安全な環境に慣れた管理職にとって、機密情報に触れずに会話をする必要があると気づくことは、リーダーが学ぶべきことの一部だ。

また、それは冗談の定番でもある。学生たちは最初に集まったとき、ひとり三〇秒で自己紹介をする。「もし誰かが『私は諜報機関から来ました。名前はジム・スミスです』と言ったら、私はふざけて『彼の本名は……』と言う。すると、誰もが緊張を解く」

一九八六年、ロバート・ゲイツはケネディ・スクールに意外な提案を持ちかけた。当時、CIAの副長官だったゲイツは、CIAはあまりにも俗世間と隔絶し、内向きになっていると感じていた。それに、CIAの分析官とホワイトハウスの政策立案者のあいだで、情報収集《インテリジェンス》の失敗をめぐって責任のなすりつけ合いがおこっているのにもうんざりしていた。スクールと議論を重ねて磨きをかけた彼の提案は、アメリカ諜報機関の幹部のためのエグゼクティヴ・エデュケーション講座の運営費をCIAが負担するというものだ。授業では、キューバ・ミサイル危機からソ連の崩壊まで、情報収集が関わる決断について、スクールが用意した様々な事例研究を議論する。

ハーヴァードのインテリジェンス・政策講座はボックとターナーの対立以降、CIAとハーヴァードが互いに歩み寄ったことを示している。また、この講座そのものが国の安全保障と学界の自由とのバランスを調整する事例研究となり、さらに、秘密を前提とした諜報機関と、大学内での秘密研究を禁じる大学との協力の複雑さを取り上げた事例研究にもなった。

「ハーヴァードが諜報機関と契約を結んだ経験がほぼ皆無であるのと同様、CIAは秘密でない契約書を書いた経験がほとんどなかった」[18]。この講座の主な講師に就任し、事例研究を監督したフォリップ・ゼリコウがのちに記している。

ハーヴァードの中東研究センター長が主催した会議にCIAが資金を提供したことが発覚し、そのスキャンダルをしのいだばかりのハーヴァード大学執行部は、ゲイツの申し出に消極的で、またメディア・バッシングにあうのではないかと恐れていた。[19]「ひどく叩かれそうだと思った」と、当時、ケネディ・スクールの学長だったアルバート・カーネセイルが私に語った。

ハーヴァードの疑り深さに打ち勝つため、CIAは長年の伝統を破った。同講座を公開することに同意し、数ヶ月間の激しい議論の末、教材をあらかじめ検閲するという要求を取り下げた。また、文書の機密指定を解除し、人々にインタビューを許可することで事例研究を容易にした。一九八七年一二月に発表された、この講座の計画はメディアで好意的に報道され、ハーヴァードは安堵した。《ボストン・グローブ》の見出しは「一〇〇〇万ドル相当のハーヴァードの研究のため、CIAは秘密のルールを放棄」となっていた。

ハーヴァードとCIAは、事例研究にも、一週間から三週間で終わる講座にも満足し、一九九〇年代はずっと契約を更新し続けた。ただ、交渉は毎回難航した。ある年、CIAはハーヴァードの会計年度最終日の前日、六月二九日になってもまだ契約書に署名していなかった。講座の事務職員、ナンシー・ハンティントンはハーヴァードの法律顧問に電話し、彼女とアーネスト・メイ教授は資金もないのに講座を成立させているので、明日には刑務所行きになると訴えた。大学側はCIAに連絡し、CIAはクーリエ便で契約書を送った。

一九九七年にCIA長官に就任したジョージ・テネットは、前任者ほどハーヴァードでの実験に熱心ではなかった。そして、一九九九年、ケネディ・スクールはソ連のアフガン侵攻に対するアメリカの対応に関する事例研究を行った。「秘密活動の政治学――アメリカ合衆国、ムジャヒディン、スティンガーミサイル」と題され、一九八六年レーガン大統領がCIAの反対を押し切り、アフガニスタンの反政府勢力にスティンガーミサイルを送った背景の論戦を暴いた。説得力があり、ていねいに調査したこの事例研究は、かつてCIAパキスタン支局長を務めた三人の名前を出していた。さらに、一九七八年から一九八八年に没するまでパキスタンの大統領の座にあったムハンマド・ジア・ウル・ハクと、一九八一年から一九八七年までＣＩＡ長官を務めたウィリアム・ケイシーの仲の良さについても書いていた。「ケイシーはレーガン政権でジアに最も近い人だった」と、この事例研究は報告している。

国防次官補や数名の上院議員（二〇〇七年の映画『チャーリー・ウィルソンズ・ウォー』〔Charlie Wilson's War〕で一躍時の人となったテキサス州選出議員も含まれる）に、いかに出し抜かれたかを説明した記述に、ＣＩＡは苛立った。「ジア・ウル・ハクの名前をはっきり出すことにＣＩＡは反対したと聞いています。彼がＣＩＡに協力したのは秘密だと考えていたようです」と、その著者、カーステン・ランドバーグが私に語った。

ＣＩＡは「インタビューが記録されたことにも動揺」したようだ。「すべてのインタビューは機密扱いにするものととらえていたらしい」とランドバーグは続けた。「ＣＩＡはこの事例研究を全部ひっくるめて非公開にするよう私たちに求めてきました。それができないとわかると、今度はインタビューの原稿とテープをすべて提出するよう要請してきました。私たちはそうしませんでした」。ハーヴァードの弁護士がその決断を支持した。

「この争いは何ヶ月も長引き、わだかまりを残した」と、長年ケネディ・スクールの執行部を務め、現在の肩書きは「戦略的プログラム開発」上席副学部長というピーター・ジマーマンは述懐する。「それでＣＩＡはふんぎりがついた」。透明性に幻滅したＣＩＡは契約を更新しなかった。

受講生の多くはＣＩＡの分析部門の管理職だが、なかには秘密工作部門の局員もいて、彼らは偽名で登録していた。ケネディ・スクールは、講座の修了証書には名前の欄を空白にして彼らに渡した。[20]

ひとつの講座が終わったとき、ハンティントンのもとへCIA受講生が立ち寄り、この講座は「非公開《プライベート》」かと心配そうに尋ねた。

「どういうこと？」

「(ハーヴァードの）政治学研究所で、ある人物に出くわして身元がばれました」と彼は言った。

ハーヴァードのインテリジェンス・政策講座は、アメリカの諜報機関の人間に限られているため、偽の肩書きを使っても倫理的に何も問題ない。だが、ミッドキャリア課程で偽の肩書きを使うのはもっと深刻な問題になる。この一年の課程はアメリカ人より外国人のほうが二倍多い。二〇一五／一六年度の二一四人の受講者のうち、アメリカ人は七九人、そのうち政府・軍関係者が三一人。一三五人の外国人の出身地は七五カ国に及び、そのうちアジアからは三六人、中東からは二四人だ。学生ひとり当たりの一〇ヶ月の出費は、ハーヴァードの学費が四万五六九七ドル、ミッドキャリア課程の追加料が八〇四〇ドル、住居と食費で二万三三八〇ドルなどを含め、合計八万八八六二ドルといわれている。

アメリカ人とロシア人、アラブ人とイスラエル人、トルコ人とアルメニア人が毎週木曜日に学生主催のセミナーに集まる。「私の仕事の一部は、こうした人々がひとつの部屋に入っても毎回殴り合いのけんかにならないような雰囲気をつくることでした」と、元スタッフは振り返る。「最高の会話はちょっとした緊迫感がありました。コツは教室の中でも外でも、そういう雰囲気をつくることです。怒鳴り合いにならないように。たまにはそういうこともありましたが」

外国人学生の名簿は、CIAの買い物リストのようなものだ。「同期に、後年ヨルダン国王の上席顧問になった外交官がいた」と、元CIA分析官は言う。「ドイツ人外交官、ブラジル人外交官……会話や対話、顔見知りになるのに豊かな環境であることは間違いない。外国の役人が何をしているかを知るのは興味深く、海外の伝手になり得る人と出会っておくのは役に立つ」

ミッドキャリア課程の受講者はこの課程以外でも貴重な伝手になる。彼らは必要な単位のうち八つを大学中の様々な課程で学ぶことができ、ケネディ・スクールやハーヴァードのほかの学生とも知り合う機会がある。学校が休みのあいだ、ケニアから韓国に至るまで、学生主催の海外旅行に出かける。そこでは有力な卒業生が彼らを出迎え、政界財界の大物に紹介される。

二〇一五年一〇月の週末に、ミッドキャリア課程の学生およそ約二五名が、ワシントンDCを訪れている。彼らの日程には、国務省、国家安全保障会議、アメリカ合衆国平和研究所、下院軍事委員会、国防総省訪問が含まれていた。国防総省では、ケネディ・スクールの卒業生であるピーター・ファンタ海軍少将と会った。ホワイトハウスの外でグループとはぐれてしまった学生のひとりは、たまたま列の隣にいた男性と話したが、その人はFBI特別捜査官だった。彼女がケネディ・スクールのミッドキャリア課程で学んでいると言うと、男性はFBIで働く気はないかと彼女に尋ねた。「我々は大量に人材を募集しています」と、彼は言った。「CIAにも誘われました?」

元CIA局員を含め、ミッドキャリア課程の修了生の多くは、とても多くのことを学んだと言う。教授陣には過去と未来の政府職員がいて、「彼らが経験から学んだ豊富な知識が分け与えられる」と、退職したCIA局員、レギス・マトラクは言う。問題を時系列の中でとらえ、歴史的根拠をたどり、安易な類推を避けるといった洗練されたやり方で外交について考えることをそこで学んだ。

私はその集団力学に覚えがある。一九九八／九九年、私はスタンフォード大学のジャーナリスト向けミッドキャリア課程の特別研究員だった。これはケネディ・スクールのミッドキャリア課程と多くの類似点があった。アメリカ国内外から、経験豊かなプロが妻子を連れてパロアルトに集まっていた。毎週開かれるセミナーで世界の諸問題について議論し、同じ科目や教授に惹かれ、ワイン・カントリーやモントレー・ベイへの遠足で絆を強め、互いの家での気取らない夜の集いで、会話を楽しみ、仲間意識を培った。私は意見を自由に述べたし――自由過ぎたかもしれない！――ほかの仲間たちもそうした。その後、私たちはまた方々へ散っていった。あれから二〇年近く経った現在でも、私はまだ彼らに親近感をもっている。生涯の友と思っている数人とはいまも連絡を取り合っているし、再会をとても楽しみにしている。

私の級友は、私の本業も勤め先も知っていたし、私の意見や経歴を額面どおりに受け止め、私も彼らに対してそうした。だが、もし私たちの誰かが秘密諜報員だったとしたら、その彼または彼女は、そうした信頼関係を利用して情報屋をひとりかふたり、育てていたかもしれない。

ミッドキャリア課程の入学審査委員会は、二五人以上の教授と執行部役員からなり、志望者を選考する。個々のファイルは複数回、読まれる。志望者は三つの選考基準を満たしているかどうかでふるい落とされる。学業をこなせるか？　現職でめざましい業績をあげているか？　将来さらに出世する可能性があるか？　ＣＩＡの秘密工作員は、たいていの場合、外交官という偽の肩書きで申し込む。ＣＩＡの隠れ蓑を守るのに慣れている大使館の同僚から強力な推薦状――たとえば「彼は将来、素晴らしい大使になるだろう」――をもらうので、入学を認められるのが普通だ。大学に到着してから、ケネディ・スクール執行部に自分の秘密を打ち明け、職員はその秘密を守ると約束する。

「あなたの身元を明かしません」と、ある職員は言った。「私たちは政府に仕えている。ここは政府の機関です」

教師たちには何も知らされない。「おかしなことに、ケネディ・スクールは教職員に受け持つ学生のことを少ししか教えない」と、教授のひとりが言う。「彼らはミッドキャリア課程の学生だと言われるだけだ。学生たちのことをもっとよく知っていたら、指導に役立つのに」

皮肉にも、近年、国務省はミッドキャリアの課程を設けている大学のなかでケネディ・スクールの最大のライバルに本物の外交官を送るようになっている。プリンストン大学ウッドロー・ウィルソン・スクール（南フロリダ大学教授、彭大進が博士号を取得した大学院）の一年で修士号が取得できるコースだ。これは経費節約のためだ。プリンストン大学は、一五人から二〇人の学生に学費全額免除の奨学制度を用意している。[21] 国務省の外務職員局も、一年に二名の経済担当職員にミッドキャリア研修を行う予算を組み、ときどきケネディ・スクールへ送っている。

ケネディ・スクールとは違い、ウィルソン・スクールのミッドキャリア課程はＣＩＡのスパイを受け入れない。「こちらでは秘密工作員はお断りだ。受け入れるのは分析官だけだ」と、ウィルソン・スクールの入学審査委員長、ジョン・テンプルトンは私に語った。「基本的に、分析官だけがこの課程に入れると考えている。現場の工作員は政策決定に関わらないから」。ウィルソン・スクールはこの方針を諜報機関にはっきり伝え、諜報機関はそれを受け入れている、と彼は言う。分析官はＣＩＡに雇われていると自ら認めるので、プリンストン側は黙って偽の身分の学生を押しつけられる事態を免れている。ウィルソン・スクールのこの課程に詳しい別の人が言うには、専門的な知識を包み隠さず披露し合うのは教育プロセスの要であり、それができる学生を強く求めている。

私が聞いた話では、偽の肩書きのCIA局員のミッドキャリア課程入学を認めるというケネディ・スクールの方針は、現在も変わらない。たとえば、二〇一三年、ある中南米の報道機関が、数年前、外交官の肩書きでミッドキャリア課程に学んだCIAのスパイがいたと暴露した。しかしながら、近年、正体を偽って学んでいたそれらの工作員の名前を公表することは、特に、もし彼らがまだ現役だったら、彼らの安全を脅かすかもしれないし、アメリカの国益を損なうかもしれない。そのため、本書で紹介するCIA工作員で私がミッドキャリア課程修了生と認定した人々は、その課程に学んだのが二〇年以上前で、すでに秘密工作から引退した人に限っている。

ロバート・シモンズはハーヴァードへ二度、行った——二度とも、CIAの経歴を隠して行った。

シモンズと私は二〇一五年一一月のある朝、コネティカット州ストーニントンの入り江を見晴らす彼の自宅で会った。屋敷は一世紀以上彼の一族が代々受け継いできたものだ。前庭の旗竿にはアメリカ国旗が翻り、「GUNGHO」のナンバープレートをつけた青のシボレー・トレイルブレイザーが駐まっている。一八四〇年頃に台湾の仏教寺院にあった、繊細な彫刻を施した木枠の扉が玄関ホールを飾る。私たちは本に囲まれた地下の書斎で話した。本棚の上段にはチャーチ委員会報告もあった。

ハーヴァード大学出身のシモンズは、ヴェトナム戦争で陸軍から青銅章をふたつ受章している。一九六九年にCIAに入局するが、その理由は「ヴェトナムで何が起こっているか、陸軍よりもCIAのほうがよく知っていた」からだ。彼はヴェトナムでCIAの尋問センターを取り仕切り、その後、一年の休職期間を、ハーヴァード大学のアジア地域研究センターの聴講生として過ごした。彼は陸軍兵士の肩書きを用いたが、そのせいで中国本土から来た中国語講師には好かれなかった。「彼女から、あなたには中国語を教えたくない、なぜなら中国人を殺すのにそれを使うだろうから、と言われたのを覚えている」

次の赴任地は台湾だった。そこで、核兵器開発に関する情報を集めた。支局長と三年間対立し続けたあと、彼はケネディ・スクールで修士号取得をめざすことに決めた。支局長が彼の願書を握りつぶそうとしたため、シモンズは在台湾・アメリカ大使に助けを求め、大使は独自のルートでそれをハーヴァードに送ってくれた。願書には、現職を国務省の経済担当官とした。

ケネディ・スクールは彼を受け入れただけでなく、奨学金も提供するというので、彼は当惑した。一九七八年にハーヴァードに到着すると、彼は当時のケネディ・スクール学長グレアム・アリソン、ミッドキャリア課程の責任者ジマーマン、彼の相談役の教授アルバート・カーンセイルに会いに行った。

「私の本当の雇い主を知らない人たちからお金を受け取るわけにはいきません」と言ったときのことをシモンズは述懐する。

彼らは、そのことなら知っていると言った。大使が、願書には「ちょっと変則的な点がある」

とほのめかしていたのだ。彼らはシモンズの秘密を守ると誓った（ジマーマンはこの出来事を間違いないと言い、カーンセイルは覚えていないと言い、アリソンはコメントを控えた）。この課程の写真付き名簿は、シモンズの経歴を「アメリカ大使館、中華民国、一九七六年〜現在」とだけ載せている。

　私はケネディ・スクールが一九七八年にすでにCIAの援護役《ウィングマン》を務めていたと知ってたいへん驚いた。一九七八年と言えば、私がハーヴァードを卒業した年だ。私は自然に大学時代のことを思い返していた。友人も私もすぐ近くにスパイがいるとも知らず、過ごしていたあの日々を。私たちは勉強に忙しく、ボブ・ディランやジェイムス・テイラーのレコードを聴いたり、ダンスター・ハウスの地下でピンボールやフーズボールをしたりするのに忙しかった。シモンズはほかの学生とはめったに遊ばなかったので、どのみち、私たちが出会うことはなかっただろう。彼は既婚でキャンパスの外に住んでいたし、それにビールで饒舌《じょうぜつ》になるのを心配していた。「台湾を離れたばかりの私が自分の正体をばらしてしまったら、私の後任を危険にさらす」

　もし彼がクラスメートに自分のCIAの経歴を明かしていたら、彼がヴェトナムで負傷した捕虜に使用した尋問手法のひとつは、この課程の教育的価値を高めるであろう活発な議論の火種となったかもしれない。

「捕虜がケガをしている場合、ケガをしていない場合とは違い、協力を得られる確率が五分五分になる……」[22]と、彼は一九九七年刊行のある本のためにインタビュアーに答えている。「ときどき協力を得ていたアメリカ人医師たちと知り合いになった。医薬品や医療器具を詰めた鞄を持ったアメリカ人医師をその場に連れてくる。彼は器具を取り出して捕虜の心音を聴き、丁寧に一通りの診察を行う。これは農民にとっては非常に高度な医療に見える。それから医師は傷を見て、『ああ、ひどいな。感染するかもしれない。そうなったら切断だ』と言う。捕虜は『なんとかなりませんか?』と訊く。たいていそこで医師に席を外してもらい、それから捕虜に言う。『助けてやってもいいが、薬を手に入れるのがたいへんだ。見返りに協力が得られないなら、こちらとしても何もできない』。それでたいてい上手くいく」

ジュネーヴ条約[23]は、傷者および病者の捕虜を「治療や看護をしないで故意に放置してはならない」と定めている。捕虜から情報を引き出すために、これに肉体的または精神的拷問、その他の強制を加えてはならない。回答を拒む捕虜に対しては、「脅迫し、侮辱し、または種類のいかんを問わず、不快もしくは不利益な待遇を与えてはならない」

シモンズはこれらの規定に違反していないと私に語った。なぜなら、「彼らは我々の捕虜ではない」。彼らは南ヴェトナムの捕虜で、CIAは尋問を委ねられただけだ。捕虜は協力すれば、尋問センターで食事を与えられ、眠ることができ、アメリカ人医師による治療を受けられる。協力しなければ、治療のため南ヴェトナムのもとへ返される。彼らの情報が、アメリカ人の命を救ったのだ、と彼はつけ加えた。

シモンズはミッドキャリア課程を終えたあと、CIAを辞めた。議事堂界隈で仕事を求める彼の履歴書には、CIAの職歴を載せることができたので、彼はたちまち上院情報委員会の事務局長の座を獲得した。その後、議会と情報コミュニティに関するイェール大学のセミナーで教えた。彼が教えた学生のなかには、オバマ政権の国連大使、サマンサ・パワーもいた。元CIA課報員の彼はあらかじめCIAにシラバスを提出して承認を得なければならなかった。

シモンズは二〇〇〇年の下院議員選挙で僅差で勝利し、民主党支持者の多い地区の共和党議員として三期を務めた。特に、二〇〇一年九月一一日以降、兵士でスパイだったという彼の経歴[24]が有権者と同僚議員の両方から支持を集め、下院の軍事委員会、退役軍人問題委員会、国家安全保障委員会に加わり、テロリズムの専門家と見なされた。二〇〇八年の再選に敗れ、二〇一〇年のアメリカ上院への共和党指名選挙に敗れたあと、二〇一五年の選挙でソトーニントンの都市行政委員長に選ばれ、政治へのささやかなカムバックを果たした。

ミッドキャリア課程に正体を隠して学んだスパイで、ケネディ・スクールの壁を飾っているのはシモンズただひとりかもしれない。議員になった他の卒業生と同じく、ケネディ・スクールのタープマン館には彼の記念プレートもある。

CIAはトーマス・ゴードン[25]をアンマン、バグダード、ベイルート、ベルリン、ボスニア、エジプト、クウェート、ロンドン、オマーン、ソマリア、ワシントンDC、そしてハーヴァード・スクエアに派遣した。

ゴードンが最初にCIAに誘われたのは、ブリガム・ヤング大学の学部生のときだった。卒業後はヒューストンで警察署と海軍に勤め、一九八七年にCIAに入局した。彼は語学の才能があった。先住民の血を引き、ナヴァホ語とワラパイ語に堪能で、たちまちドイツ語とアラビア語をある程度使えるまでになった。彼の任務のひとつは、アル・カイダという成長中のテロ組織を追うことだった。

CIAの上層部に呼び出されたとき、彼は任務と任務の合間にいた。一年間の研修は昇進に有利だと説得され、国防大学、プリンストン大学、ケネディ・スクールなど様々な選択肢を示された。彼が決めかねていると、上層部が彼に代わって行き先を決めた。「翌日電話がかかってきて、きみを一年間、ハーヴァードに行かせると言われた……一年に、ひとりかふたりか三人をそこへ送り出しているような感じだった」

彼は国務省の外交官としてミッドキャリア課程に入学を許可されたが、学校側は彼の本職に気づいていると感じた。「暗黙の了解があったようだ。ケネディ・スクールには、私を外交官とは全然思っていない口ぶりで話しかけてくるやつが二、三人はいた。彼らは私がそこに来たことを、素直に受け入れている気がした」

彼の学費を払っているCIAは、ハーヴァードでは誰もリクルートするなと彼に警告していた。「私たちは、出発前に説明を受けた——向こうへ行ったら、もう、普段の仕事はしないようにと。私は『わかりました』と言った。だが、もちろん、この種の仕事では、将来検討するために、入ってくる情報は溜めておく。NFLのドラフト会議に行くようなものだ。ここで出会う人とは、のちにまた仕事で再会するかもしれない。あそこでできた伝手はあとで役に立った……まったく陳腐な話だが、仲間意識が生まれるんだ。受話器を取って、卒業名簿に載っている人なら誰にでも電話できる——ぼくは一九九二年組だけど、これについてきみの考えを聞かせてもらえないかな？」

ボストン到着後、彼は現地のCIA支局に挨拶のために顔を出しただけで、あとは学業に専念した。外交政策の通常の科目のほか、ハーヴァードのロー・スクールで連邦インディアン法を学び、アメリカ先住民の経済発展に関する専門家でケネディ・スクールのジョセフ・カルト教授の指導を受けた。表向きの肩書きを維持するのは、海外勤務のときと同じでさほど難しくはなかったが、少なくともひとりのクラスメートが彼を疑っていた。「彼の話はその経歴と一致していなかった」と、当時、日刊紙《タオス・ニュース》の編集者だったブライアン・ウェルチは語る。「ここでは裏で何かおかしなことが起こっているとわけもなく感じたことを覚えている」

ゴードンはたまにケネス・モスコウのようなCIAの同僚と出くわした。モスコウは前年にミッドキャリア課程で学んでいた。「以前、すれ違ったり、オフィスに寄ったりしたとき、彼に会っていた。彼がケンブリッジに戻ってきたときは何度か座って話もした。それから、数回海外でも会った」

ハーヴァードのあと、ゴードンはアル・カイダの追跡を再開した。彼は一九九六年にCIAを辞めたが、フリーの下請けとしてアメリカの諜報機関の仕事を続けた。「最後の一〇年間、イラクとアフガニスタンで途方もなく長い時間を過ごした」

一九九八年、彼は究極の大穴、民主党優勢地区の共和党記入候補者〔投票用紙に名前が記載されていないので、名前を書いてもらわなければならない候補者〕としてアリゾナ州代議士に選ばれた。「そこへ行って、誰も出ていないと知り、立候補した」。翌年、彼は奇妙なスキャンダルに巻き込まれ、その結果、CIA時代の過去がマスコミで報じられた。

当時、コソヴォ地域はセルビアからの独立を求めて戦っていた。海軍予備役のゴードンは、バルカン半島への派兵命令が出たとして、アリゾナ議会のある議員にそこへ行く特別な許可を求めた。その理由は嘘だった。怒った将軍がその議員に連絡し、ゴードンには問題があると文句を言ったため、これが発覚した。ゴードンは職業人生のほとんどを「諜報活動および特殊作戦」に費やしてきたため、詳細を明かせないとする声明を出し、これを受けて日刊紙《アリゾナ・リパブリック》は、彼がかつてＣＩＡ工作員だったと暴露した。[26] さらに同紙は、ゴードンはＣＩＡに解雇されたのだとも報じたが、ゴードンはこれを否定した。二〇〇一年、彼は違法な目的で軍事施設に侵入した罪を認め、一〇ドルの罰金を支払った。[27]

ゴードンが私に語ったところによると、予備役の彼の指揮官が非公式に彼の渡航を許可した。彼がバルカンへ行ったのは、一九九八年のアル・カイダによるケニアとタンザニアのアメリカ大使館爆破事件で殺害されたＣＩＡ訓練時代からの旧友の報復のためだった。オサマ・ビン・ラディンがイスラム反乱分子を支援していたので、ゴードンはセルビアに味方した。「私は向こうで特殊作戦部隊と一緒だった――我々はイラン人やアル・カイダの奴らを国から出すのに手を貸した」。残念ながら、セルビア側はそんな事情を知らず、彼を投獄した。「彼らは私を、その辺をぶらついているただのアメリカ人だと思っていた」

二〇一〇年、ゴードンはアリゾナ州知事選に出馬しようかとも考えたが、結局、やめた。現在、アメリカ先住民居留地にある地域発展グループのリーダーとして、ハーヴァードで学んだ連邦インディアン法と経済発展の知識を大いに役立てている。「ハーヴァードで過ごした時間があったからこそ、ここの部族のために貢献できる。あそこに入学したときは『いつかどこかの支局長になって、ひっそりと引退するんだ』とばかり思っていた。結局、前より居留地と関わるようになった」

彼の八人の子供のひとり、キオワ・ゴードンは映画『トワイライト・サーガ』のアメリカ先住民の人狼役で知られている。彼のツイッターのプロフィールには「ドイツ、ベルリンにて、スパイとワラパイのあいだに生まれる」と書かれている。[28]

一九九一／九二年のミッドキャリア課程のゴードンの同級生ふたりは、偽の身元を完全に隠し通し、ゴードンでさえ彼らをアメリカ人外交官と思い込んでいたくらいだ。その、エリックとゲイル・フォン・エッカーツバーグ夫妻はゴードンと同じくスパイだった。スクールの写真付き名簿には夫婦共々、東京のアメリカ大使館の国務省職員と記載されている。エリックは国際環境政策と核拡散防止が専門で、「日米両国の科学問題と日本の科学技術政策に関する研究と執筆」を行っていた。大使館の政治部にいたゲイルは、これまで「国際政治評価と分析」に携わり、「日本の政治状況に関する研究と報告の経験」がある。

エリックは二〇一六年一月の私宛のメールで、「のちに私は表向きの肩書きを維持する必要がなくなり、いまでは一九八三年から一九九四年までCIAに勤めていたと公表されています」と書いている。ハーヴァードでは、彼は「専門家が開発したプログラムのもと、正規の学生として学業に専念した」と述べている。彼とゴードンは「どこかでビールの一杯や二杯は一緒に飲んだかもしれない」が、「スクールにいたあいだはふたりとも仕事をしていなかったので、仕事の話はしていない」

ゲイルについても「純粋に学生としてKスクールにいたし、彼女の前の職場の政府機関については何もコメントできない」とエリックは述べた。だが、彼女のハーヴァード時代の教授のひとりは、彼女がCIAの局員だったことはあとから知ったと、私に語った。

ゴードンがフォン・エッカーツバーグ夫妻について知ったのは、ハーヴァードからCIAに戻ってからだった。

「誰かから夫婦の名前を聞いた」と、彼は言った。

フォン・エッカーツバーグ夫妻はクラスメートに強い印象を残していた。「二人ともとても親しみやすく、非常に興味深い人たちだった」と、ブライアン・ウェルチは言う。「外交官の――と私が思い込んでいた――経験で得た、興味深い見識を披露してくれた」

夫妻は修士号を得ると、ニューヨークに移り、そこでゲイルは国連に配属になった。日本を再訪した際には、ケネディ・スクールの元級友たちと昼食をともにし、そこにはのちに自衛艦隊司令官となる鮒田英一《ふなだえいいち》も含まれていた。

その昼食についてのエリックの記憶はおぼろげで、「純粋に個人的な」イベントであり、リクルートのための出張ではないと彼は私に語った。「Kスクールを出たあと、日本には何度も行っているが、どの旅もそのような仕事のためではない」

フォン・エッカーツバーグ夫妻はともにCIAを辞めた。ケネディ・スクールでジョセフ・ナイ教授の科目をとっていたゲイルは、ナイが一九九三年に国家情報会議議長に就任すると彼の特別秘書になった。ナイは、翌年に国防次官補になった。その後、彼女は情報収集・分析に役立つ商業用技術を開発するCIAの投資事業、〈In-Q-Tel〉に重役として勤めた。現在、彼女はアメリカ海兵隊本部で太平洋部門の計画・方針・作戦部長を務めている。

エリックは情報産業の会社の上席副社長になった。彼のリンクトインのページには、「販売、事業展開、戦略の経験豊富な経営幹部。初期あるいは中期の新興企業に確実に利益をもたらした経験があり」、「政府の国家安全保障および国防の市場に造詣が深い」と大げさな宣伝文句が並んでいる。
ゲイルは、クラスメートに宛てた第一〇回同窓会報告では、以前の偽の肩書きを維持し、国連を「アメリカの外交官として最後の本当の任務」としている。ケネディ・スクールは「私の人生を変えました。私の言いたいことはおわかりいただけると思います――知識、雰囲気、人脈、自己変革、集中、新しいチャンス、まだほかにもあります。ケネディ・スクールの経験が約束した未来は私にとって現実のものとなり、今もそうです。この経験を与えてくれたクラスメートと講師の皆さんに感謝します。この伝統が続くことを願って乾杯！」

ドナルド・ヒースフィールドは申し分のない資格を持っていた。トロントのヨーク大学で経済学学士、パリにある大学で経営学修士の学位を取り、開発国際部長としてパリに留まった。

ミッドキャリア課程へ応募するに際して、「試験、応募の動機をつづる作文、推薦状など、私は複雑多岐な選考過程をくぐりぬけた」[29]と、彼はのちにロシアの雑誌に語っている。「それまでに、私は経営学修士と、世界経済の専門家の資格を得て、起業と経営の経験もあった。だから、ほかの応募者と比べても経験の面では遜色なかった」

ヒースフィールドは別の面で、他の応募者と違っていた。彼は名前も国籍も偽っていた。二〇一〇年、彼がミッドキャリア課程を修了してから一〇年後、大使館員の外交官特権をもたず、一般人としてアメリカ人社会に密かに溶け込み、情報収集を行うロシア人の「非合法スパイ」が一〇人、一斉検挙されたが、彼もそのひとりだった（ほかには、シンシア・マーフィーの偽名でコロンビア大学経営大学院の級友や教授を探っていたリディア・グーリエワもいた）。彼の本名はアンドレイ・ベズルコフといった。「ヒースフィールド」は死んだカナダ人から拝借した。カナダ人外交官の息子で、チェコ共和国のインターナショナル・スクールに通ったと偽の経歴をでっちあげたのは、彼の東欧訛りを説明するためだ。[30]

ケネディ・スクールにスパイを送り込むのはＣＩＡだけではない。友好国、敵対国を問わず、外国の諜報機関も未来の指導者とのつながりを切望している。特にロシアは「プーチン指導のもと、アメリカでの活動を強化している」と、ケネディ・スクール執行部、セルゲイ・コノプリョフは語る。「短期のエグゼクティヴ・エデュケーション・コースに送ってくるかもしれない。安いし、疑われない。モスクワのアルファ銀行から来た誰かが、友だちをつくり、そこらじゅうに名刺をばらまき、講座を修了したあともつながりを持ち続ける。『モスクワに来る予定はないの？』とか」

ケネディ・スクールは、アメリカの覆面スパイについては知らせてもらえることになっているが、外国のスパイはそうはいかない。だが、うわさは飛び交っていた。人気の余興に「スパイは誰だ」とでも呼べるようなゲームがあった。ある年、イギリス政府から派遣されてきた学生が憶測を呼んだ。ミッドキャリア課程では、学生はクラスメートの前でチアリーディングとかオペラの歌唱に挑戦して一五秒間で自己紹介する習わしがあった。かつてはビデオに録画されたが、現在は中止されている。イギリス人の慎み深さを発揮し、その政府職員は参加を固辞した。

「彼は絶対に間違いないと思わせる感じだった」と、スクールの元職員は述懐する。「彼がいまにも取り乱すのではないかと思った。数ヶ月後、『あいつはきっとＭＩ６だ』と言いに来た人がいたが、私は少しも驚かなかった」

対照的に、「ヒースフィールド」はクラスにうまくなじみ、そこには未来のメキシコ大統領、フェリペ・カルデロンもいた。彼は活発に他の学生と付き合い、カナダ人学生を引率して「ロイヤル・カナディアン・スコッチ・スタガー（千鳥足）」と命名したスコッチの試飲ツアーに行ったり[31]、春にフランスのワイン・カーヴ[32]をめぐる旅を企画したりした。同級生が彼にもった印象は「趣のある会話の達人」、「人当たりはとてもよい[33]が、どこか謎めいていた」、「将来どんな仕事をしたいかについては、いつも非常にあいまいだった」などだ。

卒業後、彼はおそらく親交を保つために、ケネディ・スクールの同窓会に出席し[34]、世界中にいる級友を訪問した。それよりも、情報提供者を育てていた可能性が高い。「シンガポールで、ジャカルタで——彼は誰が何をしているか知っていた」と、ある人は言う。「誰かの消息を知りたければ、ドンに訊けばよかった」

彼はまた、〈世界未来協会〉の会議に出て教授やお偉方とも親しくなり、やがて各国政府のトレンド予測を支援するソフトウェアの会社を立ち上げた[35]。モスクワからの指令で、ロシアの外交政策に対する「西側の予測」[36]や、中央アジア問題からテロ集団のインターネット利用に至るまで、様々な事柄に関するアメリカの方針について情報を集めていたヒースフィールドは、当時の副大統領アル・ゴアの国家安全保障補佐官を務めたジョージ・ワシントン大学教授にも盛んに話しかけた。核兵器開発に関わる政府立案者は、議会で承認されたばかりの地中貫通爆弾についてヒースフィールドに話した。

彼の妻、エレーナ・ヴァヴィロワは、トレーシー・リー・アン・フォーリーという名のカナダ人に成りすまし、ケンブリッジに隣接するサマーヴィルで不動産会社に勤めていた。ロシアの諜報機関がふたりを訓練し、見えないインクを使った手紙やデジタル写真にメッセージを埋め込むステガノグラフィーなど、スパイの技法を教えた。彼らが逮捕されるまで、長男のティモシーはジョージ・ワシントン大学のエリオット国際関係学部に二年間、通っていた。国務省本部の向かいにある同校は外交官や諜報員を養成するので有名だ。《ウォール・ストリート・ジャーナル》によると、両親が逮捕される前、ティモシーはロシアのスパイになることに同意し[37]、訓練のためにロシアへ行くことになっていた。ティモシーも彼の両親も、ともにこれを否定している。

ハーヴァード・スクエアに近い彼らの自宅アパートで、一家はロシア語を話さなかった。「勝つためには、理解しなければならない」[38]と、ベズルコフはのちに語っている。「理解するためには、愛することが必要だ。だから、赴任先の国を愛さなければならない。私にはアメリカ人の特質で好きな点はいろいろある。楽観的な点、機知に富んでいる点、必要な改革を進んで行う点、間違いを犯したら正直に、ただちにそれを認め、訂正する能力」

ティモシーの二〇歳の誕生日を祝っているときに逮捕されたヒースフィールドとフォーリーは、外国政府の非合法スパイとして共謀した罪を認めた。ケネディ・スクールはヒースフィールドの学位を取り消した[39]。ロシアがヒースフィールドの正体を隠すために講じた予防措置をケネディ・スクール学長、ジョセフ・ナイはおもしろがった。そもそも、ベズルコフはミッドキャリア課程に入るのに名前や国籍を偽る必要などなかったのだ。CIAのスパイと同じく、外交官の肩書きで事足りる。

「ロシア人学生で登録しても、同じ情報が得られただろうに」と、ナイは私に語った。「私は四六時中、多くの外国人留学生と親しくしている。そのうちの何人かがFSB（ロシアの防諜活動を行う連邦保安庁）かだって？　その可能性はある。彼とも握手したかもしれない」

ティモシーも、彼の弟のアレクサンダーもトロント生まれだが、カナダ政府は彼らの市民権を剝奪した。アレクサンダーは判決を不服として控訴したが、連邦裁判所は二〇一五年八月、彼の両親がロシアのスパイとしてカナダに入国し、偽の素性、あるいは「経歴を証明する」ために、不正に市民権と旅券を得たとして、訴えを却下した。[40]

スパイの交換でモスクワに戻ったベズルコフは英雄として称えられた。彼は、ウラジーミル・プーチン大統領の右腕で国営の大手石油会社、〈ロスネフチ〉の会長を務める元諜報員のイーゴリ・セーチンの顧問になった。ベズルコフの妻、ヴァヴィロワは彼女のリンクトインのページによると、ロシアの鉱業会社〈ノリリスク・ニッケル〉の顧問となっている。

「ドナルド・ヒースフィールド、別名アンドレイ・ベズルコフ」のリンクトインのページには、ケネディ・スクールの学位を取り消されたことには触れず、堂々と載せている。さらに、一九八三年にロシアのトムスク大学で歴史学士取得と記しているが、この学位はミッドキャリア課程に出した経歴のどこにも見当たらない。これが載っていたら、もっと早く正体がばれただろうに。

陸軍大将デイヴィッド・ペトレイアスは、二〇一一年九月にCIA長官に就任してすぐに、貴金属投資家の大富豪、トーマス・S・カプランのマンハッタンのオフィスを訪ねた。ふたりは会議室で昼食をとった。カプランが有する世界最大級のレンブラント個人コレクション[41]から貸し出され、背後から照明を当てられたデジタル複製絵画が壁を飾っていた。ペトレイアスは本物と見分けがつかない、明るく色彩豊かな複製に感動した。

ふたりはまず、中東について話した。ペトレイアスは分裂するイラクを安定化させるのに有効な対反乱作戦を考え出した本人で、カプランはその地域に多大な関心を注いでいた。それから、ペトレイアスは本題に入った。スパイを大学院に送るという、素晴らしいアイデアを実行するのにカプランの助けが必要だ。

プリンストン大学ウッドロー・ウィルソン・スクールの修士と博士の学位をもつペトレイアスは、ＣＩＡと大学との緊密な連携を望んでいた。彼は、中国の分析や他の話題について説明するために大学教授をラングレーに招待し、そのあと、長官のダイニングルームでディナーを振舞った。

ペトレイアスが思うに、秘密工作員は分析官と比べて、高度な学位を得た者や、大学院に進んだ者が少ない。任務の合間、大学で一年学べば、語学から経済学まで、個々に足りない学識を修めることができる。

勉強のために工作員を現場から解き放つことについては常に内部の抵抗があったため――「我々は、どこそこで新たな任務が生じたために、語学学校から受講途中の要員を引っ張り出すことで有名だ」――ペトレイアスは彼らを「長官の特別研究員」と名付け、このプログラムを推し進める意気込みのほどを示した。選ばれた諜報員はハーヴァード、イェール、プリンストン、スタンフォード、ジョンズ・ホプキンス大学高等国際問題研究大学院など、名門大学で学ぶことになる。

ペトレイアスは私に語った。「要は、諜報員に一年間、現場を離れる機会を与える。今後の任務のためにも知的資本を蓄えるためでもあるが、自分の知識が及ぶ安全地帯から出る経験をさせるためでもある。そのような経験は私にとって常に非常に貴重だった。空挺団司令官としてのイラクで一年目、我々は占領軍としての責任があり、指導者を倒したあと国の再建に着手していたとき、私がどうやって独創的な発想を得られたのかと人に訊かれると、私はいつも、大学院が最大の経験だったと答えた……私にとって、そして多くの他の人々にとって、大学院は途方もなく人間形成に役立つところだ。私が学んだことは、まったく異なるレンズで世界を眺める、飛び抜けて聡明な人々との非常に有益な経験から得られた」

彼は、特別研究員に国籍を問わず他の学生と交流することを望んだ。「自分たちだけで陰に隠れていてもらいたくはなかった」と彼は言った。不適切な勧誘については心配していなかった。「彼らはどこが境界線かわかっている。リクルートや秘密を漏らす心配がなければ、素晴らしく知的な交流が可能だ」

問題は、ペトレイアスに特別研究員を教育する資金がなかったことだ。そのとき、かつてカプランが「何か私にできることがあれば、知らせてくれ」と言っていたことを思い出した。ペトレイアスはこの大富豪にその約束を思い出させた。カプランはその計画に資金を出すことにすぐに同意し、共通の友人であるケネディ・スクールのベルファー・センター所長、グレアム・アリソンに協力を求めた。

同センターを一五〇人の教授陣、研究員、専門家、特別研究員を擁する一大帝国に拡大したアリソンは、ＣＩＡに喜んで協力した。四半世紀前、インテリジェンス・政策講座でＣＩＡと協力することに関して、ケネディ・スクールが表明した不安はほぼ消滅していた。ペトレイアスによれば、偽の肩書きを使うことや、陰で級友を勧誘する可能性など、スパイを入学させることに伴う倫理的問題への不安は生きていたが、特別研究員制度に関する初期の協議では取り沙汰されなかった。

この制度の初年、CIA工作員二名がベルファー・センターの特別研究員となった。ひとりは、ペトレイアスが思い描いていた通りの候補だった。その人は、中東の重要な地域の支局長として任務を終え、同地域の別の重要なポストに就く準備をしているところだった。その特別研究員は偽の肩書きを用いたかという質問に対して、ペトレイアスは「ハーヴァードの何人かは彼が何者かを知っていたはずだ。彼はわざわざ言わなかったかもしれないが、私は覚えていない」と答えた。

不倫関係にあった伝記作家に秘密の情報を漏らした容疑でスキャンダルにまみれたペトレイアスは二〇一二年一一月、CIA長官を辞任した。[42] 彼の後任、ジョン・ブレナンには引き継ぎの際にこの制度のことを伝えたが、CIAの関心はいっきにしぼんだ――ロバート・ゲイツが去ったあと、ハーヴァードのインテリジェンス・政策講座へのCIAの協力が棚上げになったのと同じように。

「一年間、現場の工作員を任務から解放するのはとても難しい」とペトレイアスは私に語った。「それに熱心な上層部がいないとだめだ。理想は現実とぶつかり合い、現実にある事態の緊急性がそのようなチャンスをつぶしてしまう。シリアやイラク、その他の予想される場所で、新たな要請が出てくるだろう」

現在、レカナティ＝カプラン基金フェローシップ[43]と呼ばれ、一部改訂されたこの制度は、ベルファー・センターのウェブサイトによると、「国家と国際的なインテリジェンスにおいて次世代の思想的指導者を教育する」[44]。受け入れるのはスパイではなく、主に分析官で、普通、CIA以外のアメリカの諜報機関から二名、フランスとイスラエルから一名ずつだ。彼らはベルファー・センターで一年過ごし、国家安全保障関連の研究を行う。たとえば、二〇一五／一六年には、ペンタゴンの情報分析官らが「アメリカ合衆国およびその友好国の経済的安定と安全保障に影響を与える多国籍犯罪ネットワーク」[45]を研究し、イスラエルの軍情報将校が「中東地域のダイナミクスと対テロリスト活動」を調査した。

事実上、ハーヴァードでレカナティ＝カプラン基金のことを知っているのはベルファー・センター関係者だけのようだ。ほとんど何も規定がなく、必須科目も成績評価もなく、証明書を出し始めたのもつい最近だ。グレアム・アリソン自身が「主な調査官」、つまり特別研究員の指導教授を務める。

「正体を隠したり、偽ったりしている人はいません」とケヴィン・ライアンは私に語った。彼は同センターの防衛・諜報研究プロジェクトの責任者としてこのプログラムを監督する。しかし、「彼らは情報コミュニティの人間ですと、こちらから壁に表札を掲げるわけではない」

ケネディ・スクールは、インテリジェンス・政策講座の事例研究には完全な編集裁量権を固持したが、レカナティ＝カプランの特別研究員には進んで主導権をゆずっている。

ライアンによると、特別研究員が論文の発表前にCIAに提出して承認を求めるケースもあるという。別の例では、著者名に自分の名前を出さないで欲しいと頼まれることもある。ベルファー・センターでは「匿名の論文」は発表しないので、「内部に保管する」

ペトレイアスは少なくとも年に一度、特別研究員たちと会う。「毎回、メモしたことを彼らと見せ合うのはとても楽しい」と彼は言う。それはカプランも同じだ。ある参加者によると、この大富豪はあるとき、トラやライオン、ジャガー、ヒョウなど絶滅の危機に瀕している大型の猫科動物とその環境を守る自身の慈善活動〈パンテーラ〉[46]についてとりとめもなく語り、一九九〇年のサダム・フセインのクウェート侵攻を予知していたのだと自慢した。

フランスとイスラエルからも人を受け入れているのは、カプランがこの両国――そしてその政府――に親しみを感じているからだ。彼はアメリカで生まれ育ち、オックスフォード大学で歴史学博士号を修めたが、フランス贔屓《びいき》だった。スイス留学中にフランス語を学び[47]、彼の二人の子供はパリで生まれた。

二〇一四年三月、マンハッタンの九二番街で行われた式典で、当時の在米フランス大使は、フランス最高の賞をカプランに授与し、一八〇二年にナポレオンが設立した名誉ある軍団《レジオンドヌール》に加えた。ペトレイアス、前アメリカ国連大使のマーク・ウォレス、他の名士たちの前で、いつものように三つ揃いのスーツにポケットチーフを合わせた粋な出で立ちのカプランの胸に、フランソワ・デラット大使が記章を留めた。

デラットはスピーチでカプランのフランスに対する貢献を褒め称えた。フランス政府が大使館の文化施設が入っている歴史ある五番街の邸宅を売却する計画を立てていたとき、彼は資金を出してそこに書店を開き、計画を断念させた。ルーヴル博物館に彼のレンブラント・コレクションを貸し出した。ケネディ・スクールに特別研究員奨学金制度をつくった。

「ありがたいことに、この制度は、フランスとアメリカ、イスラエルを結びつけました。三国は、情報分析能力の向上と協力関係強化のために結束します」と、デラットは述べた。[48]

イスラエル首相、ベンヤミン・ネタニヤフ同様、カプランもオバマ政権の対イラン政策に強く反発していた。イスラエルの発明家、レオン・レカナティの義理の息子、カプランは〈イラン核開発反対連合《UANI》〉の主な支援者だった。[49] この圧力団体の諮問委員会には、イスラエル、ドイツ、イギリスの諜報機関の元長官たちが加わっている。

UANIはイランと取引する民間企業が輸出規制に違反していると暴露し、取引停止の圧力をかけていた。「イラン核開発反対連合は、たとえトマホーク・ミサイルや自由に使える航空機がなくとも、イランを屈服させるために、それに勝る他の民間活力や公的活力を積極的に取り入れた」と、カプランは二〇一四年に述べている。[50]

UANIに対するある裁判沙汰の背景をたどると、アメリカ諜報機関との秘密の関係がぼんやりと見えてくる。UANIに名指しされた海運業の大物が名誉毀損で同団体を訴えると、この起業グループの記録開示は国家の安全を損なうおそれがあるとして、オバマ政権が介入した。[51] 二〇一五年三月、アメリカ政府が提出した機密の宣誓書を調べた結果、連邦判事は「訴訟追行を認めることは、結果的に国家の機密が開示される危険がある」として、訴訟を却下した。[52]

ケネディ・スクールの黒海地域安全保障講座の責任者、セルゲイ・コノプリョフの三階のオフィスは、旧ソ連陣営の軍事機関や諜報機関から与えられた贈答品や賞で飾られている。ウクライナやアルメニアの諜報機関からもらったメダル、ルーマニア大統領から贈られた飾りプレート、ラベルにコノプリョフの写真が入った未開封のシャンペンのボトル。ラベルには「このスパークリング・ワインはセルゲイ・コノプリョフ氏を称えて、モルドヴァ共和国の国防省の秘密の地下室で製造され、瓶に詰められた」という文言があった。

元ソ連軍将校、コノプリョフは自分はスパイであったことは絶対にないと私に誓った――が、とても恥ずかしそうに言うので、疑われるのを楽しんでいるように見えた。彼の母校、モスクワの軍事外国語大学は「スパイの巣」であり、諜報員になれば一般のロシア人が立ち入れない店で買い物ができるので、彼はスカウトされるのを待ち望んでいた。が、なぜかソ連の諜報機関は彼に目をとめなかった。

彼は「KGBからKSG（ケネディ公共政策大学院）へ」というタイトルの本を出したかった、と冗談を言った。「もし私がロシア政府のために働いていたら、私は完璧な資産《アセット》になっただろう。私は、国防長官アシュトン・カーターなど数多くの大物を知っている。ここケネディ・スクールには多くの情報源がいる」

ソ連が崩壊すると、彼はウクライナで働き、新しく独立した国々で民間企業を育て、民主化を推進する〈ユーラシア財団〉に勤めた。彼は一九九六／九七年のミッドキャリア課程に学び、それ以降ケネディ・スクールに留まり、かつてのソ連衛星諸国の軍人や諜報員を対象としたエグゼクティヴ・エデュケーションのいくつかの講座を取り仕切っている。ケンブリッジで行われる講座もあれば、東ヨーロッパで行われるものもある。たとえば、二〇一五年、ハーヴァードは「黒海地域の安全保障――共通の課題、持続可能な未来」というテーマで、ルーマニア諜報機関とともに五日間の講座を共催した。コノプリョフは開会式でスピーチし、タッド・オエルストロームが「黒海地域の国境（なき）全体像を考える――人間対自然対国境を超えた安全保障」[53]という討論会に出席した。七〇人の参加者のうち、半数はルーマニア諜報員だった。

コノプリョフの講座はこの地域の非常事態や紛争を解決するための中立の裏ルートを提供する。二〇〇五年、ロシアの提督が前年にケネディ・スクールで会ったアメリカ人の提督へ必死で電話をかけた[54]ことから、アメリカとイギリスは太平洋の深海で漁網にとらえられたロシア潜水艦の救出にただちに向かった。

二〇〇九年、ルーマニアはウクライナ人のスパイ一味を暴き出し、ウクライナの大使館付き武官を国外追放処分にし、両国の情報長官が——ほかでもない——ケネディ・スクールで培った友情を試される事態となった。

コノプリョフによると、「どうして先に知らせてくれなかったんだ」と、ウクライナ人はルーマニア人を責めた。「大統領から電話が来て、私は非常にまずい立場に立たされたんだぞ」

ふたりは喧嘩になり、ルーマニア人がコノプリョフに「私はもうウクライナ人とは口を利かない。彼らは信用できない」と言ったそうだ。

そこで、コノプリョフは件のウクライナ人と別のルーマニア人をエグゼクティヴ・エデュケーションの講座に招待し、互いに話をするように言った。最初、ウクライナ人は拒否した。だが、最後には、「ふたりがダンキン・ドーナッツで坐って話しているのを見た」とコノプリョフは語った。

ケネス・モスコウの偽の肩書きを見破った級友がひとりいる。ヴェトナム戦争で海軍航空隊に所属したアリゾナの不動産開発業者で弁護士のリチャード・ショーは、かつて外国の防諜の仕事に就いた経験があった。ふたりが最初に会ったとき、モスコウは外交官だと称した。「私自身もそれなりの経験を積んでいたので、『そんなデタラメはよそう。おれたちはふたりともきみの雇い主が誰だか知っている』と言った」とショーは述懐する。「彼は驚いた様子だった。私たちはそのまま友人になり、ビジネスパートナーになった」

モスコウはケネディ・スクールでの一年を自分のキャリアを見つめ直すきっかけにした。修士号を取得すると、CIAを辞め、ニューメキシコでショーとともに不動産業を始めた。ほかの級友とも連絡を取り合い、ホセ・フィゲーレスの一九九四年の大統領就任式にも出席した。フィゲーレスの任期が一九九八年に終わると、モスコウはショーと共同でコスタリカでも不動産業を始めた。モスコウの中南米の級友が彼のCIAでの経歴を知っていたのか、あるいはいつ知ったのかはわからない。夫人のシェラー・モスコウによれば、彼がミッドキャリア課程で級友にそれを話したとは考えられない、ということだ。彼女はハーヴァード時代のモスコウを知らない――ふたりは二〇〇〇年、パリへ駆け落ちした――が、その後の会話からそう結論づけたという。ケンは、中南米の人々がCIAを胡散臭く思っていたのは知っていたし、正体を明かすにしてもCIAの許可が必要だったから、と彼女は言う。「夫はそういう決まりが何を意味するかについて、そういう決まりに従うことについて、とても真面目でした。CIAには、黙っているという強力な文化があります」

だが、ひとりの中南米出身の級友がモスコウとCIAとのつながりは秘密でもなんでもなかったと言う。「みんな、ケネディ・スクールのおおぜいの学生がモスクワ（原文ママ）さんがCIAの人間だと知っていた」[55]と、エクアドル人の実業家で環境保護活動家のローケ・セビージャの広報担当は語った。ショーによると、フィゲーレス（コメントを求めたが返事がない）と物故者のグアテマラ元国防相グラマホ[56]も知っていたという。

モスコウは「常に手の内を見せないでやっていた」が、ＣＩＡの経歴はハーヴァードの仲間内では「常識」だった、とショーは語る。「少数のごく親しい友人だけにその秘密を明かしていたのは間違いない」。たとえば、「メキシコやコスタリカを商談で訪ね歩き、『ところで、私は政府機関の出身です』とか言うわけがない」

卒業後もモスコウはケネディ・スクールに立ち寄り、彼とコノプリョフは親しくなった。ふたりはマーサズ・ヴィニヤードでサーフィンをしたり、モスコウの先祖の故郷、ウクライナに旅行に行ったりした。私がコノプリョフに、一九九〇年代もＣＩＡはモスコウと連絡を取り合っていたかと尋ねると、彼の答えはウラジーミル・プーチンの「元ＫＧＢ要員などというものは存在しない」という発言を思い出させた。

「ＣＩＡがケンに『こういう会議があるんだが、行って参加者と話をしてきてくれないか』と言うのは簡単だ」とコノプリョフは続けた。「ケンは『いいですよ』と言うだろう。ＣＩＡであろうが、ＦＢＩであろうが、東ドイツの秘密警察《シュタージ》であろうが、頼りになる伝手さえあれば、正規職員を派遣する必要はない」

やがて、モスコウは再び現役のＣＩＡオフィサーとなる。二〇〇一年九月一一日の同時多発テロのあと、彼は再入局した。パリ支局長として、大量破壊兵器がテロリストの手に渡るのを阻止するために、ヨーロッパ、旧ソ連の各共和国を駆けまわったあと、家族ともっと多くの時間を過ごすために二〇〇六年に、ＣＩＡを再び退職した。

ハーヴァード大学時代の同級生に宛てた二〇〇八年の卒業二五周年の報告で、彼は卒業後すぐに「CIAにリクルートされ、秘密工作員として活動していた」ことを初めて認めた。まるで自分の残り時間が少ないことを感じていたかのように、「最近、級友の親が亡くなるとか、私たちの子供や友人の子供たちが成長するのを見るにつけ、日々のチャンスやチャンスが訪れたときにそれをつかむことの大切さを改めて実感します」と、つけ加えている。

自分たちのなかにCIA工作員がいたのを本人が亡くなってから知って驚いたケネディ・スクールの同級生たちは、偽称の理由も理解できると語った。当時それを知っていたら、いまほど寛大に受け止められなかっただろうが、あれから社会状況が変わった。

「九・一一を境に、諜報機関やその活動に対して、私の考えは変わりました」と、西海岸の広報専門家、バーバラ・グロブは語る。「九・一一の前は、とっさに批判しがちでした。根っからのリベラルである私でさえ変わりました。人のそういうことを知っておくべきだとはあまり思わなくなりました」

第10章

「私のおかげで刑務所行きを免れている」

そこはもうJ・エドガー・フーヴァーのFBIではない。ギャングや腐敗政治家を追い詰める『アンタッチャブル』タイプの元警官が活躍する時代ではない。一九七二年にフーヴァーが没すると、FBIは半世紀前に彼が長官に就任してから初めて女性を捜査官として雇用し始めた。[1]二〇一二年までには、全捜査官の二割を女性が占めていた。[2]捜査官の前職は様々で、コンピュータ・サイエンティストから人事の専門家、民間パイロット、ジャーナリストもいる。[3]

今日のFBIは従来の法執行機関に諜報機関を継ぎ足したような混成物だ。司法長官と国家情報長官の両方に従う。[4]世界で活動することが増え、現在、クアラルンプールからカラカスまでアメリカ大使館内に七八の支局や事務所をもち、[5]CIAや受け入れ国の諜報機関と協調して活動している。

九・一一同時多発テロ後、FBIの優先事項はギャングや麻薬の売人、ホワイトカラー犯罪者を捕まえることから、テロや外国のスパイ活動、サイバー攻撃を防ぐことへと変わった。[6]この変貌がFBIの目を学界へ向けさせた。FBIのターゲットは「アメリカの秘密を外国政府に流す従来型のスパイだけではない……アメリカの大学や企業から貴重な経済秘密を盗み出す学生や科学者、その他おおぜいだ」[7]
ダイアン・メルクリオはこのＦＢＩの変貌ぶりを示す代表的存在だ。彼女の経歴は、今のＦＢＩの典型であると同時に、その素早い出世には目をみはるものがある。彼女が勧誘した教授、彭《ポン》大進《ダージン》同様、これまでほとんど挫折を知らず、どんな状況にも対処できると自信過剰気味なところがあった。
さらに彭と同じく、彼女も成人してからフロリダの住人になり、生まれたのは別の土地だった。デールとマリリン・ファーリントン夫妻の第二子、ダイアン・リー・ファーリントンは一九六八年、ヴァーモント州バーリントンに生まれた。[8]彼女の父はそこで〈ゼネラル・エレクトリック〉[G][E]のアーマメント・システム事業部門の設計士をしていた。この部門はヴェトナム戦争中、米軍の自動火器を製造し、デール・ファーリントンは機関銃の性能を高める二件の発明――潤滑装置と「マズルブレーキ・トルクアシスト」――で、共同で特許を取得している。[9]
ダイアンが四歳のとき、父はサウスカロライナ州グリーンヴィルに転勤になった。[10]ファーリントン夫妻は近くのモールディンのキャンドルウッド・コート沿いの家を買った。モールディンは農村から中流層のベッドタウンへと変貌を遂げている最中だった。その人口は二〇一二年には二万三八〇八人に達し、二〇〇〇年と比べると五二・一パーセント増加している。[11]白人、共和党支持者、プロテスタントが大多数を占め、サウスカロライナ州の都市としては珍しく、全国平均よりも高い世帯収入、低い貧困率[12]を誇るモールディンは、財政保守主義と警察が仕掛ける「ネズミ捕り」で知られていた。「ＡＡＡ発行のドライブ地図には大きな赤い点がついていた」と、かつてモールディンの都市計画・経済開発責任者を務めたジョン・ガードナーは語る。

モールディン高等学校はファーリントン家が同市に引っ越してきた一九七三年に建てられ、デール・ファーリントンがGE社を退職した[13]二〇〇二年に改修された。卒業率九一・九パーセント[14]、大学進学適性試験《SAT》の読解力を測る「クリティカル・リーディング」で五〇三、数学で五〇六の平均点を出し、サウスカロライナ州でもとりわけ優秀な公立高校とされている。最も有名な元学生と言えば、のちにプロバスケットボール・リーグ、NBAの殿堂入りを果たすケヴィン・ガーネットだろう。だが、彼は校内で起こった人種差別の乱闘騒ぎに巻き込まれて逮捕され[15]、シカゴのファラガット実業高校へ転校し、そこで四年生のシーズンを過ごした。

モールディン高校に進んだダイアン・ファーリントンは真面目に勉強する生徒で、優れたアスリートだった。[16]女子バスケットボール、サッカー、トラック競技、クロスカントリーの各チームに加わり、四〇〇メートルと八〇〇メートルで校内新記録を出し、八〇〇メートルでは州のチャンピオンになった。

「彼女はトレーニングの場でも一緒にいて楽しく、人付き合いのよい人でした」と、トラック競技とクロスカントリーのチームメートで、現在、サウスカロライナのブラフトン高等学校でクロスカントリーのコーチを務めるデイナ・パーサー・ハウスは語る。「私たちは抜きつ抜かれつしながら伸びていきました」。ハウスは二年生のときモールディンに転校してきたので、チームメートは彼女をよそ者扱いしたが、ダイアンはそうではなかった。「彼女はその点ではいつもとても親切でした。私たちは互いを尊敬していました」

彼女の高校時代のコーチ、デルマー・ハウエルは、彼女がFBI捜査官になっても全然驚かなかった。「彼女はチームのリーダーでした。チームのみんなが求める知性と自制心をそなえていました」

彼女が選んだ進学先は、彼女の自主性と自信を表している。モールディン高校の卒業生はたいてい州内のクレムゾン大学か、サウスカロライナ大学に進学するが、ダイアンはチャペルヒルにあるノースカロライナ大学《UNC》へ進んだ。「UNCへ入る生徒は非常に少ない。州外の人にはとても難しいのです」と、彼女に進路指導をしたマーサ・オークヒルは語る。意外にも、ダイアンは大学ではトラック競技をやめ、クラブ活動にはアイスホッケーを選んだ。専攻は心理学だった。[17]

一九九〇年に卒業すると、彼女はタンパへ引っ越し、その後、ノースカロライナへ戻った。一九九四年、チャペルヒルを含むオレンジ郡のソーシャルワーカーになった。[18] 郡庁所在地ヒルズボロを拠点に、養子や低所得世帯の子供を保育所に通わせるための補助金申請を手伝っていた。補助金が出ればその親は働きに出たり、学校へ行ったりできる。彼女は有能で、問題が起きても慌てず、上司や同僚は一様に彼女を高く評価していた。

ある家族が助成を受ける資格があるかどうか、別のソーシャルワーカーが間際になって不安になっても、ダイアンは「『大丈夫。私がなんとかする。保育所に負担してもらうから』と真っ先に言う人だった」と、ソーシャルワーカーのひとり、パティ・クラークは語る。「彼女はチームの要でした。彼女がなんとかしなかったら、保育所に預けるためのお金が出なくて、子供たちはそこから追い出されていたでしょう。そうはならなかったのです」

ダイアンとオフィスを共用していたロバート・ブリゼンディンは、彼女がいずれもっと大きな仕事に就くと思っていた。「彼女は非常に知的な若い女性で、何かすることが必要なのでその仕事をしていた。特に彼女がいたような地位でソーシャルワーカーを続けても、将来はあまり代わり映えしない。彼女はもっと重要で、もっと割のよい仕事に就く資質を備えていた……明らかに役不足だった」

彼女はブリゼンディンら周囲の人に、もっとやりがいのある——他のソーシャルワーカーがあまり考えそうもない——仕事への転職を考えていると打ち明けた。FBIに応募したから、身辺調査で彼らに連絡が行くかも知れない、と。彼女は最高の体調を維持し、ジョギングや筋力トレーニングを続け、FBIの苛酷な訓練に耐えられるよう備えた。

「最初から、彼女がFBIに関心を持っていたのは知っていました」と、社会福祉事業の上司ディアナ・ショフナーは語る。「彼女はそう話していました。別の職業に就きたがっていました。FBIへ行くという人はとてもめずらしい。長年社会福祉の仕事をしてきましたが、FBIに入った人をほかに知りません」

FBIへの応募資格は、アメリカ市民権を得ている二三歳から三六歳半までの学士号取得者で、実務経験三年以上の人だ。[19] 重罪の前科、学生ローンの債務不履行、税申告漏れ、裁判で決まった養育費の未払いがある人は応募できない。競争率は非常に高い。二〇一一年度は五四三の空きポストに、二万二六九二人の応募があった。[20]

ダイアンは基準を満たし、競争に打ち勝った。一九九七年に採用され、ヴァージニア州クワンティコにあるFBIアカデミーで必須の訓練を終え、タンパ支局に配属された。下積みとして、様々な犯罪捜査に関わり、児童ポルノを取り締まるFBIの「イノセント・イメージ対策本部」

に加わった。フロリダの聖職者、ローレンス・キルバーンの捜査にも協力した。この事件は、キルバーンが六歳から一二歳の少女に性的いたずらをしているところを撮影したビデオテープを彼の娘が見つけたことから発覚した。裁判記録によると、[21]キルバーンは「少女たちとの性的な行為をビデオに撮影した容疑について」メルクリオに「供述した」。キルバーンは州と連邦の告発に対して有罪を認め、一七年の実刑判決を受けた。

チャペルヒルに里帰りしたとき、ダイアンは旧友たちと集まり、FBIの仕事はやりがいがあって楽しいとブリゼンディンに語っている。

私生活も順風満帆だった。ニューヨーク州立大学出身で医療器具販売業のマシュー・メルクリオと結婚した。[22]ふたりの娘に恵まれ、ふたりともタンパの私立学校へ通い、母親譲りのアスリートになった。ダイアン自身は四〇歳になったばかりの二〇〇八年、サンフランシスコで開催された「ナイキ女子マラソン」を走った。[23]

不動産ブームのとき、多くのフロリダ州の人々が不動産に投資したように、メルクリオ夫妻もそうした。二〇〇四年から二〇〇六年のあいだに、モールディンの実家から車で四五分の、タイガー・ウッズが設計したゴルフ・コースとブルーリッジ・マウンテンの絶景が売りの、新規開発住宅地「ザ・クリフス・アット・グラッシー」[24]の三区画を売買して、かなりの収益を得た。二〇〇七年に購入し、所有し続けた四つめの区画は、二〇一二年に「ザ・クリフス」が連邦倒産法第一一章[25]にもとづいて処理手続きに入ったため価格が下落した。[26]

キルバーン事件からほどなく、メルクリオは防諜班への転属希望を口にし始めた。班長のJ・

A・コーナーはこの人気の空きポストに数名の応募者を退けて彼女を選んだ。「彼女は人を扱うのがうまかった」と、彼は言う。「話をするのも話をさせるのもうまかった。一から一〇までのレベルで言うと、彼女は八か九だった」。彼女は「射撃の腕前もたいしたもの」で、ほかの捜査官に銃の指導を行っていた。

二〇〇一年九月のテロ攻撃にFBIは衝撃を受け、特にタンパ支局は慌てふためいた。三人のハイジャック犯は、タンパ支局の管轄であるフロリダ州ヴェニスの航空学校に通っていたのだ。FBIは手の空いた捜査官を残らず、テロ対策と防諜というコーナーの管轄に移らせた。「二〇〇一年九月一〇日、私の部下は一七人だった。九月一二日、それが一一七人になっていた」

FBI最大のターゲットは、パレスティナのテロリストを支援したとされる、サミ・アル・アリアン、南フロリダ大学のコンピュータ工学教授だ（すでに見てきたように、彼の事件をきっかけに、ペンシルヴェニア州立大学グレアム・スパニア学長はFBIやCIAに協力を申し出る）。メルクリオは二〇〇三年、アル・アリアンと共謀したとされる容疑者たちの逮捕当日に、そのひとりの聴取は担当したもの[27]の、ディケンズ風の泥沼、「ジャーンディス対ジャーンディス裁判」並みの煩雑業務にこれ以上関わりたくないと言ってFBI内に波風を立てた。「みんな、それをやりたくないと思っていた。なぜなら、一〇年分の録音テープ、聴取記録、翻訳、書類があり、そのうえマスコミから注目されていたからだ。しらみつぶしに調べる仕事だった」と、内部の者が語った。メルクリオは「その仕事に任命された。彼女は嫌だと言った。私が上司だったら、部下に嫌とは言わせないがね」

コーナーが言うには、防諜班の要員であるメルクリオをテロ対策の捜査に充てたくなかったのだそうだ。彼女には別の仕事を任せようと思っていた――中国のスパイ活動だ。タンパの研究施設に潜り込もうとする中国側の活動を、コーナーは以前から気にかけていた。一九九〇年代、ヒューストンの中国領事館は、南フロリダ大学の中国人留学生に、スパイになれと迫っていた。タンパの防衛関連の下請け企業に勤める友人たちの情報を提供してくれたら、中国にいる病気の両親を医療機関の近くに移してやると話を持ちかけた。[28] 学生は一時、中国の諜報機関に協力したが、やがてＦＢＩに連絡し、どうしたらこの窮地から逃れられるかと相談した。ＦＢＩの助言どおり、中国人ハンドラーに「あなたと話しているところをＦＢＩに見られました」と言うと、これが功を奏した。

コーナーは二〇〇四年にＦＢＩを退職する前に、中国関連の事案をメルクリオに引き継ぎ始め、メルクリオは中国に関する講習を受けた。仕事上、ときどき南フロリダ大学に立ち寄ることもあった。たとえば、二〇一一年三月、彼女と別のＦＢＩ捜査官は、コンピュータ・サイエンスの准教授、鄭昊《ジョンハオ》に、彼のクラスにいる中国人学生について訊いてきた、と鄭は電話インタビューで語った。

「私は少々不安になりました」と鄭は言った。[29]

メルクリオがどうやって彭大進の名前を知ったのかはよくわからないが、ＦＢＩ本部が孔子学院を問題視していたのは認識していただろうから、それを踏まえて南フロリダ大学に開設された孔子学院とその院長に注目していたと思われる。同時に、彭が孔子学院のために積極的に関わっていたタンパの中国人社会に、ＦＢＩは情報源をもっていたとも考えられる。

メルクリオは、プリンストンで彭を開拓した捜査官、ニック・アバイドに電話しているので、FBIの彭のファイルを見つけたに違いない。アバイドが彼女にもった印象は「中国分野で手探り状態にある初々しい新人捜査官」というものだった。

二〇〇九年一二月、彭が経費とビザの不正を行ったとする監査報告の草案が出てから一ヶ月後、彭は例年どおり、冬休みのあいだ中国で教えるために渡航した。帰国時、国土安全保障省は彼のコンピュータを調べ、彭がアバイドとメルクリオとの関わりを簡単につづった「FBIと私」というタイトルの文書を発見した。

メルクリオは「私（彭）の事件に非常に詳しく、南フロリダ大学の孔子学院についても細かいところまで知っている」と、彭は記していた。「CI〔孔子学院〕はスパイ活動のためつくられたと彼女は疑っている。私は彼女に、CIは純粋に教育と文化のための機関であり、スパイするためでは絶対にないと説明した。その後、彼女は情報が欲しいと私に言ってきた」。たとえば、彭が中国のミッドキャリア・エグゼクティヴ講座で教えている経営学の学生の名前などだ。「捜査中、FBIは捜査官がもっているすべての情報を把握していることがわかった」

彭は雇ったばかりの元検察官の刑事弁護士、スティーヴン・ロマインにうながされて「FBIと私」を書いたのだった。ロマインは、FBIが今回の事件に一枚嚙んでいるのではと思い、さらに、メルクリオが彭から情報を引き出すために彼を陥れたのかもしれないと疑っていた。ところが、これを発見した国土安全保障省の係官は、中国政府に情報を流しているスパイを捕まえたと思い込んだ。係官がメルクリオに連絡し、ロマインがこの誤解を解くまで、彼女は「相当びくびくしていた」と、彭は語っている。

メルクリオは大学の監査の成り行きを見守り続けた。南フロリダ大学の大学警察は二〇〇九年一二月一七日、彼女のオフィスに二回電話をかけている。うち一回の通話は一四分を超えた。二〇一〇年一月二八日、会計監査・コンプライアンス室の最終報告が出たが、それは事実上、最初の頃の草案とそっくりだった。その日、メルクリオは携帯電話で大学警察と一二分間話している。ロマインはメルクリオと協議したあと、二月一七日に彭に宛てたメールで、「彼女は自分があなた（彭）の状況を見極めるまで、この件について何もしないでもらいたいと大学警察に言ったと私は理解しています」と書いている。

「自分があなたの状況を見極めるまで」とは「あなたがスパイをすると決断するまで」の巧みな言い換えだ。

「彼女は、あなたの協力についても、あなたの告訴をやめさせることについても、何も確約していません」と、ロマインは続ける。「彼らはこの点だけですべてを評価するでしょう。彼女は大学内の申し立てに関しては、あなたに何も訊かないことに同意しました」

三月九日の午後、ロマインのオフィスで、メルクリオと彭は同弁護士を交えて会った[30]。彭はFBIに協力すること、メルクリオは大学に対して彼を擁護することで彼らは合意した。彭が軽い処分ですんだら、FBIにとっても利益がある。彼に貸しができるし、もし彼が失職でもしたら、大学教授として中国の知識人や政府高官、企業幹部に会えなくなり、情報源としての価値がなくなるからだ。

メルクリオが帰ると、彭は弁護士に、いつまでFBIに協力しなくてはならないのかと尋ねた。ロマインは、何年間か「よい働き」をすれば、やめたいと告げてもいいだろうと言った。

　それを聞いて彭はがっかりした。やる気を装っていたが、心の中ではＦＢＩのスパイなんぞになりたくなかった。子供の頃の経験から、諜報機関には近寄るなと学んでいたし、自分の身の安全も心配だった。彼は一度、「中国の刑務所で腐るよりは、アメリカの刑務所で腐るほうがましです」と、恩師のハーヴェイ・ネルセン教授にぶちまけている。もちろん、どちらの国でも刑務所行きはできるだけ避けたいところだが、現時点ではアメリカの刑務所のほうが目の前に迫っていた。彼は言われたとおりにするしかなかった。

　そして、このような事情により、彼らは調子を合わせてタンゴを踊った。メルクリオはときには別の捜査官を伴って郊外にある彭の地味なアパートに茶色のセダンで乗りつけ、彼を拾い、そこからブルース・Ｂ・ダウンズ大通りにある〈オリーヴ・ガーデン〉に行って昼食をとる。〈オリーヴ・ガーデン〉は南フロリダ大学からだいぶ離れているので彭の知人に出会う危険はないし、ＦＢＩ捜査官らは、その疑似イタリア料理が気に入っていた。

　レストランの駐車場に着くと、彼らはまず、車のなかで話した。彭は最近の中国出張で立て替えた分の領収書を渡し、支払いを求めた。南フロリダ大学や彭が中国で教えている大学も彼の旅費を負担しているのを彼女は知らなかったか、あるいは知っていても気にしなかったかのどちらかだ。

　いつもの隅のブース席につくと、[31] メルクリオはチキン・シーザー・サラダを注文し、彭はもっと値の張るサーフ＆ターフ〔ステーキとシーフードが一皿に盛られているメインディッシュ〕を注文した。それから、仲良しの振りと上機嫌の仮面のしたで、打ち合い《スパークリング》が始まる。労使交渉や首脳会談でよく見られるように、それぞれの側はできるだけ自分の要求を相手にのませようと奮闘する。彭がメルクリオに求めるのは、彼の刑務所行きを阻止し、孔子学院長というかつての栄光の座に彼を戻すことだった。メルクリオが彼に求めるのは、中国、孔子学院、タンパの中国人社会をスパイすることだった。

最初、彼女はつまらない質問を投げる。一般の中国人は自分たちの政府をどう思っていますか？　台湾やチベットに対する中国政府の方針をあなたはどう分析しますか？　彭はたいてい、大学で学生に講義をするように、もったいをつけて答える。彼女はいちいち関心のある素振りと謝意を装って話を聞く。彼の自尊心をくすぐるため、あなたの見識はそのまま大統領に伝えられます、とまで言う。

次に、彼女はもっと具体的なことを訊く。次の中国訪問ではどの政府関係者と会う予定ですか？　特定の中国系アメリカ人教授、ビジネスマン、官僚を釣るには何を餌にしたらいいですか——金、昇進、グリーンカード？　香港やマカオで働いている中国人の友人の名前と職業を教えてください。南フロリダ大学のあなたの同僚や学生で不審な行動をしているのは誰ですか？　メルクリオは彼をおだてるため、南フロリダ大学の他の中国人教授たちはＦＢＩの役に立たないと愚痴をこぼす。

彭は、ぽつりぽつりとわずかな情報を渡すだけで、すぐに警戒する目つきになり、あいまいな口調になる。一度、メルクリオは、ＦＢＩが設立資金を出すのでフロント企業を大学の外に立ち上げてはどうかと持ちかけた。彭は、それはうまくいかないと答えた。ＦＢＩが望むように中国政府の役人に近づくには、南フロリダ大学と孔子学院の関係者という肩書きが必要だからだ。

彭は、協力は惜しまないが、まず大学の彼に対する誹謗中傷キャンペーンをやめさせることが先決だと彼女に言った。結局、信用がなければ、彼はＦＢＩにとって無用の存在となる。ふたりのために、彼を救えるかどうかは彼女にかかっていた。

彼の弁護士たちも同様に考えていた。ロマインと彭の民事弁護士、スティーヴン・ウェンゼルはメルクリオとの合意に達したあと、弁護士としては異例の戦略を思いついた——ＦＢＩに任せよう。「この件の別の側面での展開が、あなたと南フロリダ大学との現在の対立に、大きな援護となるかもしれない」ので、弁護士らは「時間稼ぎに」「ソフトなアプローチ」を用いる、とウェンゼルは、三月一九日に彭にメールしている。

本来なら、大学の執行部や教授陣の特権であるはずの大学の倫理規定を外部の機関に委ねて曲げてもらおうとするのは、むなしい望みとも思えるが、これは抜け目のない戦略だ。彭に不利な証拠には説得力があり、彼の弁護士らが学長ジュディ・ゲンシャフトの考えを変えさせるのは難しいだろう。ＦＢＩのほうが影響力がある。ＦＢＩが南フロリダ大学に、アル・アリアンの起訴について事前に密かに伝えたかどうかにかかわらず、ゲンシャフトはＦＢＩのこの事件の扱い方に感謝していただろうし、『ジ・オライリー・ファクター』の放送後に大学に寄せられた大衆の怒りの声がまだ響いていたかもしれない。

南フロリダ大学のイメージを回復し、軍事関係者が多い地域をなだめるために、ＦＢＩに楯突くのはゲンシャフトのやり方ではなかった。

それに、彼女はそうしたいとも思わなかった。南フロリダ大学がアル・アリアンの告訴理由に対して本人に弁明の機会も与えず、裁判前に解雇し、彼の正当な権利を奪ったとして〈全米大学教授協会〉が同大学を非難[32]して以来、ゲンシャフトとリベラル派の教授陣との関係はどこかぎくしゃくしていた。彼女はまた非常に神経質になっていて、公開されるのを恐れてメールもめったに送らなくなった。ゲンシャフトが一六年勤めたオハイオ州立大学の元学長、ゴードン・ジーは、彼女のことを「臆病者《ナーヴァス・ネリー》」と呼んでいた。カウンセリングと学校心理学を学んだゲンシャフトは（彼女とメルクリオは社会福祉事業出身という共通点がある）、たとえば、デレク・ボックのようなロー・スクール出身の学長と比べると、大学の独立性について、あまり固執しないほうだった。二〇〇八年に南フロリダ大学の首席副学長に就任したイギリス生まれのロバート・ウィルコックスも、ＦＢＩの干渉に特に抵抗しなかったと思われる。彼の専門は体育とスポーツだった。[33]

ウェンゼルはまもなく、彭に明るい戦況報告を送るようになった。「ものごとが上手く運んでいるようなので、私もうれしいです」と、彼は四月三〇日に彭にメールしている。「大学からはなんの連絡もありません。これは、あなたの協力の結果、そうなるだろうと私たち全員が予想していた事態そのままです」。一週間後、彼は「混乱がすっかり収まるを見るのはこのうえなく幸せです。直接私に認めた人はいませんが、そのようなことが起こっていると私は確信しています」と断言している。

「もう南フロリダ大学では何も問題はない」と、彭は返信している。「（私の）事件は本当に終わったのだ。実際には、彼らは私を孔子学院長に復職させるために、いろいろやってくれているところだ」

この勝利宣言は時期尚早だった。大学側は彭の事件を検証して懲戒を勧告するために、五人の教授からなる委員会を招集したのだ。彭は五月一二日にウェンゼルにメールしている。「私たちはふたりとも、もう問題はすんだものと考えていたが、今日、ダイアナ（ダイアンを指す彭の誤記）から聞いたのだが、大学は委員会にゆだねるしかないそうだ」

ウェンゼルは弁護士らしい用心深さで、普段からＦＢＩやメルクリオの名前をメールには書かないようにしていた。ＦＢＩとメルクリオは「私たちの友人」であり、教授たちによる検証は「このこと」であった。五月二五日に彼が彭に送ったメールには「私たちの友人と私は、このことを中止させようとしていますが、私が考えていたよりも長くかかっています」。彼は五月二八日に「私たちの友人は私とともに動いており、私は彼らがこれも首尾よくやり遂げるだろうと楽観しています」とつけ加えている。

今回も、ウェンゼルの楽観は短命に終わった。六月一日、ウェンゼルから彭に宛てたメールには、もし教授委員会が彼の解雇や終身在職権の剝奪を提案したら、マスコミがこれを報道することになり、それはＦＢＩが最も恐れている事態だと、警告している。「私たちの友人と話して明らかになったことは、もしあなたについて悪評が出れば、彼らにとってあなたの価値はなくなるということです」と、ウェンゼルは書いている。「これらの友人を失うことがあなたにとって何を意味するかを考えるのは、あなたとロマイン氏にお任せします」

別の選択肢は、大学側との取引だが、条件は厳しいものになるだろうと、ウェンゼルは書いている。「私たちの友人が言うには、大学側はあなたが終身在職権を手放さない限り、あなたの問題を終わりにはしないだろうとのことです」と、彼は書いている。そうなれば、彭は雇用の安定を失い、いつ解雇されるかわからない身分になる。

六日後、ウェンゼルは大学の役員と話し合ったあとで、大学側は彭の終身在職権放棄は譲らないつもりだと同じことを繰り返している。「彼らは私たちの友人にそう言い、それと違うことを私たちの友人に決して言いませんでした」。大学はぜいぜい「非常勤講師の口なら検討してもいいかもしれない」ということだった。

彭は愕然とした。教授会が検証しているあいだに、彼は張暁農《ジャンシャオノン》とシュホア・リウ・クリーセルによるセクシャルハラスメントの告発をきっかけに監査が開始されたことを初めて知ったのだ。これを知ったことに加え、FBIが彼に教授職を手放すよう勧めているというウェンゼルからの報告もあり、彼の不安な頭のなかは混乱した。彼は、FBIが彼の告発者たちや大学と共謀していると確信した。

政府の入国管理の審査もまた、苛立ちの原因だった。同年夏、彼が中国から帰国してシカゴ・オヘア国際空港に降り立つと、国土安全保障省の職員は、彼のビザの不正に関する刑事告発を裏付ける証拠を探して、ノートパソコン三台と外付けハードディスクにあった画像をコピーした。[34] 彼らが調べたところ、「入国手続きの詐取に使えそうなものはなかった」。審査は一一月に打ち切られ、彭が「法律、規制、学界の倫理基準を軽視したことは南フロリダ大学の監査に詳しく記録されている」が、「ビザ取得に関する彼の問題の発言は虚偽とは証明できず……共謀行為も発見できなかった」[35]と判断された。

彭は苛立ちを弁護士にぶつけた。「がみがみ言わないでください」と、ウェンゼルは七月一八日に述べている。「あなたが私たちの友人に協力を開始してはじめて、南フロリダ大学への対応を考えることができたわけです。それ以前は、あなたの自由が危機に瀕していたのと、それがあなたの仕事よりも重要だったということを思い出してください。あなたも私もロマイン氏もみんな、そのことについては何度も話したはずです。南フロリダ大学の執行部のトップがすでに決断していているのをあなたは理解していないようですね。学長が考えていること、彼女の弁護士が考えていること、首席副学長が考えていることは、あなたが何を言っても変わるものではありません……一年分の給与をもらって辞職するという条件を出されたことを覚えていますよね。あれには学長の決意が表れていました……私たちの友人たちのアドバイスに関しては、今後もあなたの協力を得るために、あなたに聞かせたい話ならなんでも話すだろうということを覚えておいてください」

「わかりました」と、彭は返信した。「私は戦うしかないですね」

彭はメルクリオも煩わせ、ウェンゼルの弁護費用はＦＢＩで負担してくれないかと言い出した。「当事務所が何か払うとしたら、それはあなたの協力の直接的な成果に対してです」と、彼女は七月三一日に返信している。「よく考えてください。あなたは私のおかげで刑務所行きを免れているのですし、自由の価値はお金には換えられないと思いますが……」

この頃、彭はメルクリオと別の捜査官と、彭のアパートの前にとめた車のなかで話をしている。彼らの質問の仕方が不快だと感じた彭は口走った。「ぼくを中国のスパイだと思ってるんだろ」

彼らは否定せず、ただ顔を見合わせた。「スパイ……ですか」と彼らのひとりが言った。彭は、「王様は裸だ」と思わず言ってしまった子供のように、禁忌に触れたと思った。

八月一一日、午前三時二七分、眠れない彭は、メルクリオにメールを送っている。「私は自分の特別な能力と資質を用いて我が国に奉仕したいと思います。しかし、それには礼にかなった公正な扱いを受けなければなりません……たとえ、あなたと南フロリダ大学がさらに不公正な取引を私に無理強いしても、それはこの先ずっと、私たち共通の将来に悪影響をおよぼすでしょう。南フロリダ大学がいま以上に私を不当に扱うのをやめさせてください……私はこれまで南フロリダ大学に多大な貢献をしてきましたし、大きな危険を冒してＵＳＡに貢献しています」。彼は続けて懇願している。「有能なソーシャルワーカーとして、あなたはここで重要な役割を果たすことができます。なぜなら、現在、三者全員が信頼しているのは、あなただけだからです」

メルクリオは辟易《へきえき》していた。「あなたは私の事務所に対して間違った主張をしていますし、私はそれを不愉快に思います」と彼女は返信している。「あなたの法的問題が長引いているのは当事務所のせいではありません。それどころか、当方は可能な限り最良の方法であなたを守ってきました……当事務所へのあなたの協力は充分とは言いがたく、現時点では最低限と見なされています。したがって、私は充分な協力が得られないかもしれないと知りながら、あなたのためにリスクを負っていることをご理解ください。あれこれ要求を連ねるより、たまには〝ありがとう〟のひとことでも言ってもらいたいくらいです」

実際、メルクリオは感謝に値するほどに話を前に進めていた。八月一七日、ウェンゼルは彭に伝えている。「次の年度開始前にあなたを解雇したいという大学側の要望を拒否しながら、ここにたどり着くのは長い道のりでした。あなたは譲歩と引き替えに、すべての権利付きで終身在職権を確保できることになりました」

翌日には、メルクリオは南フロリダ大学と彭が合意する最終条件を調停していた。彭はウェンゼルに報告している。「月曜日にあなたにメールで送った条件を承諾するまで、ＦＢＩに二時間以上、説得された。それなのに、南フロリダ大学はまだいろいろ要求を突きつけてくる……私は南フロリダ大学とはけんかしたくない。そうなるとダイアンを巻き込むことになるからだ。彼女はこれまでいろいろ助けてくれた……いま、ダイアンから電話があった……南フロリダ大学の見解は最終的ではないし、協議を再開する気はあるだろうと彼女から聞いて安心した。彼女は南フロリダ大学の何人かに電話して、留守電にメッセージを残しておいた。私は月曜にＦＢＩと相談して決めた条件はあくまでも譲らないつもりだと彼女に話した」

「南フロリダ大学を屈服させられる（動かせる）のは彼女だけです」と、ウェンゼルは返信している。「私たちには彼女だけが頼りです」

八月一九日、ウェンゼルは彭に、メルクリオが「あなたと話し、学長と長く話したあと電話してきました」と伝えている。八月一八日から八月二六日まで、メルクリオと南フロリダ大学の法律顧問、スティーヴン・プレヴォーは互いに七回電話をかけ、そのうち二回の通話は一五分を超えた。プレヴォーは、二〇一〇年七月から一二月にかけて、ＦＢＩ事務所の彼女の内線にも六回かけ、そのうち一回は四五分間、話している。

二〇一〇年八月二四日、彭が停職を言い渡されてから一六ヶ月後、彼と大学は明らかにメルクリオの干渉の跡が見える和解に達した。[36] 大学側は彭に一万ドルの罰金を科し、二〇一〇年一二月から二〇一一年一二月まで無給の停職処分にする。和解内容により、彭は永遠に孔子学院の「運営上の責任」を担う地位に就くことが禁じられたが、停職期間が終わったあと、近くのセント・ピーターズバーグにある南フロリダ大学の分校で「中国の適切な、新たなパートナーとともに孔子学院提携」の話を進める役は彼が担うことと保障された。

メルクリオは彭の自由と教授としての終身在職権を守り、中国の政策立案者や孔子学院内部の人々に近づけるＦＢＩの有望な情報源を守った。監査で明るみに出た証拠にもかかわらず、大学警察は彼を告訴しなかった。ＦＢＩは和解に非常に深く関わり、「まるで首席副学長のように振る舞っていた」と、ネルセン教授は言う。ウェンゼルに、彭が職を守れたのは、彼の弁護士としての能力に加え、ＦＢＩの圧力も影響したのかと尋ねると、「だいたいそんなところですね」と彼は答えた。

彭に対する告発の内容は知っていても、ＦＢＩの介入を知らないままでいた教授たちは寛大な処分に愕然とした。「彼が解雇されないなんておかしいと、みんな思っていた」とシェパードは語った。

大学側は、ＦＢＩの庇護は影響しなかったという姿勢を貫いた。大学の広報担当、ラーラ・ウェイド・マルティネスによれば、処分は「過去の例に照らし合わせて行われ、重大な不正行為に対して適切」であり、ゲンシャフトは「ＦＢＩが執拗に介入してくるのを非常に不愉快に思っていた」。ゲンシャフトとウィルコックスは、私が送った質問状に答えるのを辞退した。

この勝利で自信をつけたメルクリオは、一段と彭を擁護するようになった。ＣＩＡ局員を従えて南フロリダ大学の統括副学長、カレン・ホルブルックのオフィスに現れた。和解の日、ホルブルックはセント・ピーターズバーグの孔子学院提携を準備する彭の監督役に任命されていた。[37]

訪問者たちはホルブルックに、彭はプリンストン大学時代にＦＢＩに協力しており、彼の能力と愛国心はすでに証明済みだと言った。要は、彭の新しい上司に、彼はＦＢＩの庇護下にあると言いにきたのだ。「彼らは、彭について自分たちが知っていることを私に伝えにきたのです」。ホルブルックは、海洋学者の夫ジムと所有するサラソタ・ベイの海に面した邸宅で、二〇一四年の私のインタビューに答えて語った。「よかれと思ってそうしたのでしょう」

ＣＩＡがメルクリオに同行したのは、海外での諜報活動では先を行く自分たちも、あわよくば中国で彭をスパイとして使えるかもしれないと期待してのことだろう。強力なふたつの諜報機関がそろって現れたら、大学執行部の多くは震えあがるはずだ。ホルブルックは違った。南フロリダ大学の新参者で、アル・アリアン騒動による被害もなく、ゲンシャフトやウィルコックスよりも勇ましい経歴をもっていた。生物学者の彼女は、一九九八年から二〇〇二年までジョージア大学の首席副学長を務め、二〇〇二年から二〇〇七年までオハイオ州立大学の学長を務めた。国の安全と大学の自由のあいだに、せめぎ合いがあることも知っていた。一九九〇年代、フロリダ大学の大学院長を務めていたとき、学生のファイルを見たいというＦＢＩの要請を拒絶し、これを却下された経験がある。今度も、ＦＢＩにすんなり屈服する気はなかった。

彭はメルクリオたちと同様に、ホルブルックを甘く見ていたのかもしれない。セント・ピーターズバーグに流されるのを嫌がっていた彼は、自分のためにもっと立派なポストを思いついた。漢弁の幹部が、アメリカに設立して支援すると語っていた四つの研究センターのひとつを、南フロリダ大学のメイン・キャンパスに誘致し、その所長に収まればいい。彼はそのアイデアを、二〇一〇年一〇月一二日、ホルブルックのオフィスで彼女に売り込んだ。[38]

最初、ホルブルックはそのアイデアに魅了された。「最初の頃は、彼と話していて楽しかった」と、彼女は言う。彭を彼女に押しつけた大学執行部は、彼に対する告発があったことについて彼女にひとことも言わなかった。そして、彭の前の上司、マリア・クルメットからその話を聞いた。ホルブルックは監査報告を読んだ。「これは関わりたくないことだと、そのとき判断しました。それから彼に関わるのをやめました」。そのうえ、彼が温めてきた計画、研究センターへの漢弁による資金提供は実現しなかった。

ＣＩＡ局員はホルブルックに連絡してこなくなったが、メルクリオは二〇一〇年一〇月一五日から一二月一日まで、八回電話しているし、おそらくオフィスを再訪している。[39]メルクリオは法律顧問のプレヴォーにも二回電話している。

一一月一七日、彭の停職期間が始まる五週間前、メルクリオはホルブルックにメールし、近々南フロリダ大学にやってくる中国使節団の歓迎式典に彭を参加させるよう訴えた。おそらく彼女は、南フロリダ大学の孔子学院のパートナーである南開大学の使節団長のことを考えていたのだろう。使節団はその月の後半にタンパに到着する予定だった。[40]「最後の会議で話し合った通り彭の「信頼性は危機に瀕しています」と、メルクリオは書いている。彼は「一年以上にわたって、海外の相手に決意の固さを示すと約束して働いてきましたし、ごく近い将来、南フロリダ大学の支援が示されなければ、それが完全に無効になります」

彭が客人を歓迎する場にいなければ、彼は「きわめて不作法で、無礼な人と思われるでしょう」と彼女は警告している。彼の不在は「上層部の疑念を呼び」、彼は「面目を失う」。もし、彭を公のイベントに参加させることにホルブルックが躊躇するなら、せめて「短い、内輪の会談」の場をもうけてもらいたい。

メルクリオにとって、彭が役に立つスパイかどうかは重要だろうが、ホルブルックにとっては、そんなのはどうでもいいということをメルクリオは失念していたようだ。ホルブルックが気にかけているのは、彭が有能な教師であり学者であるか、だった。彼の「信頼性は南フロリダ大学との取引に影響するばかりでなく、大規模な国家安全保障への影響がある」とメルクリオは書いている。

ホルブルックは返事をしなかった。その代わり、そのメールを首席副学長のウィルコックスに転送した。「いくつかのレベルで極めて問題があると思った」と彼は返信した。南フロリダ大学は彭が中国要人と会うのを禁じた。

同月、彭はメルクリオに名案があると話した。中国のスパイ活動の拠点として、南フロリダ大学が中国に分校を開設すればいい。アメリカの多くの大学が海外に分校を開き、ジョンズ・ホプキンス大学をはじめ何校かは、中国にも校旗を立てている。南フロリダ大学もそうすればいい。

じつは、彭の提案は引き延ばし作戦だった。なんとかしてＦＢＩの手から逃れる方法はないかと彼が何時間も知恵を絞って考え出した、これまでで最高のアイデアだった。海外分校は無数の承認が必要だが、中国のお役所仕事により、とにかく時間がかかることを彼は知っていた。彼は何年も、スパイ活動を先延ばしできる。

メルクリオはこの餌に食いついた。一二月一日、またホルブルックにメールしている。前回のメルクリオのメールでの依頼にホルブルックが「無線沈黙」で応えたのに理解を示したあと、彭の提案を持ち出した。彭は「先頃、南フロリダ大学中国校の可能性について触れていました。アメリカの大学にとっては難しい事業です」と、彼女は記している。「もちろん、この夏いくつかの場所で示された、南フロリダ大学の現在の支援が得られるかどうかにかかっています」

南フロリダ大学の執行部は激怒した。彼らにして見れば、これまでFBIに協力しようと努めてきたが、アメリカのスパイの足がかりのために分校を開設するなど、大学の価値を重大に侵害するものである。もし発覚すれば、大学の評判は地に落ち、またひとつ、中国からアメリカの大学が追い出される羽目になる。

一二月五日、ホルブルックはメルクリオを突っぱねた。「再び彭と話す前に、そして、たぶんあなたと私が話す前に、大学の制度上の立場について明確にしておく必要があります」。クリスマス後、ホルブルックはそのメールをウィルコックスに転送した。「これがジュディと（私を）怒らせたダイアン・メルクリオのメールです」と、彼女は首席副学長に書いている。「私から見て、これは非常に残念な状況であり、私たちはもうこれ以上、関わらないほうがいいと私は思います」

ウィルコックスからホルブルックへ――「中国に南フロリダ大学の分校とは、驚いた！　人的にも制度的にも健全であるために、関わってはならないという意見に賛成だ。会って話そう！」

ホルブルックからウィルコックスへ――「ええ、とても問題が多いです。分校の件のメールにあった可能性についてどう思います？？？　これは討議の最優先課題ですね」

彭に押されてメルクリオはやり過ぎた。南フロリダ大学でのFBIの影響力は弱まり、と同時に彭への過剰な関心も薄れた。空港のホテルでの会合で、FBI捜査官は彭に嘘発見器のテストを受けて欲しいと頼んだ。未だに彼を中国のスパイと疑っているのは明らかだった。彭は、中国のスパイではないと証明できるなら喜んでポリグラフテストを受けると承諾した。だが、質問はもっと広範に及ぶと聞いて怖気づき、これはプライバシーの侵害だと言い出した。

ＦＢＩの要請に怒った彭は、二〇一一年六月四日、《セント・ピーターズバーグ・タイムズ》の記事で、大学の捜査はＦＢＩの陰謀だと訴えた。六日後、報復か偶然かはわからないが、入国管理局の職員が彭の監視を再開した。彼は「元容疑者、捜査終了事件」のカテゴリーに分類されていたが、彼のファイルには新たに「中国の連絡先の記録、支出、金融取引に関する徹底調査。可能ならばコンピュータ、電話、電子媒体の調査」が付け加えられていた。

中国の諜報機関がグレン・シュライヴァーに時間と金を無駄にしたように、ＦＢＩは彭を買い被っていた。ＦＢＩの役割は進化しているとはいえ、彼らはまだ大学教授よりもギャングのほうをよく理解している。メルクリオは彼に最後通告をした。もしまだＦＢＩに協力する気があるのならタンパ支局に来て、録音を承認した上での対話に応じなければならない。彭は行かなかった。

南フロリダ大学での彭の苦悩はこれで終わりのはずだった。あとは停職期間を無事に過ごし、ひっそりと教職に戻ればいいだけだった。だが、彼は自分を密告した「小海象」にどうしても仕返ししたかった。もうメルクリオは彼を助けに駆けつけはしないというのに。

彼がそうなるきっかけは、南フロリダ大学孔子学院のパートナー、南開大学がミッドキャリア・ビジネス講座で教えていた彼を停職にしたことだった。南開大学は、なぜ南フロリダ大学は彼を解雇しないのかと問うた《セント・ピーターズバーグ・タイムズ》の報道を引き合いに出した。彭の推測では、その記事を中国当局に渡したのは、彭の元愛人、張暁農とその夫に違いなかった。

二〇一一年一〇月と一一月、南開大学幹部のもとへ「海外在住の中国人」から大量の抗議の手紙が届き、しかもその数は——二〇、三六、四〇、四六通と——日を追って増えていくようだった。彭を南フロリダ大学とFBIと南開大学による迫害の犠牲者だと主張する匿名の差出人たちは、南開大学に彼を戻し、彭に振られた腹いせに虚偽の申し立てを行った張暁農を停職にしろと訴えていた。さもなければ、「中国政府のすべての関係機関の責任者」、中国の大学上位二〇校の学長、南開大学の学部長と教師と学生全員、国内外のマスコミにこの文書を配布すると脅していた。[41]

「母国のために大きな犠牲を払い、南開大学に大きく貢献した教授が南開大学の悪意ある人々に罪を着せられ、アメリカ当局に責められ、正当な理由もなく仕事の機会を奪われたのに対し、真犯人のほうはまだ教壇に立ち続けている」と、「南開大学の孔子学院に多額の寄付を行った、アメリカ合衆国、グレーター・タンパベイ・エリアに住む中国人三六人」は書いていた。

南開大学の役員たちは、この書簡の真の作者は彭に違いないと思った。「彼は自分のメールアドレスは使用していないが、言葉遣いから、彼が自分で手紙を書いたと判断した」[42]と、南開大学の国際交流担当副学長、関乃佳《グアン・ナイジャ》は、南フロリダ大学の孔子学院院長の座を継いだ史昆《シクン》にメールしている。彭は、確かにこれは自分の文体と似ていると認めたものの、手紙は彼の支援者が書いたものだと言った。南開大学が彼の停職を数ヶ月後に解いたのも、抗議の手紙が効いたからだと、彼は言う。

関《グアン》は、この手紙攻撃を受けて、南開大学の孔子学院提携を中止した。彭は「両大学の友好関係に深刻な悪影響を及ぼし、[43]私たちは、このような忌まわしい振る舞いを容認することはできない」と、彼女は二〇一一年一一月八日、ホルブルックに宛てて書いている。ホルブルックは抗議したが無駄だった。

南フロリダ大学の執行部は彭に怒り心頭だった。再び、彼には早く出ていってもらいたいと思った。「まもなく南フロリダ大学の決定が出て、あなたの継続雇用には悪い影響が出ると思います」と、アル・アリアンの代理人を務め、当時、彭の弁護士になっていたロバート・マッキーが一一月二三日、彭に警告している。

大学側は、解雇でなく、早期退職報奨金つきの辞職を提案した。彭は拒否した。彭が「非常に寛大な和解案」を突っぱねた「と聞いて失望したし、ある意味、仰天した」と、南フロリダ大学の法律顧問、プレヴォーは一一月二八日に記している。「その結果、大学には直接的行動という選択肢しかなくなった」

大学の広報担当、ウェイド・マルティネスによると、南フロリダ大学は彭を解雇することも考えたが、「そのためには、どこにいるかわからない中国の証人の証言が必要で、さらに通訳も様々な文書の翻訳も必要になることがわかった」[44]。執行部と教授会で検討した結果、彭には「この一〇年で終身在職権をもつ教授としては最も厳しい段階的懲戒処分」が課せられた。

大学は彼を、南開大学と漢弁との関係に損害を与えたとして、二〇一三年六月から二〇一五年八月まで無給の停職にした[45]。さらに、停職期間中は南フロリダ大学の雇用者として大学を代表したり、契約の交渉を行ったりしてはならないとした二〇一〇年の和解条項に彼が違反し、漢弁との合意を仲介しようとしたとして責めた。彭は、南フロリダ大学執行部にはそれらの協議についてあらかじめ通知していたし、漢弁にも自分は停職中の身であることは伝えていたと弁解した。

彭の二度目の停職処分の根拠は、最初のときの経費やビザの不正とは違って犯罪行為でもなく、彼は正当な言論の自由の権利を行使しただけだとして反論できる。だが、ＦＢＩの後ろ盾なしでは、彭の罰は二倍厳しくなった。

二〇一三年六月、彭は教授組合を通して苦情を申し立て、大学側は彼が中国をスパイするのを拒否したために報復措置に出たのだと主張した。商事法教授で組合の交渉役、ロバート・ウェルカーは「組合でこれまで扱ったうち、突出して風変わりなケースだった」と語っている。

その年の一一月、大学側は彭に一年に短縮した停職処分を提案した。[46] 提案された和解内容では、彭は「孔子学院にも、他の国際交流プログラムの類いにも一切関与しない」ことになった。さらに、彼も南フロリダ大学も「不適切、違法、あるいは非倫理的な外部機関と関わらない」こととなっていた。ウェルカーによると、この条項は大学側の希望で入れたもので、彭に南フロリダ大学とＦＢＩの結びつきを批判するのをやめさせるためだった。

彭はこの提案を一蹴した。ＦＢＩの役割を隠蔽し、国際交流プログラムに参加する望みを捨てるよりは停職期間を全うするほうがましだ。大学が彼の苦情と訴えをしりぞけると、州の教授組合も、この件をこれ以上追及しないことに決めた。

二〇一三年の新しい教授陣向けの説明会で、南フロリダ大学の首席副学長補佐、ドウェイン・スミスが組合のテーブルに立ち寄り、彭の苦情について、ウェルカー、教育学教授で組合長のポール・テリーと話し合いを始めた。苦情に関する議論で大学を代表するスミスは、政府は彭を二〇年の実刑に処するだけの証拠をもっているので、彼は気をつけた方がいい、とふたりに語った。

組合は停職処分に抵抗する立場だったが、テリーは彭がちょっとやりすぎたと認めた。テリーは、大学がすでに彭を解雇していなかったことに驚いた。彭を解雇すれば、南フロリダ大学がメルクリオとＦＢＩに屈服した過去が明るみに出るおそれがあり、大学側はそれを警戒して解雇しなかったというのが彼の推測だ。「私は何度も言いました。『彼は何か大学の弱みを握っているんじゃないか』と」

二〇一五年八月、彭の二度目の停職期間が終わった。彼はひとり暮らしになっていた。父は二〇一四年一二月、南フロリダ大学のキャンパス近くで車にはねられ、八九年の生涯を閉じた。彭は葬儀で、国際問題への強い関心――そして、圧力に耐える力――を植え付けてくれたのは父だった、と述べた。

私は彭が教職に戻るのに合わせてタンパへ飛んだ。銘々にバックパックやノートパソコン、たまにはスケートボードなども持った四〇人ほどの学生が、彼の講座「今日の中国」の最初の講義に集まっていた。だが、彭の姿はどこにもなかった。無給の停職処分の穴埋めをするため、彼はぎりぎりまで中国での講師の仕事を詰め込んでいた。悪天候により北京からの飛行機が遅れたため、シカゴでの乗り継ぎに間に合わなかったのだ。

彭の代わりに、花柄のシャツを着た禿頭《とくとう》の壮年の男性が、ホワイトボードに「現存する最古の文明」といった議題を書いている。彭の恩師、ハーヴェイ・ネルセン名誉教授だ。彼は学生たちに、「ここにたどり着けない事態に見舞われた」彭の代役を務めると言った。そして、彭は「心身ともに健康でまったく問題ない」と、まるで学生たちが疑っているかのようにつけ足した。「きみたちは彭教授を好きになるだろう」と、ネルセンは続けた。「彼は最高に素晴らしい。学生の評価はすべて非常に高く、学部で最高だ。例の中国訛りがきつくて、慣れるのはちょっとたいへんかもしれないがね」。それから、ネルセンは小話を始めた。ある学生が彭のことを「博士号を刑務所で取った、ただひとりの教授だ」と言ったそうだ。

「刑務所《プリズン》ではない。プリンストンだ」と彼は訂正してやったという。私はメルクリオのメールにあった「あなたは私のおかげで刑務所行きを免れている」という言葉を思い出し、その学生はまんざら的外れなことを言ったわけではない、と思った。

彭はタンパに到着し、その学期に受け持つ別の講座、「日本入門」の最初の講義には間に合った。停職期間中は立ち入りを禁じられていた南フロリダ大学の自分のオフィスに立ち寄る余裕もあった。狭く、窓のない三階のオフィスは中国語と英語の本で溢れていた。一方の壁に中国を中心にした中国製の世界地図があった。アメリカ合衆国は右上にある。私はそれを見て、《ニューヨーカー》の有名な表紙、「九番街から眺めた世界」を思い出した。地球は丸いので、どの国も自国を地図の真ん中に据えることができる、と彭は私に説明した。

帰国便のトラブルにもめげず、彼はいつになく落ち着いて、くつろいでいるように見えた。私たちは四八人の学生が集まっている教室に一緒に向かった。午後五時きっかりに、彼は学生たちに向かって、真面目な振りをして尋ねた。「では、はじめよう。英語で教えようか、それとも日本語、中国語?」

日本に行ったことがある人、と彼が尋ねると、十数人が手をあげた。彼は手をあげなかった野球帽の黒人学生に向かって「行ったことは?」と訊いた。

「ないです」

「次は、きみを連れて行こう」と、彭は真顔で言った。

ある女子学生が最近、中国に行ってきたと言った。彭は嘘だろうという顔をした。「私もそこにいたが、きみを見かけなかった」

彭は運営管理の面では無能で不道徳、スパイとしてはミスキャストだったかもしれないが、間違いなく楽しい教師だった。白いシャツの袖をまくり上げ、熱すぎる教室のなかを歩きまわりながら、彼は学生たちの関心を三時間、惹きつけていた。彼は日本とアメリカが文化的に正反対だという自分のテーマ――日本は単一民族で協調性がある、アメリカは多民族で個人主義的――を、ユーモアや機知に富んだ掛け合い、学習の薬を飲みやすくするひと匙《さじ》の砂糖でときどき脱線しながら、着実に染みこませていった。彼は学生も自分もジョークのネタにし、道化を演じ、個人的な経験を披露し、正解には突飛な褒美を提案し、総合的に見て、トーク番組の司会者と、ボルシチ・ベルトのコメディアン〔ニューヨーク州キャッツキル山地、別名ユダヤ・アルプスの避暑地のホテルでかつて人気を博したユダヤ系の旅芸人〕を混ぜたような感じだった。

日本の人口は一億二七〇〇万人で、主な四つの島に住んでいる、と彼は学生たちに語る。そして、ひとりの学生に、カリフォルニアと日本ではどちらの面積が広いか、と尋ねる。

「カリフォルニア」と、マイケルという名の学生が正しい答えを言った。

「彼に何かご褒美をあげるか？」と彭は声に出して自問する。「きみ、お金は好きかい？」とマイケルに尋ねる。さっと、彼はポケットから毛沢東の顔がついた紙幣を取り出す。残念ながら、マイケルはそれが毛沢東だと言い当てることができず、中国の紙幣をもらえなかった。彭は別の学生に尋ね、その学生はこの中国の指導者を知っていた。

彭の質問に正解できなかった学生たちには中国の金の代わりに、いつもの彼の慰めの言葉が与えられた。「大丈夫。もしきみがなんでも知っていたら、私は失業してしまう」

日本には自然災害が多いという話で、津波や地震、台風を取り上げていたとき、彭はひとりの女子学生が微笑んでいるのに気づいた。「台風がそんなにうれしいの？」と彼女に訊いた。あとになって、別の学生と冗談を言い合っているとき、彼女を指さし「この部屋でいちばんしあわせな人は誰だと思う？　彼女だよ」と言った。

ときにはお得意の自慢話をひけらかした。「早稲田大学に行ったことがある人、いる？」で始まる自慢話は、彼が米国社会科学研究評議会の特別研究員として赴いた早稲田はどこよりも多くの首相、大富豪、文学賞受賞者が輩出した「日本で一、二を争う名門の私立大学だ」に続く。彼は「最も栄誉ある社会科学研究の」奨学制度であるその特別研究員に「ただひとり選ばれ」、それは「たいへん名誉なこと」だ。

熟練のコメディアンと同じく、彭もお約束のギャグの価値を知っていた。「香港に行ったことはある？」と、ある学生に訊く。

「いいえ、でもいつか行きたいです」と、彼女が言う。

「次は、きみを連れて行こう」と、もう何度か数え切れないほど聞いた台詞をまた繰り返す。それから、彼は絶妙の間を取ってオチをつける。「いいスーツケースを持っているんだ」。聴衆のくすくす笑いを聞きながら私は思った——ＦＢＩを相手にした人にはめずらしく、彭は最後に笑う者だった。

第11章

スパイのいない聖域

FBIは彭大進との付き合いをやめたあと、経緯の一部始終の痕跡を消し去ろうとした。大学教授に中国でスパイをさせようとして失敗したのを隠蔽しようとするのも無理はない。

そのためには、当時の南フロリダ大学統括副学長、カレン・ホルブルックに宛てて、ダイアン・メルクリオ捜査官が二〇一〇年に送ったメールを非公開にする必要があった。メルクリオは、「大規模な国家安全保障への影響」に言及し、中国使節団の前で彭への「支援を示し」、中国に分校を――おそらくアメリカの諜報機関の基地として――開設することを検討するよう大学側に迫っている。

南フロリダ大学など州立大学へのメールは、普通、フロリダ州の法律では公文書に該当する。ところが、二〇一二年四月、大学の弁護士宛の手紙で、FBIはそれらのメールの所有権を主張し、南フロリダ大学にそれらの提出を要請した。

「これらの通信は明確に『秘密』『取扱注意』『公用専用』と記されている」と、当時、タンパ支局の特別捜査官だったスティーヴン・アイビソンは、FBIの弁護士とともに署名した手紙に書いている。[1]「これらの通信のすべてのコピーは、できるだけ速やかにFBIに返却されなければならない。これら法執行機関の機密情報は、アメリカ合衆国政府の所有物であり、秘密が保たれるという条件で、あなたの顧客に貸し出された」。厳しい口調と法的措置も辞さないという姿勢を強調するため、ＦＢＩはこうした要請への支持が認められた過去の判例二件のコピーを同封していた。

大学側はこのプレッシャーに耐えた。フロリダ州法に従ってメールを保管し続け、私が出した公文書開示請求に応え、ＦＢＩの異議申し立てにもめげず、[2] それらを提供してくれた。

私はＦＢＩからそんな要請の書簡が出されているとは知らずに、彭について初めてアイビソンに質問した。ほとんど何も聞き出せなかった。「正直言って、あの件に関してはほとんど何も覚えていない」と、二〇一四年、彼は私に語った。彼はＦＢＩを退職し、ヒューストンにある〈ノーベル・エナジー〉の保安務の責任者を務めていた。「あの仕事を辞めたのはずいぶん前だ。あなたの質問をかわそうとしているわけではない」。彼はメルクリオのこと――「ダイアンは優秀な捜査官だった」――は覚えており、大学でＦＢＩが活動するのを許可したことは認めた。

それからまもなく南フロリダ大学が私に彼の書簡の存在を教えてくれたので、私はアイビソンに電話し、彼が大学宛てにその手紙を書いたのはわずか二年前ではないかと指摘した。彼の記憶は相変わらず都合よくあいまいになっていた。「わかってもらいたいのだが、タンパ支局には五〇〇人もの職員がいて」、そのうちの二〇〇人が捜査官だ、とアイビソンは言った。「ごまかすつもりは毛頭ない。本当に、手紙のことも、事件のことも覚えていないのだ」

私とアイビソンが最初に話したとき、彼は諜報機関と大学との関係について一般的な意見を述べた。「せめぎ合いがある」と、私に語った。「ＦＢＩは常にそのぎりぎりのところを行き、教師たちには少しだけ違った接し方をする。アメリカには相当な量の知識《インフォメーション》、情報《インテリジェンス》をもった外国人教師や留学生がおおぜいやってくるので、当然、彼らからそうした情報を引き出す機会がある。いっぽう、それら外国人のなかに、我々の貴重な情報を集めている輩《やから》がいても、めずらしくもなんともない。FBIは大学に行くとき、そこがある種の聖域だということは理解している。捜査官がキャンパスに足を踏み入れる前には、いつもより高い上層部の許可や様々なレベルの承認が必要だ……教育とは、私を含め、人々がより高い台座に据え置く領域に属する」

アイビソンのような、アメリカの諜報機関関係者は大学に特別な敬意を払っているが、その行動は言葉とは裏腹だ。スパイの立ち入れない「聖域」どころか、大学はおおぜいの人に踏み荒らされた市民公園のようになっている。かつては汚れのない清潔な場所だったが、菓子の包み紙や割れたガラス、犬の糞《ふん》がそこらじゅうに落ちている。

本書に取りかかったばかりの頃、ある元政府職員が私に語った「どちらの側も大学をいいように利用している」という言葉は正しかった。外国とアメリカのスパイ組織が等しく、学生や教授をだましたり、おどしたりして餌食にしている。中国はグレン・ダフィー・シュライヴァーに作文を書かせては金を払って罠にはめたが、アメリカのスパイも学術会議で科学者に同じ手を使っている。アメリカの諜報機関は彭やカルロス・アルバレスにスパイになれと誘い、イラン人核科学者に亡命しろと圧力をかけ、同様に、中国は南フロリダ大学の中国人留学生に、親が医療を受けられるかどうかは彼の協力にかかっていると脅した。キューバがマルタ・リタ・ベラスケスとアナ・ベレン・モンテスの政治的傾向を利用したように、どの国の諜報機関も学生のイデオロギー的情熱につけ込んでいる。

四〇年前、チャーチ委員会がＣＩＡと大学との結びつきを暴露したあと、ＣＩＡは大学関係者の情報収集や外国人学生をだまして勧誘することを禁じたハーヴァード主導の運動に打ち勝った。それ以来、アメリカの諜報機関に協力する大学に押される不名誉の烙印《らくいん》――それゆえ、ＣＩＡは教授たちとの関係を隠したがるのだが――は、薄れている。九・一一以降、グレアム・スパニアをはじめ、他の大学執行部はアメリカの諜報機関を歓迎したが、それでもまだ、ＦＢＩがモハメド・ファルハートなどリビア人学生を尋問したように、学長たちには知らされないで行われている。招かれようがそうでなかろうが、堂々とであろうが密かにであろうが、アメリカの諜報機関は今日、事実上、学究的生活のあらゆる面に干渉している。その影響力は、前回のピーク、一九五〇年代に匹敵するか、それを超えていると思われる。しかも、あの当時は名門大学という狭い領域に限られ、アメリカ在住の外国人留学生の数も現在よりはるかに少なかったというのに。

国の安全と大学の文化に関わるこの変貌の影響の大きさを測るには、大学における諜報機関の活動を公然と行われているものと秘密裏に行われているものとに分けるのがいちばんだ。研究への支援やアメリカ市民の職員募集など、公明正大に行われている活動のほとんどは、結局、有益であるように見える。このようなオープンな活動は学界の価値観とも一致するし、アメリカをより安全にするのに貢献するかもしれない。たとえば、集団がソーシャルメディアでどのようにフォロワーを得るかという分析や、騒々しいカフェでの会話やあいまいな言葉遣いから、鍵となるフレーズを感知する方法といった、〈インテリジェンス高等研究計画活動〉（ＩＡＲＰＡ）が支援する学術研究[3]は、プライバシーの侵害に当たるかもしれないが、テロ攻撃を予測するのに役立つ。

諜報機関の大物が公然と大学に姿を現すと、公共政策についての学生の認識が養われ、議論が促進される。CIA長官、ジョン・ブレナン〔二〇一七年一月に退任〕はよく大学で講演を行っている。とはいえ、二〇一六年四月のペンシルヴェニア大学での講演は「ドローンは子供を殺す」[4]「アメリカは中東から出ていけ」という抗議の怒号で妨害された。

以前、同様の抗議デモを引き起こしていたリクルート関連のイベントが、CIAの人員を補充するのに役立っている。そうしたイベントは全国の大学で行われ、学生や大学のメディアで宣伝される。CIAは毎年、二五から三五の大学で[5]将来有望な応募者を対象に、外交上の危機を想定した分析能力テストを実施している。二〇一五年四月、ハーヴァード大学での三時間のシミュレーションで、三〇人の学生――申し込みをした一三〇人のなかから抽選で選ばれた――が、ロシアとアメリカの双方が領有権を主張する北極地方での架空の原油とガスの爆発をめぐり、五人のCIA分析官にその対応を提案した。

CIAは参加者を二五人までと考えていたが、「あまりにも反響が大きかったので、三〇人に増やしてもらいました」と、主催者のハーヴァード大学二年生のイライザ・J・デキュベリスは私に語った。「CIAの名前を出したとたん、秘密作戦に関わりがあるならなんでも、学生は多大な関心を寄せます。人々は長年、CIAに不信感を抱いてきましたが、いまではCIAが実際は何をしているのかとても興味を持っているのです」

二〇一五年九月、私はもっと伝統的なリクルート活動を見学した。ハーヴァード大学の学生と、最近その生涯学習課程を卒業した五〇人ほどが、CIAの三人の局員――女性ふたりと、蝶ネクタイをつけた男性ひとり――の口上を聞くために、就職支援センターの閲覧室に詰めかけていた。

三人組は、ＣＩＡは教育に理解があると力説し、学生に研修制度を提供し、研修課程の授業料返還制度もあり、「任務に不可欠な」言語に堪能な人にはボーナスが与えられ、大学方式の研究を現実世界の衝撃を感じながら行うチャンスがあると述べた。「私はシンクタンクに就職するつもりはありませんでした」と、女性のひとり、ＣＩＡ分析官が言った。「ここならただちに情報が入ります。大統領がそれを読むのです」

もうひとりの女性は、マサチューセッツ工科大学で航空工学を専攻し、その業界へ就職しようと思っていたときに、ＣＩＡから面接に誘われたと語った。「最初は、嘘だと思いました。あとになって、教授のひとりがＣＩＡに連絡したのだとわかりました」

それから三人はスライド上映に入り、ＣＩＡの組織図を見せ、まず秘密工作を行う作戦本部について説明した。「ＣＩＡのセクシーな面、映画に出てくる一面」と、分析官は表現した。その仕事は「自国の政府に対してスパイ行為を働くよう、人々をリクルートすることです」。それらの人々には外国の学生や教授も含まれるということには触れられなかった。

質疑応答では、ＣＩＡの仕事が社会生活、家庭生活へ及ぼす影響を心配する声が聴衆から上がった。「自分の成功も失敗も平然と黙っていられるようでなければなりません」と、分析官は言った。「私はＣＩＡ局員ではない人々の集まるパーティに行って、仕事の話はしません。私はそのほうが興味深い人と見られるようです」。ＣＩＡ局員は配偶者に勤め先を話してもかまわないが、子供には話してはならない。なぜなら「子供はしゃべる」から。彼女の夫はＦＢＩ捜査官で、夫婦の友人のほとんどはＦＢＩかＣＩＡに勤めている。「彼らはわかってくれます」

別の女性は、最初、CIAに二、三年勤めて、それから民間企業に移ろうと考えていた。が、「はまってしまいました」と、彼女は言った。「ヘロインみたいに」と、分析官が言った。

このようなリクルート・イベントに参加を断られた人々でさえ、アメリカの諜報機関にとって価値があるとわかることもある。局員になれなくても、たいてい彼らは外国語に堪能など、海外でのスパイ活動に役立つスキルを持っている。「それら関心をもった人々の八五パーセントは雇用される資格を満たさない」と、元政府法執行機関の役人が私に語った。CIAとFBIは「当時、ときには本当に才能があり、ときには本当にクレージーな人々の名前を記したメーリングリストを持っていた。彼らは審査を通過しなかったが、重宝する機会があるかもしれなかった。職員に採用されなくても、資産となる可能性があった」

ある意味、このような表《おもて》だった活動が、本書が主に懸念している学界におけるアメリカの秘密の諜報活動を誘発、あるいは正当化しているのかもしれない。そうした活動は隠れているため、その効果を判断するのは難しいが、国の安全保障にはほとんど効果がないように思えるし、大学の文化を侵食しているように思える。

プロのジェームズ・ボンドや、本物のインディアナ・ジョーンズがどこかにいるのかもしれないが、私が見たところ、その種の人はいなかった。私に言わせれば、教授をスパイとして利用すれば、しっぺ返しに遭う。リスクの低い終身在職権に慣れ、最悪の事態と言えばカクテル・パーティで冷たくあしらわれることぐらいの彼らにとって、危険に満ちたスパイの世界に適応するのは難しい。たいていの場合、彭のように彼らはスパイになるのを嫌がる。あるいは、ＦＢＩが対ロシアの二重スパイとして任務につけた教授のように、控えめな成果を出すだけだ。もしスパイ行為が発覚して外国の政府かテロ集団に捕まれば、彼らの身が危うくなるだけではない。彼らの友人、共謀者、情報源も危険にさらされる。他の研究者の渡航許可が拒否され、アメリカの公共・政策立案者にとって欠かせない情報や知識が得られなくなるかもしれない。

一般に、教授たちは海外から帰国後、アメリカの諜報機関に状況報告するとか、ＣＩＡのフロント企業がお膳立てした会議で講演するのにはそれほど抵抗がない。このような半分隠れた共謀——会議での講演実績はたいていＣＩＡのことには触れずに履歴書に載せられる——は、スパイ活動よりは危険が少なく、学界の倫理とも適合するが、それでも学界の研究を妨げ、海外の信頼を損なうリスクがある。

この倫理のねじれに気づいたセオドア・ポストルは、国への忠誠心、科学、学生とのバランスを取った慎重な境界線を引いた。二〇一四年にマサチューセッツ工科大学教授を退職したポストルはアメリカの諜報機関に協力はしたが、ぎりぎりのところでスパイ行為はしなかった。

私は一九九二年に《ボストン・グローブ》日曜版にテッド〔セオドアの愛称〕の記事を書いて以来、四半世紀にわたって彼と懇意にしている。《ボストン・グローブ》は元々よい新聞だったが、ミサイル防衛に関する専門的知見を取り上げたその号は、第一次湾岸戦争直後には特に報道価値のあるものだった。何百万ものアメリカ人が、イスラエルから発射されたアメリカ製パトリオットミサイルがイラクのスカッドミサイルを迎撃するのをテレビで見て興奮した直後、ポストルはその歓喜に水を差した。[6] 事実上、ほとんどのパトリオットミサイルはスカッドに当たらなかったのだと彼は主張した。テレビカメラの不充分なスピードのせいで命中したように見えただけだと。国防総省とパトリオットを製造した防衛関連企業〈レイセオン〉は彼の発表に反論したが、彼が正しいことが証明された。

テッドが疑い深く、議論好きで、典型的な告発者だということを私は知っていた。彼は近所の住民と、大学と、国家安全保障の既成勢力とけんかした。たとえば、パトリオット論争のあと、彼が学術誌に寄稿したミサイル失敗の記事には機密情報が含まれていると政府職員が彼のオフィスに文句を言いに来た。とはいえ、その記事は公開されていた情報の分析をもとに書いたものだった。口論にうんざりした彼は、結局、自分の機密情報取り扱い資格をもう更新しないことにした。

だからこそ、本書のことで彼と話をしているとき、アメリカの諜報機関がもう何年も陰で彼の専門知識に頼っていたと聞いて、少々意外に思った。九・一一後、情報コミュニティは、彼の好戦的な性格よりも頭脳を重視し、ＦＢＩボストン支局の捜査官が彼に連絡を取った。ＦＢＩの優先課題がテロの脅威に移るにあたり、その捜査官は組織犯罪からテロ対策に配置転換になり、彼の受け持ちは大学だった。ポストルは一〇年以上、彼と年に四、五回会っていた。捜査官はときには前もって電話し、友人を連れて行ってもいいかと尋ねた。つまり、ＣＩＡ局員が同席するという意味だ。

ポストルは彼らに大量破壊兵器について教え、彼と彼の学生が行った研究で見つけたソ連の衛星システムとアメリカのミサイル防衛の欠陥を指摘した。ロシアや中国を訪問したあとは、「総合的な印象」を彼らに伝えた。彼はそのＦＢＩ捜査官と意気投合し、捜査官はポストルがＭＩＴ

で受け持つ、大量破壊兵器の科学技術と政策に関する彼の講座の常連のゲストスピーカーになった。受講生には外国人留学生も、予備役将校訓練課程《ROTC》に学ぶ未来の米国軍人もいた。ポストルが私に語ったところによると「彼の講演は素晴らしく、国民への攻撃を想定したＦＢＩの監視活動と対応策について一般的な情報を提供するよう、よく工夫されていた」という。

とはいえ、ポストルはＦＢＩやＣＩＡに、名前や詳細、特に学生たちのそうした情報を提供するのは避けた。「彼らに協力するのはやぶさかではないが、私は彼らのスパイではない」とポストルは言う。「ときどき、境界線に近い質問を受けることがあった。私は『それについて話すのは賢明ではない』と答えた」。隠し事は一切ないというところを見せるため、彼はロシア人や中国人には、ＣＩＡとは普段から一般的な話をしていると伝え、ＣＩＡとの「直接の話し合い」については伏せておいた。

ＣＩＡやＦＢＩが雇用するのはアメリカ市民に限っているため、公開のリクルート・イベントには普通、外国人留学生や研究者は出席できない。だが、アメリカの諜報機関は密かに彼らを求めている。彼らは出身の社会に溶け込めるし、そこに人脈があるので、言語に堪能なアメリカ人よりも役に立つ可能性が高い。問題は、彼らがかなりの高い確率で脱落することだ。「アメリカの学校には、祖国に帰れば価値が出ると思われる人がおおぜいいる」と、元ＣＩＡ局員が私に語った。「彼らは核科学者であろうが、イスラム原理主義者とのあいだにアメリカが問題を抱えている国の出身であろうが、とりあえず目をつけられる」。国に帰ってＣＩＡに協力するという「約束を取りつけるのは、理論上、それほど難しくはない。金を払えばいい。大学生はみんな金に困っている。そして、嫌なら断ればいいのだと当人に告げても、諜報機関からもちかけられた話はすべて強制的なものだと、なぜか勝手に思い込んでしまう。このすべてがこちらに都合よく働く。『ええ、かまいませんよ。お話しします。痛くもかゆくもない。リスクを冒してはいません。たぶん政府に知り合いがいると思います』などと言うのだ。約束だけして国に帰らない場合もあるだろう。恋に落ち、仕事に就き、アメリカを出ていかないのだ。あるいは、CIAが彼に〝異国の領土に戻って〟もらいたい時機がきたとする。そのときには彼はすっかり関心をなくしてゲームから降りている。本当にそういうことがある。そこで問題が残る。彼が外国に行っても、何か役に立つ仕事をするだろうか？」

外国人科学者を学術会議で開拓するのは、キャンパスでそうするより実りある結果が得られそうだが、あまりに多くの諜報機関がそのようなイベントに出張ってくるので、互いのつぶし合いというか、競争が激しくなる。ハーヴァード・ケネディ・スクールのように、ミッドキャリア課程やエグゼクティヴ・エデュケーションの講座で、外国の実業家や役人の隣に身分を偽ったCIA工作員を送り込めば、その見返りとして海外の有益な情報源を得られるが、これは教育に不可欠な誠実さと信頼を裏切ることになる。

CIAを痛烈に批判した回想録を書いた元諜報員、筆名イシュマエル・ジョーンズが私に語ったところによると、CIAは時間も労力もアメリカの大学に割きすぎている。[7]「我が国の安全保障機関は海外にいる外国人のターゲットに焦点を合わせるべきだと私は考える」と、彼は二〇一四年一〇月の私宛のメールに書いていた。「ところが、アメリカの大学との協働という、楽で危険の少ない、脅威のない任務につくことで、一見、誰もが忙しそうだが、実際はほとんど何も成し遂げていないという状況が起きている。工作担当官《ケース・オフィサー》は最寄りの大学まで快適なドライブを楽しみ、教授か学生と少し話しただけで、そこで何か仕事が生じているような印象を本部に与えている。蒸し暑い異国の町を移動し、薄汚いホテルの一室でエージェントと落ち合い、いつ敵に踏み込まれるかと怯えながら情報を聞き出すよりは、ずっと安全だし、気楽だ」

アメリカの諜報機関がアカデミアに侵入するのを容認する最も強力な言い訳は、敵対する国々もやっているから、というものだ。中国やイランからの留学生の流入、孔子学院の普及、そして、KGB出身の大統領のもと、学界スパイ活動に熱心なロシアなど、大学での外国のスパイ活動はおそらく急増しており、場合によってはアメリカの国の安全と経済の安定を脅かしている。デューク大学の大学院生、劉若鵬は国防総省が支援する研究を中国へ流した。キューバは最も効果的なスパイ、アナ・ベレン・モンテスをジョンズ・ホプキンス大学の級友を通してリクルートした。そして、ロシアは思ったような結果は出せなかったが、アンドレイ・ベズルコフ、リディア・グーリエワをはじめ、「非合法スパイ」を名門大学へ潜り込ませた。グレン・ダフィー・シュライヴァーは留学プログラムでミシガンから上海へ行き、アメリカ政府に潜入を試みる中国諜報機関から七万ドルを受け取った。モンテス、ベズルコフ、シュライヴァーの件を──そして、大学のネットワークへの海外の諜報機関からのサイバー攻撃についても──私たちが知ったのは、もっぱらアメリカの捜査官たちが暴き出したからだ。いまでも、アメリカの学生集団や教授陣のなかに外国のスパイが潜んでいることは充分考えられる。

アメリカの安全にとって脅威ではない外国人スパイでも、大学の信用を損なう場合がある。公正かどうかはさておき、カルロス・アルバレスがキューバ諜報機関の協力者だと発覚すると、彼が主導していたハーヴァードでの研究会や他の講座まで疑われた。

アメリカと外国のスパイがキャンパスに集まってきても、大学執行部はそこから目をそむけ、苦情も言わなければ警戒もしない。アメリカの諜報機関を締め出して、非愛国者と思われたくないし、研究資金の提供者を遠ざけたくない。FBIやCIAが事前通告なしに外国人留学生や教授を責め立てても、大学当局は文句も言わずに黙っている。南フロリダ大学は、彭をスパイに仕立てようとするFBIの目論見に合わせて、彼の罪を軽くした。ハーヴァード大学ケネディ・スクールは、連邦政府——卒業生の就職先であり、著名な講演者や客員特別研究員の供給源でもある——との緊密な関係がその威信の源であり、教授陣にも学生にも知らせず、CIAの秘密工作員がミッドキャリア課程へ入学するのを許可している。

大学がアメリカの諜報機関の共犯であるとするなら、彼らは外国のスパイ活動に対しては受け身の傍観者だ。アメリカの高等教育を活性化し、多くの外国人留学生を惹きつけている多様性と国際化を重視することは、攻撃に対して弱くなることでもある。デューク大学のデイヴィッド・スミス教授は、共同研究にばかり気を取られ、自分の研究室の大学院生、劉若鵬が彼を利用してペンダゴン支援の研究を中国に渡していたのに気づくのが遅れた。スミスが彼を疑い始めたあとでも、デューク大学は劉に博士号を与えた。マサチューセッツ大学ボストン校は中国のスパイ大学と関係のある客員研究員たちが、学術会議を次から次へと嗅ぎまわっているのを、おかしいともなんとも思わなかった。

大学は、科学専攻の大学院生に知的財産法について学ばせたり、外国との共同研究では双方のアイデアを保護する契約書を交わさせたりするなどして、自分たちの研究成果を守る策を講じていない。彼らはただ中国やロシアの留学制度に飛びつき、ボーレン賞目指して競い合う。この奨学金の受領者は帰国後、一年間は政府の国家安全保障の職に就く義務があるため、ロシアやその他の地域では警戒されている。それなのに、留学説明会で外国の諜報機関には気をつけろと学生たちに警告する大学はあまりない。ＦＢＩの演出過剰な注意喚起映画『ゲーム・オブ・ポーンズ』を上映する大学はほとんどない。

アメリカの大学が外国のスパイ活動を見て見ぬ振りをするのは自分たちの事情もある。授業料収入、研究員の確保、海外分校設立は外国に頼っているという現状があり、それらの国々を非難するのはできるだけ避けたいのだ。中国政府が資金と人材を提供する孔子学院は、中国の歴史や政策を美化し、おそらくときには情報を収集する機関だが、中国語と中国文化を低コストで教えられる選択肢として、アメリカの大学はこれを歓迎する。学費を全額支払う外国人留学生欲しさに、マリエッタ大学はそれよりもさらに徹底し、中国の国家安全部が運営する大学との提携に乗り出した。

大学同様、その個々の教授たちも、知的財産よりも世界的名声を優先している。テネシー大学電子工学科の名誉教授、ジョン・リース・ロスは二〇〇八年、外国人の関わりが禁じられている米空軍の研究に中国人とイラン人の学生を使い、部外秘のファイルが入ったノートパソコンを中国に持ち出したとして有罪になった。ロスは中国のスパイではない。彼はただ、そこで大物扱いされるのがうれしかっただけだ。ふたつの大学で名誉教授の地位を与えられ、おおぜいの聴衆の前で講演し、自著『インダストリアル・プラズマ・エンジニアリング』全二巻の翻訳版を出している国が、まさか裏で別の意図を持っていたとは思わなかった。二〇一二年、ケンタッキー州アシュランドの連邦刑務所に彼を訪ねたとき、[8]彼は即席の「メビウスの帯」を工夫している最中だった。房の床を這い進み、菓子の食べかすに群がるアカ蟻軍団をそれで捕らえようとしていた。「まだどこかに発明する力が残っている」と、彼は私に語った。

大学は危険を承知でスパイ活動に目をつぶっている。アメリカの大学が重要な研究を行い、卒業生や教授陣を政府や企業の上層部に送り出し、そして――おそらく最も重要な点だが――恐ろしく閉鎖的な世界で自由と国際文化の砦であり続ける限り、今後も諜報機関の関心を呼び続けるだろう。大学は自らが警戒を強めなければ、いずれスパイ事件の醜聞で評価を下げ、名声に傷がつき、その管理運営能力や入学規準、雇用にいっそう厳しい目が注がれることになる。

裏を返せば、大学はこれらの脅威を認識し、奮起すれば国内外のスパイ活動を抑えることができる。一九七七年にハーヴァード大学が定めた指針を取り入れ、学生や教職員にスパイ行為を禁じ、ＣＩＡに秘密の勧誘を禁じたルールを世界中の諜報機関にも広げ、違反した者は解雇、退学、学位の取り消しといった厳罰に処す。だまされてスパイにされる危険や、研究成果が盗まれる危険について校内で周知し、そうした苦情があれば捜査を最優先する。大学はスパイのいない領域を宣言できる。国籍を問わず、学生と教授たちが偽の誘い文句や、研究成果を盗まれる不安に煩わされることなく、学問に没頭できる聖域だ。禁止を徹底するのは難しいかもしれないが、たとえ大学が完全にスパイのいない聖域になれなくても、諜報機関に潜入を躊躇させることはできるだろう。

アメリカに来る外国人留学生の数も、海外に留学するアメリカ人学生の数も年々増えている。

アメリカの大学の海外分校は八二校に達し、どの国よりも二倍以上多い。[9] しかしながら、テロの脅威、中国とロシアとの緊張関係、移民排斥感情によりこの増加傾向には歯止めがかかると思われる。主な大学の反対を押し切って、オバマ政権は二〇一六年、弾薬、核工学、衛星テクノロジー分野における企業支援の防衛研究に外国人学生が関わるのを禁じる法案を提出した。[10] ドナルド・トランプが大統領になり、移民排斥運動の高まりはさらなる制限を広範囲に呼び込むかもしれない。

そうなれば残念だ。なぜなら、高等教育はアメリカがいまも世界の先頭を行く、数少ない産業のひとつだから。外国人留学生は大学の金庫を満たしているばかりでなく、低賃金労働で研究室を支えている。アメリカの大学院課程は彼らなしでは生き残れない。科学や工学の分野で博士号を取得したあと、その三分の二は少なくとも五年間はアメリカに残り、[11] 海外の競合相手ではなくアメリカの企業に新しい活力やアイデアをもたらしている。一九七八年に中国がアメリカに学生を送り始めたとき、鄧小平はその九割は国に戻ってくるだろうと考えていた。ところが、天安門事件後、アメリカで博士号を取得した中国人の多くはアメリカに留まった。そのことから考えると、中国や他の国々は、アメリカの大学でスパイ活動をするよりほかに手がない。多くの優秀な人材を失ったために、その埋め合わせをする必要があるのだ。

私が頭脳流出をこの目で見たのは二〇一六年四月のある朝だった。開かれた大学につけ込むスパイのように、私はデューク大学の科学棟の鍵のかかっていないドアからロビーに入った。そこでは電子工学とコンピュータ工学の修士課程の学生たちが試験官に最終プロジェクトを見せていた。新進気鋭の工学者のほぼ全員が中国人だった。二階上の、デイヴィッド・スミス研究室で、劉若鵬は同僚のアイデアを盗んだ。だが、劉は六年前に中国に帰っており、ここにいる大学院生はみな正直で熱心に見えた。特に、ワンクン・ジュ〔女性〕がそうだ。経済学教授を父に持つジュは、人々がこれまでに観た映画の感想にもとづき、彼らに映画を推薦するウェブサイトをつくった。「ユーザーは自分で新しい映画を探さなくてもいいのです。それぞれの趣味にかなり近い映画を推薦できます」と彼女は言った。まだ反応がないのでリアルなデータと偽のデータをミックスして使っていると、彼女は私に朗らかに言った。[12]

ジュは六月から〈グーグル〉で働くのを楽しみにしている。彼女がアメリカに留まることにしたのは、初任給がシリコンバレーのほうが中国よりも高く、住居費も安く上がるからだ、と私に語った。「それに、空気も労働環境もアメリカのほうがいいです」

展示を出していた中国出身の別の学生、ウェン・ボーは、ワールドカップの勝者を予測するサイトをつくっていた。FIFA世界ランキング、シュート回数、ボール保有率、スーパースターがいるかどうかの変数をもとに予測するのだ。

ジュは雲南省で育った。グレン・シュライヴァーが道から逸れた石林がある省だ。ボーは〈シスコ・システムズ〉で働きたいと考えている。マルタ・リタ・ベラスケスが教えているストックホルムのトリルドスプランはそこのカリキュラムを採用している。アカデミアの地球村では「六次の隔たり」〔知り合いの知り合いを六人介すると世界中の人と間接的に知り合いになれるという仮説〕を経るまでもなくスパイに行き着く。

謝辞

私はジャーナリストとして高等教育については長年の蓄積があるが、本書のための調査、執筆にあたっては、それだけでは足りず、いままで主に小説や映画でしか知らなかったスパイと諜報機関の世界について理解する必要があった。自分の知識の限界に気づき、判断がおぼつかなかったため、かつてないほど家族や友人、同僚、そして、それまで知らなかった人々の力を借りた。

まず、賢くて疲れを知らぬ私のエージェント、リン・ジョンソンに感謝したい。本書を売り込み、推薦してくれただけでなく、私の出版企画提案書を修正してくれた。〈ホルト〉の私の編集者、セリーナ・ジョーンズは本書を導き、形作り、私が脇にそれないように注意し、絶えず鋭い洞察と助言を与えてくれた。彼女の編集助手、マデリン・ジョーンズも一緒に仕事ができてよかったと思える人だった。

姉のオリヴィア・ゴールデン、年来の友ケイティ・ハフナー、《ブルームバーグ》の同僚で友人のデイヴィッド・ゴルヴィンは様々な段階で原稿を読み、改善のアドバイスをくれた。チャールズ・シュタイン、ミナ・キムズ、カーステン・ランドバーグは様々な章ごとにありがたい助言をくれた。

本書の取材先は世界各地におよんだため、海外に拠点を置くジャーナリストに協力を依頼した。中国在住のマイケル・スタンダート、スー・ドンシア、ジェシカ・マイヤーズ、スウェーデンのポール・オハホニー、ロシアのステパーン・クラヴチェンコなど、皆それぞれ素晴らしい仕事をしてくれた。キーン・ジャンは中国語テキストを翻訳し、中国語のウェブサイトを調べてくれた。ロネン・バーグマンからは、イランの核開発計画をめぐるアメリカとイスラエルのスパイ活動について、彼の専門知識を借りた。

ナイジェル・ウエスト、I・C・スミス、マーク・ガレオッティをはじめ、多くの人々が時間を割いて諜報活動の基本について教えてくれた。デイヴィッド・メイジャーのご厚意で、CIセンターのデータベースを使わせてもらった。リリ・サンは、アメリカの大学に学び、スパイ容疑で訴追された中国人被告人の、信頼できるリストを作成してくれた。調査に関する助言や連作先の件では、ジェームズ・バンドラー、レニー・ダドリー、マイケル・ミス、シャイ・オスター、プラシャント・ゴーパル、プリシラ・リー、ジョン・ヘチンガー、ピーター・トーレン、ジェフリー・リチェルソンにもお世話になった。国立科学財団のニルマラ・カナンクッティと、国際教育研究所のシャロン・ウィズレルは、アメリカにいる外国人研究員と学生に関して貴重なデータを提供してくれた。〈報道の自由のための記者委員会〉の私の弁護士たち、特にケイティ・タウンゼントとアダム・マーシャル、現地弁護士のブルース・S・ローゼンは、ニュージャージー工科大学とFBIをめぐる私の公文書開示請求の件で、素晴らしい仕事をしてくれた。州法の不合理な規則のため、ニュージャージー在住の人を共同原告に入れる必要があったが、〈ホルト〉のトレーシー・ロックが見事にその役を務めてくれた。

大学や政府機関の広報担当者たちにも感謝を捧げる。彼らは私の要求に快活に応え、私のしつこい要求にも耐えてくれた。特に、南フロリダ大学のラーラ・ウェイド・マルティネス、ジョンズ・ホプキンス大学のデニス・オシェイ、同・高等国際問題研究大学院のリンゼイ・ウォルドロップ、アリゾナ州立大学のマーク・ジョンソン、FBIのスーザン・マッキーに感謝したい。

南フロリダ大学の彭大進教授がいなければ、本書は生まれなかった。彼は自分の苦境のもとになったできごとを私に通報し、主なメールや文書を提供し、一度に何時間も割いて私の質問に答えてくれた。ローリー・ヘイズ、ジョナサン・カウフマン、ジョン・ブレッチャー、トム・モロニーは、私が《ブルームバーグ》に書いた彭の記事を高く評価してくれた。ゲイリー・プトカとピーター・ジェフリーがそれをていねいに校正してくれた。《ブルームバーグ》報道室の法律顧問、キャサリン・クリーグマン・グレアムからは、彭の記事を書く際、公文書開示請求について助言をもらい、また、〈報道の自由のための記者委員会〉を紹介してもらった。《ブルームバーグ》ボストン支局のジョン・リングは、コンピュータ関連の様々なトラブルを解決するために、私の救援に駆けつけてくれた。《ブルームバーグ・ニュース》の副編集長、レト・グレゴリが私に認めてくれた休職期間のおかげで、その間に本書の調査と執筆の大半を行うことができた。

私の家族は、私の期待をはるかに超える支援をしてくれた。姉のオリヴィア・ゴールデンは主なテーマや部分、特に結論を考えるのを手助けしてくれた。息子のスティーヴンは仕事部屋を整え、私のパソコンを組み立て、ファイルを保管し、公開された文書をディスクから移し替え、私がデジタル関連で問題をかかえるたびに熱心に解決してくれた。私の愛する妻で親友のキャシーは、数え切れないほど賢明な助言をし、取材旅行に同行し、私が落ち込まないように最善を尽くしてくれた。

ほかにも名前をあげたい人はおおぜいいるが、様々な正当な理由により、匿名で情報や見解を明かしてくれた。彼らが本書を気に入り、自分たちの重要な貢献を誇りに思ってくれることを願う。

War on Terror. New York: Skyhorse, 2009.

Latell, Brian. Castro's Secrets: Cuban Intelligence, the CIA, and the Assassination of John F. Kennedy. New York: Palgrave Macmillan, 2012.

May, Ernest R., and Philip D. Zelikow, eds. Dealing with Dictators: Dilemmas of U.S. Diplomacy and Intelligence Analysis, 1945–1990. Cambridge, MA: MIT Press, 2006.

468

Mills, Ami Chen. C.I.A. Off Campus: Building the Movement Against Agency Recruitment and Research. Boston: South End Press, 1991.

Moyar, Mark. Phoenix and the Birds of Prey: Counterinsurgency and Counterterrorism in Vietnam. Lincoln: University of Nebraska Press, 2007.

Paget, Karen M. Patriotic Betrayal: The Inside Story of the CIA's Secret Campaign to Enroll American Students in the Crusade Against Communism. New Haven, CT: Yale University Press, 2015.

Richmond, Yale. Cultural Exchange and the Cold War: Raising the Iron Curtain. University Park: Pennsylvania State University Press, 2003.

Rizzo, John. Company Man: Thirty Years of Controversy and Crisis in the CIA. New York: Scribner, 2014.

Roche, Edward M. Snake Fish: The Chi Mak Spy Ring. New York: Barraclough, 2008.

Shorrock, Tim. Spies for Hire: The Secret World of Intelligence Outsourcing. New York: Simon & Schuster, 2008.

Simon, Denis Fred, and Cong Cao. China's Emerging Technological Edge: Assessing the Role of High-End Talent. New York: Cambridge University Press, 2009.

Sulick, Michael. American Spies: Espionage Against the United States from the Cold War to the Present. Washington, DC: Georgetown University Press, 2013.

Turner, Stansfield. Secrecy and Democracy: The CIA in Transition. Boston: Houghton Mifflin, 1985.

469

Weiner, Tim. Legacy of Ashes: The History of the CIA. New York: Anchor Books, 2008.（ティム・ワイナー『ＣＩＡ秘録』文藝春秋）

Winks, Robin. Cloak and Gown: Scholars in America's Secret War. London: Collins Harvill, 1987.

Xu, Meihong, and Larry Engelmann. Daughter of China: A True Story of Love and Betrayal. New York: Wiley, 1999.

参考文献

Abrahams, Harlan, and Arturo Lopez-Levy. Raúl Castro and the New Cuba. Jefferson, NC: McFarland, 2011.

Albright, David. Peddling Peril: How the Secret Nuclear Trade Arms America's Enemies. New York: Free Press, 2010.

Andrew, Christopher, and Vasili Mitrokhin. The Sword and the Shield: The Mitrokhin Archive and the Secret History of the KGB. New York: Basic Books, 1999.

Ball, Philip. Invisible: The Dangerous Allure of the Unseen. Chicago: University of Chicago Press, 2015.

Bergman, Ronen. The Secret War with Iran: The 30-Year Clandestine Struggle Against the World's Most Dangerous Terrorist Power. New York: Free Press, 2008.（ロネン・バーグマン『シークレット・ウォーズ』並木書房）

Blum, William. The CIA: A Forgotten History. London and Atlantic Highlands, NJ: Zed Books, 1986.

Carmichael, Scott W. True Believer: Inside the Investigation and Capture of Ana Montes, Cuba's Master Spy. Annapolis, MD: Naval Institute Press, 2007.

Chan, Gerald. International Studies in China: An Annotated Bibliography. Commack, NY: Nova Science, 1998.

Crumpton, Henry A. The Art of Intelligence: Lessons from a Life in the CIA's Clandestine Service. New York: Penguin Group, 2012.

Dawidoff, Nicholas. The Catcher Was a Spy. New York: Vintage Books, 1995.（ニコラス・ダウィドフ『「大リーガー」はスパイだった』平凡社）

De Pierrebourg, Fabrice, and Michel Juneau-Katsuya. Nest of Spies: The Startling Truth About Foreign Agents at Work Within Canada's Borders. Toronto: HarperCollins, 2009.

Eftimiades, Nicholas. Chinese Intelligence Operations. Reed Business Information, 1994.（ニコラス・エフティミアデス『中国情報部』早川書房）

Faddis, Charles S. Beyond Repair: The Decline and Fall of the CIA. Guilford, CT: Lyons Press, 2010.

Fialka, John J. War by Other Means: Economic Espionage in America. New York: Norton, 1997.（ジョン・フィアルカ『経済スパイ戦争の最前線』文藝春秋）

Hannas, William C., James Mulvenon, and Anna B. Puglisi. Chinese Industrial Espionage: Technology Acquisition and Military Modernization. New York: Routledge, 2013.（ウィリアム・ハンナス、ジェームズ・マルヴィノン、アンナ・B・プイージ『中国の産業スパイ網』草思社）

Johnson, Loch K. America's Secret Power: The CIA in a Democratic Society. New York: Oxford University Press, 1989.

Jones, Ishmael. The Human Factor: Inside the CIA's Dysfunctional Intelligence Culture. New York: Encounter Books, 2008.

Kiriakou, John, with Michael Ruby. The Reluctant Spy: My Secret Life in the CIA's

programs/babel.
(4) Ally Johnson, "Protests Shut Down CIA Director's Talk at Penn," Daily Pennsylvanian, April 1, 2016.
(5) Lara C. Tang, "CIA Hosts Recruitment Event on Campus," Harvard Crimson, April 2, 2015.
(6) Daniel Golden, "Missile-Blower," Boston Globe Magazine, July 19, 1992.
(7) Jones, The Human Factor.
(8) Daniel Golden, "Why the Professor Went to Prison," Bloomberg Businessweek, November 1, 2012.
(9) http://www.globalhighered.org/. 二番目に多いイギリスは、38 校。
(10) Julia Edwards, "U.S. Targets Spying Threat on Campus with Proposed Research Clampdown," Reuters, May 20, 2016, http://www.reuters.com/article/us-usa-security-students-idUSKCN0YB1QT.
(11) "Five-Year Stay Rates for U.S. S&E Doctorate Recipients with Temporary Visas at Graduation, by Selected Country/Region/Economy," Table 3-29, Science and Engineering Indicators 2014, http://www.nsf.gov/statistics/seind14/index.cfm/chapter-3/c3s6.htm#s3.
(12) ワンクン・ジュから著者に送られた 2016 年 6 月 20 日のメール。

for South Carolina http://www.scb.uscourts.gov/pdf/court_postings/Cliffs_order.pdf.

(26) 郡の記録によると、メルクリオ夫妻はその区画を 2007 年に 232,000 ドルで購入した。2015 年にはそれが 138,080 ドル相当となっている。

(27) アル・アリアンの犯罪捜査を指揮したケリー・マイヤーズとのインタビュー。政府は彼女を証人の候補に入れていたが、彼女は証言しなかった。

(28) コーナーとのインタビュー。

(29) 鄭昊から著者に送られた 2014 年 9 月 14 日のメール。

(30) この約束は、ロマインが彭に送った 2010 年 3 月 5 日のメールにより確認。「では、火曜日の午後にしましょう。彼女が到着する 30 分前にそこであなたと落ち合います」

(31) この場面は、彭とのインタビューをもとに再現し、彼らのメールの内容とも一致している。

(32) "Academic Freedom and Tenure: University of South Florida," 2003, https://www.aaup.org/report/academic-freedom-and-tenure-university-south-florida.

(33) http://www.usf.edu/provost/documents/leadership-cv/wilcox-2012withoutrefcv.pdf.

(34) "Report of Investigation," Department of Homeland Security, Immigration and Customs Enforcement, November 15, 2010, 公文書開示請求により入手。

(35) 同上。

(36) "Settlement and General Release Agreement Between Dr. Dajin Peng and the University of South Florida Board of Trustees," August 24, 2010.

(37) 法律顧問スティーヴン・プレヴォーが 2010 年 8 月 24 日にウェンゼルに送ったファックス。

(38) この面談の日時と場所は、ホルブルックの秘書、ベス・ビールが彭に送った 2010 年 10 月 8 日のメールにより確認。

(39) ホルブルックはそう考えているが、確認はできない。

(40) "Nankai University Delegation Visits USF," USF World News, November 28, 2010, http://global.usf.edu/wordpress/?p=672.

(41)「グレーター・タンパベイ・エリアに住む中国人 36 人」からの手紙は、証拠物 19:「2012 年 3 月 22 日、停職中の彭大進博士の行動について」、スミス博士からウィルコックス博士宛のメモ。

(42) 関乃佳が史昆に 2011 年 11 月 11 日に送ったメール。証拠物 8:ラルフ・ウィルコックス博士宛のメモ。

(43) 関乃佳が 2011 年 11 月 8 日にカレン・ホルブルックに送った手紙。証拠物 3:ラルフ・ウィルコックス博士宛のメモ。

(44) ラーラ・ウェイド・マルティネス、"USF Response to Dan Golden," October 17, 2014.

(45) "Notice of Suspension," 首席副学長室から彭に宛てた 2013 年 5 月 23 日の手紙。

(46) "Settlement and General Release Agreement Between the University of South Florida Board of Trustees and Dr. Dajin Peng," proposed agreement that expired November 8, 2013.

第 11 章　スパイのいない聖域

(1) アイビソンと FBI 地区法律顧問ジェームズ・P・グリーンが、2012 年 4 月 4 日、南フロリダ大学の弁護士、ジョージ・W・キーホー宛に送った手紙。

(2) ラーラ・ウェイド・マルティネスから著者に送られた 2015 年 2 月 2 日のメール。

(3) the IARPA-funded Babel project, https://www.iarpa.gov/index.php/research-

カ合衆国への入国を禁止された。2004年、彼は自分の牧場で蜂の大群に刺されて死亡した。

第10章 「私のおかげで刑務所行きを免れている」

(1) Suzanne Stratford, "FBI Celebrates 40th Anniversary of First Female Agent," fox8.com/2012/08/13/fbi-celebrates-40th-anniversary-of-first-female-agent/.

(2) 捜査官13,907名のうち、女性は2,707名で19.5パーセントを占める。"Today's FBI: Facts & Figures," 2013–14, p. 51.

(3) "Today's FBI: Facts & Figures," p. 47.

(4) 同上、p. 5

(5) "Today's FBI: Facts & Figures," p. 8.

(6) FBI長官、ロバート・S・モラー3世が2002年6月、上院司法委員会のために用意した声明。
https://global.nytimes.com/2002/06/06/politics/06APMTEX.html?pagewanted=all&position=top.

(7) https://www.fbi.gov/investigate/counterintelligence

(8) 彼女の家族の経歴については、誕生、結婚、死亡証明が載っているancestry.com.で調べた。

(9) "Frequency Responsive Lubrication System," July 9, 1968, United States Patent 3,391,602; "Muzzle Brake Torque Assist for Multi-Barrel Weapons," November 21, 1972, United States Patent 3,703,122.

(10) ジョージ・デューイ・ブルックスとの電話インタビュー。

(11) "Population Trends for the 25 Largest SC Cities, 2000 to 2012," ジョン・ガードナーより提供。

(12) American Community Survey 2008–2012 and 2010 U.S. Census. にもとづく、"Economic Status Indicators: Greenville County and Municipalities," ジョン・ガードナーより提供。

(13) 2016年1月9日のGE広報担当者からのメール。

(14) South Carolina State Report Card 2015, Mauldin High School, https://ed.sc.gov/assets/reportCards/2015/high/c/h2301014.pdf.

(15) "After Getting Arrested in a Race Riot, Kevin Garnett Drove Himself to Escape Rural S.C. and Become Highest-Paid Player in NBA History," http://atlantablackstar.com/2015/02/24/kevin-garnetts-took-inspiring-road-rural-s-c-highest-paid-player-nba-history/, February 24, 2015.

(16) Mauldin High yearbook; コーチ、デルマー・ハウエルとのインタビュー、1984–85 Palmetto's Finest Record Book, p. 104.

(17) University of North Carolina alumni records

(18) オレンジ郡の人事アナリスト、ドナ・ダヴェンポートから著者に送られた2105年10月20日のメール。

(19) 'Today's FBI: Facts & Figures," p. 48.

(20) 同、p. 47.

(21) W. Bryan Park II, "Affidavit Seeking Oral Testimony and Production of Documents From Task Force Agent Robert Sheehan and F.B.I. Special Agent Dianne Farrington," Florida v. Lawrence Kilbourn, Case Number 99-3807, March 10, 2000.

(22) www.linkedin.com/in/matt-mercurio-4048875.

(23) http://www.marathonguide.com/results/browse.cfm?MIDD=2224081019&Gen=B&Begin=1939&End=2038&Max=4881.

(24) メルクリオ夫妻の不動産売買については、viewer.greenvillecounty.org/countyweb/disclaimer.do.で調べた。

(25) Case No. 12-01220, U.S. Bankruptcy Court

John Ellement, "Alleged Spies Always Strived for Connections," Boston Globe, June 30, 2010.

(33) 同上。

(34) FBI report, "Higher Education and National Security," 2011.

(35) Evan Perez, "Alleged Russian Agent Claimed Official Was His Firm's Adviser," Wall Street Journal, July 2, 2010.

(36) Complaint vs. Heathfield, Foley, et al., FBI agent Maria Ricci, U.S. District Court for the Southern District of New York, http://cryptome.org/svr/usa-v-svr.htm 6/25/10.

(37) Devlin Barrett, "Russian Spy Ring Aimed to Make Children Agents," Wall Street Journal, July 31, 2012.

(38) Russian Reporter.

(39) Naveen N. Srivatsa, "Harvard Kennedy School Revokes Degree Awarded to Russian Spy," Harvard Crimson, July 16, 2010.

(40) Vavilov v. The Minister of Citizenship and Immigration, http://caselaw.canada.globe24h.com/0/0/federal/federal-court-of-canada/2015/08/2015fc960.shtml.

(41) フランス大使、フランソワ・デラットの2014年3月5日のスピーチ、http://www.ambafrance-us.org/spip.php?article5421.

(42) Michael D. Shear, "Petraeus Quits; Evidence of Affair Was Found by FBI," New York Times, November 9, 2012.

(43) この研究員制度誕生の記述は、ペトレイアスとのインタビューにもとづく。カプランとアリソンはコメントを辞退した。

(44) http://belfercenter.ksg.harvard.edu/fellowships/recanatikaplan.html.

(45) The American studying criminal networks was Kim Benderoth; the Israeli studying counterterrorism was Gilad Raik. 彼らの研究テーマは、もうベルファー・センターのウェブサイトには載っていない。

(46) https://www.panthera.org/.

(47) デラットのスピーチ。

(48) デラットのスピーチの映像は、http://frenchculture.org/archive/speeches/france-honors-tom-kaplan-legion-honor.

(49) Eli Clifton, "Document Reveals Billionaire Backers Behind United Against Nuclear Iran," https:/lobelog.com.

(50) レジオン・ドヌール勲章を授与されたときのトム・カプランのスピーチの映像は、http://frenchculture.org/archive/speeches/france-honors-tom-kaplan-legion-honor　公開された文章には、この発言は載っていない。

(51) Matt Apuzzo, "Justice Department Moves to Shield Anti-Iran Group's Files," New York Times, July 27, 2014.

(52) Opinion and Order, U.S. District Court Judge Edgardo Ramos, Victor Restis and Enterprises Shipping and Trading S.A. vs. United Against Nuclear Iran et al., 13 Civ. 5032, 3/23/15

(53) 会議録は、www.harvard-bssp.org/files/agenda%202015.doc. で見られる。

(54) Alvin Powell, "Russian, U.S. Admirals Talk to Save Sub," Harvard University Gazette, October 20, 2005.

(55) アドリアーナ・リヴァスから著者に送られた2016年1月25日のメール。

(56) グラマホはグアテマラで政治犯の殺害や拷問を指揮したとされ、彼のミッドキャリア課程入学は物議を醸した。1991年のケネディ・スクールの卒業式では、人権侵害で彼をアメリカの裁判所に告訴した8人のグアテマラ人から文書を手渡された。4年後、彼は民事裁判で賠償責任を命じられ、アメリ

(8) シェラー・ラファーティ・モスコウ。
(9) 私はケネディ・スクール図書館でミッドキャリア課程の年度別写真付き名簿を調べ、学生の中に身元を隠したCIA工作員がいないか探した。たとえば、現代ペルシア語やアラビア語の素養があるアメリカ大使館の政治担当官と称している人々だ。その後、彼らが実際にCIAに勤めていたかどうかを突き止めるため、それらの名前をインターネットで照合したり、他の情報源や卒業生にインタビューしたりした。
(10) //en.wikipedia.org/wiki/John_F._Kennedy_School_of_Government#Notable_alumni.
(11) 宮澤洋一、塩崎恭久、茂木敏充、上川陽子、林芳正。
(12) ベルファー・センターの専門家、研究員のリストは http://belfercenter.ksg.harvard.edu/experts/index.html?filter=T&groupby=1&type=.
(13) http://belfercenter.ksg.harvard.edu/experts/199/graham_allison.html.
(14) Hearings Before the Select Committee on Intelligence of the United States Senate on the National Intelligence Reorganization and Reform Act of 1978, p. 645, http://www.intelligence.senate.gov/sites/default/files/hearings/952525.pdf.
(15) ケネディ・スクール執行部とのインタビュー。
(16) https://exed.hks.harvard.edu/Programs/nis/overview.aspx
(17) タッド・オエルストロームとのインタビュー。
(18) Ernest R. May and Philip D. Zelikow, eds., Dealing with Dictators: Dilemmas of U.S. Diplomacy and Intelligence Analysis, 1945–1990 (Cambridge, MA: MIT Press. 2006), p. xi.
(19) Michelle M. Hu and Radhika Jain, "Controversy Erupts Over Professors' Ties to the CIA," Harvard Crimson, May 25, 2011, http://www.thecrimson.com/article/2011/5/25/research-cia-harvard-betts/.
(20) May and Zelikow, Dealing with Dictators, p. ix.
(21) http://wws.princeton.edu/admissions/mpp/financial-aid.
(22) Mark Moyar, Phoenix and the Birds of Prey: Counterinsurgency and Counterterrorism in Vietnam (Lincoln: University of Nebraska Press, 2007), pp. 104–5.
(23) https://www.icrc.org/customary-ihl/eng/docs/v2_rul_rule110 and http://www.un.org/en/preventgenocide/rwanda/text-images/Geneva_POW.pdf.
(24) David Lightman, "Simmons' Resume Suddenly an Asset," Hartford Courant, November 12, 2001.
(25) ゴードンの履歴は http://thisainthell.us/blog/?p=57518. で見られる。ヒューストン警察署が彼の雇用を認めた。
(26) Chris Moeser, "Gordon in CIA, Fired, Sources Say," Arizona Republic, July 24, 1999, p. 1.
(27) アリゾナ州連邦地方裁判所記録、Case CR 01-00164-001-PHX-VAM.
(28) https://twitter.com/circakigordon.
(29) Russian Reporter (weekly magazine), 2012. ステパーン・クラヴチェンコにより、ロシア語からの翻訳。
(30) Abby Goodnough, "Suspect in Spy Case Cultivated Friends Made at Harvard," New York Times, June 30, 2010.
(31) 同上。「趣のある会話の達人」「人当たりはとてもよい」「どこか謎めいていた」、「シンガポールで……」などの引用も同記事から。
(32) Jonathan Saltzman, Shelley Murphy, and

(54) http://www.pennlive.com/news/2016/02/spanier_files_breach_of_contra.html.

第8章　偶然を装う出会いと媒介役のフロント企業

(1) 冒頭のシーンは、この出来事を直接知っている元諜報員のインタビューにもとづく。

(2) William C. Hannas, James Mulvenon, and Anna B. Puglisi, Chinese Industrial Espionage: Technology Acquisition and Military Modernization (New York: Routledge, 2013), p. 26.

(3) FBI white paper, "Higher Education and National Security: The Targeting of Sensitive, Proprietary, and Classified Information on Campuses of Higher Education," April 2011.

(4) Kiriakou, The Reluctant Spy, p. 154.

(5) https://msfs.georgetown.edu/CyberConference2016.

(6)Jason Leopold, "The CIA Paid This Contractor $40 Million to Review Torture Documents," VICE News, July 27, 2015.

(7) http://gps.ucsd.edu/_files/faculty/walter/walter_cv.pdf. The RAND conference is on p. 10.

(8) http://www.iranhrdc.org/english/news/press-statements/1000000165-restrictions-on-academic-freedom-underscore-events-at-conference-for-iranian-studies.html.

(9) Greg Miller, "CIA Has Recruited Iranians to Defect," Los Angeles Times, December 9, 2007.

(10) Courtney Fennell, "Cryptic Clinton Emails May Refer to Iranian Scientist," CNN, September 2, 2015, http://www.cnn.com/2015/09/02/politics/clinton-email-shahram-amiri/.

(11) これらの暗殺は各国で報道された。Tom Burgis, "Timeline: Assassinated Iranian Scientists," http://blogs.ft.com/the-world/2012/01/timeline-assassinated-iranian-scientists/.

(12) "Iran Hangs 'Mossad Agent' for Scientist Killing," Reuters, May 15, 2012.

(13) Michael Ono, "Santorum Says He Would Bomb Iran's Nuclear Plants," ABC News, January 1, 2012, http://abcnews.go.com/blogs/politics/2012/01/santorum-says-he-would-bomb-irans-nuclear-plants/.

(14) 1989年の暗殺に関する法的見解は、陸軍法務総監室、国際問題部、国際法課長、W・ヘイズ・パークスがまとめた。国防総省、国務省、CIA、国家安全保障会議の弁護士も同意している。

(15) David Albright, Peddling Peril: How the Secret Nuclear Trade Arms America's Enemies (New York: Free Press, 2010), p. 209.

(16) Nicholas Dawidoff, The Catcher Was a Spy (New York: Vintage Books, 1995), p. 164.（ニコラス・ダヴィドフ『「大リーガー」はスパイ』平凡社）

(17) 同書、p. 205.

第9章　アイヴィーに隠れて

(1) 2016年1月15日のシェラー・ラファーティ・モスコウとの電話インタビュー。

(2) ケヴィン・ライアンから著者に送られた2016年2月9日のメール。

(3) SYA website, http://alumni.sya.org/s/833/global.aspx?sid=833&gid=1&pgid=473.

(4) 同上。

(5) 同上。

(6) "Scoreboard," Harvard Crimson, January 13, 1983.

(7) Joe Holley, "Ex-CIA Agent Ken Moskow; Died Atop Mount Kilimanjaro," Washington Post, October 6, 2008.

イナー『CIA 秘録』)

(31) Ralph E. Cook, "The CIA and Academe," Studies in Intelligence, Winter 1983, p. 35; approved for release, July 29, 2014.

(32) Johnson, America's Secret Power, p. 167.

(33) Winks, Cloak and Gown, p. 441.

(34) Book 1, "Final Report of the Select Committee to Study Governmental Operations with Respect to Intelligence Activities," p. 452.

(35) 同書、p. 191.

(36) Jane Mayer, "CIA Gag Order on Halperin Modified," Washington Star, October 4, 1980.

(37) ダニエル・シュタイナーが 1977 年 10 月 11 日にコード・マイヤー・ジュニアへ送った手紙。

(38)「ハーヴァード・コミュニティとアメリカの諜報機関の関係に関する委員会」により発表されたハーヴァードの指針は、以下で見られる。"National Intelligence Reorganization and Reform Act of 1978, Hearings Before the Select Committee on Intelligence of the United States Senate," pp. 643–48.「自由な社会が甘受すべきもの」、同 p. 648. ボックの発言「ひとたまりもないのです」、同 p. 640.

(39) Stansfield Turner, Secrecy and Democracy: The CIA in Transition (Boston: Houghton Mifflin,1985), p. 108.

(40) ターナーが 1978 年 5 月 15 日にボックに宛てた通信。Hearings Before the Select Committee on Intelligence, p. 659.

(41) CIA の規準の原文は、p. 660 of the Intelligence Committee hearings.

(42) Ernest Volkman, "Spies on Campus," Penthouse, October 1979.

(43) CIA が大学の学長や「局内研究員」をラングレーに招いた話は、Cook, "The CIA and Academe," p. 39.

(44) John Hollister Hedley, "Twenty Years of Officers in Residence," https://www.cia.gov/library/center-for-the-study-of-intelligence/csi-publications/csi-studies/studies/vol49no4/Officers_in_Residence_3.htm.

(45) John Kiriakou with Michael Ruby, The Reluctant Spy: My Secret Life in the CIA's War on Terror (New York: Skyhorse, 2009), pp. 14–15, 24.

(46) Anita Kumar, "Al-Arian Issue Looms for Castor," St. Petersburg Times, July 11, 2004, http://www.sptimes.com/2004/07/11/State/Al_Arian_issue_looms_.shtml.

(47) Gustav Niebuhr, "Professor Talked of Understanding But Now Reveals Ties to Terrorists," New York Times, November 13, 1995. 驚いたのは、大学の国際研究センター長、マーク・T・オール。

(48) 私の公文書開示請求に応じてオースティンのテキサス大学から提供された、FBI の戦略パートナーシップ部署、ディーン・W・チャッペル 3 世が 2013 年 9 月 23 日に NSHEAB のメンバーに送ったメール (議事録添付)。

(49) チャッペルが NSHEAB のメンバーに送った 2013 年 10 月 21 日のメール。

(50) https://archives.fbi.gov/archives/pittsburgh/press-releases/2013/pennsylvania-man-sentenced-for-terrorism-solicitation-and-firearms-offense.

(51) グレアム・スパニアより著者に提供された "Partial List of Talks Given on Behalf of the FBI,"

(52) http://minerva.dtic.mil/overview.html.

(53) https://www.documentcloud.org/documents/396512-report-final-071212.html.

(8) William M. Arkin and Alexa O'Brien, "The Most Militarized Universities in America: A VICE News Investigation," VICE News, November 6, 2015, https://news.vice.com/article/the-most-militarized-universities-in-america-a-vice-news-investigation

(9) Mick Kulikowski, "NC State Partners With National Security Agency on Big-Data Lab," NC State News, August 15, 2013.

(10) Committee on Research, Committee Minutes, August 28, 2011, http://www.bov.vt.edu/minutes/11-08-29minutes/attach_p_08-28-11.pdf.

(11) http://www.hume.vt.edu/about/facilities.

(12) Alyssa Bruns and Cory Weinberg, "GW Looks to Capitalize on Covert Research," GW Hatchet, October 29, 2012. Leo Chalupa, vice president for research, made the statement.

(13) "Vision 2021: A Strategic Plan for the Third Century of George Washington University," https://provost.gwu.edu/files/downloads/Strategic%20Plan.pdf.

(14) Tricia Bishop, "Universities Balance Secrecy and Academic Freedom in Classified Work," Baltimore Sun, September 13, 2013.

(15) Warren Cornwall, "Shh! Wisconsin Seeking to Get In On Secret Cybersecurity Research," January 8, 2015, www.sciencemag.org.

(16) "Regents Approve Lifting Cap on Out-of-State Students at UW-Madison," www.wisconsin.edu/news/archive/regents, October 9, 2015.

(17) CIA の広報担当から著者へ送られた 2016 年 11 月 30 日のメール。

(18) FBI 捜査官が 2011 年 2 月 21 日のメールで不安を口にしたため個室を頼んだ。「公共の場ではあまり深い話はできないでしょう……それに私は〈ドン・ペペ〉の料理が好きです」

(19) ジェームズ・ゲラーから著者に送られた 2014 年 6 月 12 日のメール。

(20) ネヴァダ大学リノ校の留学生室長、スージー・アスキューとの電話インタビュー。

(21) Robin Winks, Cloak and Gown: Scholars in America's Secret War (London: Collins Harvill, 1987), p. 115. イェール大学から OSS に入った教授や学生の数、イスタンブールのイェール大学準教授、ボート競技のコーチ、スキップ・ウォルツについても同書から引用した。

(22) Tim Weiner, Legacy of Ashes: The History of the CIA (New York: Anchor Books, 2008), p. 107.（ティム・ワイナー『CIA 秘録』文藝春秋）

(23) Winks, Cloak and Gown, p. 446.

(24) http://web.mit.edu/cis/pdf/Panel_ORIGINS.pdf.

(25)〈全米学生協会〉に潜入した CIA については以下を参考にした。

Karen M. Paget, Patriotic Betrayal: The Inside Story of the CIA's Secret Campaign to Enroll American Students in the Crusade Against Communism (New Haven, CT: Yale University Press, 2015).

(26) 同書、pp. 214–27. 1967 年 2 月 27 日の『ニューズウィーク』に述べた言葉も同書の p. 380 に載っている。

(27) 同書、pp. 399–400.

(28) Warren Hinckle, Sol Stern, and Robert Scheer, "The University on the Make," Ramparts, April 1966.

(29) Loch K. Johnson, America's Secret Power: The CIA in a Democratic Society (New York: Oxford University Press, 1989), p. 158.

(30) Wiener, Legacy of Ashes, pp. 329–30.（ワ

ウェイド・マルティネスから著者に送られた2015年1月15日のメールにより、クリーセルは2010年3月16日にTAとして雇われたことが確認できた。

(28) クリーセルのタンパ・ベイ華人協会での活動は、http://lists.cas.usf.edu/pipermail/taiwan/2010-September.txt and https://www.corporationwiki.com/Florida/Lutz/chinese-american-association-of-tampa-bay-incorporated-5866431.aspx.

(29) 彭から提供された、シュホア・クリーセルの履歴書。

(30) http://dspace.nelson.usf.edu/xmlui/bitstream/handle/10806/14079/USFSP_CommencementAwardees.pdf?sequence=1.

(31) 南フロリダ大学は2014年9月11日の大学とメルクリオの携帯電話の通話記録と、2014年12月9日の大学とメルクリオのオフィスの通話記録を提出した。

(32) シェパードの被害届。

(33) シェパードがウィルコックスとクラメットに送った2009年6月7日のメール。

(34) 彭が南フロリダ大学の「多様性/機会均等室」に訴えた苦情に対して、首席副学長上級補佐、ドウェイン・スミスによる「首席副学長室」の返答。

(35) ウィルコックスが彭に送った2009年8月25日の手紙。

(36) 監査が発見したものは、University and Audit Compliance 09-968, Confucius Institute Misuse of Funds. に記録されている。

(37) 彭、"My Open Response."

(38) 彭、"Response to Ms. Head's Investigation Report."

(39) 国土安全保障省は、2099年7月31日の大学職員と移民捜査官との会合を手配した人々の名をメールの交信から削除している。しかしながら、メールの内部証拠から、ケイト・ヘッドのファックス番号があり、大学の会計監査・法的遵守室を「よい施設」と言って会合の場所に勧めている発言が載っていることから、彼女の関わりがうかがえる。

(40) 2010年11月15日の国土安全保障省の捜査報告書。

(41) モーセン・ミラニがドゥウェン・スミスに送った2009年12月13日の手紙。

(42) ウェンゼルが彭に送った2010年7月18日のメール。

(43) 彭、"FBI and I."

(44) 彭がメルクリオに送った2009年11月18日のメール。

(45) メルクリオが彭に送った2009年11月19日のメール。

第7章　CIA、お気に入りの学長

(1) スパニアがメダルを授与されたときの様子は、本人へのインタビューと、本人から提供されたメダルの写真にもとづく。

(2)〈全米外国語教育協会〉事務局長、マーティ・アボットから著者に送られた2015年9月2日と2015年9月8日のメール。

(3)〈現代語学文学協会〉事務局長、ローズマリー・フィールから2015年9月16日に著者に送られたメール。

(4) www.iarpa.gov.

(5)〈情報先端研究プロジェクト活動〉所長、ジェイソン・マテーニーとのインタビュー。

(6) https://www.casl.umd.edu/who-we-serve/governmentprofessional/.

(7) 2016年8月16日にクリスタル・ブラウンから著者に送られたメール。彼女はスノーデンが雇われていたことも認めた。

"Defense & Security," Tampa Hillsborough Economic Development Corporation, http://tampaedc.com/defense-security/.

(6) 一部は、http://www.foxnews.com/story/2003/02/20/transcript-oreilly-interviews-al-arian-in-september-2001.html. で見られる。そこにはオライリーの「武装組織の温床」発言は含まれていないが、http://web.usf.edu/uff/AlArian/Fall.html. にある。

(7) 連邦政府委員会が公表する選挙運動への寄付については、fec.gov.

(8)《セント・ピーターズバーグ・タイムズ》はベアードが取引に反対したことや、メグ・ラフリンのラジオ番組でのアル・アリアンへのインタビューを報じた。"USF Considered $1M payoff to Al-Arian," February 8, 2007.

(9) スティール中将、軍部との提携、覚書については、http://www.usf.edu/world/centers/military-partnerships.aspx, http://www.usf.edu/world/documents/world-index/centcomagreement.pdf and http://www.research.usf.edu/absolute-news/templates/usfri-template.aspx?articleid=561&zoneid=1.

(10) www.ratemyprofessors.com.

(11) 彭の離婚記録はヒルズボロ郡裁判所の家族法区分にある。

(12) 孔子学院の設立、その資金、ウィルコックスやクラメットの交信については、彭の書いた "My Open Response to the Second Investigation of Me by the USF Provost's Office." にもとづく。

(13) 孔子学院の数字に関しては、http://english.hanban.org/node_7586.htm. China's 2013 spending is in Confucius Institute Annual Development Report 2013, http://www.hanban.edu.cn/report/pdf/2013.pdf.

(14) Daniel Golden, "China Says No Talking Tibet as Confucius Funds U.S. Universities," Bloomberg News, November 2, 2011.

(15) "On Partnerships with Foreign Governments: the Case of Confucius Institutes," https://www.aaup.org/report/confucius-institutes.

(16) Fabrice de Pierrebourg and Michel Juneau-Katsuya, Nest of Spies: The Startling Truth About Foreign Agents at Work Within Canada's Borders (Toronto: HarperCollins, 2009), p. 160.

(17) http://einside.kent.edu/Management%20Update%20Archive/news/announcements/success/DollarsSense.html.

(18) 張暁農から著者に送られた 2014 年 9 月 28 日の手紙。

(19) 彭、"My Open Response."

(20) "Some Love Letters from Xiaonong Zhang to Professor Dajin Peng," an exhibit in a March 22, 2012, memorandum from USF senior vice provost Dwayne Smith to Provost Ralph Wilcox, "Review of Dr. Dajin Peng's Actions While on Suspension."

(21) 張暁農から著者に送られた 2014 年 9 月 28 日のメール。

(22) 同上。

(23) 張とクリーセルの彭に対する申し立ては、二件の南フロリダ大学被害届用紙に記された。両方とも、2009 年 4 月にマリア・クラメットとエリック・シェパードが記録した。

(24) http://www.tampabaychineseschool.com/admin/teacher/TeacherClassDescList.aspx.

(25) http://languages.usf.edu/faculty/data/eshepherd2013_cv.pdf.

(26) "USF's Chinese Storyteller," http://news.usf.edu/article/templates/?a=2818.

(27) シェパードとのインタビュー、ラーラ・

org/document/download/boren_fellowship_summary_stats_42.pdf
(39) http://www.american.edu/careercenter/news/CC_2014_Awards_Roundup.cfm.
(40) Wolfanger, Russell, and Miller, "Boren Scholarship and Fellowship Survey," p. 35.
(41) 同、p. 85.
(42) FBIの戦略パートナーシップ部署、ディーン・チャッペルがNSHEABのメンバーに宛てた手紙。
(43) "Boren Fellowship Handbook," 2015, p. 17, https://www.borenawards.org/document/download/current_year_fellowship_handbook_182.pdf.
(44) 中国諜報機関によるグレン・シュライヴァー勧誘の記述は、主に次の情報を参考にした。
the "statement of facts" in U.S.A. v. Glenn Duffie Shriver in federal court in Alexandria, Virginia; Wise, "Mole-in-Training"; 元CIA防諜部員、フィリップ・ボイキャンから送られた2016年11月21日のメール、この事件に詳しい匿名希望の人々とのインタビュー、FBI製作の短編映画『ゲーム・オブ・ポーンズ』Game of Pawns: The Glenn Duffie Shriver Story, https://www.youtube.com/watch?v=R8xlUNK4JHQ.
(45) フィリップ・ボイキャンから著者に送られた2016年11月21日のメール。以下の引用はすべてボイキャンからの同じメール。
(46) 陳述書。
(47) 同上。
(48) Wise, "Mole-in-Training."
(49) 同上。
(50) 2013年1月10日のブレンダ・M・ブリートが2013年1月30日の上映会のために、「防諜戦略パートナー」に送ったメール。『ゲーム・オブ・ポーンズ』は米海軍記念館・ヘリテージセンターで上映された。http://wfocitizensacademy.org/film-screening-game-of-pawns/.
(51) 2014年4月28日のサリンズとマウアーのメールは、公文書開示請求により南フロリダ大学から提供された。
(52) Jean-Friedman-Rudovsky and Brian Ross "Exclusive: Peace Corps, Fulbright Scholar Asked to 'Spy' on Cubans, Venezuelans," ABC News, February 8, 2008, http://abcnews.go.com/Blotter/story?id=4262036.
(53) カレン・チャベスがアレン・デールに送った2015年9月15日のメール。
(54) カレン・チャベスがアレン・デールに送った2015年9月17日のメール。

第6章　生半可なスパイ

(1) Kim Wilmath, "USF Professor Is Impugned, but Employed," St. Petersburg Times, June 4, 2011; "Tenure Shouldn't Shield Unethical Acts at USF," editorial, St. Petersburg Times, June 9, 2011. 同紙は、現在《タンパ・ベイ・タイムズ》となっている。
(2) 彭大進から著者に送られた2014年7月22日のメール。彭はおそらく「tapped(盗聴されている)」と言うつもりで「taped(テープにとられている)」と書いた。
(3) 武漢の描写は、"Wow! Wuhan's back," China Daily, September 7, 2012, を参考にした。http://usa.chinadaily.com.cn/weekly/2012-09/07/content_15741178.htm.
(4) "Points of Pride," USF Office of Decision Support, Planning and Analysis, http://www.usf.edu/about-usf/points-of-pride.aspx.
(5) タンパ地区の防衛関連企業については

Hawaii, June 30, 1989, p. 12.

(21) ラリー・エンゲルマンと徐美紅は回想録を出している。Daughter of China: A True Story of Love and Betrayal (New York: Wiley, 1999). 同書には間違いもあり、たとえば、スラヴェツキを「スローン」と表記しているが、ゴルトンによると主なできごとは正しく描かれている。

(22) グレン・シュライヴァーの両親については、ミシガン州ケント郡、巡回裁判所の記録にもとづく。そこにはジョン・マイケル・シュライヴァーの身体的特徴、彼の雇用者、カレン・スー・シュライヴァーとの別居、離婚の詳細や養育費未払いのことが記載されていた。彼の最初の結婚と離婚については、ancestry.com. で見つけた。

(23) ヴァージニア州更正課の広報責任者、リサ・E・キニーから著者に送られた2016年2月3日のメール。

(24) マイケル・ニールがグレン・ダフィー・シュライヴァー事件に関して判事に宛てた手紙で、「グレンの父ジョンと私は1970年代後半、彼が私の大学の英語科目を学んで以来、ずっと友人です」と書いている。ジョンは当時、刑務所にいた。

(25) David Wise, "Mole-in-Training: How China Tried to Infiltrate the CIA," Washingtonian, June 7, 2012.

(26) 同上。

(27) 2011年1月21日、ヴァージニア州アレクサンドリアの連邦地方裁判所での量刑言い渡しで。

(28) 結婚記録：1997年3月11日、ミシガン州ケント郡。離婚記録：2003年9月22日、ミシガン州オタワ郡。

(29) https://www.gvsu.edu/ia/history-of-enrollment-degrees-awarded-7.htm.

(30)Shandra Martinez, "Billionaire Rich DeVos is GVSU's largest donor at $36M," http://www.mlive.com/business/west-michigan/index.ssf/2016/01/how_billionaire_rich_devos_acc.html, January 4, 2016.

(31) グランド・ヴァレー州立大学海外留学室長、レベッカ・ハミルトンとの電話インタビュー。https://www.gvsu.edu/studyabroad/partnershipnon-gvsu-academic-policies-667.htm.

(32) デイヴィッド・ボーレンは賞の創設について、2010年10月12日のスピーチ、"Global Education in the 21st Century: A National Imperative," で説明している。彼のスピーチの映像は、http://www.borenawards.org/multimedia.

(33) http://www.iie.org/programs/Boren-Awards-for-International-Study.

(34) Jessica S. Wolfanger, Sara M. Russell, and Zachary T. Miller, "Boren Scholarship and Fellowship Survey," October 2014, https://www.cna.org/CNA_files/PDF/DRM-2014-U-007929-Final.pdf.

(35) "David Boren: Breaking the Language Barrier," video at http://www.borenawards.org/multimedia.

(36) 1992年2月のボーレン上院議員宛ての手紙を引用した David J. Comp, "The National Security Education Program and Its Service Requirement: An Exploratory Study of What Areas of Government and for What Duration National Security Education Program Recipients have Worked" (PhD diss., Loyola University, 2013).

(37) 同上。

(38) ボーレン奨学生については、https://www.borenawards.org/document/download/boren_scholarship_summary_stats_41.pdf; ボーレン・フェローシップについては、https://www.borenawards.

してもらった。

(52) マリエッタ大学に入学する中国人の減少は、"Fall Enrollments" 表にもとづく。全体の入学者数は、ペリーから著者に送られた2016年2月18日のメール。全体の数は全日制学生にもとづく。

(53) "Portrait of Vice President Xi Jinping": Available at https://wikileaks.org/plusd/cables/09BEIJING3128_a.html.

(54) http://junqing.club.sohu.com/shilin/thread/vpcl68bqpc Translated for the author by Kean Zhang.

(55) "Marietta Signs Cooperative Agreement with International University," Olio, http://news2.marietta.edu/node/1417

第5章　上海で罠にはまって

(1) www.gvsu.edu/gvnow/2001/giving-spirit-2904.00000.htm#sthash.xsp0Da2x.dput, December 20, 2001.

(2) マイケル・ワイツとの電話インタビュー。

(3) 商戈令との電話インタビュー。

(4) 倪培民との電話インタビュー。

(5) http://steinhardt.nyu.edu/faculty_positions/art/visual_arts_AP_tenure_track.

(6) http://www.nyu.edu/global/global-academic-centers.html.

(7) http://shanghai.nyu.edu/academics/study-away/out.

(8) https://www.washingtonpost.com/local/education/in-qatars-education-city-us-colleges-are-building-an-academic-oasis/2015/12/06/6b538702-8e01-11e5-ae1f-af46b7df8483_story.html.

(9) http://www.cmu.edu/global/presence/.　シカゴ大学ブース経営大学院とデューク大学を含め、海外分校のリストは、http://www.globalhighered.org/?page_id=34.

(10) http://centerbeijing.yale.edu/event/2014/10/opening-ceremony-yale-center-beijing.

(11) "IIE Releases Open Doors 2015 Data," http://www.iie.org/Who-We-Are/News-and-Events/Press-Center/Press-Releases/2015/2015-11-16-Open-Doors-Data.

(12) http://www.goucher.edu/study-abroad.

(13) http://www.iie.org/Research-and-Publications/Open-Doors/Data/US-Study-Abroad/Leading-Destination.

(14) http://uschinastrong.org/initiatives/100k-strong/.

(15) www.alliance-exchange.org/policy-monitor/04/07/2015/state-department-announces-launch-study-abroad-branch.

(16) www.iie.org/Who-We-Are/News-and-Events/Press-Center/Press-Releases/2015/2015-10-01-IIE-Announces-Impact-Of-Generation-Study-Abroad#.V4Yv1PkrLIU.

(17) Vivian Salama,"Abu Dhabi Bankrolls Students as NYU Joins Sorbonne," Bloomberg News, September 15, 2010, http://www.bloomberg.com/news/articles/2010-09-14/abu-dhabi-bankrolls-students-as-nyu-joins-sorbonne-in-uber-swanky-gulf.

(18) Daniel Golden, "American Universities Infected by Foreign Spies Detected by FBI," Bloomberg News, April 8, 2012 http://www.bloomberg.com/news/articles/2012-04-08/american-universities-infected-by-foreign-spies-detected-by-fbi.

(19) 新聞の名は、レオン・スラヴェツキの翻訳。記事は1984年11月19日に出た。

(20) Leon Slawecki,"Starting Up: The Johns Hopkins Center in Nanjing, China," paper presented at ASPAC '89, Honolulu,

EndowmentFiles/2015_NCSE_Endowment_Market_Values.pdf.

(32) 2016年2月19日、ペリーからメールで提供された一覧表、"Fall Enrollments for Full-Time Undergraduate International Students," より。

(33) ジェレミー・ワン、ロバート・バストール、ロン・パターソンとのインタビュー。

(34) Sherry Beck Paprocki, "The Changing Face of Marietta College," Marietta, Autumn 2006.

(35) マイケル・テイラーとの電話インタビュー。

(36) 易礼容の経歴や投獄の描写は、易小熊のウェブサイトに載っていた中国語の記事を参考にした。それらをキーン・ジャンに翻訳してもらった。 https://xiaoxiongyi.wordpress.com/category/my-father/

(37) 易小熊の子供時代、追放、教育については、2011年11月16日にウィキリークスで公表された国務省の電信を参考にした。 "Portrait of Vice President Xi Jinping: 'Ambitious Survivor' of the Cultural Revolution," November 16, 2009. 内部の証拠は、電信では匿名扱いの教授を易小熊と特定している。「中国支配者層エリートとなるよう、しつけられた」「恋愛、酒、映画、西洋文学に溺れ」も電信から引用した。

(38) ペリーから著者に送られた2016年5月2日のメール。

(39) アメリカ大使館が国務省へ送った2002年11月の電信。発信元、アロイージ。

(40) リーズ・ミラーから著者に送られた2016年5月4日のメール。

(41) Paprocki, "The Changing Face of Marietta College."

(42) 夏期講座の描写は、公文書開示請求によりマサチューセッツ大学ボストン校から入手したふたつの国際関係学院文書にもとづく。"2014 UIR Summer School Visiting Professor Agreement" and "Explanations on UIR 2014 Summer School Courses."

(43) http://xiajixueqi.uir.cn/view.php?cid=24&tid=106. 彼女はコメントを辞退した。

(44) 2016年4月7日の李形との電話インタビュー。国際関係学院名誉教授の称号は彼の職務履歴書に記載されている。 http://pds.aau.dk/pds/file/2892185.

(45) http://www.en.aau.dk/education/master/development-international-relations/specialisations/china-international-relations. 学術誌の名前は、the Journal of China and International Relations.

(46) http://www.worldsrichestcountries.com/top_denmark_exports.html.

(47) 李形から著者に送られた2016年4月8日のメール。

(48) マサチューセッツ大学ボストン校から、黄日涵と王輝の履歴を入手。要約版は以下で見られる。 http://archive.constantcontact.com/fs154/1102184412683/archive/1115578661485.html.

(49) マサチューセッツ大学ボストン校から、国際関係学院との合意覚書のコピーを入手。

(50) Xie Tinting, Huang Rihan, "The European Refugee Crisis from the Perspective of International Migration Governance." https://journals.aau.dk/index.php/jcir/article/view/1310/1065.

(51) 北京在住のアメリカ人ジャーナリスト、ジェシカ・マイヤーズの協力を得た。彼女にはマリエッタ事務所を訪問

(6) トム・ペリーから著者に送られた2016年7月11日のメール。
(7) たとえば、2013年6月と2015年6月に北京で行われたマリエッタ＝国際関係学院、サマー・パレス・フォーラム。http://news2.marietta.edu/node/10109.
(8) Luding Tong and Helen Xu, Emotional Appeals and Advertising Strategies in Modern China (Beijing: University of International Relations Publishing House, 2013).
(9) トム・ペリーから著者に送られた2016年5月6日のメール。
(10) 国際関係学院の外観については、マイケル・スタンダートの協力を得た。
(11) 国際関係学院の学科や付属の研究所については同校のウェブサイトen.uir.cn.を参考にした。
(12) http://en.uir.cn/uniqueness.html.
(13) www.prcstudy.com/uni_university_of_international_relations.shtml.
(14) Gerald Chan, International Studies in China: An Annotated Bibliography (Commack, NY: Nova Science, 1998), p. 17.
(15) Stratfor, May 24, 2010, https://www.stratfor.com/analysis/special-series-espionage-chinese-characteristics.
(16) 同上。
(17) "China Releases Detained U.S. Professor," Associated Press, August 10, 2004, http://www.nbcnews.com/id/5665726/ns/world_news/t/china-releases-detained-us-professor/.
(18) David Shambaugh, "China's International Relations Think Tanks: Evolving Structure and Process," China Quarterly, no. 171 (September 2002).
(19) Open Source Center, "Profile of MSS-Affiliated PRC Foreign Policy Think Tank CICIR," August 25, 2011.
(20) en.uir.cn/international_politics.html.
(21) http://www.uir.cn/data/upload/ufq8yrnYz7XRp9S6MjAxNMTqsc8=_R3DtKb.pdf. キーン・チャンが中国語から英語に翻訳。
(22) https://www.linkedin.com/edu/alumni?companyCount=3&id=11401&functionCount=3&unadopted=false&trk=edu-cp-com-CC-titl.
(23) 彼女は自分のリンクトインに、国際関係学院で修士号を取得したことと、察哈爾学会での地位を記載している。https://www.linkedin.com/in/tingting-xie-2a37a640.
(24) David Shambaugh, "China's Soft-Power Push: The Search for Respect," Foreign Affairs, July/August 2015.
(25) http://charhar.china.org.cn/2015-09/28/content_36700161.htm
(26) 劉亜偉との2016年10月27日の電話インタビュー。
(27) 謝婷婷は次の報告書に名を連ねている。"Observing the 2011 Referendum on the Self-Determination of Southern Sudan," Carter Center Final Report, p. 55.
(28) スーダンと中国との関係については、Larry Hanauer and Lyle J. Morris, "Chinese Engagement in Africa: Drivers, Reactions, and Implications for U.S. Policy," 2014 RAND Report.
(29) デイヴィッド・キャロルとの2016年4月4日の電話インタビュー。
(30) http://w3.marietta.edu/About/mission.html.
(31) マリエッタ大学とデニソン大学の寄付金額については、National Association of College and University Business Officers 2015 endowment study, http://www.nacubo.org/Documents/

(78) Harnden, "Spying for Fidel."
(79) Kramarsic 宣誓供述書 , p. 20.
(80) Harnden,"Spying for Fidel."
(81) Sulick, American Spies, p. 280.
(82) http://www.government.se/government-of-sweden/ministry-of-justice/international-judicial-co-operation/extradition-for-criminal-offences/.
(83) Government's Motion to Modify Sealing Order, October 5, 2011, p. 2.
(84) 同上。
(85) https://www.iaea.org/About/Policy/GC/GC48/GC48InfDocuments/English/gc48inf-16-rev1_en.pdf.
(86) http://www.docsrush.net/2820487/north-south-centre-of-the-council-of-europe.html.
(87) http://www.mcnabbassociates.com/Austria%20International%20Extradition%20Treaty%20with%20the%20United%20States.pdf, http://www.mcnabbassociates.com/Portugal%20International%20Extradition%20Treaty%20with%20the%20United%20States.pdf.
(88) ベラスケスのウィーンとポルトガルでの教職については彼女の職務履歴書に記載されている。
(89) https://www.linkedin.com/in/jorge-velazquez-83434946.
(90) J. P. Carroll, "Tupac's Cop-Killer Aunt Chilling in Cuba May Finally Face Justice In U.S.," Daily Caller, June 6, 2016, http://dailycaller.com/2016/06/06/tupacs-cop-killer-aunt-chilling-in-cuba-may-finally-face-justice-in-u-s/.
(91) Devin Nunes, "This Traitor Belongs in Jail, Not Free in Cuba," Wall Street Journal, July 14, 2016.
(92) Carmelo Mesa-Lago, "The Potential Role of FIU in a Future Cuba," July 17, 2013.
(93) Lindsay Gellman, "For First Time, International University Admissions Tests Coming to Cuba," June 17, 2015.
(94) http://www.scb.se/en_/finding-statistics/statistics-by-subject-area/population/population-composition/population-statistics/aktuell-pong/25795/yearly-statistics—the-whole-country/26040/.
(95) Mitt I Västerort (newspaper), September 10, 2013, http://arkiv.mitti.se:4711/2013/37/vasterort/MIVT-20130910-A-029-A.pdf.
(96) ロベルト・ウォーダールから著者に送られた 2016 年 6 月 15 日のメール。
(97) インマル・クヴィルは、Kungsholmen Gymnasium を卒業。父と同じく外交官志望なのか、英語で授業が行われる国際部に学んだ。
(98) http://onedayseyoum.com/en.jointhefight.php, http://namninsamling.se/index.php?nid=9102&fnvisa=namn.
(99) https://www.amnesty.org/en/countries/americas/cuba/.

第 4 章　いびつな交換留学

(1) 追悼式、その後の研究発表会 "The Future of U.S.-Russia-China Relations" は、私が 2016 年 4 月 1 日、2 日に参加した〈マクドノー・リーダーシップ会議〉に含まれていた。
(2) Political Minister-Counselor Jonathan Aloisi, communication from U.S. Embassy in Beijing to Secretary of State, Washington, D.C., November 2002.
(3) マリエッタ大学の広報担当、トム・ペリーから著者に送られた 2016 年 5 月 9 日のメール。
(4) マーク・シェーファーとのインタビュー。
(5) 国際関係学院の交換留学生、ヨランダ・フェンとのインタビュー。

www.latinamericanstudies.org/espionage/Alvarez-spy-1.pdf.

(51) Juan O. Tamayo, "Aide to Cuba's Ricardo Alarcon Sentenced to 30 Years for Spying," Cuba Confidential, February 8, 2014, https://cubaconfidential.wordpress.com/2014/02/09/aide-to-cubas-ricardo-alarcon-sentenced-to-30-years-for-spying/.

(52) United States' Sentencing Memorandum and Response to Carlos Alvarez's Request for Downward Departure," February 26, 2007, p. 2.

(53) 同上、p. 3.

(54) ハーバート・ケルマンより提供された、カルロス・アルバレスがアメリカ心理学協会の倫理委員会に宛てた手紙。

(55) 同上。

(56) "Appendix B: Representations Made to Carlos Alvarez During His Interrogations," court filing, February 21, 2007.

(57) ハーバート・ケルマンがK・マイケル・ムーア判事に宛てた 2007 年 2 月 6 日の手紙。

(58) アメリカ心理学協会の倫理問題室、オアトリシア・ディクソンがアルバレスに宛てた 2010 年 7 月 8 日の手紙。

(59) ダニエル・フィスクとのインタビュー。

(60) ベラスケスの職務履歴書。

(61) "Prime Minister Palme's Visit to Cuba," State Department cable, July 5, 1975, https://wikileaks.org/plusd/cables/1975STOCKH03203_b.html.

(62) プエルトリコの人口統計部長、ナンシー・ベガ・ラモスから著者に送られた 2016 年 8 月 3 日のメール。

(63) ナイジェル・ウエストから著者に送られた 2015 年 2 月 19 日のメール。

(64) セメンコのリンクトイン https://www.linkedin.com/in/mikhailsemenko.

(65) リディア・グーリエワの学位　Nicole Bode, "Suspected Russian Spy Earned Degrees at Columbia, NYU," https://www.dnainfo.com/new-york/20100630/manhattan/suspected-russian-spy-earned-degrees-at-columbia-nyu.

(66) FBI 捜査官マリア・L・リッチの訴状、USA v. Richard Murphy, Cynthia Murphy et al., June 25, 2010, p.36

(67) 同上、p. 36.

(68) 同上、p. 34.

(69) Jason Horowitz, "Clinton Confidant Believes He Might Have Been Spies' Target," Washington Post, June 29, 2010.

(70) FBI 捜査官マリア・L・リッチの訴状、USA v. Richard Murphy, Cynthia Murphy et al., June 25, 2010, p. 5.

(71) James Barron, "Curiosities Emerge About Suspected Russian Agents," New York Times, June 29, 2010.

(72) モスクワを拠点とする《ブルームバーグ・ニュース》の記者、ステパーン・クラヴチェンコが、私の代わりにグーリエワに連絡を試みた。

(73) FBI 捜査官グレゴリー・モナハンの訴状、USA vs. Buryakov, Sporyshev, and Pobodnyy, U.S. District Court in New York, January 23, 2015. 訴状は大学名を出してないが、《タイム》誌がそれを NYU と特定している。 Massimo Calabresi, "Sloppy Russian 'Spymasters' Burn a Deep Cover Operative in New York," Time, January 26, 2015, http://time.com/3683373/russian-spy-arrest-new-york/.

(74) Carmichael, True Believer, pp. 68–82.

(75) "Review of the Actions Taken," p. 63.

(76) クリス・シモンズから著者に送られた 2016 年 5 月 30 日のメール。

(77) http://www.latinamericanstudies.org/espionage/montes-statement.htm.

MD: Naval Institute Press, 2007), p. 51.
25) Curriculum vitae, Marta Rita Velazquez, provided by Stockholm school district. Translated by Paul O'Mahony.
(26) Grand jury indictment, Marta Rita Velazquez, U.S. District Court for the District of Columbia, February 5, 2004, p. 2.
(27) SAISの通信連絡課長、リンゼイ・ウォルドロップから著者に送られた2016年2月10日のメール。
(28) Office of the Inspector General of the Department of Defense "Review of the Actions Taken to Deter, Detect and Investigate the Espionage Activities of Ana Belen Montes," June 16, 2005, p. 17, http://www.dodig.mil/pubs/documents/05-INTEL-18.pdf.
(29) ウォルドロップから著者に送られた2016年2月10日のメール。
(30) ウォルドロップから著者に送られた2016年6月7日のメール。
(31) マイヤーズ夫妻に関する情報は、2009年6月4日の起訴状や、FBI即別捜査官Brett Kramarsicの宣誓供述書など、連邦地方裁判所の記録を参考にした。以下の報道も参考にした。Toby Harnden, "Spying for Fidel: The Inside Story of Kendall and Gwen Myers," Washingtonian, October 5, 2009, and Carol Rosenberg and Lesley Clark, "The Curious Case of Alleged Cuban Spy Kendall Myers," Miami Herald, June 14, 2009.
(32) Kramarsicの宣誓供述書、p. 9.
(33) 監察官の報告、"Review of the Actions Taken," p. 9.
(34) ベラスケスの起訴状、p. 10.
(35) ベラスケスの起訴状、p. 10.
(36) 監察官の報告、p. 9.
(37) Jim Popkin, "Ana Montes Did Much Harm Spying for Cuba. Chances Are, You Haven't Heard of Her," Washington Post Magazine, April 18, 2013.
(38) Carmichael, True Believer, p. 55.
(39) ジョンズ・ホプキンス大学の広報担当部長、デニス・オシェイから著者に送られた2016年2月2日のメールでは、「1989年」とされていた。"American Spies," by Sulick, p. 269. では「1988年」となっている。
(40) Popkin, "Ana Montes Did Much Harm Spying for Cuba."
(41) クリス・シモンズとの2015年12月5日の電話インタビュー。
(42) "The Cuban Threat to National Security," Defense Intelligence Agency, November 18, 1997, https://fas.org/irp/dia/product/980507-dia-cubarpt.htm。モンテスの役割と評価については、ダニエル・フィスクとのインタビューにもとづく。
(43) Carmichael, True Believer, p. 56.
(44) 同上、p. 145.
(45) Popkin, "Ana Montes Did Much Harm Spying for Cuba."
(46) 2012年5月17日の「西半球の国際問題小委員会に関する下院委員会」でのヴァン・クリーヴの証言。
(47) Carmichael, True Believer, pp. 138–40.
(48) アルバレスの経歴や職歴は、マイアミの連邦地方裁判所の記録05-20943や、彼の履歴書、彼が書いた"Memorandum in Aid of Sentencing and Request for Downward Departure."にもとづく。
(49) ホルヘ・デュアニーから著者に送られた2015年12月16日のメール。
(50) "Memorandum in Aid of Sentencing," p. 6, および、FBIのアルバレスの調書。調書ではこの心理学者の名前を「Mercedes Arce」としていた。http://

se/te13d-och-te13e-aker-till-san-francisco.

(3) "Unsealed Indictment Charges Former U.S. Federal Employee with Conspiracy to Commit Espionage for Cuba," U.S. Department of Justice press release, April 25, 2013.

(4) "Cuba's Global Network of Terrorism, Intelligence and Warfare," hearing before the House Committee on Foreign Affairs Subcommittee on the Western Hemisphere, statement submitted by Michelle Van Cleave, May 17, 2012.

(5) FBI Private Sector Advisory, "Cuban Intelligence Targeting of Academia," September 2, 2014.

(6) ジョンズ・ホプキンス大学をのぞいて、このすべての大学が、Jose Cohen, "El Servicio de Inteligencia Castrista Y La Comunidad Academica Norteamericana," 2002, http://www6.miami.edu/iccas/Cohen.pdf. で言及されている。私がジョンズ・ホプキンス大学を追加したのは、ワシントンに近いことと、マイヤーズやベラスケスと関連があるからだ。オーランド・ブリトー・ペスターナ——コーヘン同様、元キューバ諜報員の亡命者——は、標的にした主な大学として、プリンストン、ハーヴァード、イェール、コロンビア、スタンフォード、デューク、ジョージタウン、ジョージ・メイソンを挙げている。
Pestana, "La Penetracion Del Servicio De Inteligencia De Cuba En El Sector Academico De Estados Unidos," Cuba in Transition, Vol. 25, Papers and Proceedings of the Twenty-Fifth Annual Meeting, 2015.

(7) FBI advisory, "Cuban Intelligence Targeting of Academia."

(8) ドン・ミゲルの生涯と家族については、彼の家族や大学の同僚へのインタビューにもとづいて書き起こした。彼の死亡記事も参考にした。Daniel Rivera Vargas, "Fallece ex juez Miguel Velazquez Rivera," El Nuevo Dia, December 14, 2006.

(9) http://www.chkd.org/Our-Doctors/Our-Pediatricians/PDC-Pediatrics/Nivea-Velazquez,-MD/.

(10) https://en.wikipedia.org/wiki/Puerto_Rico_political_status_plebiscites.

(11) アルトゥーロ・ロペス・レヴィ、2016年6月29日の電話インタビューで。

(12) ローラ・ロドリゲス・デ・ティオ (Lola Rodriguez de Tio, 1843–1924) の詩。

(13) ルイス・ドミンゲスが私の質問リストをペスターナに送り、2016年3月3日付けのメールでの返信を私に転送してくれた。その後、ドミンゲスは、電話で返信を英語に翻訳してくれた。

(14) ニルサ・サンティアゴとの電話インタビュー。

(15) Daily Princetonian, April 14, 1978, p. 3.

(16) "Latino Festival Schedule of Events," Daily Princetonian, March 29, 1977, p. 6.

(17) Daily Princetonian, December 13, 1976, p. 3.

(18) Marta Rita Velazquez, "Race Relations in Cuba: Past and New Developments," senior thesis, May 2, 1979, p. 80. プリンストン大学 Seeley G. Mudd Manuscript Library.

(19) 同上、p. 70.

(20) 同上、p. 74.

(21) 同上、pp. 78–79.

(22) 同上、p. 4.

(23) https://en.wikipedia.org/wiki/Paul_H._Nitze_School_of_Advanced_International_Studies#Notable_alumni.

(24) Scott W. Carmichael, True Believer: Inside the Investigation and Capture of Ana Montes, Cuba's Master Spy (Annapolis,

gov, のほか報道記事。被告弁護士から被告の学歴について情報提供を受けたケースもある。

(8) Frances Fitzgerald in "The CIA Campus Tapes," New Times, January 23, 1976.

(9) "Final Report of the Select Committee to Study Governmental Operations with Respect to Intelligence Activities," known as the Church Committee, 1976, p. 164.

(10) Christopher Andrew and Vasili Mitrokhin, The Sword and the Shield: The Mitrokhin Archive and the Secret History of the KGB (New York: Basic Books, 1999), p. 57.

(11) 同書、p. 58.

(12) 同書、p. 129.

(13) http://spymuseum.com/major-events/spy-rings/the-atomic-spy-ring/.

(14) Andrew and Mitrokhin, The Sword and the Shield, p. 217.

(15) 同書、p. 107.

(16) ソ連の科学者によるスパイ活動のデータ　は、"Soviet Acquisition of Militarily Significant Western Technology: An Update," September 1985, released by CIA Historical Review Program in 1999.

(17) 同、p. 22.

(18) Yale Richmond, Cultural Exchange and the Cold War: Raising the Iron Curtain (University Park: Pennsylvania State University Press, 2003), p. 36.

(19) Christopher Lynch, The CI Desk: FBI and CIA Counterintelligence as Seen from My Cubicle (Indianapolis: Dog Ear, 2009), p. 41.

(20) I. C. スミスから著者に送られた 2015 年 7 月 20 日のメール。

(21) 同上。

(22) 金無怠については、スミス、彼の裁判記録のほか、Sulick, American Spies, pp. 159–64. にもとづく。「凌駕しているだろう」の発言は、同書、p.164。金をモデルにした小説は、ハ・ジン著、A Map of Betrayal (New York: Vintage International, 2015).

(23) I. C. スミスから著者に送られた 2015 年 2 月 23 日のメール。

(24) I. C. スミスから著者に送られた 2015 年 8 月 8 日のメール。

(25) I. C. スミスから著者に送られた 2015 年 2 月 23 日のメール。

(26) 同上。

(27) I. C. スミスから著者に送られた 2015 年 2 月 24 日のメール。

(28) I. C. スミスから著者に送られた 2015 年 8 月 8 日のメール。

(29) 同上。

(30) I. C. スミスから著者に送られた 2015 年 8 月 7 日のメール。

(31) Jones, The Human Factor, pp. 53–54.

(32) スミスから著者に送られた 2015 年 2 月 24 日のメール。

(33) このプログラムの提案書は、私の公文書開示請求に応えてテキサスA&M大学が提出したＦＢＩとの通信のなかに含まれていた。

(34) William M. Arkin and Alexa O'Brien, "The Most Militarized Universities in America," VICE News, November 5, 2015; Federal Science and Engineering Support to Universities, Colleges and Nonprofit Institutions, FY 2013.

第 3 章　祖国をもたないスパイ

(1) 本章の調査では、《ローカル・イン・ストックホルム》の編集主任、ポール・オマホニーに負うところが多い。彼はトリルドスプランやスパンガを訪れ、モルガン・マルムに電話インタビューを行った。

(2) http://thorildsplansgymnasium.stockholm.

php?ac=article&at=read&did=989.

(68) www.kuang-chi.com/htmlen/details/139.html.

(69) Sally Rose, "Hong Kong Investor to Lift Jetpack," http://www.stuff.co.nz/business/65173346/hong-kong-investor-to-lift-jetpack.

(70) 他のふたりは、欒琳、寇超鋒。2015年4月14日、特許審査官、パトリック・ホレチェクは「最終拒絶通知」を発行した。http://portal.uspto.gov/pair/view/BrowsePdfServlet?objectId=I8HDVH8HPXXIFW4&lang=DINO. アメリカの特許9219314は、2015年12月22日に発行された。

(71) デイヴィッド・スミスから著者に送られた2016年4月14日のメール。

(72) デイヴィッド・スミスから著者に送られた2016年4月14日のメール。

(73) デイヴィッド・スミスからの返信を著者に転送したマイケル・ショーンフェルドの2016年2月5日のメール。

(74) 同上。

(75) Michael J. de la Merced, "Kymeta Raises $62 Million in Investment Led by Bill Gates," New York Times, January 11, 2016.

(76) デイヴィッド・スミスからの返信を著者に転送したマイケル・ショーンフェルドの2016年2月5日のメール。

(77) デイヴィッド・スミスから著者に送られた2016年4月14日のメール。

第2章　中国人がやってくる

(1) 2013年にアトランタで行われた米中関係フォーラムで、カーター元大統領が披露したエピソード。https://www.cartercenter.org/news/editorials_speeches/jc-what-us-china-can-do-together.html.

(2) アトキンソンの発言の引用元は、2006年の本人のスピーチ。"Recollections of Events Leading to the First Exchange of Students, Scholars and Scientists Between the United States and the People's Republic of China," 2006, http://rca.ucsd.edu/speeches/Recollections_China_student_exchange.pdf.

(3) Michael Sulick, American Spies: Espionage Against the United States from the Cold War to the Present (Washington DC: Georgetown University Press, 2013), p. 159.

(4) Daniel Golden, "American Universities Infected by Foreign Spies Detected by FBI," Bloomberg News, April 8, 2012.

(5) 蔡文通の事件については、ニューメキシコ州地方裁判所の刑事裁判記録にもとづく。蔡波の発言は、2014年7月23日に提出された司法取引にもとづく。司法取引には、蔡文通の「ついに支援が得られることになりました」のメールにも触れていた。角速度センサーについては、
Applied Technology Associates' website, www.aptec.com/ars-14_mhd_angular_rate_sensor.html.

(6) 蔡文通のこの言葉と「今回の事件に巻き込まれたのは本当に残念に思います」の言葉はともに、2015年4月23日の法廷に提出した文書にある。彼は2013年8月10日にアイオワ州立大学の「リサーチ・エクセレンス」賞を受賞し、2013年8月20日に結婚した。

(7) アメリカの大学に在学し、スパイ関連犯罪で起訴された中国人のデータは、リリ・サンの研究にもとづき、デイヴィッド・グロヴィンの助けを借りた。調査に当たって、サンが参考にしたのは、cicentre.com, the online site of the Centre for Counterintelligence and Security Studies、Bloomberg Law, FBI.gov, Justice.

Intelligence Note, "Chinese Talent Programs." は、趙華軍と劉若鵬のケースを伝えている。

(41) http://english.cas.cn/about_us/introduction/201501/t20150114_135284.shtml.

(42) Denis Fred Simon and Cong Cao, China's Emerging Technological Edge: Assessing the Role of High-End Talent (New York: Cambridge University Press, 2009), p. 219.

(43) 同書、p. 218.

(44)〈千人計画〉の説明とその特典については、David Zweig and Huiyao Wang, "Can China Bring Back the Best? The Communist Part Organizes China's Search for Talent," working paper, Center on China's Transnational Relations, March 2012, pp. 18–20.

(45) 同掲、p. 4.

(46) Yu Wei and Zhaojun Sen, "China: Building an Innovation Talent Program System and Facing Global Competition in a Knowledge Economy," Brain Circulation, 2012.

(47) Table 3-29, Science and Engineering Indicators 2014, www.nsf.gov/statistics/seind14/index.cfm/char

(48) Wang Zhuoqiong, "China Fishing in Pool of Global Talent," China Daily, April 16, 2009.

(49) 張益唐、2015年11月2日の電話インタビューで。張の例は珍しく、人材獲得計画には含まれないと彼は述べた。

(50) Simon and Cao, China's Emerging Technological Edge, p. 245.

(51) デイヴィッド・スミスから著者に送られた2016年5月22日のメール。

(52) デイヴィッド・スミスから著者に送られた2016年4月14日のメール。

(53) 同上。

(54) デイヴィッド・スミスから著者に送られた2016年5月19日のメール。

(55) Richard Merritt, "Next Generation Cloaking Device Demonstrated," Duke Engineering News, February 2009, http://den.pratt.duke.edu/february-2009/cloaking-device.

(56) デイヴィッド・スミスから著者に送られた2016年4月15日のメール。

(57) ジョン・ペンドリーから著者に送られた2016年1月12日のメール。

(58) ジョン・ペンドリーから著者に送られた2016年1月12日のメール。

(59) Tie Jun Cui, David Smith, and Ruopeng Liu, Metamaterials: Theory, Design, and Applications (New York and London: Springer, 2010).

(60) デイヴィッド・スミスから著者に送られた2016年4月14日のメール。

(61) https://gradschool.duke.edu/academics/academic-policies-and-forms/standards-conduct/prohibited-behaviors.

(62) デイヴィッド・スミスから著者に送られた2016年4月18日のメール。

(63) Lindsey Rupp, "Duke's Board Will Consider Groundbreaking Expansion into China," Chronicle, December 4, 2009.

(64) Wu Guangqiang, "The Peacock Program's Great Success," Shenzhen Daily, May 16, 2016, http://www.szdaily.com/content/2016-05/16/content_13358994.htm.

(65) 深圳市科学技術局は中国の法にもとづく要請に応じて1370万ドルを拠出した。

(66) http://v.ifeng.com/news/society/201603/010d8df7-eae2-414d-bacb-32b663f5ea1f.shtml.

(67) "President Liu Was Appointed Subject-Matter Expert of '863' Program," http://www.kuang-chi.com/en/index.

and Engineering Statistics. 2016. Federal Funds for Research and Development: Fiscal years 2014–2016. Detailed Statistical Tables. Arlington, VA. Available at https://ncsesdata.nsf.gov/fedfunds/2014/.

(13) デイヴィッド・スミスから著者に送られた 2016 年 5 月 19 日のメール。

(14)「Kelly v. First Astri Corporation」裁判。カリフォルニア州控訴裁判所の判決については http://caselaw.findlaw.com/ca-court-of-appeal/1224276.html

(15) デイヴィッド・スミスから著者に送られた 2016 年 4 月 15 日のメール。

(16) サンアントニオの会議を振り返るペンドリーは、2015 年の映像、"Celebrating 15 Years of Metamaterials" に収められ、YouTube で見ることができる。

(17) デイヴィッド・スミスから著者に送られた 2016 年 4 月 14 日のメール。

(18) Philip Ball, Invisible: The Dangerous Allure of the Unseen (Chicago: University of Chicago Press, 2015), pp. 2–6 and 247–53.

(19) J. B. Pendry, D. Schurig, and D. R. Smith, "Controlling Electromagnetic Fields," Science, June 23, 2006, pp. 1780–82.

(20) D. Schurig, J. J. Mock, B. J. Justice, S. A. Cummer, J. B. Pendry, A. F. Starr, and D. R. Smith, "Metamaterial Electromagnetic Cloak at Microwave Frequencies," Science Express, October 19, 2006.

(21) David R. Smith and Nathan Landy, "Hiding in Plain Sight," New York Times, November 17, 2012.

(22) デイヴィッド・スミスから著者に送られた 2016 年 4 月 15 日のメール。

(23) 同上。

(24) http://blog.sciencenet.cn/blog-49489-278391.html.

(25) 崔鐵軍から著者に送られた 2016 年 6 月 20 日のメール。

(26) デイヴィッド・スミスから著者に送られた 2016 年 4 月 14 日のメール。

(27) デイヴィッド・スミスから著者に送られた 2016 年 4 月 25 日のメール。

(28) デイヴィッド・スミスから著者に送られた 2016 年 5 月 19 日のメール。

(29) 崔鐵軍から著者に送られた 2016 年 6 月 21 日のメール。

(30) 崔から著者に送られた 2016 年 6 月 20 日のメール。

(31) ポスドクから著者に送られた 2016 年 4 月 25 日のメール。

(32) デイヴィッド・スミスから著者に送られた 2016 年 4 月 25 日のメール。

(33) デイヴィッド・スミスから著者に送られた 2016 年 5 月 19 日のメール。

(34) デイヴィッド・スミスから著者に送られた 2016 年 2 月 11 日のメール。

(35) デイヴィッド・スミスから著者に送られた 2016 年 4 月 14 日のメール。

(36) "China to Undergo Brain Gain Through Plan 111," http://www.china.org.cn/english/China/181075.htm.

(37) Matt Apuzzo, "U.S. Drops Charges That Professor Shared Technology with China," New York Times, September 11, 2015.

(38) ノーランの調査、「企業秘密訴追の傾向 (Trends in Trade Secret Prosecutions)」は 2012 年 7 月 3 日、中国青島市で開かれた、中国人の生物医薬協会の会合で最初に発表され、その後、2015 年 10 月 22 日、ニューヨークで開かれた全米刑事事件弁護士協会の会合で報告された。有罪率を含む、最新のデータは、http://jeremy-wu.info/fed-cases/latest-statistics-on-fedcases/.

(39) IP Commission Report, http://www.ipcommission.org/report/IP_Commission_Report_052213.pdf, pp. 2–3.

(40) Counterintelligence Strategic Partnership

ケートは、アメリカを拠点とする国際教育交流団体、NAFSA（ナフサ）のウエビナー〔ウエブとセミナーを合わせた造語〕、"When Federal Agents Come Calling: Educating Campus Stakeholders," March 22, 2012.

(16) ミロノヴィッチが〈国家安全保障高等教育諮問会議〉のメンバーに送った2014年5月19日のメール。

(17) この話の情報提供者は、南カリフォルニア大学の石油工学教授で、イランの核開発と政治に詳しい専門家、ムハンマド・サヒミ。

(18) Ishmael Jones (pseudonym of a former CIA officer), The Human Factor: Inside the CIA's Dysfunctional Intelligence Culture (New York: Encounter Books, 2008), pp. 51–52.

(19) イシュマエル・ジョーンズから著者に送られた2014年10月11日のメール。

(20) Jones, The Human Factor, p. 278.

(21) 同書、p. 272.

(22) 同書、pp. 286–87.

(23) ロシア諜報機関に協力する振りをした教授は匿名を希望した。

第1章　透明マント

(1) 本章は、深圳在住のフリーのジャーナリスト、マイケル・スタンダートおよび、彼の調査員、スー・ドンシアから多大な協力を得た。マイケルは様々な貢献をしてくれたが、なかでも深圳の〈光啓〉関連施設を訪れ、劉若鵬にインタビューし、設立記念パーティや、深圳の〈孔雀計画〉について情報を集めてくれた。

(2) 設立記念行事の映像はネットで見られる。 http://mp.weixin.qq.com/s?__biz=MzA4MjIxMTExNQ==&mid=417787100&idx=1&sn=0733b433d9f6e289a419e52b24e13f31&scene=4#wechat_redirect and at http://mp.weixin.qq.com/s?__biz=MzA4MjIxMTExNQ==&mid=417936634&idx=1&sn=43b2255cf6ed0253c1dc44dbc87469fa&scene=4#wechat_redirect.

(3) 歌詞の翻訳はキーン・ジャンによる。

(4) Wu Nan, "'Elon Musk of China' Aims to Give the World a Commercial Jetpack—but Is It Just Flight of Fancy?," South China Morning Post, April 7, 2015

(5) 特許件数は〈光啓〉の展示ホールのビデオによる会社案内に掲示されていた。

(6) 2012年10月23－24日、ＦＢＩ本部での〈国家安全保障高等教育諮問会議〉、略称NSHEABの議事録。ブレンダ・M・フリートがNSHEAB会員に宛てて2012年8月31日に送ったメールに添付されていたもの。公文書開示請求によりアリゾナ州立大学がメールと添付文書を著者に提供。

(7) このＦＢＩのビデオは全米知財保護サミットで上映された。https://summit.fbi.gov/agenda.html.

(8) John Villasenor, "Intellectual Property Awareness At Universities: Why Ignorance Is Not Bliss," Forbes, November 27, 2012.

(9) Defense Security Service, "2015 Targeting U.S. Technologies: A Trend Analysis of Cleared Industry Reporting," Figure 9, p. 21.

(10) 博士号を取得した外国人留学生のデータは、2015年の〈ピュー研究所〉の調査による。 http://www.pewresearch.org/fact-tank/2015/06/18/growth-from-asia-drives-surge-in-u-s-foreign-students/

(11) David Szady, "The Lipman Report," July 15, 2014.

(12) 〈国立科学財団〉の次の情報にもとづく。National Center for Science

原　注

はじめに――ＦＢＩ、大学へ行く

(1) 彭大進とダイアン・メルクリオの出会いの描写は主に、彭と彼の隣人へのインタビュー、彭が弁護士に言われて2009年12月に書いた「ＦＢＩと私」にもとづいている。メルクリオは本書のためのインタビューを辞退したが、彼女が彭や南フロリダ大学に送ったメールは、彼女の役割について貴重な情報を提供した。

(2) マリア・クラメットが2009年4月7日に彭に送った手紙。

(3) Matthew L. Wald, "Amy Carter Is Acquitted Over Protest," New York Times, April 16, 1987.

(4) Daniel Golden, "In From the Cold: After Sept. 11, The CIA Becomes A Growing Force on Campus," Wall Street Journal, October 4, 2002.

(5) Daniel Golden, "American Universities Infected by Foreign Spies Detected by FBI," Bloomberg News, April 9, 2012.

(6) ニュージャージー工科大学・記録保管担当、クララ・ウィリアムズから送られた2015年4月28日のメール。

(7) ニュージャージー工科大学の代理人、ゲイリー・ポッターズ弁護士が連邦地方裁判所判事レーダ・デューン・ウェットレに宛てた2015年12月17日の手紙。「2日間にわたり、約8名のFBI局員がNJITの予定されていた作成文書の検閲にあたった」

(8) グレゴリー・M・ミロノヴィッチがUCデーヴィス校の校長で副学長のカール・エンゲルバッハと、校長補佐のローリー・ホバードに送った2015年5月20日のメール。

(9) アメリカ統合参謀本部のインテリジェンスの定義は「観察、調査、分析、あるいは理解によって得られる、敵に関する情報や知識」。その他の定義は、http://www.au.af.mil/au/awc/awcgate/cia/define_intel.htm.

(10) Complaint, FBI Agent Maria L. Ricci, USA v. Richard Murphy, Cynthia Murphy, et al., U.S. District Court in Manhattan, June 25, 2010, p. 36.

(11) 海外へ留学するアメリカ人とアメリカに来る海外の留学生のデータは、米国国際教育研究所（IIE）の報告、"Open Doors"にもとづく。

(12) 海外のアメリカ方式の大学のデータは、このテーマで学位論文を書いているコロンビア大学博士課程の学生、カイル・ロングから提供された。

(13) アメリカの大学にいる外国出身と中国出身の科学者、工学者のデータは〈国立科学財団〉の、National Center for Science and Engineering Statistics, Scientists and Engineers Statistical Data System, 2003 and 2013, special tabulations (2015), Lan and Hale. にもとづく。

(14) ＦＢＩ白書、"Higher Education and National Security: The Targeting of Sensitive, Proprietary, and Classified Information on Campuses of Higher Education," April 2011.

(15) 留学生を担当する職員に行ったアン

【著者】
ダニエル・ゴールデン（Daniel Golden）

アメリカのジャーナリスト。ハーヴァード大学卒業。現在は ProPublica の副編集長を務める。『ウォール・ストリート・ジャーナル』のボストン支局副支局長時代、有名大学への裏口入学を暴いた連載記事により 2004 年、ピュリッツァー賞ジャーナリズム部門受賞。またブルームバーグで彼が編集した、企業の税金逃れを告発した記事により、2015 年、同社は初めてピュリッツァー賞を受賞。

【訳者】
花田知恵（はなだ・ちえ）

愛知県生まれ。英米翻訳家。主な訳書にフリューシュトゥック『不安な兵士たち　ニッポン自衛隊研究』、ドナルド『図説 偽科学・珍学説読本』、ハーディング『ドイツ・アメリカ連合作戦』、ホフマン『最高機密エージェント』などがある。

盗《ぬす》まれる大学《だいがく》
中国《ちゅうごく》スパイと機密漏洩《きみつろうえい》

●

2017年11月28日　第1刷

著者…………ダニエル・ゴールデン

訳者…………花田知恵《はなだちえ》

装幀…………小林剛

発行者…………成瀬雅人
発行所…………株式会社原書房

〒160-0022 東京都新宿区新宿 1-25-13
電話・代表 03（3354）0685
http://www.harashobo.co.jp
振替・00150-6-151594

印刷…………新灯印刷株式会社
製本…………東京美術紙工協業組合

ISBN978-4-562-05438-1, Printed in Japan